JN139915

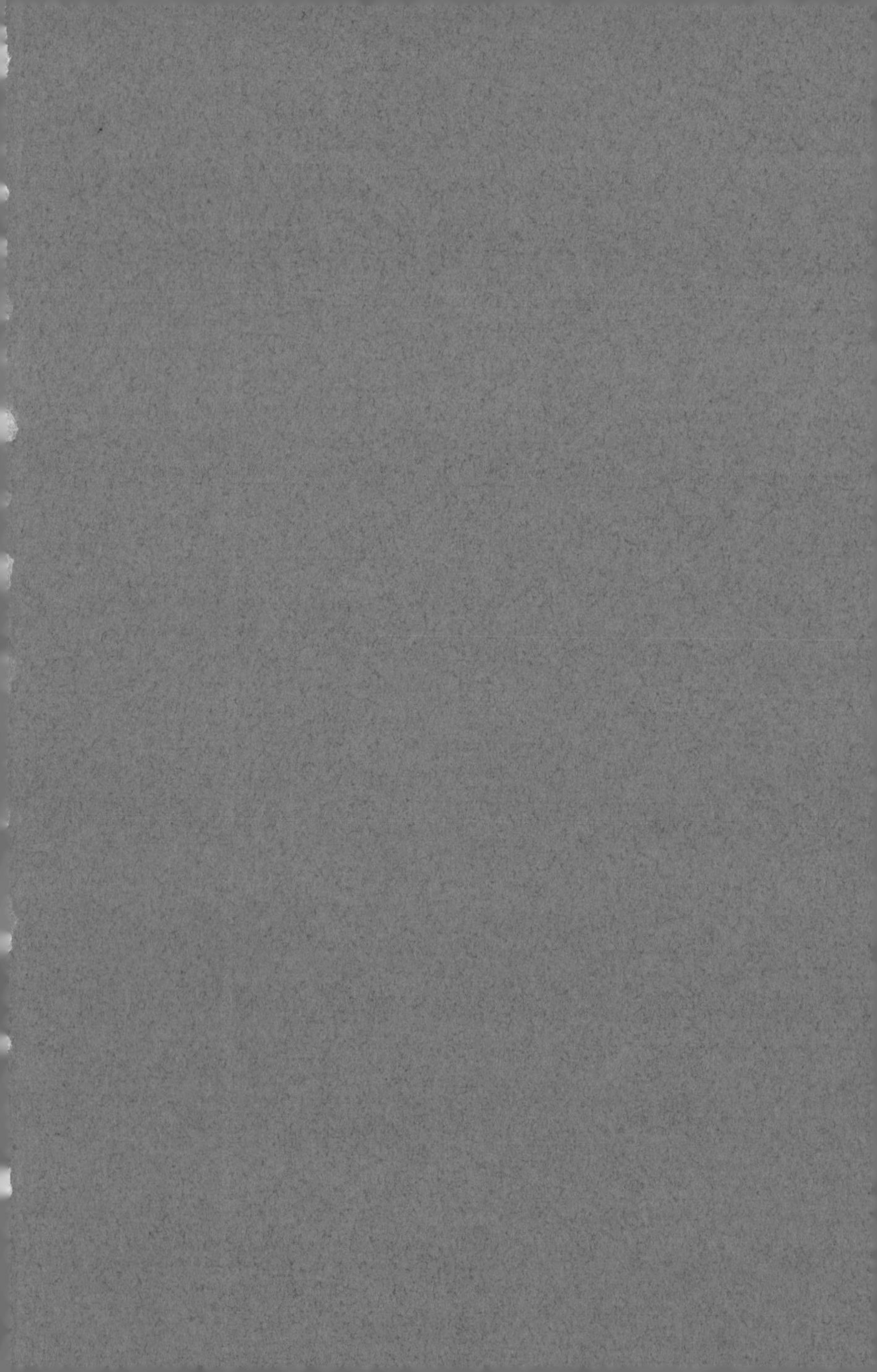

続 島尾敏雄の文学世界

——戦争小説を読む

石井洋詩

龍書房

目次

はじめに

1　戦争小説の由来と範疇

本書での〝戦争小説〟という名称は、特攻隊待機体験を直接の素材にした作品十六篇を集成して、一九七四（昭和四十九）年八月に冬樹社から刊行された『出孤島記・島尾敏雄戦争小説集』に由来している。従来は〝戦争物〟〝戦記〟〝戦記物〟〝戦記小説〟等の名称が使われており、それらの呼称は現在も執筆者によって使い分けられている。

時間的にも空間的にも戦争体験を素材にしている作品のうち、『出孤島記・島尾敏雄戦争小説集』刊行以前に発表されながら同書に収録されていない作品は、管見では一九五〇（昭和二十五）年に同人誌『ＶＩＫＩＮＧ』に発表された、ミホ夫人の養父大平文一郎をモデルにしたメルヘン体の「ソテツ島の慈父」（未完）と一九五二年にラジオ放送されたメルヘン体の葉篇小説「笛の音」の二篇である。同書刊行以後に書かれた戦争小説は『魚雷艇学生』の連作七篇と『震洋発進』の連作四篇と未完の遺稿「（復員）国破れて」である。ミホ夫人は「島尾敏雄の文学作品と創作の背景について」（初出『埴谷島尾記念文学資料館』二〇〇一年三月、二〇〇二年三月。『愛の棘島尾ミホエッセイ集』（二〇一六年七月幻戯書房）所収）の中で〈島尾は戦争を題材にした小説を三十八篇書きましたけれども……〉と記している。戦争体験を背景としながら時間を戦後に置き換えた寓意的な作品、たとえば一九四七（昭和二十二）年『光耀』に発表された「夢中市街」

（のち「石像歩き出す」と改題）や一九六七（昭和四十二）年『文芸』に発表された「接触」などを含めても三十八篇には届かない。上記以外にミホ夫人がどのような作品を戦争小説の範疇に入れていたのか、今は確認するすべはない。上記のことから本書では『出孤島記・島尾敏雄戦争小説集』に収録されている作品と、そのあとに刊行された『魚雷艇学生』及び『震洋発進』を戦争小説として扱っている。

前著『島尾敏雄の文学世界――病妻小説・南島小説を読む』（二〇一七年六月龍書房）の刊行後、島尾敏雄の戦争小説を読み解く試みを同人誌『群系』（群系の会発行）に年二回継続して発表してきた。六年をかけて『出孤島記・島尾敏雄戦争小説集』の中から選んだ十篇と『魚雷艇学生』及び『震洋発進』の計十二篇についての作品論、さらに『死の棘』と「出発は遂に訪れず」及び「その夏の今は」の関係について考察した一篇を書き終えることができた。拙い試論であるが、区切りとして本にまとめることにした。

2　島尾敏雄の戦争小説の誘引力

なぜ私は島尾敏雄の戦争小説に惹かれるのだろうか、と自問してみると、私を惹きつける力は二つの方向からやってくるようである。一つは作品の内実であり、一つは作家としての在り方である。それは私個人の問題意識を越えて広く読者を惹きつける力でもあるように思う。本書の導入として二つの誘引力について私なりの説明をして、併せて島尾敏雄という作家に関心を持っていただく導きとしたい。

海軍予備学生上がりの特攻部隊の指揮官であった島尾敏雄は、人と人とが殺し合う実戦の経験はなく、徴兵で招集された下級兵士の辛酸を経験してもいない。逆に隊長として部隊で最も優遇された軍隊生活を過ごした。ミホ夫人との出会いと恋愛もその地位ゆえに生じたと言ってもよい。しかし、殺し合いの現場にいたことはないが、特攻隊員志願が認められた一九四四（昭和十九）年五月から終戦までの一年三ヶ月は、自爆死のための準備と待機の時間であった。米国海軍から自殺艇と呼ばれた、船首に二五〇キログラムの爆薬を搭載した一人乗り用木製モーターボートで敵艦船に体当たりすることが使命であり、五十名の特攻隊員を自ら率いて突撃を成就させることがその任務であった。しかも終戦の二日前に特攻戦発令の命を受けながら、即時待機のままで終戦を迎えたことは、銃殺刑執行の直前で減免されたドストエフスキーに比される稀有な体験である。自爆死するために生きている時間がどのようなものであるのか、極限的な時間の中での生がどのようなものであるのかを、島尾敏雄は戦争小説に具体的に描き出している。しかし、私は描かれた事柄の異常さに心を揺さぶられるわけではない。私は島尾敏雄の戦争小説を読みながら、異常な情況下に置かれた人間がどのように呼吸するかを、自分の呼吸として読み取っている。

本書で取り上げた十二篇すべてが発表時から広く世評にのぼったわけではない。一九五〇（昭和二十五）年二月第一回戦後文学賞を受賞した「出孤島記」以前の戦争小説は、主要な新聞や雑誌で時評の対象になることはなかった。しかし、戦争体験を素材としながら、作者が体験の異常さを語ることよりも、異常を日常とした生の在り方を見つめ、語ることによって、時代を越えた青年のナイーブな心情の諸相が読む者の脳裡に映し出される。一作ごとに素材と表現方法は異なり、それぞれに繊細で鋭敏な感性とユニークな作家的資質を感得させる作品である。奄美移住後の作品はそれぞれが秀作と言ってよいと思う。それは特攻隊体験という素材の特異さゆえではない。死から生へ回帰した特攻待機体験、あるいは海軍予備学生から特攻隊員へ変身した体験、そして生残者として特攻基地跡を探索する体験、それらの特異な体験の渦中で人間が何を思い、何を考え、いかに行動するかが作者によって冷徹に見据えられ、その時の思考や感受が他に置き換えようのない言葉の連なり、緊密な文体によって表現されている。読み進める私は、或る場合には作者と重なり、或る場合には作者から離れる語り手に導かれて、いつの間にか主人公の感覚や思考、思いを自分に重ねている。それは息苦しささえ伴うが、眼前に起こりうること、現実の人間の様態として受け止め、そこに生きている人間が生動していることを感受していく。

個人的な感想を離れ、フランスのノーベル賞作家フランソワ・モーリヤックの言葉を援用して、島尾敏雄の文学の重要な点を確認しておきたい。

カトリック作家であったモーリヤックが遠藤周作や高橋たか子に大きな影響を与えていることは知られているが、島尾敏雄はモーリヤックに言及した文章を書いていない。人間の奥深いエゴイズムを追求している点で共通しているが、創作方法において文学的想像力を駆使して多様な人間を造形したモーリヤックは、自身の体験に固執した島尾敏雄とは対極にあると言ってよいと思う。しかし、方法上の違いを越えてモーリヤックの小説論の核心部は、島尾敏雄の文学世界の核心を突いた評言として読むことができる。モーリヤックの言葉は、時代と国境を越えた小説の根本的な在り方を語るものだと思っている。
モーリヤックが小説家の目標は〈人間の真理に到達すること〉にあると述べたことはよく知られている。そのことに触れて「小説家と作中人物」の中で次のように述べている。

我われは銘々、自分の生まれた場所、自分の生活した場所で掘る。社交小説家もポピュリスト小説家もない。あるのはただ優れた小説家と拙い小説家である。ゆえに、我われはおのおの、いかに狭くとも、自分の畑を開墾しなければならない。

（春秋社『モーリヤック著作集　第2巻』川口篤訳三四五頁）

小説の人物は、生ま身の人間とは異なり、その転位され様式化された映像である別種の人間を構成していることを謙虚に承認しよう。屈折によって真実に到達するに過ぎぬことを承認しよう。

（前同書三五〇頁）

また「小説論」の中に〈人間の真理〉について述べていると思われる次のような言葉がある。

一見最も尋常な人間においても、彼が他のあらゆる人間とは違った人間である所以のもの、「存在の最もかけがえのないもの」、……。ある心の最も個性的なもの、最も特殊なもの、最も他と異なるものを明らかにすること、それこそ我われの努めるべきことである。

（前同書三一五頁）

無限の存在は、我われの尺度では量りえない。我われの尺度に合うのは人間である。神の国が見出されるのは、ものの本にも記されているように、人間の中である。（前同書三二三頁）

小説の読者は、作品に描かれた人物を通して、作家が認識するさまざまな人間像に出会う。その登場人物がモーリヤックの言う〈「存在の最もかけがえのないもの」〉として深く表象されていることを読み取る時、私は小説を読む愉悦を最も強く感じる。島尾敏雄の小説は、ごく狭い〈自分の畑を開墾し〉、選別し意味づけられた記憶を再構成することを通して、〈転位され様式化された映像である別種の人間を構成〉することに作家としての自身の方法を見出し、作者が〈他のあらゆる人間とは違った人間である所以のもの〉、言い換えると、〈人間の真理〉を追い続けていることを伝えている。

右に述べてきた小説作品の誘引力以上に、私は作家としての在り方——それは生活者としての生き方に重なるものだが——に強く惹きつけられる。作家としての出発期から逝去までの四十年間、島尾敏雄は自らの戦争体験を素材にした小説を書き続けた。はじめの十年余は特攻死を避けえぬ運命と観じながら、生と死の間で揺れ動くさまざまな自己の姿を省みながらも、その体験を自らの生の根源的な在り方を問うものとして捉えることはなかった、と私には見えている。しかし、ミホ夫人との死の棘体験を経ることによって、二つの体験に通底する自身の生の在り方への問い直しを迫られていったように思う。晩年のエッセイ「震洋の横穴」（『毎日新聞（夕刊）』一九八〇年八月一五日）で次のように語っている。

終戦直後の頃の私は特攻隊のことを思い出すことさえいやであった。非戦闘員の原爆や空襲、沖縄戦の体験とくらべてもまるで無疵の体験ではないか。そのことはむしろ伏せておきたい気がしていた。しかし次第に私にとってその体験が決してそれ程軽くはないことに気づきだした。歳月が経つと共に、それが何であったかを見究めたい思いがつのるようになった。

（『過ぎゆく時の中で』（一九八三年三月新潮社）一四一～一四二頁）

右に述べたことは次のことに示されている。戦後十五年を経た一九六〇（昭和三十五）年から十七年間にわたって連作長編『死の棘』が書き進められる中で、八月十三日の特攻戦発令から翌朝の即時待機までを素材にした「出孤島記」を書いてから十三年後に、八月十五日の死から生への回帰を素材にした「出発は遂に訪れず」を書き、それから五年後に八月十六日以降の待機生活を素材にした「その夏の今は」を書いた。それから九年後一九七六（昭和五十一）年に『死の棘』を完成させ、その二年後から海軍予備学生時代を素材にした『魚雷艇学生』連作七篇、さらに三年後から他隊の震洋隊基地跡探訪を材にとった『震洋発進』連作に取り組んだ。しかし、念願していたコレヒドール島については書きえぬまま一九八六（昭和六十一）年十一月に急逝した。そのあと遺稿として発表された「（復員）国破れて」（『群像』一九八七年一月号）が加計呂麻島を離れるところで未完のまま遺されたことは、九月一日の特攻隊員百余名を引率指揮した加計呂麻島離島から九月六日の特攻部隊解散と復員までを描いて、自らの特攻隊体験の振り返りを終わらせることを意図していたと推測させる。

従軍中に遺書として書いた「はまべのうた」が奇しくも友人宅に届けられて復員後手許に還り、同人誌『光耀』に発表したことから始まり、「〈復員〉国破れて」で閉じるまでの四十年の島尾敏雄の作家生活は、戦争体験が自身にとって持つ意味を〈見究めたい思い〉を深めていくためのものであったと言えるだろう。その過程においてキリスト教に出会い、不可知の絶対的超越者とのつながりを自らの中に見出していこうとしていったと思われる。小説創作の中でそのことを明示することはなかったが、奄美移住一年後のカトリック受洗以降、特に『死の棘』執筆を契機として、キリスト者としての眼差しが創作に色濃く反映するようになっている。『死の棘』は罪と赦しの問い直しを通して、エロース的愛からアガペー的愛(注)へ、自閉的な生から他者との共生へ、といったキリスト者としての福音的な主題を読むことが可能である。『死の棘』の歩みは戦争体験の創作化と軌を一にしているとみなしてよいだろう。同時に『日の移ろい』などの日記体小説や『夢のかげを求めて　東欧紀行』などの紀行的作品、そして『夢屑』などすぐれた夢小説も執筆されており、多様な創作が継続的に遂行されている。それらの作品には、他者との関係における自己の在り方を見つめる作家の視線が強く反映していると読むことができる。さらに言えば、それはモーリヤックの言う〈神の国〉を〈人間の中〉に見出そうとする、キリスト者としての福音的な視線と解しうるように思う。

五十九歳の時、晩年の人間観を知るうえで重要な意味を持つエッセイ「想像力を阻むもの」(『岩波講座文学第二巻』一九七六年一月岩波書店)を書いており、その中で次のように述べている、怯え、もしくは臆する心は、怯えないこと、勇敢なことと向かい合うのではなく、怯えをごまかすことと対峙する。怯えをごまかすことが（ごまかすという言葉が好ましくなければ、克服すると言いかえてもいいが）、……、強さを装うという反面の危険を内包している。この強さを装う心のはたらきが、果てしのないにんげんの業をくり返し生じ重ねることに、道を開くように思えて仕方がない。

（『南風のさそい』（一九七八年一二月泰流社）二四頁）

通常私たちは〈怯え〉る心を自分の〈弱さ〉として受けとめる。従って、その弱さを隠すためにしばしば〈強さを装う心〉を生じさせる。〈強さを装う心〉は自我を肥大させて我執へと転化させ、場合によっては他者との通路を閉じ、他者の抑圧へと走らせる。日常生活においてこうした心の在りようを体験しない者は稀だろう。〈果てしのないにんげんの業をくり返〉すという言葉は、長く深い自己省察から紡ぎ出されたものであるゆえに、動かしようのない重みを伝えてくる。ではどのような態度が必要なのだろうか。引用のあとで次のように述べている。人間は内部から〈怯え〉や〈弱さ〉を消し去ることはできないが、そうであっても〈怯える〉自分、〈弱い〉自分に気づいた時には〈怯えを去らずに見つめること、ふるえながらでもその場を逃げ出さない態度〉を持ち続けることが大切だと述べている。

心奥に不可知な闇を潜めている自己を探り続けた島尾敏雄の、晩年の生き方の根柢にあったものは、罪人という自己認識であり、罪へ誘われる〈弱い〉自分を見つめ続ける飽くなき自己探求の念いであったように思う。自己の〈弱さ〉を見つめて、〈ふるえながらでもその場を逃げ出さない態度〉を生き方の指針にするまでには長い時間が必要であった。そうした生の在り方は特攻隊体験、死の棘体験と精神を病んだ妻の介護のための入院生活、さらに娘マヤの突然の言語障害の発症と、繰り返される〈にんげんの業〉の渦中で自己を見つめる中で幾度も問い直され、見直されて根づいたものであると思う。それゆえに、〈強さを装う心〉が〈果てしのないにんげんの業をくり返〉すという認識は、個を越えて、また時代を越えて、今を生きる私たちの生き方、社会の在り方を問うものとして捉えることができると思う。

優劣基準が単一化された格差社会が進行する中で、〈弱い〉自己をごまかさずに生きることは難しくなっている。経済的価値が最優先されるネット社会に生まれ、ＡＩ技術を身につけ、情報処理能力を高めることを最重要目標に置く教育制度に組み込まれている子どもたちの多くは、小さい時から存在自体を尊ぶ心を養う場から遠ざかって単一の優劣基準の中で成長し、瞬間的、肉体的な快不快の感覚に促されて行動しているように見える。内部に闇を潜める〈弱い〉自分を自覚することから、互いを認め合い許し合う関係が生まれてゆくのであれば、〈弱い〉自分、無意識に罪(悪)に走る自分を見つめることを大切なこととして学ぶ機会のない子どもたちは、〈弱さ〉を隠す知恵と〈強さを装う〉技術を身につけることが社会を生き抜く術だと考えるようになっていくように思う。それを良しとする社会が今の日本であるように私には見えている。

島尾敏雄の戦争小説、そして病妻小説は、人間が意識の層と無意識の層との不可知の絡み合いによって動かされ、人間の無意識の層では純一さ（善）への志向よりも罪（悪）への志向が強く働き、或る場合には意識の層をも支配することを描いている。その無意識の層によって動かされる自己を見つめ続けることを通して、唯一無比の存在としての他者に出会い、新しい関係が生まれる契機が得られることを暗示している。しかし、それはあくまでも契機であって、新しい関係が相互の信頼と愛で結ばれた関係へと深まっていくためには、我執から離れる日々の積み重ねが必要なのである。島尾敏雄の作家としての在り方、生活者としての生き方を、私はそのように理解している。

以上の理解はすべて島尾敏雄の著作を通してのものである。私は島尾敏雄と面識はなく、実際の生活がどのようであり、素顔がどのようであったかは、交流のあった人たちの種々のエッセイ類を通してしか知るところはない。それでよいと思っている。読者にとって重要なのはその作家が書いた文章であると考える私にとって、右に述べた理解が私の真実の島尾像なのである。

注　ここで言う「エロース的愛・アガペー的愛」については、イエズス会司祭山中大樹氏の「キリスト者が「愛する者たち」でいるために」（越前喜六編著『愛――すべてに勝るもの』（二〇一五年一二月教友社）所収）での解説に沿った意味で用いている。山中氏は次のように述べている。

〈エロースは「熱情、愛情（愛着）」を意味し、愛の感情的側面を描くか、感情的な愛を描く言葉だと考えられる。……。アガペーは「他者への温かい好意・関心としての尊敬・敬意・愛情」を意味し、これを持つ者の性質・傾向とその表出行為を表す言葉だと考えられる。

また、この語は神に対しても人間に対しても用いられているのだから、神と人間の本性に関する一つの用語だとも言えるだろう。〉

また、前カトリック教会教皇ベネディクト十六世は『回勅　神は愛』（二〇〇六年七月カトリック中央協議会）で次のように述べている。

〈それぞれ異なる側面をもった二つの愛が、一つの愛の現実の内にふさわしい一致を見いだせば見いだすほど、愛そのものの真の本性がいっそう実現します。

まずもっぱら求め、上昇するのが「エロース」であるとしても――人は約束された大きな幸福によって惹きつけられるからです――、人に近づいていくうちに、この「エロース」は次第に自分のことを考えなくなります。そして、ますます人の幸せを求め、愛する者を心にかけ、自分を与え、人のためにともにいたいと望みます。こうして「アガペー」の要素がこの「エロース」の愛の中に流れ込みます。〉

3　第一章～四章の導入的解説

◆第一章　メルヘンからの出発

作家島尾敏雄の出発はメルヘンから始まった。従軍中に大平ミホに遺書として捧げた「はまべのうた」と、復員直後にミホとの再会を待ちながら書いた「島の果て」である。「はまべのうた」は、突撃死を運命として受け容れている青年特攻隊長の、純一なものを求める心と、島の娘と共にした時間をこよなく大切なものとして心に刻んで、静かに出撃を待つ姿が稀有な純度を得て描かれている。「島の果て」は、「はまべのうた」で省かれた隊長と部下との関係が物語の重要な要素となっているが、メルヘン体をとることによって、隊長の苦悩は抽象化され、物語の中心を恋人トエの一途で献身的な愛を語ることに置くことが可能になっている。結びで朝の陽光に包まれ、生き物が生動する浜辺に坐るトエが描かれているのは、島尾が、やがて帰るべき場所として加計呂麻島呑之浦を予見していたとも思わせる。死を待つ過酷な特攻待機生活の中で、唯一自分を取り戻せた時間をメルヘンとして描いたことの意味を考えてみた。

◆第二章　方法の模索

出発期の作家としての表現方法は大きく二つに分けられる。一つは、敗戦直後の社会に順応できない内面の不安な様態を、本来脈絡のない記憶や夢の断片を変形させてつなぎ合わせ、肉体の感覚的な感受の表現を通して夢の世界として描いていく。もう一つは、自己の内部の制御できない闇の部分の内実を他者との関係の中で見つめ、心理の劇として写実の方法で描いていく。そうした二つの方法は戦争小説においても試みられている。前者は、夢の方法による最初の作品である「孤島夢」と戦争体験の重要な問題が包括的に提示されている「アスファルトと蜘蛛の子ら」である。後者は、特攻隊体験にリアリズムの方法で本格的に取り組んだ最初の作品である「徳之島航海記」、擬似的な恋愛劇が真実の恋愛に進むところで別れが来るというロマンの創作を試みた「ロング・ロング・アゴウ」、特攻隊隊長として特攻突撃を成就させるために過ごした九ヵ月間の自身を真正面から見つめて描いた、いわゆる特攻三部作の一作目「出孤島記」である。五作品を通して、作家として戦争体験にどのように向き合おうとしていたのかを、表現方法の模索の跡を追いながら考えてみた。

◆第三章　体験の思想化

〈体験の思想化〉は森川達也氏が『島尾敏雄論』（一九六五年一〇月審美社）で用いた用語である。その内実について森川氏は、〈自己の戦争体験への直接的なつながりを断ち切り、その体験性を抜き去り止揚することによって戦争体験を意味とし、思想として捉える方向に成り立つ〉と述べ、〈体験の思想化〉によって戦争とは何か、人間とは何かを問うことが文学に求められていると述べている。森川氏は〈体験の思想化〉を果たす文学として反リアリズムの方法を提示しており、島尾に則せば夢の方法がそれにあたる。その観点から「孤島夢」や「アスファルトと蜘蛛の子ら」はその先駆的作品としてみることができるのだが、森川氏が否定的にみなすリアリズムの方法によっても〈体験の思想化〉は可能だと私は考えている。「出孤島記」を含めて奄美大島移住以前のリアリズム作品は体験の直接性、具体性、個別性に執着し感覚として体験を捉えることに重点が置かれている。しかし奄美移住後、直接的具体的な体験を素材にしてリアリズムの方法によりながら、体験の意味を問う方向へと進んでいった。そこで問われる意味は、島尾個人を越えて人間存在の意味を問いかけるものとなっている。上記の観点から奄美移住後の三作品を取りあげた。

「廃址」では、特攻隊指揮官であった戦時の自分を見つめ直す中で、妻との再生への道を踏み出していく主人公が描かれている。作者は死の棘体験と特攻待機体験に通底するものを見出しているように思われる。その意味で重要な意義を見出しうる。「出発は遂に訪れず」では、敗戦以降特攻出撃を待つ日々とは別種の死と向き合わねばならなくなった隊長が、生き残るためにどのように行動するかを、肉体の感覚と心理との両面から描出している。「廃址」にみられた、他者との相対的な関係の中に主人公を置いて複眼的視線で見ていく作者の位置の取り方は、この作品以降定着していく。「その夏の今は」では、絶対的であった階級秩序が崩れ、利害で結ばれた関係に潜むエゴイズムが露出していく中で、エゴイズムの構図の中心にいる指揮官が抑圧者である自身をどのように自覚し、生き残るために村民や部下との関係を保とうと、どのように行動したかが問い直されている。また、三作は『死の棘』連作の執筆と連動するように書かれており、そのことの意味を別途考えてみた。

◆第四章　自己探求の深化

『死の棘』が完結して二年後、島尾敏雄は六十二歳の時に『魚雷艇学生』連作を起筆したが、完結するまでに七年が必要であった。また、『魚雷艇学生』の起筆から三年後に、並行して『震洋発進』連作に取り組んだが、四作を執筆して急逝した。二つの連作は晩年の島尾がどうしても書いておかねばならない素材と対峙した作品であった。『魚雷艇学生』では、一年余の速成の海軍士官育成の教育訓練を受けて魚雷艇学生となり、特攻隊を志願し、特攻艇震洋隊の隊長として奄美大島加計呂麻島に進駐して行くまでが時系列に回想体で語られる。人間の本来的な心根を隠し、〈強さを装う〉術をどのようにして身につけていったのかを見つめる作者は、目的遂行のために組織化された集団の中で生きねばならない人間の本質的な姿を描き出している。『震洋発進』では、震洋艇の爆発事故によって多数の死者を出した高知の第一二八震洋隊、全震洋隊の中で特攻出撃を敢行した三隊のうちの一隊である沖縄の第二十二震洋隊、終戦後米軍捕虜斬首事件で指揮官が戦犯として死刑になった石垣島の第二十三震洋隊。それぞれの部隊の事故や戦闘、そして事件の事歴と指揮官の様態が、島尾部隊でも起こりえたこととして受け止められ、書き記されている。

二つの連作に共通しているものは、深奥に闇を潜めている自己を探求するキリスト者の眼であると理解している。その眼が、予備学生から特攻隊隊長へと変化していく姿をどのように捉えたのか。また、その任務の実態がどのようなものであり、個人にどのような影響を与えたと捉えたのか。晩年の自己探求の眼が捉えたものを探ってみた。

第一章　メルヘンからの出発

「はまべのうた」に託されたもの――愛と生の証しとしての遺書

1　執筆の経緯

「はまべのうた」は特攻戦発令が近いことを感じていたであろう昭和二十（一九四五）年五月奄美大島加計呂麻島呑之浦の第十八震洋特別攻撃隊の隊長室で書かれ、大平ミホに献じられた。その当時のことを記した島尾敏雄の文章がある。弓立社版『幼年記　島尾敏雄初期作品集』（一九七三年一一月）で公になって以降周知されてきた戦中の日誌「磯づたふ旅人の書付け」（完全版は『島尾敏雄・ミホ　愛の往復書簡』（二〇一七年三月中央公論新社）に収録）の八月二日の記述に次のような一節がある

……いろいろのことを見きゝして敵を待つうちに私は不思議なひとたちを得た。それは祝桂子と呼ぶ初等科三年の女の児とその先生である一人の婦人であつた。私は明日をも知れぬ日日のいのちであるのに奇妙な充実した生命がつけ加へられる思ひをした。私は顫へるやうな悦びのなかで童話を書き綴つて、それに「はまべのうた」といふ名前をつけた。そしてひそかにその先生なるひとにさゝげた。（中略）。私とそのひととは磯づたふ二羽の「浜千鳥」であつた。

（『島尾敏雄・ミホ　愛の往復書簡』一七五頁）

島尾が加計呂麻島呑之浦に基地設営を始めたのは昭和十九年十一月下旬である。押角にあった国民学校の代用教員をしていた大平ミホと親しくなったのは、翌年二月学校で慰問演芸会が行われてからのことであった。この時期日本軍は末期的な戦況にあった。三月上旬に東京が大空襲を受け、下旬には硫黄島守備隊が潰滅し、次いで三月末の慶良間諸島への米軍の上陸以後、沖縄が一般住民を巻き込んだ地獄絵図とも言うべき悲惨な戦場と化して、六月二十三日に沖縄守備隊は降伏し、特攻作戦に従った戦艦大和も撃沈された。詳細な情報は入らずとも上空を飛ぶ敵機の状況や防備隊本部からの待機命令によって、島尾は特攻出撃が間近いことを感じ取っていたはずである。

戦時中の書簡を収めた『島尾敏雄・ミホ　愛の往復書簡』（前掲）所収のミホから島尾に宛てた五月（日付不詳）の手紙には、千人針を贈る文面に〈心通はぬ、千人の人の縫ひとりよりも、心をこめて、一針、一針、さゝげる、おもひこそ、と存ぜられまして、貴方様を御待ち申上げつゝ、宵々、ひとりで、さしたのでございます。どうぞ、此乃おもひを、此乃「いのり」をみそなはせ給へ、と神様に念じつゞけながら〉（一七頁）と書き綴られているのを見れば、この時には二人は相思相愛の仲に進んでいたと思われる。それを裏付けるのが、島尾が父親に宛てて書いた遺書とも言うべき手紙[1]である。それは本土には送られず手許に残された。

父上様

大島郡大和村　宇定美穂子を私の妻として御引とり下さいますやう伏してお願ひ申し上げます
大島駐留中のこと美穂子より御聴取下さいますやう
父上御老後私に代りお仕へ申上げます
私を御信じ下さいますやう
父上の御無事を念じつゝ

昭和二十年五月二十一日　在奄美大島、敏雄

父上様

文面からは、自分の特攻出撃後ミホは自分の妻として生きてほしいという島尾の願いがうかがわれる。この手紙に前後して「はまべのうた」は書かれ、大平ミホに献じられたのである。その折りにミホが島尾に贈った返歌には、島尾の出撃後はあとを追って自害するという気持ちが詠まれていることから推測すれば、父親宛ての手紙が先に書かれたのであろう。ミホの返歌については第7節で触れる。この手紙が出されなかったのは、制空海権を失っていた戦況下ゆえではあろうが、あるいはそうしたミホの思いを知ったからだとも考えられる。

以上のような経緯の中で書かれ、献じられた「はまべのうた」が今に残ったのは、特攻戦が発令された二日後に、敗戦の詔勅が発せられて出撃が回避されたからであるが、別の特殊な事情も関わっている。その事情について徳間書店版『幼年記　島尾敏雄初期作品集』（一九六七年一一月）「解説」で島尾は次のように記している。

軍隊生活の中では、もうひとつ、「はまべのうた」を書いた。二十年の春のころで、そのとき震洋隊と呼ばれた特攻隊の中で、出撃命令を待ちうける日々にとじこめられていた。はじめ海軍罫紙二十五枚に鉛筆で書きつけたが、この童話を献じたミホが、何度も書き直した末、藁半紙二枚に小さな字でつめこみ、やつと書き収めることができた。

藁半紙二枚に圧縮したのは、六月初旬沖縄への出撃の途次不時着し、震洋隊基地に避難してきた神風特攻隊の西村中尉が、本土の基地に帰還する際に託した友人眞鍋呉夫の自宅宛ての手紙に同封するためであった。敗戦後その手稿が島尾の手に戻るまでの経緯については、寺内邦夫氏が「掌編『はまべのうた』到来記」[2]に詳細に報告している。西村中尉に託して眞鍋呉夫の実家宛てに送ったのは、自分の出撃後にミホが自害する意志を抱いていることを知り、「はまべのうた」が世に残ることを願ったからであろう。そうであれば、「はまべのうた」は〈私の妻として〉のミホに献じた愛の証しとしての遺書であると同時に、出征直前昭和十八(一九四三)年九月に七十部を私家版で出した『創作集・幼年記』と共に、文学を志していた島尾の生の証しとしての遺書でもあった、と言えよう。

敗戦の翌年昭和二十一年五月、島尾は詩人伊東静雄につながる庄野潤三、林富士馬、大垣國司、三島由紀夫の五名ではじめた同人誌『光耀』[3]第一輯に「はまべのうた」を発表した。発表時には同じメルヘン体の「島の果て」は書き終わっていたが[4]、第二輯にも載せていないのは、長さの問題とともに、第二輯に載せた「孤島夢」がいわゆる夢の方法の第一作であることから、無名作家として野心が働いていたと考えられる。

2　先行文献の概略と本稿の意図

『光耀』第一輯を手にした島尾は、「終戦後日記」五月十七日に〈自らの童話、はまべのうたは色褪せて才能の貧しきことまざ〳〵と思ひしり〉と記しているが、その思いは長く胸中に残っていたと思われる。全五巻の晶文社『島尾敏雄作品集』（一九六一年七月～一九六七年七月）にも収録しておらず、発表から三十年近く刊行本には入れなかった。「はまべのうた」が習作の意味で収められた徳間書店版及び弓立社版『幼年記・島尾敏雄初期作品集』（前掲）以外で単行本に収録されたのは『出孤島記・島尾敏雄戦争小説集』（一九七四年八月冬樹社）が初めてであった。しかし近年「はまべのうた」は、作家出発期の島尾敏雄を考える際に見落とすことのできない作品と見なされている。そうした見方を決定づけた論文が高阪薫氏の「『はまべのうた』論――島尾作品における位置と役割――」[5]である。氏は〈死を前提としているだけに、その必死の愛と豊かな自然を取り入れながらも、それらを朧化し、夢化する表現を実に巧みに用いている。それ故に、そこには生きることへの切ない、はかない願いが込められている〉ことを読み、さらに〈このようなメルヘンの世界が書けたということは、帝国軍人として権力を執行する立場にありながら、その隊長に作中で抗議する側の人間も描き得る作家島尾の人間を見る眼の公平さ、生きとし生けるものへの慈しみのヒューマニズムがあったからであろう。そこには、非常時局への、あるいは自らの立場を含めての国家権力への、静かなる批判がありはしないか〉と論評している。

髙阪氏の他に独自の視点から論及している文献が幾つかある。岩谷征捷氏は「「はまべのうた」からの出発[6]」において作品の特殊な成立事情に言及して〈島尾敏雄における戦争体験とは、……、約束された死に向けてひたすら準備する、徹底的に受け身の、まさに内なる戦争であった。そうした状況の下で、「はまべのうた」を、あるいは手記を書き続ける島尾の姿こそ〈頽廃〉そのものではなかろうか〉と、島尾の特攻待機体験における〈頽廃〉の問題を提示した。続いて佐藤順次郎氏は「島尾敏雄の文学世界[7]」において〈基本となる構図は隊長とミエ先生の関係――ミエすなわち大平ミホの島尾隊長への無限献身である〉と捉え、メルヘンの背後にある島尾の虚無を抱えた内面について〈島尾はここで生者をして語らしめることを避けた。わけ知り顔の説明や解説を拒んだ。……このとき島尾が信じていたものがあるとすれば、島の女もその愛もそれを受けとめる男をも、全て無にするという目前の歴史しか無かった筈だ〉と評した。また花田俊典氏は「昨日は今日に続かず――島尾敏雄の時間[8]」においてメルヘン体を採った理由を考察して、〈把握するのに困難な現実と対峙し、なおその現実の内側にいる自身を全体のなかに表現しようと試みるとき〉童話という形式によって〈現実と向き合う自己のスタンスを遠くとって、いったん原型に還元してみることは、よくその眼前の現実の含む意味を簡明に整序してくれる〉と分析し、メルヘンを創ることが〈目前に予定された特異な死に際して、それはおのずから要請された甘美な慰みのひとつであったろう〉と評した。さらに寺内邦夫氏は「島尾敏雄・掌編『はまべのうた』について」[9]において相愛の機微に言及して、〈指揮官の孤独に思いを寄せるとき、島の娘に心をつなぎとめ、心の支えとした島尾隊長が理解できよう〉と述べ、〈その孤独な特攻隊長として「死のコンボイ」（死出の旅への道連れ―筆者注）の対象として殉死を志すミホが出現してくる。掌編『はまべのうた』とミホの短歌を一対のものとすれば死を前にした最後の燃え上がりを見せる青春物語と読み取れる〉と評した。梯久美子氏は「戦時下の恋」[10]において他の作品には見られない自然描写に言及して、〈島の自然と風物は、死を身近に生きていた島尾の心に沁み入ったに違いない〉として〈ミホへの思いだけではなく、南の果ての島で出会った奇跡のような風景をも書き残そうとしたのではないだろうか〉とその自然描写の唯一性を見取っている。

筆者の捉え方も上記諸氏の見方から出るものではない。特に田中眞人氏が「皆既日蝕の憂愁[11]」において〈みずからが存在すること、いや存在したことの証し〉として〈ひとりの女性との愛の邂逅をつうじて、この世界を自己の存在をうべなう清澄な水を掬う心境のままに書かれている〉と述べていることに重なる読みをしたい。その試みの中でこれまで深くは探られてこなかった場面ごとの意味内容について掘り下げ、島尾が生きていた戦争の現実が「はまべのうた」からは消去されていることの意味、そしてミホへの愛がどのように表出され、作家志望であった青年の眼や心の内実がどのように見出されるかに注目して、この作品をミホへの愛を証す遺書として、同時にメルヘンの世界を創ることを通して自らが生きたことを証す遺書として読んでみたい。

3　ケコの悲しみ――自省の眼差し

物語は〈みんなみのある小さな島かげ〉にある〈ウジレハマとニジヌラと呼ぶ二つの部落〉と、その間にある〈くちばしのように海につき出た岬〉の〈のどもとの小さな峠〉を主な舞台にしている。

小さいながらも赤土の歩きにくい急な坂や道を横切って流れている小川などを通って峠の上に出ると、眼さきはからりとひらけて近くの島の山々は幾重にもむらさき色にかさなり、遠くの島かげは心に遠くうす墨ではいたようにかなたの水平線に浮び上ってまるで絵のようでありました。そして片方のふもとにはウジレハマが反対の方にはニジヌラが箱庭みたいにちっぽけになって見下せるのでした。かぜのあるときには立さわぐ潮騒や峰の松籟が子守唄のように峠に立った人々を夢の気持にさせるのでした。お月夜のばんなどにはこの二つの部落はまるで青い青い水底に沈んでいるようでありました。浜辺にはアダンゲやユナギの葉がくれに南の海が静かに波打ってときどき青い夜光虫が光って居りました。

（『島尾敏雄全集第2巻』七～八頁。以下本文の引用は同書に拠る）

引用は冒頭部に描かれた峠からの景観である。抽象的、概念的な説明に傾かず、作者のイメージを具体的に描写している。陽光の下での近くの山々と遠くの島かげの微妙な色合い、月光の下での部落や夜光虫の神秘的な色彩に加えて、風に騒ぐ潮騒や松籟と静かな波の音。作者の繊細な視覚と聴覚から生まれる描写力の非凡さがうかがえる導入部である。読者は導入部からメルヘンの世界に引き入れられる。作家となってから折に触れて島尾は、加計呂麻島には古代が息づいていたと語っている。古代を思わせる峠から見える〈まるで絵のよう〉な加計呂麻島の景観は、突撃死を待つ当時の島尾の心を癒すものとして強く刻印された。〈峠に立った人々を夢の気持にさせる〉とは、島尾の実感であっただろう。

ウジレハマは役場や学校などがあり賑やかだが、ニジヌラは十軒ばかりの貧しい民家があるさびしい部落である。物語はそのニジヌラの入江に兵隊が沢山やって来たところから始まる（八〜一〇頁）。村人は兵隊が〈むりなんだいをふきかけて来てこまらせはしないだろうかと心配して〉いたが、兵隊は〈そんなようすもなく昼間も夜中も一所懸命に何かお仕事をしてい〉た。或る日部落に〈眼の大きな〉〈若い軍人〉が来て、〈「私は隊長だ」〉と名乗り、峠道の通行を禁止すると言って〈さっさと帰って〉行った。困った大人たちは学校に通う子供たちのために総出で新しい道を作った。しかし、子供たちの登校時間は二倍も三倍もかかり、登校をいやがる子供も出てきた。或る日、大きな眼をしたキク・ケコは〈眼に涙を一ぱいためて〉〈すきとおってきれいで鈴みたい〉な声で、元の道が通れるようにお願いして下さいと受け持ちのミエ先生に言った。ミエ先生は次のようにケコに言う。

「キク・ケコちゃん、へいたいさんはこの島をお守りしてくださるのですよ。そのへいたいさんの何かの御都合でもとの道は通れなくなったのですから、そんなに分らないことを言ってへいたいさんを困らせてはいけませんよ。ケコちゃんはもっと元気な強い子供になりましょうね。新しい道は遠くていやでしょうけど、よくきいてごらんなさい。珍らしい小鳥が一ぱいないていますよ」（一〇頁）

ケコはミエ先生を優しい先生だと思うのだが、〈隊長さんはにくらしい〉と思う気持は消せない。子どもの困難は大人の困難でもある。そうであっても島を守るという大義名分のもと、上意下達の軍の命令に逆らうことはできない。苦しいところにも喜びを見つけられると諭すミエ先生の言葉は、非常時にあって国のために個を犠牲にせねばならないとする当時の国民一般の考えをミエ先生が持っていたことを示している。と同時に、隊長自ら村人に命令を下し〈さっさと帰ってしまいました〉とその傲慢さを示すように語っているのは、村人に犠牲を強いることへの責任を語り手＝作者が感じていることを表している。メルヘンという形式を選んだことには、見えていながら切り棄てた現実、見ることができなかった現実があることを作者が意識していたことを示してもいる。そのことの認識は心の奥に深く秘められなければならない性質のものであった。

もちろん、この時期の島尾が、南島に進駐した特攻部隊隊長として、現地の住民に対する責任をどのくらい深く認識していたかは分からないが、次のことは見ておかねばならない。創作において現地の住民に対する責任の問題と対峙するのは、戦後二十二年を経た「その夏の今は」（『群像』一九六七年八月）まで待たねばならない。そこでは島の人々からの借地に関する事務処理は部下に任せていたことへの責任が採り上げられているが、復員後間もなく書かれた「孤島夢」や

「アスファルトと蜘蛛の子ら」において、夢の世界のこととして島民に対する負い目が間接的に語られている。島尾は復員直後から部隊長としての島民に対する責任の問題を心に刻んでおり、時間をかけて自省していったと思われる。最晩年に「震洋隊幻想」(12)の中で〈戦争を背負った軍隊が在地へ残した理不尽な棘は容易なことで抜き取れるものとは思えない。そのかかわりは双方共に根深くからみ合っているが故に一層ほどけにくい〉と思うのに、〈言い知れぬ恐怖〉を覚えながら〈抗し難くその現場に吸引される〉と書き記したのは、島尾が島の住民に対する自らの責任の問題を生涯背負い続けていたことを証している。そのことを思うと、「はまべのうた」に〈さっさと帰ってしまいました〉と傲慢な隊長として書いたことは、この問題が〈理不尽な棘〉として心に刺さっていたと考えるべきだろう。自身を批判的に見る創作家としての眼をここに見取ることができる。

4　島人との交流――僻陬(へきすう)の地への親愛

工事が一段落つくと、兵隊とニジヌラの人との交流が始まる。まず男の子たちとの交情がある(一一～一二頁)。或る日、男の子たちが学校の帰りに坂道で隊長と出会った。みんなは〈隊長さんがこわかったので早く先に行ってくれればよいと思った〉が、隊長は〈にこにこ笑って敬礼をし〉て〈一緒に行こう〉と言って〈どんどん先に立って歩き出し〉た。隊長は子どもたちの通る道を自分も歩いてみたかったと言う。元の道を通りたいという子どもたちの願いを聞いた隊長は〈困ったような顔[13]〉をしてから〈大きな声で軍歌を歌い出し〉た。〈みんなが軍歌を覚えてしまうころには、すっかり隊長さんと仲良しになっ〉た。


海の子供は海がすき――

と隊長さんがうたいました。トシちゃんたちはすぐにそのまねをしました。

うーみのこどもはうみがすき――

そして新しい道がこんなに近く思われたことは今までに一ぺんもなかったことでした。(一二頁)

筆者はこの〈軍歌〉については詳らかにできないので、ここに引用した箇所についてのみ言及する。男の子たちは〈新しい道〉に元の道とは違った価値を見出した。〈海の子供は海がすき〉という言葉に男の子たちは自分を投影させていく。海を生きる場としている貧しい漁村の男の子は海で生きることの厳しさを見ている。〈大きな声〉に乗った軍歌の一節は〈海の子供〉である自分に価値を見出す力を持っている。あるいは、海軍士官である隊長への憧れにつながるイメージを喚起する力を持っていると言ってもよい。島尾の少年時代は自ら言うように徴兵への怖れを抱き、活字を友とする文弱な少年であり、軍歌を歌う少年ではなかった。その島尾が遺書として書いた作品であることを考えれば、〈軍歌〉と言いながら〈海の子供は海がすき〉という一節だけを繰り返す作者の思いの中にあるものは、軍人としての戦意高揚の思いなどではなく、前掲論文（二四頁注5）において髙阪薫氏が指摘する〈戦時国家への割り切れぬ批判〉を読むことができるのだが、同時に、貧しい南島の僻陬であるがゆえに保持している純一さへの共鳴と、生き難い時代を生き抜くことへの激励の思い、そして加計呂麻島の自然への哀惜の思いが託されていると読むこともできるだろう。そこには、自らの〈新しい道〉を切り拓くことを断念せざるをえない若き島尾の無念な思いがこめられてもいるはずである。

次いで大人たちとの交流がある（一一二〜一一四頁）。ニジヌラの大人たちも兵隊が〈小さな南の島を守りに来て呉れたこと〉が分かり、〈一途にかたい心になっていたのは間違いだ〉と思うようになる。そこで兵隊の主だった人たちを招待した。部落の人々は皆で〈南のくにの珍らしい御馳走〉を持ち寄り、ケコの父が弾く蛇皮線を伴奏に歌い踊った。部落の人々が踊ると次は隊長が〈でたらめおどり〉を踊り、みんなも踊って楽しい夜が過ぎていった。村の人々が踊ると次は隊長が〈でやさしそうなのでとても安心〉した。ニジヌラでの歓迎会のあとウジレハマの学校でも兵隊を招待して学芸会を催し、村の人々と兵隊は仲良くなっていった。

部落の人々との人間的な交流が行われたことを書き遺すことは、島民にとって抑圧者である軍の指揮官としてのみの存在ではなかったことの証しを遺そうとする意識の顕れでもあろう。前節で触れたように、それは同時に島民との関係での負の側面を振り返らせたはずである。そうした側面がありながら、子どもたちや大人たちとの心の通い合いの場面を書いたことに、社会人としての生活体験を持たぬ青年の日常的な生活への憧憬と、軍隊という場を離れて一青年として生きた束の間の時間への愛惜が強く働いていることが推察されるのである。晩年に至るほど島尾が加計呂麻島呑之浦に心惹かれるようになっていったことは、遺著『震洋発進』連作の「震洋隊幻想」に語られているが、その理由の一端は、ここでの島民との交流が島尾にとって忘れることのできない貴重な体験であったからだと思う。また、島民との交流の場面の中にさり気なく書き記されている挿話には、島民への親愛の思いと共に南島への別の関心を抱いていたことが知られる。ニジヌラでの歓迎会では〈いかにも悲しいあわれな調子〉で一人で歌う島唄の内容が語られている。

それをきいていると、ずんずんそのうたの中にひきいれられていくような気がしました。その歌はこの島に古い古い昔から伝わって来た可哀そうな奴隷娘をうたったものでした。その奴隷娘はきりょうよしのやさしい娘でしたが、ただ身分が奴隷であったばかりにみんなにいじめられてとうとう死んでしまったのでした。(一四頁)

その悲話[14]は村人が共有する島の悲しい歴史を表してもいる。〈そのうたの中にひきいれられていくような気がし〉たのは語り手と見ていいだろう。そうであれば、この叙述には作者の虐げられる者の悲しみに共振する心が託されており、その心は差別する心が〈みんな〉の心の中にもあることを感受してもいると見ることができる。この時期に島尾が悲話の背後に隠されている南島の生活の実態にまで眼を向けていたわけではないと思われるが、やがて〝ヤポネシア〟の命名者として、日本列島の南島の連なりの中に、日本の文化や歴史の起源のひとつを見出そうとする南島論の、有力な提唱者と目されるようになる島尾の出発点が胚胎していたと見ることができるだろう。

今ここで確認しておきたいことは、メルヘンという形式を採ることによって、貧しい僻陬の地の人びとの心情への親愛と、悲しい歴史への関心に表現を与えることが可能になったということである。高阪薫氏が前掲論文で評したように〈朧化し、夢化する表現を巧みに用いている〉ことは、特攻出撃が間近であることを意識しながらの日々の中で、死を受容することを通して或る種の透徹した境地を作者が自得しえていたと思わせるのである。

これまで学徒動員の戦死者や特攻死者が遺した手記や遺書、書簡等の研究で主導的な役割を果たしてきた森岡清美氏は『決死の世代と遺書』[15]に次ぐ第二著『若き特攻隊員と太平洋戦争　その手記と群像』[16]において、手記や日記、遺書を分析した結果として〈私たちが天皇制国家の時代を超える特攻戦死の意味づけとして受け止めることができるのは、……要するに、愛する肉親を守り、美しい国土を守り、日本の国、同胞を滅亡から救うための捨身としての特攻戦死である〉と結論づけている。『魚雷艇学生』（一九八五年八月新潮社）第五章「奔湍の中の淀み」の中に、主人公が特攻隊員を志願したあと横須賀に行く途中実家に立ち寄り、里帰りしていた上の妹の赤ん坊を抱く場面がある。

> 抱き取った赤ん坊から、やわらかいが弾みのある手の指で耳をつかまれたりすると、言いようのない幸いな気分に満たされた。そしてこの赤ん坊や、妹たち、父などが先の世に生き延び

るための犠牲であるのなら、自分の特攻死も諾われそうに思えたのだった。(『魚雷艇学生』一〇二〜一〇三頁)

ここには島尾の体験が反映していると見てよいだろう。森岡氏が〈実際的には意味づけの核を支える下層をなす〉(前掲書注16・二九二頁)と見る肉親や国土、同胞を〈滅亡から救うための捨身としての特攻戦死〉を、島尾は特攻隊員決定直後から自らにうべなわせようとしていたとみれば、呑之浦の子どもや大人たちへの親愛の思いの中に、肉親に対して抱いたと同様の、彼らが〈先の世に生き延びるための犠牲〉となることの覚悟が込められていると推察される。そのように考えれば、特攻戦発令の報告を気にかけながら、深夜に速成の隊長室で仄暗いランプの明かりのもと、主我的な感情を抑えてメルヘンを書き記す青年の姿が、今の我々には稀有なものとして浮かび上がってくる。

5 〈天の国〉のケコ——純一なものへの志向

ウジレハマの学校での学芸会でケコの踊りを見た隊長がニジヌラにあるケコの家に来るようになり、ケコは隊長と友達になった。ケコは新しい道を通ることがいやではなくなった。隊長が来ない時にはケコが手紙を書いた。

たいちょさんへ。わたしは。たいちょさんをみればうれしくてたまりません。まいにち。あそびにきてください。あなたが。あそびにいらっしゃれば。ひとつもさびしいことはありませんが。あなたが。いらっしゃらないときは。ひとりのようにさびしいのです。……。（一六頁）

ケコの手紙は初等科三年の子どものものとは思えない。第1節で述べたように、島尾がミホに「はまべのうた」を献じた五月には、二人のあいだに相思相愛の思いが通い合っていることが分かる。〈さびしい〉という言葉に託されたケコの思いは島尾が受け止めたミホの思いであり、同時にそれは島尾の思いでもあったろう。『島尾敏雄・ミホ　愛の往復書簡』（前掲）に掲出された中から五月の手紙の一部分を抜いてみよう。行頭の漢数字は同書中の書簡番号を示す。

九、ミホから島尾へ宛てた手紙

（前略）

然し世を責めては不可ません。世を責め、人を責めることは自分の心が不可ないからでございますわ。ミホは、決して、人様を責めては不可ない。自分には如何に悲しくとも人様のなさる事は心から悦んでお受けしたいと、常に、神様にお祈りをつゞけて居りますのに。でも修養の至らぬ身はすぐ悲しがります。アワテル時は人様を責めたりする事も多々ございます。（中略）

「あなた」はミホにとつては、総てでいらつしやいます。

「あなた」の十分の一のところ辺りにでもミホを入れて頂けましたら、それで満足でございます。

（後略）

島尾からミホへ宛てた手紙

十一、（前略）

然し余は思ふよ　いろいろなきづなで思ふやうにあへなくてもお前のゐることだけで全世界は俺のものだ　……

ミホはいつもふるえてゐるね　余の傍にいつもふるえて余の言葉を待つてゐるミホがゐる　心で通つて余はミホを美しく美しくする　そして余は強く強くなる　ミホが更に強く強くしてくれる　強く強くなつて　美しく美しくなつて君の御為につくすのですよ

手紙を読んでゐるとお前の心のきれいなことがうれしい

（後略）

病に臥せる島尾にミホが贈った月下美人の花を、部下が縁起が悪いからと島尾に届けなかったことについての遣り取りであるが、ミホの文面には島尾への愛の強さと共に、他者を思いやる純粋で清らかな心ばえが表れており、島尾の文面にはミホの心ばえと愛に支えられて、頽廃へ傾く心を律しようとする強い念いがうかがわれる。戦時下ゆえの類い稀な相聞が交わされていると言ってよいだろう。

春が来て、草木が芽吹きはじめた頃、ケコの家に隊長がミエ先生のところへ一緒に行こうと誘いに来る(一七〜二〇頁)。隊長はケコを背中におんぶして新しい道を行く。背中でケコが歌う。

ひよこ、ひよこ、ひよこはかわい——

とケコちゃんはうたいました。

「へんなうただね」

「パッパシュがうたうよ」

「パッパシュって何だい」

「気違いよ。もっと気違いがいるよ。ブンドもヒロンムも気違いよ」

「ケコちゃん」と隊長さんは歩きながら呼びました。

「はい」とせ中でケコちゃんが返事をしました。

「うたやおどりは誰にならったの」

「大きくなったら覚えていた」うたうようにケコちゃんは言いました。「もっとたくさん知っていたのによ。みんな、みんな忘れてしまう」

隊長さんはだまっていました。隊長さんはケコちゃんがかあいらしくてかあいらしくてたまらなくなりました。

ウジレハマの部落が眼の下に見え始めました。隊長さんとケコちゃんは天の国からこっそり

ウジレハマの下界に降りて行くような気がしました。(一九〜二〇頁)

ケコとの会話の中で突然〈気違い〉のことが出てくる。そのことを聞いた隊長は話題を変えて質問する。それは隊長にとって聞いてはいけないこと、禁忌のことなのだ。しかしケコは〈気違い〉と一緒に〈うた〉を歌うと言う。ケコは〈気違い〉という言葉は知っている。しかし、その言葉が意味する社会的な差別感情はまだ持ってはいない。〈もっと気違いはいるよ〉と言う。この言葉は〈気違い〉たちが部落の人々と交わりながら生活していることを示している。ケコの心が村人たちの心のありようと大きく異なっているわけではあるまい。〈気違い〉を排除することなく受け入れる村の生活が暗示されている。南島の貧しい村におけるこうした社会的弱者への協同意識は島尾の心に焼き付けられたのであろう。奄美大島移住後すぐに書かれたルポルタージュ「名瀬だより」[17]には村々が閉鎖的で他村から孤立しているゆえに村人同士の協同意識は強く、〈島には、本土におけるような差別的ないわゆる「部落」を見つけることはできない。「部落」をうみつける環境がなかったのかもしれないが、島の人々がそれをこしらえなかった〉と記している。

島の人々にとって〈うたやおどり〉は生きることに結びついている。ケコにとって〈うたやおどり〉は幼い頃から常に周りにあり、自然と体が覚えていったのだ。ケコは〈忘れてしまう〉ことを悲しみとして受け止めている。隊長は年齢と共に世間的な知恵がつくことと引き替えに、失われていく純な心を感受している。差別意識を持たず、自分の中から〈うたやおどり〉が消えていくことを悲しむケコに隊長が見出したものは、人間が本来的に持っている純一ないのちの呼びかけに感応する心であろう。〈天の国〉とはそうした純一ないのちを育む場所なのだ。戸数わずか十戸ほどの加計呂麻島呑乃浦にあった貧村とそこに住んでいた祝桂子を、やがて島尾はたびたび小説の素材にするようになるが、その原形はここで語られている姿であろう。ここには純一なものを求める島尾の本来的な志向を認めることができる。

これから行こうとしているウジレハマが〈下界〉であるとは、隊長にとってミエ先生との出会いの場がそうした〈天の国〉ではないことを表していることになる。やがていなくなる隊長にとって、ミエ先生との逢瀬は現実の世界での出来事でなければならないのである。

6　〈下界〉での相聞——黙契の愛の表出

ミエ先生の家に着くと隊長はケコに先生を呼ばせる。ケコが小さな声で〈せんせ〉と呼ぶとふくろうが〈くほう〉と鳴いた。ミエ先生は自分を呼んでいるように聞こえたので障子を開けた。ケコの声は外の動物と感応し合う不思議な力を持っている。部屋に招かれた隊長はミエ先生の〈真っ白なひげ〉の祖父と話をし、ミエ先生は料理を作り、ケコがそれを運ぶ役目で二人の話に加わることはなかった。やがて隊長はミエ先生と言葉を交わすことはなく暇乞いをする。ミエ先生は〈白い小さなエプロンをかけたまま庭におりて〉、薔薇の花をいっぱい切ってケコに持たせ、おんぶした。

隊長さんがずんずん先に立って歩くとケコちゃんをおんぶしたミエ先生があとから黙ってついて行きました。隊長さんは、はまべに出て歩きました。しおはすっかりひいてゲブゲブという貝が貝がらの中から身体を出して、こっそり歩いていました。ちどりがちろちろないて飛び立って行きました。いそづたいにウジレハマの部落外れに来ると隊長さんは黙ったままミエ先生のせ中からケコちゃんを受とり（ママ）ました。そして今は部落の人の通れなくなった峠みちをのぼりはじめました。ガジマルの樹のそばでふり返ると月のはまべにミエ先生がぽつんと立っていました。白いエプロンが眼にしみました。（二一頁）

薔薇の花言葉は愛である。〈ずんずん先に立って歩く〉隊長と、そのあとをケコを背負いながら〈黙ってついて行〉くミエ先生の姿を描いた作者は、そこに愛し合う二人が望み見る家族の姿を託しているように思われる。もちろん二人の未来にそのような時間が来ることは望むべくもないことを分かり合っているのである。往く道で隊長が背負い、別れ道でミエ先生から隊長へと受け渡された薔薇を持ったケコは、二人の心をつなぐ存在であろうし、同時に愛の重荷を意味してもいよう。二人の間に交わされる愛が死を前提にした愛であることの意味を、互いが了解していることの証しとしてケコは背負われ、受け渡される。二人が言葉を交わす場面を作者が設定しなかったことの意味は、その重荷を共に背負うことを、黙契として了解し合っていることを表現するためであろう。月光に明るむ浜辺を通る時に見える貝や千鳥は、二人の愛が生動する〈下界〉での出来事であることを示すものである。

前掲の『島尾敏雄・ミホ　愛の往復書簡』に収録されている「愛の書簡集」（『マリー・クレール』一九九〇年十二月号）には四月に交わされた連絡文（二〇一頁）が載っている。島尾から〈今夜九時頃浜辺に来て下さい／塩焼小屋の下で待つてゐます〉とミホに送られているが、島尾は満潮の時刻を読み違えており、午後九時は満潮に当たっていた。ミホは強い風雨の中を真暗な満潮の磯伝いに手足に傷を負いながら徒渉し、〈塩焼小屋〉の下に辿り着いた時は明けの明星が出ていた。ミホは約束の時間に行けなかったことを詫びつつ、そのことを島尾へ書き送っている。浜辺や磯はミホの島尾への愛を証しする場所と言ってよいだろう。そうであれば島尾はその場所を隊長とミエ先生が歩く場面として描くことで、ミホへの愛を伝えていると解することができる。第1節に引いた「磯伝ふ旅人の書付け」八月二日の文章末尾の〈私どそのひととは磯づたふ二羽の「浜千鳥」であつた〉という言葉もこのことに関わっている。浜辺に一人立つミエ先生の〈白いエプロン〉は隊長への純愛、そして献身を暗示している。〈眼にしみました〉とは隊長がそれを受け止めたことを表わしている。〈白い〉は〈最後の〉〈薔薇〉の色でもある。次の場面ではそれをミエ先生は〈惜しげもなく〉切って隊長に捧げることが語られる。

7　隊長室の〈鏡〉——生の証し

隊長はケコたちが以前通っていた道を通ってケコを部隊の隊長室に連れて行く（二一二頁）。道の途中でケコは以前その道がよい遊び場であったことを言う。それは戦争によって庶民の生活が犠牲にされることを意味しており、子どもの言葉であることによって、その暗示性が高まっている。隊長の部屋には〈鏡〉が壁に掛けてある。隊長室の壁に掛けられた〈鏡〉は、「出孤島記」と「その夏の今は」において主人公の内面を映す役割を果たすのだが、ここでも居なくなった隊長となくなった薔薇の花を暗示的に映し出すものとして象徴的な意味を読むことができる。隊長は毎日〈鏡〉に映る自分と対話しながら生きていることを確認していたのであろう。また部下の前に出る時には装った顔を鏡に映していただろう。或る時にはもの想いに耽る隊長を映してもいただろう。他の者には見えない隊長の姿を映していた〈鏡〉は、隊長の心の内実を写し取るものとして、言い換えると、生を証するものとして意味づけられていると見てよいだろう。

隊長が薔薇の花をサイダー瓶に挿して机の上に置くと、〈殺風景な部屋は、ぱっと花が咲いたようにあかるく〉なった。ミエ先生が薔薇を隊長に贈るので、家の庭の薔薇はやがてなくなり、隊長の部屋が薔薇で充たされていく。そして〈最後の白い薔薇の花まで惜しげもなくパチンと切ってしまいました〉と記されたあと、ミエ先生のことは書かれていない。近いうちに〈いなくなる隊長に捧げるために〈最後の白い薔薇の花〉を〈惜しげもなく〉切ることがどのようなことを暗示しているのか、読む者の想像をかきたてる。そのあと〈やがて薔薇の花は一つも隊長さんの部屋に見られなくなって、鏡だけがつめたく光っていました〉と記される。枯れ萎れた薔薇の花が残っているわけではない。無人の部屋に残されている〈鏡〉の〈つめた〉い〈光〉が象徴するものは天上的なものであろう。愛と生の証しとしての遺書の役割はこの一文を記したところで終わっている。〈やがて〉という言葉が意味する時間は、次に引用する場面まで含んでいると読んでよいだろう。

結末部では急にケコ一家は島を出て行き、隊長はアダンゲの木陰で〈大きな目に一ぱい涙をためʼ〉たケコを見送る。結びは次の一節である、

キクさんの家がサツコの島に帰ってしまっていくらもたたないうちに、今度は隊長さんをはじめニジヌラのへいたいさんたちがいなくなりました。どこに行ったか誰も知ることは出来ませんでした。

お月夜の晩にはウジレハマでもニジヌラでも、ふくろうがやっぱりくほうくほうとないて、はまべにはちどりがちろちろとんでいたということです。おわり。（一三三頁）

〈とんでいたということです〉という伝聞表現をとったことは、メルヘン性、寓話性をより強く感じさせるという効果を考えてのことだろう。作品の中に隊長がどのような部隊の隊長なのかも書かれていないこともそうであろう。ケコは生まれ故郷の島に帰り、隊長も居なくなったと語られながら、ミエ先生について作者が語らないのは、先に見たように白い薔薇の花を切ったことで語っているからである。

月夜の晩の〈ふくろう〉の鳴き声や〈ちどり〉が象徴するものは、二人の愛の交歓である。変わることなく繰り返される自然の営みと、それに対比されるはかない人間の生の営み。しかし、はかない生であるからこそ、短い時の中に凝縮された至純の愛が生まれていることを語り手は伝

えようとしている。特攻出撃を間近に控えた深更に、隊長室でメルヘンの世界を書き継いできた特攻隊長島尾中尉が〈おわり〉と記した時、どのような思いの中にいたのか。平和な時代に生きる者の安易な想像を拒むものを感ずるのだが、次のことは言えよう。このメルヘンをミホに献じたということは、ミホとの愛を心の支えとして死出の旅に出立することを伝えたということである。そしてミホにもその思いは通じていた。

ミホ夫人のエッセイ「私の好きな夫の作品」[18]に拠れば、昭和二十年五月の居待ち月の夜、島尾中尉はミホの養父大平文一郎宅を訪れ、白絹の風呂敷に包んだ「はまべのうた」と腰に吊っていた短剣をはずしてミホに手渡した。二つを献じられたミホは、七夕の時使うつもりで自分で野の花で色づけした短冊に、返歌を三首書いて島尾中尉に渡した。

征きませば加那が形見の短剣で吾が生命綱絶たんとぞ念ふ
大君の任のまにまに征き給ふ加那ゆるしませ死出の御供
はしきやし加那が手触りし短剣と真夜をさめゐてわれ触れ惜しむ

ミホ夫人は三首を挙げたあと、〈島尾部隊が特攻出撃を決行する時には、この「はまべのうた」をふところ深く納めて、この短剣で喉を突き、島尾隊長の黄泉路のお供を、と心の裡にそっと思いました〉と記している。同趣旨のことが他のエッセイにも書かれているので、その通りであったのだろう。島尾中尉がミホの気持をうべなっていたことは「出孤島記」が語っている。

8 〈犠牲〉の〈意義〉について

島尾中尉は隊長と部下との関係については書かなかった。死を待つことを日常とした特攻隊生活での部下との関係はミホへの愛を告げる遺書の内容にはそぐわないと判断したのだろう。しかしそこにメルヘンとしての弱さがあることも分かっていた。復員後最初に書かれた「島の果て」はメルヘンの体裁をとりながら、部下との関係の齟齬が重要な素材として取り入れられている。部隊の中で孤立している姿として形象されることによって隊長の哀しみはより深まり、またそのことによって、島の娘との一途な恋愛は至純な愛の交歓として象徴性を高めて描かれている。第2節で触れたように、長く「はまべのうた」を刊行本に入れなかった理由の一端もそこにあろう。

部下との問題や第3節で触れた島民との問題を取り入れることができなかったという限界はありながら、逆にそのことによって至福の時空間を創出しえてもいる。常に死に直面し、部下との間に懸隔を感じていた現実の時空間とは異なる非現実の時空間に、素朴で温かで純一な世界と静謐で至純な愛の世界を創ることで、島尾中尉は言葉の世界に生きることを念願してきた自身の生の証しを形にした。そしてミホにそれを献じ、受け入れてもらうことで愛の証しとしての意味を付加することができたのである。

天皇制国家において軍国主義イデオロギーが、美化された自然を巧妙に利用して国民に深く浸透していったことを、戦死または特攻死したエリートと目される学徒兵七名の遺稿集六冊を分析し、検証した『学徒兵の精神誌——「与えられた死」と「生」の探求』[19]において、大貫恵美子氏は、文学や哲学、芸術に深い関心を持っていた学徒兵の多くが〈自らの死が近いことを感じ、多くの若者が人間性を表現すべく詩的表現に依拠した〉と指摘している。たとえば海軍航空隊特攻隊員を志願し哨戒中に撃墜死した『わがいのち月明に燃ゆ』（一九六七年三月筑摩書房）で知られる林尹夫について次のように述べている。

悲劇的なことに、学徒兵たちは、ニヒリズムの美によって自らの死を美化し、若年で戦争の犠牲になることに美と意義があるのだと自身を納得させるために、そのロマン主義的思想を用いたのである。（一五三頁）

「はまべのうた」を遺書として書き遺した島尾にも、右の大貫氏の指摘は当てはまるのだろうか。純一なものを志向し、愛を求めて人間的な生を生きようとする主人公を創出したことには、ロマン主義的思想傾向を見取ることができる。そこに入隊前に保田與重郎の著作に親しんでいた影響を見ることもできるだろう。しかし次のことは見ておかねばならない。確かに〈自身を納得させる〉ために〈戦争の犠牲になること〉の〈意義〉を見出していったのだが、大切なことは、その〈意義〉が軍国主義イデオロギーに殉じることではなく、第4節で見たように、身近な存在を生き永らえさせるための〈犠牲〉であったということである。「はまべのうた」に描かれた美的世界は大貫氏が言う〈ニヒリズムの美〉というものではなく、逆にニヒリズム的世界から脱却しようとするところに生まれていると見るべきだろう。隊長が自らの心情について何も語っていないことは、特攻死が間近に迫っていることを日々感じながら、虚無的な思いに陥ろうとする自己を省みる、理知的な眼差しを保持し続けていたことを意味していると考えるのである。その自省の眼差しを支えていたものが、第5節に引用した手紙に表れているように、ミホの存在であったと思われる。

注

（1）梯久美子『狂うひと―「死の棘」の妻・島尾ミホ』（二〇一六年一〇月新潮社）九八頁。ミホの姓が「宇定」になっていることについて梯氏は次のように推測している。ミホは生母が生後間もなく亡くなったため、二歳の時に実父の姉吉鶴が嫁いでいた大平文一郎の養女となった。文一郎は大平の籍に入るか否かはミホが成人してから選べばよいとして、戸籍上は実父長田姓のままであった。島尾は「おさだ」を「うさだ」と聞き間違えたのであろう。

（2）『島尾紀―島尾敏雄文学の一背景―』（二〇〇七年一一月和泉書院）第二章。

（3）島尾は第二輯（一九四六年一〇月）に「孤島夢」、第三輯（一九四七年八月）に「夢中市街」（のち「石像歩き出す」に改題）を発表している。雑誌は第三輯で終わっている。『光耀』については西尾宣明氏が「島尾文芸・その習作期の考察―『幼年記』・《光耀》の意義―」（『プール学院大学研究紀要』三三号一九九三年一二月）及び「『光耀』とはなにか――島尾敏雄・庄野潤三と戦後の同人雑誌、そして「VIKING」「タクラマカン」のことなど――」（『敍説Ⅲ17』二〇二〇年一月）において、文芸史的な意義、戦中の同人誌『まほろば』との関係、作品の分析など詳細に論じている。

（4）「終戦後日記」（『島尾敏雄日記――『死の棘』までの日々』（二〇一〇年八月新潮社）所収）の記述に拠れば、「島の果て」（初めの題名は「青白い月夜」）は昭和二十年十二月二十二日に書き始められ、翌年一月七日に脱稿している。『光耀』の発行に関しては同年十二月十五日の記事に〈まほろば創刊号淡路の印刷ヤ、不如意との事なり〉とあり、さらに翌年一月二十九日の記事に〈……庄野の家を訪ふと玄関先で彼矢次早にまほろば印刷に廻したいきさつ。まほろばは反動的保守的と誤解されるおそれあり又死語であることより庄野の独断で伊東静雄が一寸言った光耀にしたといふ〉とある。最初の計画では戦中に出されていた同人誌『まほろば』名を受け継ぐことになっていたことが知られる。

（5）『甲南大学紀要』一〇三号（一九九七年三月）六五頁。

（6）『島尾敏雄論』（一九八二年八月近代文芸社）一一四、一一五頁。

（7）『島尾敏雄』（一九八三年六月沖積舎）三六、三七頁。

（8）『敍説Ⅲ　特集島尾敏雄』（一九九一年一月）二二頁。

（9）『南島へ南島から――島尾敏雄研究』（二〇〇五年四月和泉書院）四三頁。

（10）前掲書（注1）九六頁。

（11）『島尾敏雄論　皆既日蝕の憂愁』（二〇一一年六月プラージュ社）八五頁。

（12）別冊『潮』一九八四年八月。『震洋発進』（一九八七年七月潮出版社）一〇〇頁。

（13）高阪薫氏は前掲論文（二四頁注5）において〈隊長さん〉の〈困ったような顔〉に〈苛酷な極限状況にある死を前提とした自己、及び戦時国家への割り切れぬ批判〉（五五頁）と〈一時でも嫌な日常、戦時時局を忘れていたい、という隊長自身の気持ち〉（同）を読み取り、そこに島尾敏雄の〈時局・法・体制や思想を朧化したり、歪曲したりして自己の世界の中で自己の問題として捉え、書き残していく姿勢〉（六三頁）を読み取っている。

（14）島尾は『日本の伝説23・奄美の伝説』（島尾敏雄・島尾ミホ・田畑英勝著一九七七年一〇月角川書店）の中で、奄美大島の瀬戸内町に伝わる「今女」という奴隷的な身分であった娘の悲話を紹介している。また、同書中には奄美本島の南部の名柄にカンチムイの伝説として伝えられる奴隷娘の悲話の紹介もある。

（15）一九九一年一二月新地書房。補訂版一九九三年八月吉川弘文館。

（16）一九九五年五月吉川弘文館、二九二頁。

（17）『新日本文学』一九五七年五月〜一九五九年一月。『離島の幸福・離島の不幸』（一九六〇年四月未来社）八一頁。上記刊本から他のエッセイを省いて人間選書10『名瀬だより』（一九七七年一〇月農村漁村文化協会）として刊行。

（18）『愛の棘』（二〇一六年七月幻戯書房）一〇六頁。初出かたりべ叢書30『島尾敏雄Ⅱ』（一九九〇年四月宮本企画）。

（19）二〇〇六年二月岩波書店、五一頁。

「島の果て」の新たな視界を索めて

1　「島の果て」の位置づけ

「島の果て」は復員後最初に書かれた小説である。昭和二十（一九四五）年九月一日に震洋艇特攻隊員を率いて徴用船三隻で奄美大島加計呂麻島を離れた島尾は、四日に佐世保に着き、五日に大尉に昇進して復員手続きを行い、六日に部隊を解散し、神戸の父親の家に向かった。島尾は離島前に大平文一郎に養女ミホとの結婚を申し入れ、許諾を得ていた。大平ミホは米軍管理下の奄美を十一月末に離れ、十二月下旬に鹿児島県川内（現薩摩川内市）の親戚の家に身を寄せた。迎えに行った島尾がミホと逢うのは翌年一月十七日であった。「島の果て」は神戸でミホを待つ間に書かれた。

「終戦後日記」[1]の記述に拠れば、「島の果て」は初め「青白い月夜」と題されて昭和二十年十二月二十二日に書き始められ、翌年の一月七日に脱稿している。発表は富士正晴らと出した同人誌『ＶＩＫＩＮＧ』４号（一九四八年一月）である。「島の果て」という題名に変わったのがいつかは不明である。島尾は独自のメルヘンを創作することへの強い自負を抱いていた。一月三日の日記に〈私の生活は之かくため。私のミホを求めてオシカクに降りて行く朔中尉を書いてゐる。之を書き終る迄、宮沢賢治を読む事をよす。ふと影響される事をにくむ心がおきた。この小説は賢治のものと全く無縁である〉と記している。

これまで「島の果て」は大筋のところ、佐藤順次郎氏が述べたように〈のちの島尾敏雄の全作品の予兆を読みとることができる[2]〉作品としてみなされてきた。「島の果て」の読みに大きな影響を与えた論評は吉本隆明氏の「島尾敏雄の世界――戦争小説論[3]」であった。吉本氏は二つの面から後の読みを方向づけた。一つは資質の世界における関係の違和である。〈島尾敏雄は「島の果て」で、どうしても全き戦争の牧歌を唱いあげることができない。それは、かれの本来的な関係意識の障害に根ざしているようにみえる。（中略）外側からは申し分のない指揮官であったにちがいないが、そうであればあるほど共同性の規範力の行使者としての仮面の背後に、おしこめられたじぶんの資質の世界を拡大して造形せずにはおられなかったのだ[4]〉と指摘する。もう一つはトエの献身的愛に見る古代性、土俗性である。〈朔中尉はまがうことない近代風のインテリとして描かれているが、古代の習俗をのこした南島の風物と集落を背景に、朔中尉と関係づけられている少女「トエ」の情愛は多分に土俗的である。この裂け目は朔中尉にも「トエ」にもうまく気付かれていない。やがて気付くとすれば、戦争が終り、朔中尉が近代的インテリとしての都会風の日常生活を営んだときだ[5]〉として、そこに死の棘体験胚胎の芽を見ている。以後長く「島の果て」はそのメルヘン体の奥に吉本氏の指摘した危機的要素を孕んだ作品として読まれ、論じられてきた。

そうした読みに新たな視点を加えたのが戦中の往復書簡と日記の公開[6]であった。それらは大平ミホの近代的インテリ女性としての姿を映し出し、上野千鶴子・小倉千加子・富岡多恵子三氏による『男流文学論』（一九九二年一月筑摩書房）での討論や『戦争はどのように語られてきたか』（一九九九年八月朝日新聞社）での高橋源一郎・川村湊・成田龍一三氏の討論において、吉本氏が方向づけた古代的女性としてのミホ像への批判を生み出す契機となった。また、島尾のヤポネシア論解読の進展と相まって、特攻部隊指揮官としてのあり方への批判的視点を開く契機ともなった。「島の果て」にヤポネシア論の萌芽を見出した髙阪薫氏は〈帝国海軍の価値と島の純粋な生活や文化を守ってきた価値の葛藤とが朧化表現を使いながら見え隠れしている〉描写に〈隊長が代表する日本帝国の固さと緊張が見え、トエを代表として帝国と拮抗する奄美の野趣と自立が見えてくる〉[7]ことを指摘した。髙阪氏の視点の延長線上には、佐藤泉氏が指摘する植民地支配の構造が見えてくる。「島の果て」に即してではないが、佐藤氏はミホ夫人の回顧文に記された口マンスに〈奄美・琉球へと支配の手を伸ばした近代日本の植民地主義の歴史的構造に深く滲透された恋愛の構図〉を見取り、〈軍人が恋人となった島の娘に短剣をわたす〉行為について、〈究極において敵国の男に蹂躙されるまえに汚れ無き日本女性として皇国に殉じよという指令に行き着くものだった。そこに植民地主義の不均衡な権力関係と至純の愛とが分かちがたく浸透しあう構造が成立してしまう〉[8]と指摘した。

短剣を渡す側の軍人としての戦争責任の問題は、島尾自身の言葉によっても言語化されており、たとえば〈あのころの特攻隊の生活については、……その生活の根もとのところに頽廃がひそんでいたように思う〉[9]と述べている。岩谷征捷氏は「はまべのうた」と「島の果て」の奥に潜む〈頽廃〉に言及して〈自らも震洋艇を指揮して特攻死すること、それが彼の免罪符だったのだ。すべてはそのことによって免責されている[10]〉と指摘した。その後岩谷氏の視点は深められ、一九七〇年渡嘉敷島への旧陸軍守備隊長の渡島に際して、戦争中の集団自決の命令者として島民が渡島反対運動を起こしたことに関して、島尾が寄せたエッセイ「那覇に感ず[11]」に言及して、長文の「にんげんの加害力―〈特攻待機〉体験[12]―」を書いて島尾の到達した地点を概括した。〈〈加害力〉こそがにんげんの本質であることを見抜いていた〉島尾に、〈「自分ならば」と〉〈そこに拘るほかないような精神の有りよう〉を見出す。それは〈執拗な自己凝視の果てに、ついには自他の区別を無化してしまう視点〉であるとして、岩谷氏はそこに〈原罪観のようなもの〉を感受している。

以上のように管見に入った論評を概観すると「島の果て」は多様な広がりを〈予兆〉として含み持つ作品として位置づけられるのだが、その構造については短編でありながら断片的な分析にとどまっている。その中心的な主題である朔中尉とトエの恋愛については、たとえば〈牧歌的な恋愛[13]〉、〈清純な愛[14]〉という言葉で枠付けられているが、恋愛の内実は解き明かされてはいない。また、メルヘン体を採ったことについても、粟津則雄氏が〈生からと死からの、二重のしめ出し状態を語るには、この説話的なスタイルこそもっともふさわしいという積極的な判断も、当然そこには働いていたはずだ。このスタイルの持つ、描写と語りとがとけあった象徴的な性格が、なまなましく直接的でありながら奇怪な架空性を帯びた経験を、そのままに、或る結晶状態を導きうると、おそらく作者は考えたのである[15]〉と見事に核心をついて以降、粟津氏の言う〈或る結晶状態〉がいかに組み立てられているか、その内実に筆が及ぶことはなかったと言ってよい。二十年後にも、花田俊典氏が〈戦後の島尾はまず、現実の微細な襞を書くことではなく、現実の原型を取り出すことから出発した。それを望んでというより、さきに島尾自身が回想していたように、むしろ実状はやむなくそうするしかなかったというべきだろう〉[16]と述べ、川村湊氏が〈深刻なもの、苛酷なもの、あまりにもリアルなものは、むしろ夢幻的な表現を求める。それは「今」を「昔」に、「現実」を「夢」に、リアルな魂のドキュメントを童話に転換することによって、辛うじて表現することが可能になるようなものなのだ〉[17]と述べて概念的な解説で終わっている。メルヘンや童話という枠付けによって、あるいは以後の作品の〈予兆〉という見立てによって、自立した作品としての構造分析はあまり省みられなかったと言えるだろう。

　本稿では五つの場面の問題を取り挙げて、「島の果て」の作品構造を分析し、「島の果て」に新たな視界を開くことを試みる。一つはヨチという少女との約束をめぐって展開される〈ひるあんどん〉の隊長の苦衷の問題である。二つ目はトエとの出会いの場面設定の問題であり、三つ目はトエが信じる神様の問題であり、四つ目、五つ目は中尉とトエそれぞれからなされる呼び出しの場面での愛の位相の問題である。終わりに、呑之浦受容の推移を通して、「島の果て」が島尾にとって回帰すべき場所を示す作品であったことを考えてみたい。

2　〈ひるあんどん〉の苦衷――本源的な自己の表白

　冒頭部で物語のメルヘン的性格が提示される。〈むかし、世界中が戦争をしていた頃の〉〈薔薇の花が年がら年中咲〉く〈戸締まりを厳重にすることもなくすむ〉〈カゲロウ島〉での、〈薔薇の中に住んでいた〉トエという娘の〈お話〉である。カゲロウ島は加計呂麻島の音の類似からの名付けだろうが、はかなさやかそけさを類推させる。トエは年齢、出自の不明な娘として設定されている。

トエの一日の仕事というのは部落の子供達と遊ぶことでした。……。トエは子供達に歌を教えました。

浜千鳥よ　千鳥よ
何故お前は泣きますか——

トエがいくつになるのか誰も知らなかったのです。たいへん若く見えました。……。部落の人たちは大人でも子供でもトエは自分たちと人間が違うのだと考えている人が多かったのです。……二、三の年寄たちは、トエがこの部落の生れの者でないことを知って居りました。（『島尾敏雄全集第2巻』一五七～一五八頁。以下本文の引用は全集2巻に拠る。）

トエが教える歌は少し変化して昭和二十七（一九五二）年に発表された「朝影」に出てくる。主人公の青麻が女の家からの帰り道で、深夜の峠道から部落を見下ろしながら口ずさむ文句である。〈千鳥よ、浜千鳥よ／何故お前は泣きます／あの人の面影が立つから泣くの／あの人の面影が／ゆらゆらと消えずに立つの／潮を焼く煙のように〉。「島の果て」では恋しい人を思って泣くという部分が省かれることで、泣く理由が作品の主内容になることが暗示されている。

平和なカゲロウ島にも戦争の波は押し寄せ、〈隣り部落のショハーテに軍隊が駐屯〉してきた。頭目の朔中尉は、〈まるでひるあんどんみたいな人〉で、副頭目の隼人少尉が〈経験もつみ万事てきぱきとして人との応対も威厳があって軍人らしい〉。〈百七十九人の部下は、若い頭目に同情はしているけれども、副頭目のきびきびした命令にすっかり服従しているらしい〉。若い隊長朔中尉が〈ひるあんどんみたいな人〉という設定は、昭和二十年五月に遺書として書かれた「はまべのうた」の隊長とは大きく異なっている。「はまべのうた」では隊長がはじめて村人に会う場面で、上意下達の命令を自ら伝える責任感の強い軍人として登場する。「はまべのうた」の隊長とは対照的な人物として主人公の朔中尉を設定したことに、「島の果て」の重要な意味がある。言うまでもなく〈ひるあんどん〉はその裏面に別の人物像を隠している。メルヘン的な文体や構成は〈ひるあんどん〉の裏面に隠された人物像を語るための方法でもあった。

語りの視点は総ての人物を客観視する超越的な視点である。はじめその視点は副頭目の内面を語りながら対比される朔中尉の内面は語らない。そのことによって朔中尉の内面は神秘化の度合いが強くなる。

副頭目は心の中で朔中尉をそんなに好きではなかったのですが、表向きは二人は仲良くやっているように見えました。……。時とするとぐでんぐでんに酔っぱらったふりをして朔中尉にあてつけの、乱暴をすることもありましたが、朔中尉は何も言おうとしませんでした。だから隼人少尉は頭目は何を考えているのだろうと思いました。（一五九頁）

長い軍隊生活で培ってきた経験則で対人関係を処していく部下と、それとは相容れない内面を持った軍隊経験の浅い隊長との対立葛藤という構図は、以後の島尾の戦争小説において繰り返し素材化されるパターンである。そうした対立葛藤の関係とは別次元の関係の中で、心を開いていく主人公を描く為に採られた方法がメルヘン体であったと言えるだろう。

〈ひるあんどん〉の朔中尉の隠された人物像が明らかになるのは、〈空襲にそなえて洞窟の前に爆弾の被害をさける柵を構築せよという命令がきた〉ことによってである。十二の洞窟の中には〈たいへんなもの〉が隠されていたが、何に使われるかは〈選ばれた五十一人の者〉しか知らない。朔中尉が自分の胸の中を誰にも語らないのは、その任務の重さと関わりがあることを作者は少しづつ語っていく。〈運命の日〉、〈未知の冒険〉という抽象化された表現を用いることによって、特攻出撃という事実の喚起力の強さを弱め、これから語られる〈お話〉の非現実的な世界に読者を導いていく。

ここでの作者のねらいは、朔中尉が軍の役目と幼いこどもとの約束の間で揺れ動く、繊細な心の持ち主でもあることを語るところにある。〈明日あたりからカゲロウ島は激烈な戦闘の様相をおびてくるかも知れない〉と思った中尉は、〈心の中で泣きました。ヨチとの約束を守らなければいけない。一途にそう思ったのです〉。朔中尉がヨチに惹かれたのは、〈ヨチを背負ってやったときに、やわらかい二本の足と中尉さんの肩をそっと摑んでいるヨチの可愛い掌と、そしてそっと中尉の頬をくすぐったヨチの息遣いが忘れられなかった〉からである。約束は、前日中尉が部落を通った時に赤ん坊を背負ったヨチが話しかけた時に交わされた。

「ガジマルの木の下にケンムンが出てこわいのです」

ねんねこが短く二本の細いすねと素足のくるぶしがいたいたしく見えました。

「こわいから遊びにいらっしゃいね、ね」

「あした又」

朔中尉はぽつんと歩きながら島ことばで答えて、しばらく行きすぎてからふり向いてつけ足しました。

「すっかり夜になってから」（それまでにヨチのために棒飴をつくらせて――）（一六一頁）

朔中尉にとってヨチは神秘を秘めた無垢な生命の象徴であり、純一なものを求める中尉の感覚の触手がその息吹に鋭敏に感応するのだ。そして、その健気で弱いものを守ることに特攻死の目的を見出したのである。部下たちがそれぞれの仕事をしている時、ヨチとの約束を守るために朔中尉は従卒に棒飴を用意させ、小舟を漕がせてヨチの家に行く。ヨチは六人兄弟の二番目であった。母親は敵が上陸して来たらどうしたらいいのかと聞くと、こんな島には来るはずがないと答える。中尉はヨチから、トエが中尉さんと一緒にお魚を食べに来るように、と伝言したことを聞く。中尉は思い残すことはなくなり、〈敵の船に体当たりにぶつかって行くこの世とも思われぬ非情な自分と五十一人それぞれのふう変りな運命の姿ばかりが先立つ〉のであった。

右の場面には一つの問題が投げかけられている。隊長としての公的任務と少女との私的約束との選択に迫られた場合、どちらを優先するか。この場合の公的任務とは国土を守護するための〈たいせつなもの〉を守る任務であることを考えれば、私的約束を優先した中尉の判断は日本の社会通念からは若さゆえの未熟な判断として批判されるだろう。この後に展開される部下たちとの対立葛藤はそのことを語っている。しかし、先の公的任務と私的約束の問題を権力構造の維持と自由意思の尊重との対立、社会的自己と本源的自己との対立と置き換えた場合、あるいは〈たいせつなもの〉の実効性が期待できない場合、事はそれほど簡単ではなくなる。

翌日朔中尉は自分の選択の当否を問われる。隊長室にいた中尉の耳に隣室から、緊急時に隊を留守にした中尉の行動を批判する隼人少尉たちの声が聞こえてくる。四号洞窟の補強工事がうまくいっていないことを聞いた中尉は、自ら確認に行き、積まれた土嚢は崩れて防護壁の用をなしていない状態を見る。ここで作者は〈崩れた土嚢を見ると中尉はそれが醜い自分の姿のように思えました〉と記す。中尉は兵士たちの杜撰な仕事を隊長としての自分の無能さを示すものとして見ている。それはこの後の兵士たちに対する中尉の行動と関わってくる。軍隊の命令系統に立てば、補強工事の結果を確認したならば後の処置については四号洞窟の監督者を叱咤し、全体の監督者に指示を与えて任せるだろう。しかし中尉はそうせずに自ら出向いて雨中兵を集合させた。集まった兵達はぶつぶつ言うことをやめない。

「先任の者は集った者の数をあたれ」

そう中尉が言うと、誰かが小さな声で、ちえっ仕事にならねえと言いました。中尉はそれを聞くとぐっと胸につかえました。突然に何とも知れぬ大きな悲しみの底につき落されました。やがてそれはからだじゅう真赤になるような恥ずかしさに変りました。と勃然と憤怒が湧き上ってきたのです。

「待てっ！」

自分でもびっくりする程すき透った大きな声が出ました。

「お前たちは……お前たちは只今即刻兵舎に帰ってやすんでよろしい。ぬくぬくとやすんでいてよろしい」（一六七頁）

朔中尉を〈何とも知れぬ大きな悲しみ〉が襲ったのは、日頃の兵士たちの隊長への不信感を感じ取ったからであり、〈からだじゅうが真赤になるような恥ずかしさ〉を感じたのも、公私逆転の行為を批判する声として聞いたからである。兵士の声に垣間見える無責任、無規律への傾きの淵源は隊長である自分の行動にある、そう自覚する中尉は、兵士を叱責すべき隊長としての立場を顕示することができない。否、隊長の権力を保身の道具として使うことができない繊細な心の持ち主であるからこそ、ヨチとの約束を破ることができなかったのである。中尉がヨチとの約束を守らねばならなかった理由は中尉の本源的な欲求に根ざしている。高田欣一氏が〈それは徹底的に自己犠牲の行為として、伝達を拒むもの[18]〉と指摘するように、兵士たちが了解し得る性質のものではない。そのあと中尉を襲った〈憤怒〉もそのことに関わっている。勿論兵士たちに対する怒りはあるはずだが、中尉は一人で補修工事を行う。〈崩れた土嚢〉を〈醜い自分の姿〉として見る中尉は、兵士の無責任さを助長してきた自分への怒りを、より強く意識せずにはおれない。中尉の行為には自己処罰の意味がこめられている。しかもこの自己処罰には、権謀術数の支配する軍隊の秩序構造への怒りが込められている。ここには「加計呂麻島敗戦日記」昭和二十年七月三十一日の記述に見られる、作者の軍隊の権力構造への違和感が反映していると思われる。

命令ヲシタリサレタリスル世界ニ私ハ住ミニクイ、住ミタクナイ。命令ヲスルニ要スル術数「我」、ソンナモノガ先ヅ何ヨリ鼻ニツイテ、ソレガ一応ハ甚ダ明白ニ効果的デアルコトニ思ヒ当ルト誠ニ味気ナイモノニ思フ（一応効果的デサヘアレバ良イヤウナ世ノ中ダカラ）[19]（原文の傍点省略）

兵士の無責任さを隊長が自らの責任として受け止め、その自己処罰として兵隊に命ずべき作業を隊長が行うという、現実の軍隊ではありえない筋を創り出したのは、軍隊の秩序構造に安住できない朔中尉の孤独を描くことに主眼があるからと思われるが、しかし、このような隊長の行為が兵士たちの不信を強くし、溝を深くすることも明らかである。そのことを知った上での行為であることにおいて、こうした自己処罰の行為は二重に朔中尉を孤独へと追いやっていく。朔中尉の孤独について吉本隆明氏は〈朔中尉の孤独がなんらかの意味で作者の孤独に裏うちされているとすれば、島尾敏雄の戦争体験の孤独は、そこから戦争の無惨さについて、どんな教訓も導きだせない態の孤独だ[20]〉と述べているが、上述のように、朔中尉の行為が軍隊の規律を曖昧なものにしていくことを知りながら、敢えてこうした行為に走る中尉を描くことで、作者は軍隊の秩序体系そのものを空無化しているとは言えないだろうか。しかもそれは従軍中の作者島尾隊長が抱き続けていた見果てぬ夢でもあったのではないか。

従軍中の島尾隊長が〝島の守護神〟として島民の尊敬を集めていたことはミホ夫人の各種の思い出に書かれており、兵士たちの信望を集めていたことは軍隊経験の長い元兵曹長の思い出「島尾隊長を語る[21]」がよく伝えている。初対面から〈風彩と言い、落着きと言い、堂々と押しの利く隊長〉であり、〈戦争に未経験な筈の学生上りのこの若い少尉はこの落着きをこの風格を何処から得て来た〉のか、〈不可解であった〉と言う。このエッセイは従軍中の島尾を知るに非常に興味深い内容であるが、そこで語られる島尾隊長は「はまべのうた」の隊長とは重なるが「島の果て」の朔中尉とは重ならない。終戦後の第一作で「はまべのうた」では描かなかった、命令することからの忌避願望を抱く隊長を造形したところに、「島の果て」執筆の意図が隠されているとみることもできる。命令することへの忌避は第4節で取り挙げる〈邪宗の教え〉に繋がるものである。

3　異次元空間での出会い――運命的な愛の成立

補修工事を終えた朔中尉の目に十六夜の月が見える。月は頭を〈熱病のような交響楽で一ぱい〉

にしている〈哀れな〉中尉に〈自分の運命〉を〈啓示〉する。中尉は〈自分の運命〉が尽きるのは次のお月夜の時だと思う。その〈啓示〉には別の意味が含まれていた。月は、虚妄な世界に執心するのではなく、ヨチとの約束を守ることを自らに課した心を失わずに生き切ることを〈運命〉として〈啓示〉した。寝ようと思って本部に帰ろうとした中尉はヨチの言ったことば――「トエがお魚をたくさん買いましたから、ショハーテの中尉さんに、いっしょに食べにおいでって」――を思い出した。峠への分かれ道で、中尉の足は自然とトエの居る部落への道へ誘われる。自然は中尉を人間界の陰湿な情実の世界から抜け出させる役割を果たすように描かれる。

朔中尉がトエに結びつけられたのは、前日ヨチの家に行ったからである。そして公務を蔑ろにした責めを自らの苦役によって償ったあと、ヨチの言葉を思い出してトエの部落へ向かう。この構図に作者が、〈ガジマルの木の下にケンムンが出てこわいのです〉というヨチの心――伝承の世界に鋭敏に感応するやわらかな無垢の心――に感応する純粋さを朔中尉が持ち続けていることが読み取れる。この作品には、人間を取り囲む自然界の神秘に感応する心をもった二人、ヨチとトエに出会うことによって、そうした心を消去することで関係を保たねばならない人間世界からの脱出を可能にし、心のバランスをとり戻していく朔中尉を通して、戦時中の自らの本源的な姿を振り返ろうとしている島尾を見取ることができる。従って、トエが住む部落は軍人が居住する基地とは次元の異なる空間である。部落へ行くために通る峠に出る道にいる〈人間のような声で鳴く蛙〉はそこが人間界から出ることの暗喩であろう。

トエの居る部落は夢幻的な場所として描かれている。山の端近くの部落が見える場所にはヨチがケンムン（悪霊）がいると言ったガジマルの樹があり、そこを急いで通り過ぎると、〈朔中尉は生まれて二十八年の間にこんな印象深い夜の部落を見たことはないような〉異次元の世界に誘い込まれていく。青白い月光に照らし出される黒々とした家々や大木の型取りの単純な色の世界の中で、名も知れぬ花の芳香に包まれていく。

中尉が〈こっそり足音をしのばせて〉歩いて行くと、障子越しに蝋燭の明かりが見える。その庭に足を踏み入れ、障子の隙間から中をのぞくと、机の上に魚の御馳走が一皿置かれている。廊下に手をつこうとして中尉は、〈簡単衣を着た娘〉が〈宿無し犬ころのように寝てい〉るのに気づき、〈トエだ〉と思った。懐中電燈で顔を照らすと、〈大きな丸い顔〉の頬には〈うっすらと雀斑〉があり、〈口もとが横に細長くきりりとしまる特徴のある微笑〉を向けて、上半身を起して〈「お月様かと思ったの」〉〈「ごめんなさい。でも眠っていたのではありませんわ」〉と言って中尉を室内に招じ入れ、蝋燭を間に置いて二人は向かい合う。ヨチが言ったように、トエはまだ会ったことのない中尉を待っていたのである。作者の意図は、運命的な出会いの時を待ち続けるトエのひたむきさを示すことにあるのだろう。そしてトエの純一さに答えるように、その人はやって来た。二人は人間界とは次元の異なった関係に結ばれていく。ヨチとの約束を守ることで中尉が被る苦衷は、トエとの関係に入るための試金石でもあった。今中尉の眼は、トエが見る夢幻的な世界と同じ世界を見ることができる眼になっている。トエはそのことを見取るのであり、中尉もまたトエとの関係の中で本来の自分を取りもどすことができることを感受する。次の場面はそのことを語っている。

「トエ」／ぽつんと中尉さんが呼びますと、

「え」／それまで眼を落していたトエは中尉さんの眼を見ました。そして彼女の運命をよみとったのです。

「私は誰ですか」／「ショハーテの中尉さんです」

「あなたは誰なの」／「トエなのです」／「お魚はトエが食べてしまいなさい」

トエは笑いました。トエは娘らしく太っていました。いたずら盛りの小娘のように頑丈そうでした。ただ瞳がいくらかななめを見ていてたよりな気でありました。その瞳を見たときに中尉さんは自分が囚われの身になってしまったことを知りました。（一七一頁）

トエは魚の料理で中尉を待っていた。中尉は魚が好きではない。その事を言わずにトエに感謝の気持を伝えている。トエの笑いは中尉の気持を受け止めた意思表示である。自分に正直であることによって二人は結び合う。二人が相手の眼を見ることによって自分たちの運命を読み取ったという設定は、ミホ夫人が「出会い[22]」で語っている場面を思い浮かばせる。二人の最初の出会いは、島尾が兵の学習のために教科書を借り出しに学校を訪問した時であり、その折はお互いを認識し合ってはいない。互いが個として向かい合ったのは、その一箇月後の正月に学校で行われた四方拝の式に島尾隊長が参列した折のことである。

私はその人のそばに近づいて行って「明けましておめでとうございます」と挨拶をしました。しかし彼は黙って立っているだけで返礼をするどころか、その大きな目で私を睨みつけ、不礼な、と言わんばかりの顔付をしていました。私も目を大きく見開いて見返しましたが、威厳に満ちたその姿に圧倒されてしまいそうでした。それは全くそれまでに経験したことのないはじめての奇妙な感情でした。

二人の睨み合いはほんの瞬時に過ぎなかったのに、私にはひどく長い時の流れだったように感じられたのも又不思議なことでした。(『愛の棘』一三頁)

この後二月に小学校で行われた島民による歓迎学芸会以後、二人は相思相愛の関係に進んで行くのだが、右に引いた二回目の出会いでの互いの眼差しの中に、その端緒は開かれていたと推測できる内容である。その折の眼差しの交歓がこの場面での朔中尉とトエの眼の交わし合いに結実していると読むこともできるだろう。しかし作者は、島尾隊長と大平ミホとの実際の出会いの場面とは全く異なった寓話的な場面を設定した。それは作者が朔中尉とトエとの愛を、世の常の次元を越えた運命的な出会いとして語ろうとする意図から出たものであろう。

4　トエの信じる神様との出会い――〈邪宗の教え〉への共感

その夜以降、朔中尉は敵襲がないと思われる深夜にトエの許へ通い始める。やがて敵機は夜中にも飛来するようになる。中尉の深夜の行動は兵士たちにも知られ、隼人少尉は不測のことが起きないか心配で眠れない夜が続いていく。トエは中尉が特攻艇に乗ることを知り、行かないでと哀訴する。トエの許から基地に帰る峠道のガジマルの樹の下に来ると、中尉の耳に恋しい人を失うことを悲しむトエの歌声が聞こえてくる。その声は〈嫋嫋とした一人の狂女の声音になって沼の底からメタンガスのようにぶつぶつふき出し、峠を越えて部落をのがれて行く青年をとらえて放さない〉のである。

やがて〈戦争の情況は全く行き着く所に来てしま〉い、〈運命のそのときのために、頭目の朔中尉は部屋にこもり〉、中尉を待つことだけが生きるすべてとなったトエには、〈夜だけがこの世であり〉、〈昼間は自分でも何をしているのか分らなくな〉った。トエにできることは〈信じている神さま〉にただ祈ることだけであった。〈トエの信じている神様〉について作者は次のように記している。

トエの母親は厳格な戒律の家に生れたひとでしたがトエを生み落すとすぐ死んでしまったのでした。……。いつどんなふうにして今の家に来たのかは分りませんでしたが、物覚えのついたときにトエは一冊の革表紙のブックを持っていたのでした。そのブックはお母さんのものであったのに違いないと思いました。そして自分が知らず知らず信じていた神様はきっとお母さんの信じていた戒律の教えの神様に違いないと思いました。その神さまにお祈りするときにトエはそっとブックに頬付けをしました。するとブックの表紙に縫いこまれた二本の長短の細い銀の短冊形の交叉している紋章がひんやりと頬のぬくもりを奪うのでした。このことをトエは誰にも話しませんでした。

きっとこれは邪宗の教えだと言われるに違いないと思ったからでした。（一七五～一七六頁）

引用した箇所はミホ夫人の出生に関する事実と重なる。ミホの生母は奄美大島のカトリック信者の家系の出で、ミホは鹿児島で幼児洗礼を受けている。その後間もなくして生母は亡くなり、ミホは二歳の時実父の姉吉鶴が嫁いでいた加計呂麻島の名家であった大平文一郎の家に戸籍は長田姓のまま養女として入った。問題は作者が、トエが〈邪宗の教え〉を胸に秘めていると設定した意図である。作品の記述中にキリスト教の教えに関わることは出て来ないが、右の引用のあと、次のような記述が続く。

中尉さんはだんだん怒りっぽくなって来ました。トエはひしと感じました。トエは中尉さんがひるあんどんだと、うとんじられているらしいことも知りました。可哀そうな中尉さん、トエにばかり威張ってみせて我儘をするのだわ、トエには中尉さんのぴりぴりした神経がその胸から伝わってくるのを知っていました。（一七六頁）

トエは中尉の人間的な弱さを受容する心の広さを持ち、中尉はトエにだけは自分の弱さを隠すことなく出すことができる。そうしたトエの優しさの源泉が〈神様〉への信仰にあることを作者は語ろうとしている。島尾隊長が大平ミホに惹かれていった理由はミホの優しさ、純一な心にあったと思われる。島尾が父宛に自分の死後ミホを妻として迎え入れて欲しいと書いた遺書と覚しき手紙（出されてはいない――筆者注）と同じ頃の昭和二十年五月の島尾宛の手紙には、ミホの心のありようを示す箇所がある。

ミホは、決して、人様を責めては不可ない。自分には如何に悲しくとも人様のなさる事は心から悦んでお受けしたいと、常に、常に、神様にお祈りをつゞけて居りますのに。でも修養の至らぬ身はすぐ悲しがります。……何故世の中の人々はそんな悪い心をおこして、神様のやうな自分の心を傷つけていらつしやるのかと、その人様の為に悲しがりますの。毎日、毎夜、心の平和につとめますわ。（前掲注6）『島尾敏雄・ミホ　愛の往復書簡』書簡番号九）

書簡番号一〇にも類似した文言が見られ、その手紙を貰った島尾は返信に次の一節を書き入れている。

心で通つて余はミホを美しく美しくする　そして余は強く強くなる　ミホが更に強く強くしてくれる　強く強くなつて　美しく美しくなつて君の御為につくすのです　よ
手紙を読んでゐるとお前の心のきれいなことがうれしい。（書簡番号一一）

『島尾敏雄・ミホ　愛の往復書簡』には、七月から八月にかけて出されたミホの手紙が長短合わせて四十八通収録されているが、〈神様〉への願いに関わる表現が出てくるものは十通ある。創造主の恵み（九・三四）、罪の赦し（九・一〇）、困難や危険からの守護（五・一六・三六・四一）、奇跡（一三）、自死の赦し（二四）、よき関係への願い（二九）である。多くは宗教心に共通する願いであり、成田不動尊の信仰[23]に関わる記述（五）もあり、キリスト教の信仰に由来するものと速断できない。加計呂麻島での生育歴において、ミホ夫人の内面形成に養父文一郎と養母吉鶴の細やかな愛情が大きく働いていたことは夫人や島尾のエッセイに明らかな所だが、養父母共にキリスト教の信仰を持っていたわけではなく、加計呂麻島での幼少女期のミホのキリスト教信仰の実際についても不明である。しかし引用した手紙の文面からは、ミホが〈神様〉を愛を教えるものとして受け止めていたことが窺える。加計呂麻島を離れて四ヵ月後、ミホを待つ思いの中で書かれた「島の果て」であれば、島尾の脳裡にミホの優しさの源泉として〈神様〉への信仰が思い浮かんでいたことは十分推測される。

島尾の父親はミホがキリスト教信者であることを嫌がり、結婚前の話し合いでカトリック信者であるミホの親戚と父親とが対立したことを、ミホ夫人も語っている[24]。カトリック信仰を捨てることを条件に結婚を許したことは「終戦後日記」一九四六（昭和二十一）年二月五日の記述に〈島尾のうちにはいればカトリツクの教へを捨てろと言へばすてますといふ言質を父のみやげに持つて帰つた〉とあることから推測できる。島尾は「終戦後日記」を読む限り、棄教を条件にする父親に抗弁はしなかったとみられる。しかしミホは、教えを受けていた京都三条のカトリック教会を島尾と一緒に訪れ、神式の挙式の時間に合わせて教会で神父に祝福の祈りをあげてもらうことを頼んだと述べている。[25]ミホの内面ではカトリック信仰は持続しており、島尾もそれをうべなっていたということになる。島尾が少年時代にプロテスタント教会に通い、宣教師に影響されていたことは習作期の「日曜学校」などの素材となっている。少年時代のキリスト教との接触が、後の島尾の生き方に深く影響を与えたとは言えないが、ミホとの交わりが深まるにつれて、キリスト教に親炙した時のことを思い出したことは十分考えられる。

しかしここでの問題は、〈革表紙のブック〉の教えを〈邪宗の教えだと言われるに違いないと思っ〉て〈トエは誰にも話しませんでした〉と記述した作者の意図である。西尾宣明氏が〈島尾敏雄は、戦争中大平ミホを通じてキリスト教に触れていた。しかし、それは、自身の信仰の対象とはならなかったばかりでなく、その作品にも本質的には影響を与えることはなかったのである〉[26]と述べていることを大筋で首肯しつつ、一点の留保をつけたいのである。〈命令すること〉への忌避願望を心奥に秘める朔中尉と、孤独な中尉を優しく包みこむトエとは、〈邪宗の教え〉に近い地点で互いの心を認め合ったと言えよう。言い換えると、キリスト教が内包する自由や平等観念、弱きものを慈しむ心、純一なものを愛おしむ心への島尾の共感が、朔中尉とトエの恋を創り出したということである。〈トエの信じている神様〉が周囲に〈邪宗の教え〉と思われることは、当時の日本社会の軍国主義的価値観とは反対の〈教え〉を意味するものであることを示している。それはトエの心にあるものであると同時に、〈ひるあんどん〉の心にも潜められているものでもあった。そうであれば二人の間に生まれた恋は、はじめはそれぞれの愛のかたちから出発しながら、ひとつの愛のかたちへと高められていかねばならないことを告げてもいる。以後の展開は愛のかたちをめぐる物語である。

5　中尉からの呼び出し――それぞれの愛のかたち

敵襲の合間を縫って、従卒が朔中尉からの白い細長い包みと手紙を持ってトエの所へ来る。包みの中身は中尉の短剣であり、手紙には、一番潮が退く今夜十二時に岬の塩焼小屋の浜で待つ、と書かれていた。部落から小屋へは〈潮の一番ひく時のわずかな間だけ〉浜辺伝いに行くことができた。潮が満ち出すと後にも先にも行けなくなり、崖には毒蛇も潜んでいる危険な道である。その時間を中尉は知らせてきたのだが、実は中尉は潮の干満の時間を間違っていた。時は満潮にかかっていた。〈海の底はとがった岩やそそり立った貝がかくれていて、あしを傷つけ〉る。行きなずんだトエは〈誰をうらむでもなく、ただ自分の生れ合わせを泣き〉ながら進む。沖から聞こえる櫂の音を〈亡霊に違いない〉と思い、〈眼をつぶり岩のかげにうずくまって祈〉るのであった。塩焼小屋に来て潮が満ちているのを見て自分の間違いに気づいた中尉は、下半身を海水で濡らし、裸足の足のあちこちに血をにじませてやって来たトエを見て、胸が締め付けられるように痛み、何も言わずに抱きしめる。しかし作者は二人を互いの愛を同じように確認し合う者としては描かない。

中尉さんはこのはだしのむすめの小さな心臓が嘘のようにどきどき大きな鼓動を打ち続けているのがたいへん不思議になってきました。彼女はもう全く何も考えていないだろうということが素晴らしく奇妙なことに思われたのでした。自分はこんなにも、別のことを考えておどおど闇の中をうかがっているのに。(一八〇頁)

中尉はトエが自分への愛着で頭を一杯にしていることを嬉しく思いながら、それほどに没我的になれることを〈不思議に〉思い、〈奇妙なこと〉に思う。トエの一途な行為の背後には〈神様〉への信頼がある。〈いわかげにうずくまって祈りました〉と記した作者はそのことを意識していたはずだ。しかし中尉にはトエの背後にいる〈神様〉は見えていない。だから〈不思議〉なのであり、〈奇妙〉なのだ。敵襲の予兆を感じた中尉は自分は隊に帰ることを告げ、トエに部落に帰りなさいと言う。自分の間違いで難渋してやって来たトエに、自分への一途な思いを感じ取りながら、中尉は敵襲に気持を奪われて、毒蛇もいる海の道を難渋して帰らなければならないトエの恐怖を深く思い遣ることができない。トエはその恐怖を口には出さずに素直に〈ハイ〉と返事をする。その時、中尉は二回同じような言葉をトエに投げかけている。〈心配しないで。あした小城を使いにやるから〉、〈心配しないで、あしたすぐもようを知らせるから〉と。実はこのあと別の場面で、同様の言葉を表現を変えてもう一度中尉がトエに言う場面がある。その表現の変化に作者の意図を読むことができるのだが、そのことはその場面で触れよう。

本部に駈け出した中尉について〈トエのあまりに素直な返事が気になりました〉と作者は記す。

〈あまりに素直な返事〉は、中尉へのトエの愛が没我的なものであることを表している。中尉がそのことに気づくのは基地に帰り、自分をふり返った時である。基地に帰り異常がないことを知った中尉について、作者は〈少しあわてたかな、そう中尉さんは思いました。トエが岬を行きなずんでいることを自分が受ける罰のように悔みました〉と書いて、この場面を結んでいる。中尉の心を癒すために献身するトエと、その献身の心に報いる術を持たない中尉との対比を通して浮かび上がってくるものは、没我的な愛と主我的な愛の対立である。

難渋するトエの姿を思い、〈自分が受ける罰〉として悔む中尉の罪とは何だろうか。二人の出会いの場は戦争によって作られ、その愛は戦況の悪化とともに高まっていった。しかもトエの愛は孤独な中尉を癒すために、報いを求めぬ没我的に捧げるものとして描かれている。トエの没我的な愛に癒されながら、中尉自らは主我的な思いから脱け出ることはできない。中尉はそのことに罪を感じている。トエの難渋する姿を思い〈自分が受ける罰のように悔みました〉と書く作者は、没我的な愛に犠牲を強いる主我的な愛の罪を見据えている、と読むことができる。

6　トエからの呼び出し――ひとつの愛のかたちへ

特攻を喫近の事として受けとめるようになった朔中尉にとって、時間は〈昔の日とも将来の日ともつながりがない〉死への恐怖が支配する空無の空間と化し、恐怖から逃れるために自己滅却への破壊衝動が中尉を衝き上げてくる。

その頃は毎日毎日がぷつんと絶ち切れていて、昔の日とも将来の日とももつながりがないように感じられてきました。それは怖ろしいことでした。どんなことにも感動しなくなっていたのです。そして思い出したように血が狂うのです。血の狂う日は心の中に雨ぐもが低く低くたれこめていました。(一八一〜一八二頁)

ここには島尾が特攻隊体験の非人間性の核心を、終戦の時点で把握していたことが示されている。過去にも未来にも繋がらない時間に置かれた人間の異常な感覚、あるいは特攻出撃が延ばされることによって〈一寸刻みに、異常でないふだんの状態に置かれていることは苦痛でさえある〉、非日常の時間の中に日常の時間が侵入してくることの苦しみをここで描いている。こうした非日常的時間に置かれた経験は、その体験の意味が深められて、三年後に「出孤島記」(『文芸』一九四九年一一月)でも描かれるのだが、人間を異常な精神状態に置くことにおいて、特攻隊体験は戦闘体験とは別種の戦争の悲惨さ、残酷さを味わわせるものであろう。しかし、この時間感覚は戦時の特殊な経験として小説の素材箱の抽出に入れられてしまい、長く島尾の生の根源に関わる経験として意味づけられることはなかったと言ってよい。この時間感覚は死の棘体験での入院中に再び島尾を訪れる。「病院記」執筆を通して、島尾は二つの体験の同質性に目を向けざるを得なくなる。

本部から〈戦闘出発用意〉の命令が入る。中尉の意識は特攻を完遂する目的意識が支配していく。特攻隊員にいたわりの言葉をかけなかったことを悔む一方で、トエは〈朔中尉のからだのすみずみにまで住んでいた〉。中尉にとって、トエは自分のためだけにある存在であり、自爆する自分と一心同体の存在と化している。中尉の主我的な愛の性格がここに端的に表されている。この中尉を作者がどのように見なしているかはここでは分からない。

真夜中になり明日に備えて隊員たちを寝かせた中尉は、夕方からの〈どうしてもあわてていたに違いない自分の姿〉を思い出す。その時、従卒がトエが塩焼小屋に来ていると告げ、手紙を渡す。中尉が〈あわてていた〉自分の姿を思い出すのはこれで二度目である。それに合わせるように渡されるトエの手紙には何か意味があるはずだ。手紙には〈シホヤキコヤまで来ています。お目にかかりたいの。お目にかからせて下さい。なんとかしてお目にかからせて下さい。決して取乱しません。トエ〉と書かれていた。

トエの願いはそれが真率なものであるゆえに、自爆へ心を傾けていた中尉の心をかき乱す態のものである。発進命令を待つ異常な時間の間にも普段の日常をこなさねばならないことの苦痛に加えて、トエの悲嘆を受け止めねばならないことは、二重の苦しみに中尉をさらす。非現実の時間から現実の時間へと引き戻されることは、再び非現実の時空に自分を追いやるための、大きな意識転換を図る操作を自らに強いねばならない。散華することで断ち切られるはずであった愛憐の絆が再び中尉を呪縛する。ここには主我的な思いに支配されたトエがいる。これまでの没我的に中尉に従うトエの姿はない。

一方中尉はどのように描かれているか。〈あわてていた〉自分を思い返して〈頭の中は氷のように冷くなって〉いた中尉は、〈複雑な感じにおとしこまれ〉ながら、手紙を持って来た従卒に、〈後は俺が処置する。お前も無理をしてはいけない。早く寝ろ〉といたわりを示して、塩焼小屋へと向かう。ここには部下を思い、自己の責任を自ら負う毅然とした中尉の姿がある。

ここで再び中尉が〈あわてていた〉自分を見返す眼を取り戻していることに留意しよう。前に〈あわてていた〉自分を振り返ることによって、帰路で難渋するトエの苦痛を自分への〈罰〉として受け止めた中尉が二重写しになる。塩焼小屋に向かう中尉は先に述べた二重の苦しみを感じつつ、トエの思いを受け止めねばならないと思っているはずである。つまり〈あわてていた〉という表現は、中尉が主我的な思いを抜け出るための装置として機能している。主我的な愛と没我的な愛の対立は立場を逆転して、ここで繰り返されるのである。しかしこの場面にはその対立を昇華させるものが仕組まれている。前に塩焼小屋で会うために従卒が中尉の手紙と一緒にトエに持って来たものがあった。短剣である。それをどのように受け止めたのか、トエは中尉に伝えていない。

短剣の贈り物は実際のことを下敷きにしている。昭和二十年五月のある夜、ミホは燈火管制下の中、訪ねてきた島尾隊長から白い薄絹の風呂敷に包んだ「はまべのうた」と一緒に、腰に下げていた短剣を外して〈「これは附録です」〉と言って手渡されている。その時ミホは、その返しとして〈はしきやし加那が手触りし短剣と真夜をさめゐてわれ触れ惜しむ／征きませば加那が形見の短剣で吾が生命綱立たんとぞ念ふ／大君の任のまにまに征き給ふ加那ゆるしませ死出の御供〉[27]の三首を短冊にしたためて贈っている。つまり作者は、出撃する前にトエがどうしても中尉に会わねばならないように展開を組み立てているのである。

ここで前に塩焼小屋で会った時、隊へ帰ると言う中尉を〈「ハイ」〉と素直に見送るトエに対して、中尉は〈トエのあまりに素直な返事が気になりました〉と作者が記していた事を思い出そう。〈気になりました〉と作者が書いたことによって、読者は〈素直な返事〉に隠された意味に目を向けさせられる。前述したように、中尉はその意味を自分の罪を意識させるものとして受け止めた。しかし実は〈素直な返事〉にはもう一つの意味、トエが込めた意味が隠されていた。最初に〈おろおろ〉しながら〈「ハイ」〉と言ったトエがもう一度〈「ハイ」〉と言う時には〈あまりに素直〉に言う。あの時トエには中尉に伝えねばならないことが心の中に秘められていた。しかし〈あわてて〉いる中尉を見て、トエは別の機会にすることを心決めしたのである。〈おろおろ〉から〈素直〉への二度の〈「ハイ」〉の間にはトエの決心が隠されていた。だから今、どうしても逢わねばならならなかったのである。〈決して取乱しません〉という手紙の終わりの言葉は、主我的な思いに溺れることを自ら戒めるトエの思いを伝えている。では中尉の短剣に対する応答とは何か。それは次のトエの姿が語っている。

トエは紬の黒っぽい着物を着ていました。夜目にもくっきりと白い襟が胸もとをしっかりかき合わせていました。トエは何か言おうとしましたが唇がふるえて言えませんでした。そして、つっ立っている出発のいでたちの中尉さんを頭から靴さきまで眺めました。そっと手をさしのべて靴にさわってみました。（一八五頁）

〈紬の黒っぽい着物〉と〈白い襟〉という喪の装いは、死出の旅に出る中尉を妻として見送るトエの思いを表している。トエは中尉にこの姿を見せたかったのだ。〈お目にかからせて下さい〉という願いは、妻として見送る事を伝えることに目的があった。しかもトエは中尉から貰った短剣を〈中尉さんには気づかれないように〉持ってきていたと作者は記している。死出のお供をする意志を中尉には知らせず、後顧の憂いのないように送り出そうとしている。そのトエに中尉は次のように言う。


「トエ、演習をしているのだよ。……」

トエは黙って頭を横にふりました。中尉さんはもうそこを離れなければなりません。そしてトエに言いました。

「トエ、あしたのあさのぼくのたよりを待っておいで、心配しないで」

中尉さんはこう答えたのがぎりぎりでした。それ以外のことは中尉さん自身にも分らないのをどうすることができましょう。（一八五頁）

この前塩焼小屋で会った時には〈あわてて〉隊に帰った自分を悔いる中尉を描いた。しかし、ここでは作者は中尉の心の中を記さない。特攻出撃用意の命令が出ながら、それを隠して落ち着いた挙措で優しくトエに呼びかけている。前の時の〈「トエ、心配しないで、あしたすぐもようを知らせるから」〉という言葉は、眼の前のトエよりも基地の異状を心配する中尉を表している。しかし、ここでの〈「トエ、あしたの朝のぼくのたよりを待っておいで、心配しないで」〉という言葉は、トエに向き合い何をすべきかをしっかりと呼びかけている。トエが死に支度をしていることを中尉は分かっている。そのトエの思いを受け止めて早計なことをしないようにと応えている。演習だよという中尉に、言葉に出さずに首を横に振るトエも又、主我的な思いに傾くことを抑えている。この二人の間には主我的な思いを抑え、相手を思い遣る心が通い合っている。作者が同じような場面を作り、中尉の言葉を微妙に変化させている狙いは、右に述べた二人の愛の姿を描くことにあったと言えるだろう。同じ場面を扱った「出孤島記」では作者は次のように描いている。

私はNが戦闘には用のなくなった私の短剣を白い風呂敷包にして持っていることに気がついていた。／Nはまたへなへなと砂の上に坐り込み、私の方にすがりつく視線をよこした。Nはそこで石になってしまうのではないか。／瞼が涙でふくれ上っている。
私はくるりと背を向けると、小走りで、隊内の方に引返した。
（私はどうすることも出来はしない）／訳が分らず悲しかった。（全集第6巻二八九頁）

「出孤島記」では、Nの気持は「私」が短剣を見ることで告げられ、別れる「私」の心の中を描いているが、「島の果て」では作者は中尉の心の中を記さない。記さないことによってトエを思い遣る中尉の心が浮かび上がってくる。更につけ加えれば、前に問題にした、中尉がトエを残したまま〈あわてて〉基地に帰る場面は、「出孤島記」では削られている。削ることによって作者は〈私はどうすることも出来はしない〉と悲しむ「私」に焦点を当てている。「島の果て」の主我的な思いを抑えようとする中尉とは対照的な「私」である。「出孤島記」については稿を改めて考えてみたい。

遠ざかる中尉の足音を砂地に耳をつけて聞いていたトエの耳に、番小屋の兵に何か言った中尉の声が聞こえてくる。

　その声は子供の声のようでした。いつかの晩も中尉さんは子供のような声を出したことがありました。トエは中尉さんに気づかれないようにあの小さな飾りのついた短剣を白い布に包んでしっかり持ってきていたのです。……。もし、何かが海に浮んでそれが四十八の数だけトエの眼の前の入江を外海の方に出て行ってしまったときには、……短剣をしっかり胸に抱いたまま海の中にはいって行こうと思いました。（一八五〜一八六頁）

トエと会うために峠にある番小屋の前を通るときの中尉について、作者は〈たいへんつらい思いをしました〉と記した。〈つらい思い〉とは隊長としての職権に自分を委ねることへの罪意識である。階級差を前提とした絶対的関係を保身の道具とすることへの罪意識は、軍隊生活の中で鈍磨させていくのが常であろう。そうした大人とは対照的に、生来の純な感受性を摩滅させずにいる者をここでは〈子供〉と言うのだろう。大人たちの前で自分の子供性を隠す仮面をつけなければならない。それが〈ひるあんどん〉である。〈いつかの晩〉とは前回トエと逢った晩ではない。あの時の中尉は隊長としての任務に心を奪われていた。しかし今基地に帰って行く中尉は部下をいたわり、トエの心を思い遣る。ヨチとの約束を守らずにはいられなかった時と同じ中尉本来の心に還っている。〈子供のような声〉を聞いたトエが〈短剣〉を胸に抱き、出撃を待って海に入ることを思う場面が続くのだから、〈子供のような声〉は、中尉のあとを追って自死するトエの覚悟を強めるはずのものである。中尉から渡された〈短剣〉は、中尉に〈気づかれないように〉持ってきていたことによって、トエの没我的な愛を象徴的に表すものとなっている。静かに坐って出撃を見送ろうとするトエの姿は、二人が離れた場にありながら没我的な愛で結ばれていることを読者に伝えてくる。

そのあと作者は、羽子板星〈スバル〉が出て、夜明けへ向かって自然が生色を帯びる様子を描いたあと、〈トエはもう一度短剣を抱きかかえました。そしてひとまずは危機が通り過ぎたことを知ったのでした〉と結んで、物語を閉じる。

7　呑之浦への回帰——安らぎの場所へ

脱稿から三ヵ月後の昭和二十一（一九四六）年三月十日に大平ミホと結婚式を挙げたが、その新婚生活が復員後の〈頽廃〉を露わにしていく日々であり、十年後の死の棘体験に繋がるものであったことは「終戦後日記」が語るところである。昭和二十一年八月十九日に〈私ハ此ノ一生ヲ棒ニ振ラウ。……私ハ子供ガ欲シクナイ〉と書き付けた島尾は、一年後同人雑誌『ＶＩＫＩＮＧ』に「島の果て」を発表する二ヶ月前の十月十日の日記に〈ミホが殆んど毎晩島の果てを読んでゐる。おどろくべきこと也〉と書いた。この時期の二人の落差が垣間見えて興味深い。しかし、ミホ夫人が何度も読み返した朔中尉とトエの物語は、島尾にとってやがて癒しの場所としての意味を見出していく呑之浦を象徴するものであった。そのことに気づくためには長い道のりが必要であった。そのことに触れておきたい。

敗戦から十二年後に夫人と共に初めて加計呂麻島を訪れた時のことを、島尾は二年後に「廃址」（『人間専科』一九六〇年一月）として小説化している。

「あなたなつかしいでしょ」

ケサナにそう言われて私は思わず自分をかえりみた。小さな自分の影がそこでよろけたと思えた。軍服を着た私と若い娘のケサナが、私たちに見向きもしないで、尾根道をどんどんＯの方に歩いて行く幻影に私はなやまされた。それは「あせり」とでも言うより言いようのない感情のふき出しであった。

こんなふうにではない。もっとしっかり確かめて、Ｎ浦に下って行かなければ。（全集第５巻三六八頁）

「廃址」には鈴木直子氏が〈一九五七年の加計呂麻島訪問が、あの九ヶ月を「分離されきらぬ過去」の「腫瘍」として再認識させる経験であり、過去を葬り去るどころか「もとの様子に立ち戻れずに取り残された」風景の現在へと島尾をさらに強く繋ぐ体験であったことを物語っている〉[28]と指摘したように、植民地支配の先端として機能していた隊長島尾の自己認識の転換を見ることができるのだが、同時に、加計呂麻島時代に本質的な自己を感受した島尾がいる。しかしその本質部とは、〈腫瘍〉という表現に象徴されるように負の部分を見据えたところに見出されるものであった。以後『死の棘』連作と平行して戦争小説が書き継がれていくのは、死の棘体験と特攻隊体験のなかに共通する自己の本質部を見つめていく階梯にほかならない。その過程で島尾は特攻隊体験を扱った十六篇を『出孤島記・島尾敏雄戦争小説集』（一九七四年九月冬樹社）にまとめた。そしてその翌年に島尾は「廃址」とは異なった思いで加計呂麻島を受け止めていることを示すエッセイ「加計呂麻島呑之浦」[29]を書いた。〈私の心の中から、呑之浦が廃址である思いが消え去って〉、〈私には呑之浦が昨日の今日のようにしか感じられなかった〉と述べる。〈小さな波打ちの音〉が〈心をやさしく包みこ〉み、鴉の声が〈大気の中にやわらかく浸みこ〉み、〈雲の流れや木々を渡る風の音〉など〈すべてがかつての日々と少しも変わらない〉と記した後、次のように記している。

私にしてもあのとき第三種軍装を身に着け北門の近くに寝ころがっていたすがたはそのまま今の背広すがたとかさなっているのだった。私は今もなおあの戦争のさなかのつづきと思ったり、いや戦争も何もかかわりなく、ただ呑之浦と呼ばれる静かな入江にこうして居るだけだと思ったり、何よりも海岸の満ち干の呼吸に身をまかせたときの安らぎが再現されていることに、とけ入るような解放を感じていたのだった。（『南島通信』九四頁）

呑之浦基地跡が〈廃址〉ではなくなり、呑之浦の自然に〈安らぎ〉と〈解放〉感を得ている島尾は、三十年前に「島の果て」の結びで、夜明けの太陽の陽光に包まれて自然が息吹き、生き物が生動する浜辺に坐るトエを描いていた島尾と繋がっている。

……岬の緑、海の青がさわやかな空気の中ではっきりとその姿を現わしてきました。小鳥も鳴き初めました。心なしかそよ風さえ吹いて木々の群葉をさやがせているようでありました。やがて東の方キャンマ山あたり一帯が金色の箭を放ち、……嘘のように大きな真赤な太陽が上って来ました。潮がひたひたとさしてきてトエはあやうく濡れてしまうところでした。波は湖のようにおだやかに小波立ち、ふな虫が石ころの間をぶざまなからだつきで動き廻っていました。（一八六頁）

エッセイ「加計呂麻島呑之浦」での感慨は、九年後の「震洋隊幻想」[30]においてより象徴的に語り直される。「廃址」に描いた「私」を〈不吉な忘却の影におびやかされてもいた〉と述べた後で、それから更に二十年近くを経た「私」が、〈時の停止に似た感覚〉を味わい、〈永劫の気配〉を感じながら、〈何とも気だるい安らぎと充実の境域にわが身が置かれているなと感ずることができる〉と記している。

島尾は何度も加計呂麻島訪問を繰り返し、『死の棘』や戦争小説、南島エッセイの中で自己の本質部として負の部分を省み続ける中で、より広く、より深く自分を見つめる視点を獲得していく。『魚雷艇学生』(一九八五年八月新潮社)連作と『震洋発進』(前掲注㉚)連作の同時平行的な執筆はそのことを示している。その過程で呑之浦が〈不吉な〉場所から〈安らぎ〉を与える場所として感受されるようになった島尾は、月に照らされる夜の世界―死―から、太陽に照らされる世界―生―へと解放されるトエを結びで描いた「島の果て」の作者がいた場所に、長い道のりを経て回帰した、と言えるだろう。「島の果て」の作者がいた場所とは、世俗的関係から解放された、永劫の自然の生動に感応する没我的な心が生き得る世界である。晩年に『震洋発進』連作へといざなわれた島尾が、自己の生に大いなる存在の計らいを感受していくのはゆえなきことではない。「島の果て」はそのことを暗示していたと見ることができる。

注

(1) 初出『新潮』二〇〇九年八月号〜二〇一〇年八月号。『島尾敏雄日記――『死の棘』までの日々』(二〇一〇年八月新潮社)に収録。
(2) 『島尾敏雄』(一九八三年六月沖積舎)一三一頁。
(3) 初出『群像』一九六八年二月号。『詩的乾坤』(一九七四年九月国文社)に収録。〈戦争〉

と改題して『吉本隆明全著作集第9作家論Ⅲ島尾敏雄』（一九七五年一二月勁草書房）及び『島尾敏雄』（一九九〇年一一月筑摩書房）に収録。

（4）前掲（注3）『島尾敏雄』四一頁。

（5）前掲（注3）『島尾敏雄』四六頁。

（6）往復書簡は先ず弓立社版『幼年記　島尾敏雄初期作品集』（一九七三年一一月）に「戦中往復書簡」が収録され、『マリー・クレール』（一九九〇年一二月号）に「島尾敏雄とミホの『愛の書簡集』」が収録された。上記二つの書簡は『島尾敏雄・ミホ　愛の往復書簡』（二〇一七年三月中央公論新社）に収録された。島尾の日記は『新潮』一九九七年九月号に「加計呂麻島敗戦日記」が掲載され、続いて前掲（注1）の「終戦後日記」が公開された。二つの日記は『島尾敏雄日記――『死の棘』までの日々』に収録された。

（7）「島尾文学にみる「ヤポネシア」の萌芽と形成」：『ユリイカ　特集島尾敏雄』（一九九八年八月青土社）二三六頁。

（8）「夢のリアリズム――島尾敏雄と脱植民地化の文体――」：『文学』六号二〇〇五年一一月・一二月合併号）一九一〜一九二頁。

（9）「二十年目の八月十五日」：『朝日新聞』（鹿児島版）一九六五年八月一五日。『私の文学遍歴』（一九六六年三月未来社）一一〇頁。

（10）「はまべのうた」からの出発」：『島尾敏雄論』（一九八二年八月近代文芸社）一一四頁。

（11）『朝日新聞（夕刊）』一九七〇年五月一四、一五日。随筆集未収録。

(12) 初出『構想』第44号二〇〇八年六月。『島尾敏雄』(二〇一二年七月鳥影社)一九六頁。以下引用は同頁。

(13) 奥野健男『島尾敏雄作品集第1巻』(一九六一年七月晶文社)「解説」三一五頁。

(14) 高田欣一「島尾敏雄論」:初出『文芸首都』一九六九年四~七月。饗庭孝男編『島尾敏雄研究』(一九七六年一一月冬樹社)二六三頁。

(15) 「島尾敏雄論」:初出『海』一九七一年八月号。『解体と表現――現代文学論』(一九七二年六月筑摩書房)六二~六三頁。

(16) 「昨日は今日に続かず――島尾敏雄の時間」:『敍説Ⅲ 特集島尾敏雄』(一九九一年一月)二三頁。

(17) 「戦争の中のエロス」:講談社文芸文庫『はまべのうた/ロング・ロング・アゴウ』一九九二年一月)「解説」三〇六頁。『川村湊自撰集第三巻現代文学編』(二〇一五年七月作品社)に収録。

(18) 前掲(注14)に同じ。饗庭孝男編『島尾敏雄研究』二六三頁。

(19) 初期作品集『島尾敏雄日記――『死の棘』までの日々』一一頁。なお弓立社版『幼年記 島尾敏雄初期作品集』と中央公論新社刊『島尾敏雄・ミホ 愛の往復書簡』に収録されている「磯づたふ旅人の書付け」では日時は明示されていない。

(20) 前掲(注3)に同じ。筑摩書房『島尾敏雄』四三頁。

(21) 脇野素粒「島尾敏雄を語る」:初出『大島新聞』一九六一年六月一〇~一七日、一九~

二五日。饗庭孝男編『島尾敏雄研究』四〇八頁。

(22)『現点2号　特集島尾敏雄』(一九八三年一〇月)三六頁。島尾ミホ『愛の棘』(二〇一六年七月幻戯書房)に収録。

(23)『死の棘』第四章「日は日に」で元日に家族四人が成田不動尊に初詣に行く場面がある。『「死の棘」日記』(二〇〇五年三月新潮社)の昭和三十年一月一日にその記述がある。

(24)『対談ヤポネシアの海辺から』(二〇〇三年五月弦書房)一六七頁。

(25)『対談ヤポネシアの海辺から』一六五頁。

(26)「島尾敏雄の作品に於ける宗教性の問題―昭和30年代の作品解釈への視座―」:『プール学院大学研究紀要』32号(一九九二年一二月)一〇四頁。

(27)島尾ミホ「島尾敏雄とミホの『愛の書簡集』」「解説」:初出『マリー・クレール』一九九〇年一二月号。『島尾敏雄・ミホ　愛の往復書簡』一九五頁。

(28)「シマオタイチョウを探して―「ヤポネシア論」への視座―」:『南島へ南島から―島尾敏雄研究』(二〇〇五年四月和泉書院)一七〇頁。

(29)「加計呂麻島呑之浦」:初出『アサヒグラフ』一九七五年四月二五日。引用は『南島通信』(一九七六年九月潮出版社)九三~九四頁。

(30)「震洋隊幻想」:初出『別冊潮』小説特集一九八四年八月。引用は『震洋発進』(一九八七年七月潮出版社)九三、九七頁。

第二章　方法の模索

「孤島夢」試論——夢の方法を促したものを読み解く試み

1　夢の方法への志向と論評の概要

復員後小説家として生きる方途を探っていた島尾敏雄は、伊東静雄と関わりを持つ庄野潤三や三島由紀夫など五名で昭和二十一（一九四六）年五月『光耀』[1]を創刊し、加計呂麻島の第十八震洋特別攻撃隊の隊長室で特攻出撃を待ちながら書いた「はまべのうた」を載せ、第二輯（一〇月刊）に「孤島夢」を発表した。島尾の言葉で〈目をつぶる〉[2]といういわゆる夢の方法によった最初の作品である。

島尾は少年時代から夢を表現することに関心があったことを、〈最初の頃、下手な詩を書いたのが、見た夢をなんとかして表わしたい、と思ったものが多いのですよ。だからやはり、そういう関心があったのですけれどね〉[3]と述べている。夢の方法が島尾独自のものであることは、早い時期に奥野健男氏が〈自己の無意識な潜在観念をあらわにするための必然の方法〉[4]と述べ、遠丸立氏が幼少期の生育歴や「昭和十四年日記」[5]を踏まえて、夢を創作の方法にしたことを〈きわめて自然な、彼自身の体質に即し、内的自然に応じた、出発であった〉[6]と評している。そのあと増田静氏が『LUNA』[7]詩篇中の「井戸ノ中ノ指導者」や「頂点」などを採りあげて〈《夢》を下敷きにすることで、退っ引きならない危機的状況を実現し、その恐怖と不安を浮き彫りにした〉[8]

と具体的に論じている。

右記三氏の指摘に加えて、習作期の創作に夢に関わる作品があることに触れておきたい。十七歳の時同人誌『峠』に発表した「育むもの」[9]には、少年の性的願望が夢を通して描かれており、二十四歳の時同人誌『こをろ』六号に発表した「暖い冬の夜に」[10]では、夢の方法の先駆と思わせる構成を試みている。閉塞感に押し拉がれている語り手「僕」の現実の時空と、そこから抜け出ようとする「僕」の分身を主人公にした作中小説の時空とが交錯して不思議な世界を創っている。分裂する想念を多面的に表現しようとする意図が前面に出ており、作者自身収拾がつかなくなったと思われる実験的な失敗作であるが、九州帝大法文学部経済科に入学後、文科東洋史への転科を考えていた時期の鬱々とした島尾の内面を読むことができる。夢と現とが溶け合う時空を創ることによって、不安に苛まれる内面を描き出す後の夢の作品群と通底しているとみなしうる。

管見では「孤島夢」の論評は大きく分けて、一九六〇年代は戦後の精神状況及び関係の違和、七〇年代は特攻死、九〇年代以降は特権意識を主要な論点として推移してきた。代表的な論評は以下の通りである。先ず針生一郎氏が「島尾敏雄おぼえ書き」[11]において、夢の方法の意義に言及して、〈夢の形で現実を自由に変形し、潜在意識に表現をあたえると同時に、変身願望の実験をこころみようとする『孤島夢』の方法は、むしろ敗戦後の精神状況にたいする鋭どい批評として、効力を発揮する〉と評した。次に吉本隆明氏が「島尾敏雄の世界――戦争小説論」[12]において、夢の方法を作品に即して包括的に分析して新たな論点を提示した。氏は〈奄美加計呂麻島の俗習と部落の風物にかんじた異様な感じだけを、そのままにして、それをひとつの未知な〈島〉に抽象する。そしてこの異様な感じを、部下にたいして感じていた異和感や不安感と溶接する〉〈方法を発見したとき、じぶんの〈不安〉の根源から派生する〈関係〉の異和感をすくいとる本質的方法を見出した〉と評した。

特攻死の問題については、松岡俊吉氏が同じ特攻隊員としての立場から「島尾敏雄の原質[13]」において、〈《想像力〉がつくりだした『死の島』〉即ち〈現実的手法で描くことはできない〉〈「絶対無」の世界〉を描きえたと評した。また、岡田啓氏は「島尾敏雄と夢[14]」において、〈「孤島」へまぎれ込むことは〉〈現世での逃れようのない〈死〉への恐怖がある〉とみて、〈恐怖心があり、同時に恐怖している私を見ている「私」がいるのだが、他方、部下との関係を考えてもいる。結局、〈夢〉の中でも、〈私〉は「私」から飛べないのだ〉と二重の「私」のあり方にも論点を向けた。増田静氏も二重の「私」に注目して〈内面的なもの（不安―筆者注）が、実現というかたちで顕在化するのが、〈夢の方法〉ではないだろうか〉（前掲注8・四七頁）と述べている。

特権意識の問題については、石田忠彦氏が「鳥瞰する島尾敏雄――初期作品を中心に[15]」において、〈特権意識とそれが侵害される不快感とを、むしろ露骨に表出したのが「孤島夢」である〉と捉え、〈この時期の島尾は、このような「驕慢な分子」が自分の中に存在することをまず確認し、それを剔抉して、描き出すことによって、精神の再生を図ろうとしている〉と自省的側面を指摘した。しかし鈴木直子氏は「シマオタイチョウを探して―「ヤポネシア論」への視座―[16]」において、〈「島」に対して向けられる「私」の、超越者としての視線と態度が貫かれている〉作品とみなして、〈あまりにありふれた「植民地幻想」の集積である〉として、〈死を待ちながら恋と文学とに遊ぶほかなかったその日々を、島尾は「夢」と「モダニズム」という「頑丈な鉄の箱」(「廃址」)に収めて忘却のかなたに追いやろうとしていたのではないだろうか〉と厳しい見方を提示した。

2 執筆の背景と本稿の意図

「はまべのうた」について島尾は「終戦後日記」(『島尾敏雄日記――『死の棘』までの日々』(二〇一〇年八月新潮社)所収)に〈才能の貧しきこととまざ〳〵と思ひしり〉(五月十七日)と記している。「島の果て」(『VIKING』一九四八年一月)は書き終わっていたが、メルヘン体で戦場の恋を描いている点では共通しており、分量も多い。『光耀』第二輯には両作とは別種の小説を載せたいと思っていたであろう。その島尾に素材として見えてきたものが島民の抑圧者としての自己像であった、と筆者は考えている。その理由を次に述べる。

晶文社刊『島尾敏雄作品集第1巻』(一九六一年七月)解説では擱筆が昭和二十一年四月三十日であり、「終戦後日記」七月二十三日に〈(孤島夢)十五枚清書し林氏宛送る〉とあることから「孤島夢」の執筆は結婚後間もない時期である。昭和二十年九月奄美諸島が米海軍管理下に置かれて本土との通行が禁止された。大平ミホは十一月末に闇船で奄美を抜け出し、鹿児島県川内(現薩摩川内市)の親戚の許に身を寄せた。島尾は翌年一月中旬迎えに行き、尼崎のミホの遠縁に預けた。そのあとミホは京都の遠縁の家に移り、結婚の手筈を整えた。島尾はミホのカトリック棄教を条件に父親の了承を得て、三月十日庄野潤三、伊東静雄が出席して結婚式を挙げた。「終戦後日記」を読むと、経済面で全面的に父親に頼る新婚生活は危機を孕んでいた。結婚直後から島尾は多発性関節炎を発症して起居ままならず、罹患していた性病がミホ夫人に感染して通院が必要になる。ミホ夫人と同居している父親の愛人との間に確執が生じてもいる。注目したいのは、その時期に島尾が特攻隊体験に複雑な反応を示し、作家の在り方に言及していることである。

三月二十九日

私が島でどんなに私達の隊長さんは好い人であつたかをミホが高調子で話す[17]のをにこりともしないできいてゐる。……。ミホがたのしさうに加計呂麻島でのくさぐ〳〵を回想して語るのは私には一種の悔恨の苦さなしにきくことは出来ない。

五月四日

私は戦争責任などといふとてつもないことを真剣に考へられるだらうか。……。近く始められようとする極東軍事裁判の進行と共に文学者の責任(人間の責任)といふ問題は甚だ面白い、そして私には重大事だ。(傍点原文)

五月五日

作家は常に自己の立場を批判しつゝゐなければその作家は死んだものだ。どの年代に限らず自分の年代の生活や気分に安住してゐるやうな調子が作品に現はれたらその時はその作家は転落するのだと、潔癖にさう思つた。

特攻部隊隊長であった過去に抱く〈悔恨の苦さ〉、自身の〈重大事〉とみなす〈戦争責任〉への拘り、自己批判の眼を必須とみる作家像を吐露している。不穏な新婚生活を送りつつ、右のような思念を抱く中で「孤島夢」は書かれた。

夢の方法による小説十九篇を収録した短編集『夢の中での日常』（一九五六年九月現代社）の「あとがき」に、〈もし過去の作品群の中からいくつかを自分のものとしてさし出すことを要求されたら……例えば「孤島夢」、例えば「アスファルトと蜘蛛の子ら」を挙げることになるでしょう〉と記している。後で触れるが、「孤島夢」と「アスファルトと蜘蛛の子ら」（『近代文学』一九四九年七月）には似ている設定がある。それは後年表白する〈戦争を背負った軍隊が在地へ残した理不尽な棘〉（『震洋発進』一〇〇頁）への罪責感に関わっている。そして、三月二十九日の「日記」に記されている〈悔恨の苦さ〉という感受、五月四日の〈戦争責任〉は〈私には重大事だ〉という思いも〈理不尽な棘〉に関わるものと見なしうる。「孤島夢」にこれらの言葉を重ね合わせると、島民の抑圧者という自己意識へと導かれるのである。五月五日の「日記」に記された〈常に自己の立場を批判しつゝゐなければその作家は死んだものだ〉という認識を抱いていた島尾にとって、島民の抑圧者という自己像は、「はまべのうた」や「島の果て」とは別種の小説の喫緊の素材としてふさわしいものであったと推察される。

島民の抑圧者という自己意識はその罪責感において、石田忠彦氏や鈴木直子氏が指摘する特権者としての自己意識とは異なる深さと広さを持つ。このあと一、二年の日記や作品を読む限りでは、この時期の島尾に抑圧者としての自身を批判する自己観察の眼は具わっていても、その自己を他者との関係の中で見据え、明確に把握して客観的に表現する自己剔抉への作家としての問題意識は醸成されてはいなかったと考えるが、このことについては第6節で触れよう。また、最初の読者がミホ夫人になる可能性がある中で、現実生活での桎梏と対峙する覚悟もできてはいなかったと思われる。そうした中で考えられた方法が、夢の利用であり、そこに島民の抑圧者という自己意識に関わる体験を暗示する設定を案出し、暗喩や置換、誇張や戯画化などを用いて全体を非現実のこととして表現することであった、と推測している。従って作品に施されている設定の意味を読み解くことによって、夢物語の中に島民の抑圧者という自己意識が秘められていることを明示できると考えている。そこに見えてくる作者像は、作家出発時の島尾について新たな一面を付加しうるものと考える。さらに最終節では、以上の視点から見えてくる出発期の作家としての方法の模索の跡を考察しておきたい。

3 〈呪咀を受けている島〉と〈考えるくせ〉の設定

島尾は「孤島夢」執筆から十一年後、奄美大島移住後間もない時期に「名瀬だより」[18]において〈私の頭の中に定着しようとするこのあたりの島の単純化された印象として、その架空島の描写は、捨てなくてもよいと思っている〉と記して、「孤島夢」の〈架空島〉が地勢の上では奄美諸島の包括的なイメージを形象化したものだと述べているが、実は「孤島夢」執筆前に加計呂麻島を小説の素材にすることに触れている。「終戦後日記」昭和二十一年二月十四日の記事に〈本山桂川編の〈嶋と嶋人〉をひろひ読みして島といふもの、島にひかれるわけ、余の足跡の島を次に書いて見よう〉とある。日付から「孤島夢」の執筆と結びつけることができる。

『嶋と嶋人』（一九四二年一一月八弘書店）は十名の執筆者が日本の主な島嶼群の地勢、伝承や伝説、島唄などを紹介している。奄美諸島については昇曙夢が「島の思ひ出――かけろま歳時記――」の題で源平時代に関わる伝承と年中行事、島の生活について島唄の紹介を交えて書いている。十五歳までを過ごした加計呂麻島について、昇曙夢が「正月の巻」冒頭部で記している次の一節に留意したい。

我が加計呂麻は今も猶ほ文化の中心を離れて、桃源の夢に耽つてゐる昔ながらのお伽噺のやうな原始的生活の中に、多くの貴い上代文化の名残を留めてゐることであらう。……。私はそれ等の寶玉が永遠に湮滅しないやうに願つてゐるが、それは到底不可能な事であらう。せめて今のうちに斷片的な記憶だけでも書き記しておくことは、決して無意義でないと思ふ。（『嶋と嶋人』六〜七頁）

島尾が加計呂麻島について早い時期に言及した「奄美大島に惹かれて」[19]に〈初め若くて未熟な私の眼に、奄美大島は一個の遊仙窟であった。……。私はさながら仏教や儒教の倫理観に影響されぬ太古を現世紀に垣間見たと思った〉とあり、二十年後の「琉球弧の感受」[20]でも〈島の部落を歩いたり、島の人とはなしをしたりすると、「古事記」の世界が現存しているような感受があったんです〉と、その感受は一貫しており、復員当初も昇曙夢の記述に重なる愛惜の思いを抱いていたと考えられる。

右のことを踏まえると、口髭を生やしている老婆たちを見て〈美しい〉と思い、〈この珍妙な口髭を生やした女ばかりの島を何とかしてペンとカメラで我々の列島に紹介しなければならない欲望と優越を感じた〉（『島尾敏雄全集第2巻』（晶文社）二八頁）「孤島夢」の主人公は、鈴木直子氏のように〈上から観察するような探検家の視線〉（前掲注16・一六四頁）と一面的に捉えるよりも、語り手に〈優越を感じた〉と語らせる作者の主人公に対する批判的な視点を見るべきだろう。主人公に向けられる作者の批判的な視線を捉えることによって、島尾が〈架空島〉を〈桃源の夢に耽ってゐる〉とは逆のイメージを結ぶ島とみなす主人公を設定したことの意味が見えてくる。

私は前々からその島は呪咀を受けている島のように考えていた。一字苗字というものは頗る神秘を感じさせ、それに不均衡とも思われる三つも四つもの象形文字の名前は島びとたちの詛いとも見えた。（『島尾敏雄全集第2巻』二六頁。以下「孤島夢」の引用は一箇所を除いて全集2巻に拠る。）

主人公が〈島びとたちの詛い〉を感受したのは一字姓に三、四字の名という名前の付け方に対してである。こうした名前の付け方について島尾は、加計呂麻島について最も早い時期に書いた「加計呂麻島」[21]において〈一字姓のその起りは島津藩に強制されたものだが、……。それから私は彼らの古い名付け方を羨望する。……。その感受性の豊かな独自の表現に驚いたのだ〉と、一字姓と三、四字の名付け方に感動したことを記している。そうすると〈島びとたちの詛い〉という表現は〈島津藩に強制された〉ことに主眼を置いていると解してよいだろう。復員直後から琉球と奄美大島の歴史に関わる書籍を読んでいたことは「終戦後日記」に記されており、薩摩藩の砂糖島として搾取されてきた奄美諸島の歴史についてある程度の知識は得ていたと思われる。上記のことから〈呪咀を受けている島〉は抑圧された島を含意していると解される。

その島に上陸する主人公は傲慢な特権意識を強く持つ人物として登場する。〈六、七名の艇員に君臨〉(二四頁)する〈戦闘艇の艇長〉(同)であり、〈此の近海一帯の島嶼は総て私の手中に握られているのだという〉(二七頁)〈かなり驕傲な分子がないでもない〉(同)人物である。〈島嶼の守護者〉(同)を自認しているが、上陸した島に男と若者、そして若い女がいなくなった〈非常な或る事情〉(二八頁)が何であるかは知らないのである。こうした設定に主人公に向けられる作者の批判的な視線を見ることができる。その主人公に作者は〈考えるくせ〉を設定している。

広場に出た主人公が、〈島長の息子〉で〈唯一の知識階級〉である歯科医が島の伝統的な名付け方の名前を本土風の名前に変えていることに憤る場面(三〇頁)がある。主人公は歯科医が〈彼の島に限りない侮蔑の眼を向けて〉いると感じ取り、〈頗る傲慢〉な〈軍人の姿勢〉になって、名前を変えたことを〈詰問〉する。前の場面で、主人公は〈この島の島長は何故私を出迎えることをしないのか〉（二九頁）と思ったが、いつもの〈考えるくせ〉で〈その方が私にとっては自由な気持で、良いことなのだと思う事にした〉（同）のであった。そして歯科医院の〈洋風の二階屋〉を見た時も初めは〈甚だ怪しく思〉ったが、すぐに〈当然のことのように思うという例の心理状態になることが出来た〉のである。ところが〈東京歯科医学士船木三宝[22]〉という名を見ると〈頗る軽蔑の心〉が湧いて歯科医に会いに行った、という展開になっている。権威的に振る舞う気持を自制するために〈考えるくせ〉が二度働きながら、名前を見た時にはそれが働かないのである。こうした展開を作ったことには何らかの意図があると考えてよいだろう。

歯科医に会ったあと主人公は歯科医の〈卑屈〉な応対に〈絶望して外に出〉る。東京の近代文明に触れた将来島長となる知識人が〈呪咀を受けている島〉に帰り、本土風の名前に変えて都会的な医院を開いていることには、彼なりの島の将来についての考えがあるのかも知れないのである。しかし主人公の思いは歯科医の内面には及ばない。とすれば、ここには近代的価値観と土着的価値観との二項対立の構図の中で、土着的なものの喪失を〈絶望〉する主人公の独善性への、作者の批判の眼を見出せる。主人公の眼に歯科医が島に〈侮蔑の眼を向けて〉いると映り、彼に〈卑屈な〉表情を感じたのは、〈頗る傲慢〉な主人公の感受である。つまり語り手の「私」は主人公の「私」を第三者の位置から見つめていることになる。「加計呂麻島」で島尾は伝統的な名前の付け方について、〈それらも次第になくなってしまうだろう。それはなぜか私の心を寂しくさせる〉（前掲注21・一九四頁）と、主人公の〈絶望〉とは異なった思いを述べている。そのことを考え併せれば、主人公を第三者の位置から語る語り手は作者の見方を承けていると考えられ、〈絶望〉する主人公を通して、抑圧された島に生きる者の苦しみへの眼差しを欠いた外部の者の独善性を語っていると読むことができる。

〈呪咀を受けている島〉に上陸した〈島嶼の守護者〉を自認する主人公が、いつもは働く〈考えるくせ〉が働かないで〈頗る傲慢〉な〈軍人の姿勢〉になっていくという、抑圧者の側面を強調する展開を作っていることには、特攻部隊隊長であった過去への作者の自己批判の念、言い換えると〈悔恨の苦さ〉が働いていると推察される。ただ、抑圧者としての自己を素材とする上で重要なことは、抑圧の内実がどれだけ広く、そして深く見据えられているかという点であろう。そのことを〈悔恨〉に関わる別の設定について次の二つの節で読み解く中で考えてみたい。

4　〈重大な〉〈予感〉と〈予知〉の設定

広場に来る前、島民の生存、生活の基盤に関わる〈予感〉あるいは〈予知〉を感知した主人公が島民に教えようと思いながら実行できない場面がある。

> 私はこの島は必ず近い中に濤に洗われて此の世の中から姿を没してしまう予感がした。そうではないまでもこの島はいつも同じ経度と緯度の上にいるものではないということをはっきり予知した。私はそのことを島びとたちに教えてやろうと思った。然しそれを実行することは出

来なかった。私はこの島にとってそんなにも重大なことを知った男であるにも拘らず、[23]そんなことは全く知らずに、永久にこの島は此処（どこだかわからないのに此処だと思った）にあるのだということを真面目に少しも疑わない者のような顔付きで、砂丘部落を渡り歩いて居たのであった。（現代社刊『夢の中での日常』一一一〜一一二頁。傍点原文）

このあと語り手の「私」は、島民に〈予感〉〈予知〉を教えなかったことを〈私の力ではどうすることも出来ないのであった〉（二九頁）と語っている。そのことを踏まえると、島が海中に没するという〈予感〉あるいは島が移動するという〈予知〉を感知しながら、〈そんなことは全く知ら〉ない顔をして主人公が部落を歩くという設定には、島尾の二つの体験への〈悔恨〉が背景にあると考えられる。一つは島民の集団自決の準備に部隊が関わっていたこと、二つには加計呂麻島〈脱出〉[24]後に奄美諸島が日本国の領土ではなくなったことである。

まず〈予感〉について述べよう。沖縄陥落後米軍の奄美諸島上陸が予想され、現地では震洋特攻隊の出撃後に基地隊は陸戦で応じ、島民は壕で集団自決する計画が立てられていた。ミホ夫人の「特攻隊長のころ」（前掲注17）によると、島民は集団自決のための壕を掘り、八月十三日には特攻戦発令を知った島民が壕に集まり、出撃の延期によって解散したという。「琉球弧の感受」（前掲注20）によると、島尾は壕を掘る作業に部隊の兵が参加していることを認知していたが、特攻突撃を成就させることに専心しており、出撃後のことは基地隊長に委ねていた。八月十三日に島民が壕の前に集まったことを〈あとで聞いた〉と記しているが、〈あと〉がどの時点のことかは明示していない。島尾が島民の集団自決の計画を自身の問題として捉えていることを公に表明したのは昭和四十五（一九七〇）年五月である。渡嘉敷島で戦時中の島民の集団自決は軍の強制だとして、島民が旧海上挺進第三戦隊長の渡島反対運動を起こした。沖縄でその報に接した島尾は「那覇に感ず[25]」にその衝撃を記した。その文章には復員直後の思いは記していない。しかし、三年後に書かれた「アスファルトと蜘蛛の子ら[26]」（前掲）に類似した設定が施されていることから、「孤島夢」の執筆時に加計呂麻島島民の集団自決の計画を容認していたことに自責の念を抱いていたと推察されるのである。

「アスファルトと蜘蛛の子ら」の該当部を紹介しよう。冒頭で主人公は〈何者かの告知によって敗戦の日を予知〉し、以後の展開は〈その日を越してその先の日へ生き延びることはむずかしい〉状況が語られる。〈戦争の終結のことを知らせる機会が見つかるかも知れない〉と思った主人公は島民が立て籠る洞窟に行く。しかし〈彼らの眼に私が近寄って行くことを拒絶しているものを感じ取〉り、引き返す。島民からの拒絶が「アスファルトと蜘蛛の子ら」では直接的に語られ、「孤島夢」では島長が出迎えないことで間接的に語られるという違いはあるが、島民の生死に関わる〈重大なこと〉を感知した主人公が、そのことを島民に告げずに去るという点で共通している。しかし「アスファルトと蜘蛛の子ら」の〈予知〉が生を意味し、「孤島夢」の〈予感〉が死を意味していることに留意すれば、「日記」に記された隊長であったことへの〈悔恨の苦さ〉には、集団自決の計画に関わっていたことが「アスファルトと蜘蛛の子ら」執筆時より強く負い目として心に刻まれていたと解されるのである。

さて「孤島夢」の展開に戻るが、前述の引用のあと〈予感〉については〈潮が満ちこの島は陥没してしまう〉(二九頁)と繰り返されるのだが、〈予知〉のことは触れられない。〈予感〉だけで物語は展開できるのに敢えて〈予知〉の内容を入れたことには、それなりの理由があると考えられる。

昭和二十(一九四五)年九月一日、島尾は加計呂麻島周辺の震洋特攻隊員百余名を率いて徴用船三隻で島を〈脱出〉し、四日佐世保に到着、六日に復員した。九月二日奄美諸島は米海軍の統治下に置かれ、翌年二月二日(二・二宣言)奄美、沖縄諸島は日本国から行政分離された。島民は日本国籍を失い、本土との自由な通行が禁止された。このことが島が移動するという〈予知〉に反映していると考えられる。「(復員)国破れて」冒頭(前掲注24)にあるように、島からの〈脱出〉が部隊の秩序の崩れと米軍の報復を防ぐための上司の命令という〈私の力ではどうすることも出来できない〉力によるものであったと同様に、〈脱出〉以後に知った奄美諸島の日本国からの分離もそうであった。「終戦後日記」によると、島尾が奄美の分離計画について知ったのは昭和二十一年一月一日の新聞であり、それが決定されれば〈彼女は余と国籍を等しくしない〉と記している。二月二日の正式決定の報については特別な思いを記していない。この時大平ミホは京都の遠縁の家に身を寄せていた。しかし、高齢のミホの養父大平文一郎は加計呂麻島で独居同様の生活をしており、奄美の分離は島からの〈脱出〉に新たな負い目を加えたことになる。

以上のように生死に関わる〈重大なこと〉を島民に告げずに去るという設定には、心奥に刻まれた罪責感を伴う島民の抑圧者という自己意識を読み取ることができるのである。

5 〈無残な願望〉による〈巨大な塔門〉の設定と結びの意味

結末で島を出る前に主人公が〈巨大な塔門〉を見る場面（三〇～三一頁）がある。石田忠彦氏は「にげる・とぶ・とどまる――島尾敏雄論[27]」において〈巨大な塔門〉を「私」に対立する〈ヘゲモニー〉の象徴と見ているが別の読みをしたい。〈塔門〉は釘を使用せず、全てに〈細かい細工が施してあ〉る。主人公は〈複製が欲しいという異常な執着に襲われ〉、横の土産物店にあった〈塔門を型どった粘土の細工物〉を〈この島にしかないもの〉として買う。「名瀬だより」（前掲注18）に次の一節がある。

小説の中の架空島に私が豪華で宏壮なめくらめくばかりの巨大な楼(ママ)門を、その砂丘の秘密な場所にバベルの塔さながらにすっくと据え置いたのは、私の無残な願望のせいであった。（『離島の幸福・離島の不幸』二〇頁）

留意されるのは、十年前の執筆時を思い返しながら、〈巨大な楼（塔）門〉を設定した理由を〈私の無残な願望〉と記していることだ。〈願望〉に自己否定のニュアンスを秘める〈無残〉という言葉をつけたのは、そう言わざるをえない体験があることを示唆している。筆者は〈無残〉という言葉には二つの〈悔恨〉につながる思いが潜められていると推察している。

一つは第3節で紹介した昇曙夢「島の思ひ出――かけろま歳時記――」を読んだ時に誘発されたであろう自省の思いである。駐留中に〈「古事記」の世界は奄美に生きていた、というきもち〉[28]を抱いていた島尾は、第3節での引用部に書かれている〈永遠に湮滅しない〉ことは〈不可能〉と知りつつ〈多くの貴い上代文化の名殘を留めてゐることであらう〉と記した昇曙夢の言葉を、痛みをもって受け止めたであろう。軍事基地の設営と米軍の空爆は島の地勢や建造物を損傷しあるいは破壊したであろうし、日常生活の制限は伝統行事の衰退を進めただろう。それが〈私の力ではどうすることも出来ない〉力によるものであっても、結果として〈湮滅〉に自分が関わっていたことに思い至らざるをえなかったであろう。そのように追尋すると〈無残〉という言葉には、戦場となった場所での自身の役割への自省の思いが込められているとみることができる。

もう一つはミホ夫人の養父大平文一郎に関わる痛恨の思いである。島尾は「私の中の日本人――大平文一郎」[29]の中で、〈何と立派な老人だろう！　と私は感嘆したのだった。……最初の印象で狷介な漢学者か識見の高い読書人だと思った〉、〈ヤマトの日本人には見受けることの少ない思いや考えがひそんでいたと思えて仕方がない〉と記している。梯久美子『狂う人――「死の棘」の妻・島尾ミホ』[30]によると、大平家は加計呂麻島を統べる家系で、文一郎は島民からウンジュ〈旦那様・慈父〉と呼ばれて慕われた人物であった。〈巨大な塔門〉を加計呂麻島の〈貴い上代文化の名殘〉を象徴するものとみれば、〈巨大な塔門〉は文一郎の暗喩と読むことができ、〈塔門を型どった粘土の細工物〉を買うことを、島尾が加計呂麻島〈脱出〉直前に文一郎にミホとの結婚を申し入れて、了解を得たことの暗喩と読むことができる。上記の読みを導く設定として、主人公が島に上陸する場面（二六頁）を取り上げる。

> その島の近くを航海するならば、私は必ずその島にひきよせられて、私の宿命は固定されてしまうであろうという不安があった。そしてそれがその通りになったようである。

夢の中の主人公の行動に飛躍はなく、順序立てて語られており、語り手はどこかで〈私の宿命は固定されてしまう〉ことを語っていると推測できる。〈島〉を離れるまでの主人公の行動の中で〈私の宿命〉に結びつけられる行為は、〈塔門を型どった粘土の細工物〉を買ったことである。そのように結びつけると〈私の宿命〉が〈固定されてしまう〉という〈不安〉が〈その通りになったようである〉ということを、執筆当時の島尾の輻輳した〈不安〉が反映した表現として読むことができる。第2節に略述したように、結婚直後の島尾は肉体的にも精神的にも不安定な日を送っており、「終戦後日記」六月二十七日には〈ミホに死にませうと言はれても死ねないし、此の屋にミホと二人まるで気狂ひであつた。少し危険でもあつた〉と記している。そうした〈危険〉な精神状態にあることを、島尾は語り手を通して〈その通りになったようである〉と書かざるを得なかったと解せられるのである。そのあと語り手は〈巨大な塔門〉に対比して〈細工物〉を〈何人でも作り得るようなプリミチヴなたあいのないもの〉と表現し、それを買ったあとに〈巨大な塔門〉を見上げた「私」を、〈巨木のさやぎが私の心をなごやかにしたようでもあった〉と語っている。展開上この叙述はなくてもよいのだが、満足感から〈なごやか〉な心持ちになっている「私」

を語り手にあえて語らせていることに、当時の自身を批判的な眼差しで見返している作者の〈悔恨〉の思いを読むことができる。

先に述べた〈危険〉な状態を招いた理由の中には、音信も不如意な状況の中で独居同然の生活をしている、当時七十八歳の文一郎に対する二人の思いも含まれていたと思われる。文一郎は昭和二十五（一九五〇）年二月に亡くなるが、島尾とミホ夫人は島に行くことはできなかった。その死から七年後に記された〈無残〉という言葉にはそのことへの痛恨の思いが含まれていると解しうるのだが、その思いは上述の「孤島夢」執筆時の〈危険〉な状態にあった二人の思いの中にも少なからずあったであろう。

二人が加計呂麻島を訪れたのは、奄美諸島の日本国復帰から三年後の昭和三十二年初頭である。その時のミホ夫人について、〈父と母の墓石と土まんじゅうに頰ずりして泣き叫ぶのを見た。私は妻を墓地から引きはなすことに絶望を感じたほどだ〉と島尾は「妻への祈り・補遺」[31]に書いている。

これまで作品に施された五つの設定と島尾の言葉を読み解くことを通して、「孤島夢」に隠されている島民の抑圧者という自己意識を明らかにすべく推論を試みてきた。推論を結ぶにあたり、ほとんど言及されてこなかった結末部の意味について私見を述べておきたい。

次の引用は結びの場面である。

私はこの島を離れよう、潮風を耳のうらにならせ、潮の香を思いきり吸いながら、絶望と、「この瞬間だけ」という気持とを奇妙に交錯させて砂丘を走っていたのであった。やがて私の戦闘艇が見えると、私は習慣になった大声を出してどなっていた。出航用意！　機関発動！

（三一頁）


この場面は「出発は遂に訪れず」（『群像』一九六二年九月）の或る場面を想起させる。八月十五日の朝防備隊本部に行く途中で主人公は突然終戦を直感し、生の衝動に突き動かされる。「孤島夢」には島尾が体験した突撃死を前にした〈絶望〉と〈「この瞬間だけ」〉に生の充足を求めた恋愛を暗示する内容は書かれていない。右の結びにおいて〈絶望〉には「」は付けられず、〈「この瞬間だけ」〉に「」が付けられているのは、〈「この瞬間だけ」〉が生を燃焼させた時間であることを強く暗示するためと解しうる。つまり、〈この島を離れよう〉と意志する主人公は、生への回帰の意志を告げていると解しうる。そのように読めば「孤島夢」の執筆は、抑圧者としての罪責感を抱きながら島からの〈脱出〉を促したものが、抑制することのできない生の欲求であったことの確認作業でもあったと捉えることができる。また「アスファルトと蜘蛛の子ら」が死からの蘇生の場面で結ばれていることを重ねると、第2節で触れた『夢の中の日常』の「あとがき」で〈累々たる死骸〉の中からこの二作品を〈自分のものとしてさし出〉す理由の一つに、生への回帰に関わる思いを挙げることができる。

しかし、この時期の島尾は、内部に生への回帰を無条件に受け入れることを拒ませる闇の層があることに気づいており、しかもその闇の内実を見極めることはできてはいなかったことに留意しなければならない。自己批判の眼差しが自己内部の罪の自覚と不可分のものであるなら、これまで何度か触れてきた「孤島夢」に見出される主人公に向けられる作者の批判的な眼差しは、内部の闇を自覚しているところに生まれたものとみてよいだろう。つまり、この時期の島尾には、心内の闇の内実を顕現せんとする自己探求の思念は醸成されてはいなかったが、心内の深層部に不分明な闇の層があることは感受していたとみてよい。その闇の諸相をさまざまな不安の肉体的、感覚的な感受として描くことができる夢の利用は、創作の方法として島尾に新たな道を拓いたと考えられる。

6 「孤島夢」後の方法的模索

さてここで、第2節で指摘した、「孤島夢」執筆の時期には自己を他者との関係性において見据え、客観的に表現する自己剔抉への作家としての問題意識が醸成されていなかったことについて述べよう。そのことの認識が進んでいったことが以後の創作方法の模索を促したと考えられるからである。

晶文社『島尾敏雄作品集第1巻』(前掲)解説に記載されている執筆日を参照すると、「孤島夢」のあと昭和二十一(一九四六)年に三作品を執筆している。戦時中の体験を写実の方法で描いた最初の作品である「肉体と機関(エンジン)」(『午前』第二巻一号、一九四七年一月)、復員後の不安定な生の在り方を夢の方法で描いた「夢中市街」（『光耀』第三輯、一九四七年八月。のち「石像歩き出す」と改題）及び「摩天楼」（『文芸星座』第一巻一号、一九四七年八月）である。これら三作にこの時期の島尾の創作方法上の模索の在りようが窺えるので、略述しておきたい。なお本文の引用は晶文社『島尾敏雄全集第2巻』に拠る。

まず「肉体と機関」から述べよう。沖縄戦後制空権を奪われ、特攻艇出撃が近々予想される時期、〈学生から短時日の間に辛うじて将校になった素人臭い〉特攻隊指揮官の、〈兵隊から苦労して特進した〉部下の先任将校や〈兵学校出の生えぬき〉の兄弟隊指揮官に対する劣等感や対抗意識が慰安所設置[32]のための兄弟隊訪問に絡めて描かれている。上記の素材を選んだことには先に触れた自己批判の眼が働いていると考えられるが、作者自身が〈習作[33]〉とみなしているように、のちの戦争小説の主調音をなす予備学生出身隊長と歴戦の部下や士官学校出身隊長との奥深い葛藤や軋轢という心理の劇に作者の筆は向いていない。戦況の逼迫、脆弱な特攻艇の劣化に直面する青年指揮官の日々の煩いは描かれているが、出撃を控えている特攻隊員の内面に筆は向かない。従って、慰安所設置を計画するに当たって当然あったであろう指揮官の内面の苦悩は描かれない。人間の内面の深奥に眼が向けられていないので、人物造形は平板で類型的である。俯瞰的位置にいる語り手は〈兵隊も売笑婦も同じ位置に肩を並べて、生き残っているミゼラブルな生き物同志に過ぎない〉と語るのだが、何を〈ミゼラブル〉と言うのかは示されない。慰安婦を〈女という より生のままの「人間」という感じ〉、〈生き抜けて来たものの図太さで原始的な一人一人の人間〉と語る語り手には、慰安婦が置かれている過酷な状況についての認識は稀薄であると言わざるをえない。〈図太さで原始的な〉〈人間〉であらねばならなかった慰安婦の内面への、またそうした境遇に追いやったものへの視線は閉じられている。作者は結びの場面で主人公が海に落ちる場面を作っているが、その場面が持つ意味も曖昧である。慰安所を作る決心をしたことへの罪意識を代弁していると読めるのだが、却って創作意図の底の浅さを浮き彫りにしている。

昭和二十三（一九四八）年十月に発表された「徳之島航海記」（『芸術』）では冒頭部において、主人公の特攻出撃への怯えが、目覚めの時に夢と現の狭間で船のエンジン音を敵機の爆音と聞き間違えるという叙述によって精緻に描かれ、展開全体を通して部下に臆病さを気取られないように心を砕く青年指揮官の心理の劇が写実の方法でリアルに描き出されるのだが、「肉体と機関」にはそうした危機的状況に置かれた人間の内面の深層を探る眼と、それをリアルに描出する表現技術は具わっていなかったと言わざるをえない。

次に「夢中市街」を見よう。冒頭部で、突然生じた爆発音に身を臥せる姿勢を取った主人公について、語り手は〈私は自分の姿勢にも過去のにおいが強くしみ込んでいることをこげ臭く感じていた〉と語っているが、そこには特攻戦発令後即時待機のままで終戦を迎えた直後の作者の精神の位相が窺われる。自爆死を不可避の運命として受容し、近づく死に心身を馴致させるべく努めてきた異常な日常から、突如生の側に立たされた島尾は、内部に潜められた戦時の日常を律していた内的規範を消し去ることができず、また価値観の転倒した戦後の社会を受容することもできなかった。「夢中市街」にはそうした荒廃と紙一重にある虚無的な内面と向き合おうとしている作者の姿が主人公を通して見えてくる。

主人公の「私」は軍隊時代特権的な位置にいたことへのうしろめたさを心奥に潜めている。そのことを問題にされることを怖れて、〈理解のとどかない種類の人間〉の鉄槌から逃れる「私」の卑屈な姿を、作者は夢の世界のこととして描いていく。作者は結末近くでその逃避行を〈野外劇〉だと主人公が見立てる場面を作り、そのあとで語り手の「私」に〈私の今まで心のしこりになってずっと尾を引いていたいやなある気持は、尻切れとんぼのすがたにぶら下った〉と語らせている。そうした設定は、作者が戦時の抑圧者という自己意識を相対化する視点を手中に収めたことを示していると考えられる。結び前で「私」の分裂した〈頭〉が発する対立する二つの声は、旧い価値観や思想、社会通念を身につけている者が〈とつ国〉から流れこんできた新しい価値観や主義思想を前にして、どちらの側にも身を置きかねている姿を表しており、それは作者自身でもあろう。結びに登場する天下無双の強者として崇拝されてきたサカノウエタムラマロの石像は旧守派の象徴であろう。そのタムラマロに暗黙のうちに内心の声が通じる「私」もまた、旧守派に属するとみてよく、二つの物質に読み取られた〈つろ〉と〈おま〉、そしてタムラマロから出てきた〈す〉の匂いによって表現された〈つろおます〉は作者の内心の声が託されていよう。

昭和二十一年三月の結婚後島尾は病臥の状態が続く。翌年富士正晴の紹介で得た日本デモクラシー協会の職は一ヶ月で辞め、神戸山手女子専門学校の非常勤を二ヶ月勤めたあと、父親のつてで神戸市外事専門学校（現神戸市外国語大学）の教員に採用されるが、学究的な資質と専門知識の蓄積が不足していることへの不安を募らせていく。「終戦後日記」（前掲）を読むと、戦後初期の島尾は、絶対的な天皇制の崩壊と軍国主義思想の否定という社会的価値観の転倒と、それを受け容れる国民全体の生き方の豹変を目の当たりにして、信ずるに足るものを見出せずにいたと思われる。軍国主義の時代精神に馴致させてきた内面性を払拭することに積極的ではなく、移入される自由主義への迎合という時代の趨勢への懐疑を抱かざるをえない、精神的に不安定な状態の中で小説家への道を模索していた。

「夢中市街」はそうした対立する時代精神を内部に抱えて生きる戦中派の生き難さを、夢の方法によって客観的に描こうとした作品とみなしうる。島尾は輻輳する内部の不安の補足しうる部分を夢の世界のこととして「孤島夢」と「夢中市街」に形象化しえたことで、自身と戦後の世相を複眼的に見る視点と自己の発想の特異性を認識したと思われる。その認識は次の「摩天楼」において、自己の特異な内面の構造と感受のあり方自体を素材とする創作へと進ませたと考えられる。『光耀』は資金難から第三輯を島尾が謄写版で刷って少部数を発行して廃刊になるが、作家島尾にとって重要な意味を持ったとみてよいだろう。

三作目の「摩天楼」[34]に移ろう。「孤島夢」と「夢中市街」において本来脈絡なく断片化している記憶や夢を変形してつぎ合わせ、夢の世界の出来事として脈絡をつけることで、心内に潜在する不安の或る一面を創作として表象しうることを見出した島尾は、「摩天楼」においてさまざまな記憶が積み重ねられている内面の構造そのものを創作の素材にしていく。〈私は眼をつぶるだけで、というより寧ろつぶった気になるだけで、私の眼の前に微細な細工を組立てることが出来る〉と自覚する主人公が、繰り返し〈絶望〉的な状況に瀕しながら、〈健在〉であり続ける〈私の市街〉の構造を語っていく。〈私がある抽象的な概念に奉仕しているために〉〈何かわからぬものに追われている〉と〈自分で思い込んで〉、〈被害妄想の気分になって歩いている時に〉、「私」は〈私の市街を歩いていることを知ることが出来た〉とあり、作者の視点が不安を誘因する〈何かわからぬもの〉の正体を見据えようと、自己の内面を相対化することに向けられていることを示している。その視線は〈私の市街〉の中に〈高い塔〉を発見する。「私」は〈その正体を見届け冒瀆することを許されて居る〉と思うのだが、そこには〈魔物〉がおり、「私」が〈ヘゲモニー〉を握ることを許さないとあるところから推測すると、〈高い塔〉は作者自らも覚知できず制御もできない内面の深層部を喩えていると考えられる。以後の島尾の夢の方法は、多くの場合主人公の恐れを生み出す心の闇に潜む何ものかを描く時に用いられており、「摩天楼」執筆を通して島尾は制御不能の〈魔物〉の存在を自己内部の深層に自覚していったとみられる。〈魔物〉を潜める自己内部への眼差しは、「摩天楼」以後〈魔物〉に突き動かされる自己の姿を遡及的に探索することに向けられるようになり、幼少期から学生時代、そして今に至るまでの体験を素材に、対他関係における心理の劇の創作化へと進んでいく。

以上の三作のあと、昭和二十二年に島尾は「蜘蛛の行」(『舞踏』八月)で〈要慎深い人〉である現実主義者の先輩に付き合わされて給料を使い果たして終電に乗り遅れ、国道を歩いて帰る途中でトラックに跳ねられる気弱な青年を描いたあと、「単独旅行者」(初出『VIKING』一〇月、昭和二十三年五月『芸術』に全章を転載)において、意志的に生きていくことへの嫌悪感を抱く主人公の、旅の途中で出会う既知の他者と未知の他者との心理の劇を写実の方法によって描いていくのは、先に述べた創作家としての方向の模索が始まっていることを示している。

その模索は昭和二十三年にピークを迎える。現実生活での不安を素材に醜悪な自己からの逃亡願望や戦後社会との違和をモチーフにした「夢の中での日常」「鎮魂記」と、戦時体験からの救抜願望をモチーフにした「アスファルトと蜘蛛の子ら」をそれぞれ夢の方法によって執筆し、その一方で対他関係における心理の劇を写実の方法で次の作品に形象化した。戦時の体験を素材に部下との心理的葛藤をモチーフにした「徳之島航海記」と戦時下の青年男女の恋愛願望をモチーフにした「ロング・ロング・アゴウ」、学生時代を素材に友人間の軋轢と内的葛藤をモチーフにした「月下の渦潮」「薬」「挿話」、幼少年期を素材に母親との心理的な齟齬や愛惜の情、友人との違和をモチーフにした「唐草」「格子の眼」などである。内面に潜む輻輳した不安を語り手の対自的な視点を通して肉体的な感覚の感受の表象によって描く夢の方法と、その不安の拠ってくる所を、語り手が対他関係の心理的な劇として見つめ、写実の方法で描いていくという二つの創作の方向は、両者の融合した「勾配のあるラビリンス」など第三の方法まで含めて多様な開花を示すのだが、今はこれ以上そのことに踏み込むことは控えねばならない。繰り返しになるがここでは次のことを確認しておきたい。

戦後初期の時代思潮や世相に違和感を抱き、現実生活においても新しい時代を生き抜いていく精神的な支柱や指針を見出せず、輻輳した不安を常に感知しながら生きていた島尾は、昭和二十一、二十二年の創作の試みにおいて、創作家として二つの方向を見出した。一つは、本来は脈絡のないさまざまな記憶や夢の断片を繋ぎ合わせて、捕捉しうる不安のある部分を主人公の肉体的な感覚の表象を通して夢の世界のこととして描く方法である。もう一つは、不安へと追いやるものを自己の存在の本質に関わるものとして認識するようになり、それを対他関係における心理の劇を通して客観的に見つめようとする方法である。二つの方向はやがて死の棘体験とカトリック受洗を経て、作家生活の生涯にわたって深められていくことになる。

注

(1) 『光耀』創刊の経緯や雑誌の意義、島尾の作品については西尾宣明「島尾文芸・その習作期の考察―『幼年期』・《光耀》の意義―」(『プール学院大学研究紀要』33号一九九三年一二月)及び「『光耀』とはなにか――島尾敏雄・庄野潤三と戦後の同人雑誌、そして「VIKING」「タクラマカン」のことなど――」(『敍説Ⅲ17』二〇二〇年一月)に詳述されている。

(2) 『島の果て』(一九五七年七月出版書肆パトリア)「あとがき」。

(3) 奥野健男との対談「島尾敏雄の原風景」:『国文学』一九七三年一〇月。『島尾敏雄対談集　内にむかう旅』(一九七六年一一月泰流社)七九頁。

(4) 「島尾敏雄論―被害者の文学―」:『近代文学』一九五四年一月。『島尾敏雄』(一九七七年一二月泰流社)一六頁。

(5) 弓立社版『幼年記　島尾敏雄初期作品集』(一九七三年一一月)及び『日記抄』(一九八一年五月潮出版社)に収録。

(6) 「夢の作家　島尾敏雄」:『磁場』7号一九七六年一月。『死者よ語れ―戦争と文学』(一九九五年七月武蔵野書房）三〇八頁。

（7）『LUNA』及び『峠』と島尾敏雄との関わりについては、田口麻奈「初期『LUNA』と中桐雅夫」（『日本近代文学』97号二〇一七年一一月）に報告がある。

（8）「島尾敏雄初期作品研究―〈夢の方法〉の発見」：『琉球アジア社会文化研究』1号（一九九八年一〇月）四五頁。

（9）弓立社版『幼年記　島尾敏雄初期作品集』（前掲注5）に収録。

（10）徳間書店版『幼年記　島尾敏雄初期作品集』（一九六七年一一月）及び弓立社版『幼年記　島尾敏雄初期作品集』に収録。

（11）『文学』一九六三年一二月。饗庭孝男編『島尾敏雄研究』（一九七六年一一月冬樹社）五七頁。

（12）『群像』一九六八年二月。『吉本隆明全著作集9作家論Ⅲ島尾敏雄』（一九七五年一二月勁草書房）及び『島尾敏雄』（一九九〇年一一月筑摩書房）では〈戦争〉と改題。引用は『島尾敏雄』五〇、五三頁。

（13）『島尾敏雄の原質』（一九七三年三月讃文社）一四〇、一四一頁。同書は『島尾敏雄論』（一九七七年一〇月泰流社）として増補刊行。

（14）『島尾敏雄』（一九七三年九月国文社）一九四、一九五頁。同書は『島尾敏雄還相の文学』（一九九〇年三月国文社）として増補刊行。

（15）『敍説XⅣ　特集地図の思想』（一九九七年一月）三七頁。

(16) 『南島へ南島から―島尾敏雄研究―』(二〇〇五年四月和泉書院)一六三、一六五頁。

(17) 島尾ミホ「特攻隊長のころ」(『海辺の生と死』(一九七四年七月創樹社。一九八七年三月新編集で中公文庫)に次の一節がある。
〈「あれみよ島尾隊長は人情深くて豪傑で……あなたのためならよろこんでみんなの命を捧げます」という歌がはやり、片言の幼児たちにまで口ずさまれ、……、島尾隊長とは軍人の代名詞と思っているようでした。〉(一四五〜一四六頁)

(18) 『新日本文学』一九五七年五月〜一九五九年一月。『離島の幸福・離島の不幸』(一九六〇年四月未来社)一九、二〇頁。上記刊本から他のエッセイを省いて人間選書10『名瀬だより』(一九七七年一〇月農村漁村文化協会)として刊行。

(19) 『南海日日新聞』一九五六年一月一日。『離島の幸福・離島の不幸』一九七、一九八頁。

(20) 『新日本文学』一九七八年八月。『南風のさそい』(一九七八年一二月泰流社)一一二頁。

(21) 原題「南島の波間の秘境へ―加計呂麻島」、『旅』一九五五年一二月。『離島の幸福・離島の不幸』一九三、一九四頁。

(22) 最初の収録本の真善美社刊『単独旅行者』には〈船木三宝〉にルビはないが、次の収録本の現代社刊『夢の中での日常』では〝ふなきさんぽう〟とルビがある。〈三宝〉は〝みほ〟と読めることへの配慮と考えられる。大平ミホは東京目黒にある日出高等女学校(現目黒日本大学学園)を卒業しており、大平家は〈島長〉の家柄であることから〈船木三宝〉との共通点は幾つか見出せるが、命名の意図は不明である。

（23）この引用部だけ現代社刊『夢の中での日常』から引いたのは次の理由による。『島尾敏雄全集第2巻』では傍線部〈にも拘らず〉の前後の文が〈然しそれを実行することは出来なかった。にも拘わらず、私はこの島にとってそんなにも重大なことを知った男であるそんなことは全く知らずに、〉（傍線筆者）となっており、誤植と判断した。最初の収録本真善美社刊『単独旅行者』収録文も同じだが、歴史的仮名遣いのため『夢の中での日常』から引用した。また全集収録文には傍点はなく、若干の字句の違いもある。調査では現代社刊『夢の中での日常』収録文を踏襲している刊本は九種のうち集英社文庫『夢の中での日常』（一九七九年五月）のみである。

（24）〈脱出〉の事情について遺稿「（復員）国破れて」（『群像』一九八七年一月）冒頭部に次のように記されている。

〈われわれのあわただしい加計呂麻島脱出は、彼（防備隊司令―筆者注）が特攻兵の暴発を憂慮しただけでなく、進駐米軍による特攻兵への報復的な対応の危惧をも考慮して取られた処置と理解された。……。だからわれわれの行動は降伏式の手順を踏まぬ前の不法脱出だったと考えていた。〉（『戦争と文学9　さまざまな8・15』（二〇一二年七月集英社。一一八頁）

（25）『朝日新聞（夕刊）』一九七〇年五月一四、一五日。随筆集には未収録。

（26）別稿「「アスファルトと蜘蛛の子ら」が語ること」（初出『群系』41号二〇一八年一二月）において内容の解析を試みている。

（27）『敍説Ⅲ　特集島尾敏雄』（一九九一年一月）。石田氏は〈「島長」父子の態度は、私のヘゲモニーへの侵略であり、それの具体的な心象が、「眼まい」がするように高い「巨大な塔門」なのである〉（一九頁）と述べている。

（28）前掲（注20）「琉球弧の感受」。『南風のさそい』一一二頁。

（29）『波』一九七七年一月。『南風のさそい』二七、三〇頁。

（30）二〇一六年一〇月新潮社刊。第二章「二人の父」によると、文一郎は明治元（一八六八）年に生まれ、昭和二十五（一九五〇）年に亡くなった。一族は琉球士族の家系である。同志社英学校に学び、加計呂麻島に帰島後は村長を務めながらさまざまな事業を試みた。ミホの生後まもなく実母が亡くなったため、二歳の時ミホは実父の姉吉鶴の婚家である大平家の養女となった。

（31）『婦人公論』一九五八年九月臨時増刊号。原題は「蘇えった妻の魂」。『非超現実主義的な超現実主義の覚え書』（一九六二年六月未来社）収録時に改題。

（32）慰安所設置が実際にあったことは元兵曹長脇野素粒氏の「島尾敏雄を語る」（饗庭孝男編『島尾敏雄研究』（前掲）に書かれている。

（33）前掲書（注3）『島尾敏雄対談集　内にむかう旅』八二頁。

（34）「摩天楼」については西尾宣明氏の「島尾敏雄『摩天楼』の表現空間―創作方法の小説化、あるいは上昇・下降の論理―」：『プール学院大学研究紀要』36号（一九九六年一二月）に示唆を受けている。西尾氏は〈この作品が成立していく〈内面の「映像」を言語化する〉方法それ自体を語〉る〈メタ的性格を露骨なまでにはっきりと言説化した作品〉（三八七頁）と捉えている、氏によれば、〈摩天楼〉とは、素材となる〈内面空間〉の謂いであり、〈摩天楼〉に昇るとは、記憶を紡ぎ出しながらそれを小説として織り込んでいくことを意味しており、描かれる〈各階層〉の〈映像〉は〈内面空間〉の具体化された姿である。

「徳之島航海記」の謎を読む――隠された反軍的思念を探る試み

1　戦争体験の内面化と航海記の謎

島尾敏雄が復員後最初に書いたメルヘン体による「島の果て」(『VIKING』4号一九四八年一月)と次作の夢の方法による「孤島夢」(『光耀』第二輯一九四六年一〇月)は、共に特攻隊体験を素材にしている。そして、未完の遺稿「(復員)国破れて」(『群像』一九八七年一月)もまた、昭和二十(一九四五)年八月十三日の特攻戦発令から出撃待機、そして八月十五日以降の敗戦処理までを扱ったいわゆる特攻三部作(「出孤島記」「出発は遂に訪れず」「その夏の今は」)を承けて、加計呂麻島脱出から復員までを描いて戦争小説の完結を期したと考えられる作品であった。その間に島尾は特攻隊体験を素材にした十六篇を『出孤島記・島尾敏雄戦争小説集』(一九七四年八月冬樹社)にまとめ、さらにそのあと、海軍予備学生時代を素材にした連作『魚雷艇学生』(一九八五年八月新潮社)と、震洋特攻隊の基地跡巡りを素材にした連作『震洋発進』(一九八七年七月潮出版社)を書き継いだ。四十年に及ぶ島尾敏雄の作家生活は、昭和十八(一九四三)年十月、二十六歳での海軍予備学生入隊から、昭和二十年九月、二十八歳での召集解除までの二年間の戦争体験を書き継ぐための時間であったとも言えよう。この持続力の強さに島尾の文学的特質をみる磯貝英夫氏は「作品論「出発は遂に訪れず[1]」」において次のように分析する。

かれが関心するのは、もっぱら内面の状況である。この作家は、……過去のある濃密な心的状況のなかに随時随意に自己をもぐりこませることのできる、そういうタイプの作家であるように思われる。そして、そういう現前力は、……異常とも思われるまでに強力で、時間によってもほとんど風化されることがない。かれは、大筋の記憶の間を想像で補って書く人ではなく、おそらく、現前する心的緊張をつねに極度の精密さでたどろうとする作家なのだ。

磯貝氏は続けて〈決定的な衝撃をあたえた〉〈心的体験〉に〈徹底的にことばをあたえてゆこうとする作家的持続力には、やはり驚かされる〉と述べているが、〈作家的持続力〉が何に支えられているかについてまでは言及していない。そのことを考えてみたい。

島尾敏雄はエッセイや対談においても折に触れて戦争体験について書き記し、また語ってもいる。それを追っていくと、時間の経過と共に特攻隊体験の捉え方に変化が見えてくるのだが、紙幅の関係上ここでは晩年のエッセイ「震洋の横穴」[2]を引いて、〈作家的持続力〉を支える何かについて触れよう。

終戦直後の頃の私は特攻隊のことを思い出すさえいやであった。……しかし次第に私にとってその体験が決してそれ程軽くはないことに気づきだした。歳月が経つと共に、それが何であったかを見究めたい思いがつのるようになった。…（中略）…特攻隊なる発想の根のところにうずくまっている異様なものの気配を私は怖れないわけにはいかない。うまく言えないが、それは何やら退廃に押しやられるようなものだ。そしてそれを計る人がどんな顔つきでのめって行くのかと考えるだけでも、言いようのない無気味な思いに落ちこんで行きそうだ。

右の引用から〈作家的持続力〉を支える何かについて推察できることが二つある。一つは〈私にとってその体験が〉〈何であったかを見究めたい思い〉であり、もう一つは人間を〈退廃〉に押しやる〈特攻隊なる発想の根のところにうずくまっている異様なもの〉を〈見究め〉ることである。二つの自問は一体のものである。島尾が前者の問いを小説創作における問題として最初に明示したのは、昭和四十二(一九六七)年『世界』十月号に掲載されたエッセイ「特攻隊員の生活[3]」においてである。島尾はそこで〈特攻の生活で、どういう影響を受けたかということは、……私は小説の表現形式をかりて、これはこの先もずっと追究してみなければならない問題じゃないかと考えています〉と述べている。その直前に『死の棘』第十章「日繋けて」(『新潮』六月)と、「その夏の今は」(『群像』八月)を発表している。右の自問は以前から島尾の内面に兆しており、昭和三十五(一九六〇)年の「離脱」(『群像』四月)以降書き継がれる死の棘体験の創作化の過程と深く関わっているはずである。

先に引いた〈特攻隊のことを思い出すさえいやであった〉と言うその時期――筆者はその時期を「出孤島記」(『文芸』一九四九年一一月)発表までと考える――にあたる戦争小説群は、特攻生活の影響を小説の形で追求するという課題に未だ自覚的ではなかった時期に書かれている。しかし、〈思い出すさえいやであった〉という言葉は〈異様なもの〉への〈怖れ〉、あるいは〈退廃〉がそれとして自覚されずに島尾の中に潜在していたことを示している。そうであればこの時期の戦争小説にも、先の二つの自問に繋がるもの、特攻隊体験の内面化を促していくものが隠されていると考えてよいだろう。

従軍中に書かれた「はまべのうた」を除けば、島尾は昭和二十四（一九四九）年までに「出孤島記」を含めて七篇の戦争小説を書いている。本稿では、出撃に備えた航路見学を素材にリアリズム体で書かれた「徳之島航海記」を取り挙げる。『島尾敏雄事典』（二〇〇〇年七月勉誠出版）が周知された評価として奥野健男氏の評言を紹介しているように、「徳之島航海記」は奥野氏が〈明るく雄々しい作品〉[4]と評し、その十二年後に橋川文三氏が「島尾作品への個人的解説」[5]において〈島尾作品のうちもっとも楽しげによむことのできる爽かな作品〉とみなした評価軸で大筋のところは読まれてきた。

しかし、「徳之島航海記」には両氏が言う明るさや爽かさとは別種の内容が読み取れる。謎のような場面が仕組まれ、不可解な表現が嵌め込まれている。その謎に早く言及したのは粟津則雄氏「島尾敏雄論」[6]であった。粟津氏は〈人間という存在が作り出す〉〈さまざまな謎が自在に投げこまれて〉おり、〈きわめて危険だがたいして意味のない訓練航海という状況を設定することによって、この作品そのものを奇怪な謎に変えている〉と指摘する。氏は〈奇怪な謎〉によって〈苦いアイロニーが浮びあがってくる〉と述べるにとどめているが、読み進めるといくつもの謎の前で立ち止まらざるを得ないのである。その謎を読み解くことは、特攻隊体験の内面化を促していくものに通じているはずである。

2　「徳之島航海記」執筆の経緯

初期の戦争小説は昭和二十五（一九五〇）年に月曜書房が設けた戦後文学賞の第一回受賞作となった「出孤島記」（前掲）で一区切りがつけられる。「徳之島航海記」は戦争小説の五作目にあたり、昭和二十三（一九四八）年『芸術』十月号に発表された。まず発表に至る経緯をみておく。それ以前の戦争小説は「はまべのうた」（『光耀』第一輯一九四六年五月）、「孤島夢」（前掲）、「島の果て」（前掲）、「肉体と機関（エンジン）」（『午前』２巻１号一九四七年一月）である。前三作は少部数の同人誌を舞台としており習作としての意味合いが強く、同人誌『こをろ』の命脈を受け継いで福岡で発行された『午前』に発表された「肉体と機関」は慰安所の設置[7]を素材としてリアリズム体で兄弟隊隊長との内的確執を描いているが、作者自身が習作[8]と言っているように、徳間書店版及び弓立社版『幼年記　島尾敏雄初期作品集』を別にして、前掲『出孤島記・島尾敏雄戦争小説集』まで創作集に収録しておらず、意に満たない作品であった。

そうした中で昭和二十二（一九四七）年十月同人誌『ＶＩＫＩＮＧ』第二号に発表した「単独旅行者」の前半部が野間宏の目に留まり、八雲書店発行の綜合雑誌『芸術』（一九四八年五月）に全章が転載され、その八雲書店から『芸術』への寄稿を依頼された。それは新人作家島尾敏雄の名を刻印づけた「夢の中での日常」（『綜合文化』一九四八年五月）を書き終えた直後であった。

この時期について島尾はエッセイ「不確かな記憶の中で」[9]において〈その年のほぼ上半期は期待と不安の中で過ごした〉と回想している。特攻隊体験を素材にしたリアリズムの手法による二作目の作品として「徳之島航海記」に取り組んだ島尾には、新進作家として認められたいという思いが強くあったと思われる。「徳之島航海記」の執筆について島尾は「「徳之島航海記」作成の経緯」[10]において次のように回想している。

実は第二作とでもいうべき「夢の中での日常」を書き終ったあと、すでに書くべき主題を見失った状態を準備しはじめ、書きはじめるにはまだ早過ぎる戦時中の体験に、つい手をそめたという感じでした。そのため、なるべく、中世のころのどこかわからぬ場所でのいくさの挿話のようなかたちをつくりあげようと、自分の気持のどこかに弁解を用意していたことを白状します。

島尾が言う〈第二作〉という言葉は、中尾務氏が指摘する富士正晴宛の野間宏のハガキに書かれている〈第二作〉を受けての言葉[11]であろう。島尾は右の引用箇所のあとに〈忌わしくたのしき憂鬱！　などとわからぬつぶやきを口にしながら筆を進めたのだった〉と記しているが、「終戦後日記」[12]からは、戦争体験を小説化することに苦しむ姿が浮かび上がる。

昭和二十三年

二月　三日：小説を書く事が馬鹿らしい事のやうな気がふとする事がある。一体俺は何をしてゐるのだらう、と。

二月　九日：偽学生（「挿話」のことだろう―筆者注）も夢の中での日常も駄目だ。まして徳之島航海記など駄目だ。言葉が選ばれてゐない。

三月十八日：創作する上に於いて、戦争は僕にとつて何であるのか。

三月十九日：徳之島航海記に落胆して続ける気持が生ぜぬ。……流れてはいけない。……流れることを禁止するのだ。言葉を選べ。

『島尾敏雄作品集第1巻』（晶文社）解説の記録に拠れば、「徳之島航海記」は昭和二十三（一九四八）年四月二十八日に擱筆している。日記で〈戦争は僕にとつて何であるのか〉と自問し、〈流れることを禁止するのだ〉と自戒する島尾は、前節で提示した戦争体験の内面化の問題の端緒に立っていたことを示している。しかし〈書きはじめるにはまだ早過ぎる〉ゆえに、自問を追求することができなかったのである。しかし見方を変えれば、〈弁解を用意していた〉と言うその〈弁解〉が謎を生み出したと言えよう。謎の中に内的体験の深層に潜められているものが隠されていると考えるゆえんである。

3　出航前の謎――逃避願望と自嘲的語り

〈私は聴覚が過敏になっていた。それは飛行機の爆音が恐ろしいからであった〉と敵機の襲来を過剰に恐れる視点人物「私」の回想記として航海記は始まる。次いで「私」が或る部隊の隊長であったことが語られる。

然しそれを私は口に出しては言えなかった。と言うのは、私はその部隊の隊長という職業柄恥ずかしい気がしたからだ。隊長がまるで臆病猫のように、爆音病みであることを部下たちに察知されてしまっては何とも居心地が悪いではないか。（『島尾敏雄全集第2巻』二一一頁。以下本文の引用は全集2巻に拠る）

語り手は軽妙な語り口の中に読ませる工夫を施している。〈その部隊〉と言いながら、どのような部隊かは語らない。指示語〈その〉は後で語る〈部隊〉の特殊性に注意を向けさせるために使われている。「私」には〈臆病〉と共にもう一つの性格的な弱さが自覚されている。或る日の朝、半睡半醒の「私」は、正体不明の〈音響〉を聞き、〈潜在的な恐怖の中で〉〈水中藻にからみつかれているような〉不快な気分に陥り、〈罪人のように後めたい気分に侵され始める〉。

私がそのいやな音響と戦ってい乍らも自分自身に後めたさを感じ出していたのは、きっと眼を覚せば、何か為なければならない事があったのに違いなかった。…（中略）…私は私以外の者に何とかそれに対する処置を命令しなければならない。そのしなければならないという事に病的にこだわった。そして制約された。（二一一二頁）

「私」は〈命令〉することに〈後めたさ〉を感ずる人物である。〈命令〉することへの〈病的〉なこだわりは、この物語のモチーフに関わっている。〈命令〉することへの罪意識が「島の果て」のモチーフの一つであることは別稿[13]で触れたが、「肉体と機関」では素材化されていない。〈命令〉することに「私」が罪意識を抱くのは、「私」の最後の仕事が部下に特攻死を〈命令〉することだからである。しかし、特攻死を〈命令〉する場面が具体的に展開されるのは「出孤島記」まで待たねばならない。ここでは罪意識は〈命令〉する立場からの逃避願望を促すだけである。「私」は〈子供が母親に何かをねだるように無性に〉〈物憂がり屋の怠惰が許される世界に〉逃げ出したいと思う。自分本来のあり方が許される環境に身を置きたいという欲求が胸中深く隠されている。物語の展開の中で突然挿入される母のこと、父や妹の思い出はこのことにつながっている。その「私」が結び近くで〈命令〉する現場に立たされる。その時「私」はどのような行動に出るか。この〈命令〉することをめぐって「私」が置かれる状況が変化していく展開は、作者の創作意図と密接に結びついていると考えられる。

〈いやな音響〉の正体が徳之島へ出航する焼玉漁船のエンジン音であることに気づいたあと、「私」は眼に映る呑之浦周辺の自然、兵舎や部隊本部、隊長室内の様子を細かく語る。そのあと特攻作戦が発動された場合の手順を語る中で〈一回だけの経験〉という表現で、冒頭での〈その部隊〉の特殊性が明らかにされ、〈爆音病み〉が特攻死への恐れに起因することが明かされる。敵機の来襲は、敵艦船の接近を意味しており、特攻出撃を招来する。出撃に向けた日々の訓練は自らを破滅させるためである。「私」は自死の為の準備に身を入れることができない。その「私」には、特攻戦発令から出撃までの時間は〈まだ充分命があるということが、重たく素晴らしく感じられる刻々〉として意味づけられている。「島の果て」では特攻戦発令後の待機の時間は素材化されなかった。その時間を島尾は「徳之島航海記」で初めて素材化し、さらに「出孤島記」で主題化する。「出孤島記」では自己滅却へ向かう残酷な時間が綿密に描かれるが、「徳之島航海記」では〈すっかり弛緩して伸び切ってしまった〉〈頗る怠惰な気分の蜜を、舌なめずりして口の中に含むようなもの〉と表現されたあと、次の箇所が続く。

私は知らず知らずのうちに、そんなふうに考えをずらしてしまって、恐ろしいモーターボートに乗込む直前ですら、それ程に生命が楽しめ、そして後は神経が麻痺してしまって、音響と光線と血にヒロイックになって行くだろうとたかをくくっていたような所があった。(二一七頁)

これは語る現在の時点での、当時の〈たかをくくっていた〉「私」に対する自己批評である。そうであれば、作者は出撃命令発令後の残酷な時間は別の作品で書かねばならないと考えていたとみてよい。「出孤島記」前史としての意味をここにみることができる。このあと〈臆病心〉を部下に知られないように、基地設営時から準備し、演技する「私」の姿が語られる。

ここで謎の一つを取り挙げよう。回想する「私」が時に自嘲的な語り口に傾くことである。それは執筆当時の島尾の〈思いだすことさえいやであった〉という思いを映し出しているとみることができるが、同時に、その語りの奥に潜む本心を読むことができる。

厚顔を装うのに私は不能者のように臆病なのだ。それは私の置かれていた位置がはずかしかったからだ。……私が声を出して、何か命令とかその他の言葉を出してみなくては又この部隊の行動がとれないという仕組に当惑していた。私がその仕組の中に継続的に生活して来たということだけによって、馴れ合いの状態に執着する変化を好まない或る気分が、私を満足させていたとしても、私は犬ころのように列伍の中に混入して、目立つことをやめたい願いを持っていたのに違いはなかった。（二二二頁）

ここには軍隊という組織に馴致できない「私」の立ち位置が語られている。「私」は軍隊の〈仕組の中に継続的に生活して来た〉ことだけで〈馴れ合いの状態〉に入ることを嫌っており、そうした自持心を持つことに〈満足〉を覚えるのだが、その一方で命令を下す立場から逃れて兵隊集団の中に身を隠すことを求めている。前に触れた「私」の逃避願望について、石田忠彦氏は「鳥瞰する島尾敏雄――初期作品を中心に[14]」において〈この心理は小説の中では、物語の時間の昭和二十年に所属するとしても、やはりこの心理自体は小説家として自己限定した二十三年の島尾に所属する〉とみている。しかし、命令する立場からの逃避願望は従軍中の島尾の日誌的記録「磯づたふ旅人の書付け[15]」の中に記されている。従って「私」の心理には従軍中の島尾の心理が反映しているとみるべきだろう。「私」は部下を拒絶しているわけではなく、軍隊に長く居たというだけで〈馴れ合〉う関係を拒絶しているのである。言い換えれば、軍隊的な〈馴れ合い〉ではない関係を作りたいのである。「私」が〈厚顔を装う〉ことに〈臆病〉であるのは、ただ単に自分の軍隊経験の浅さ、技量不足への自信の無さからくるのではない。階級や軍歴に依拠した上下関係を絶対として、人間の内面の価値を排除する軍隊の仕組を肯定できないからである。〈不能者〉〈犬ころ〉という表現は軍隊組織の非人間的価値観を表している。そのように読めば、この航海記は軍隊の仕組に馴致できない特攻部隊の隊長「私」が、軍隊の価値観と対峙していく物語としての性格を顕してくるのである。

4　航海中の謎――危険な航海、奇妙な岩、父母と妹

入江を出た徴用船は大島海峡に出る。その海域は座礁の危険が至る処にあり、副長格のA特務少尉が艇隊員に万一の時の為に周囲の山の形をよく覚えておくように指示を与える。「私」は軍隊経験においても、人あしらいにおいても長じているA特務少尉が〈苦手に思えて仕方がない〉。ここで次の謎に出会う。制空権を失った海域での、しかも日中を使った一泊二日の航路見学をなぜ〈臆病な〉「私」は実施したのか。作者はその理由を明らかにしない。寺内邦夫氏は「「徳之島航海記」への一考察[16]」において、実際の航海日を昭和十九（一九四四）年十一月十一日として、航海の理由を、艇隊員の閉塞感の解放を兼ねながら、実は敵襲によって部隊に帰還できない状況が生じることを期待したからである、と推理している。本稿では寺内氏の言う理由とは別の読み

をしてみたい。実際の徳之島への航海日は不明であり、母の命日が虚構化[17]されて使われているように、航海の理由を謎にしているところに創作意図を読みたいのである。その意図とは、制空権を奪われた危険な海域を南島の孤島へ向けて航海する場面を作ること、それによって基地内では語り得ない「私」、前節で触れた〈命令〉する立場に立つ「私」を造形することである。そこに向けて展開を追っていこう。

航海の理由を「私」は次のように語る。防備隊警備班からの、〈只今の所では異状が認められない〉という情報を得ると、〈或る奇妙な誘惑に引っかかって〉、〈一度搭乗員に徳之島迄でも水路見学をさせる必要がありますから〉と司令部の許可を取り、わずかな装備で徳之島への航海に乗出したと言う。だが〈或る奇妙な誘惑〉の内容は明かさない。謎を深めるように、〈航空権も海上権も敵方に移ってしまったうなばらの真中にのこのこ出向いている〉と航海の危うさを意識する「私」が語られる。

A特務少尉をはじめとして他の士官たちの多くが船酔いに苦しめられる中で、「私」は急に生じた吐気を厠に行って小用を足したように見せることができ、その後は何事もなかった。「私」は〈この日が死んだ母の命日であることを思い起し〉、〈危険を脱がれることが出来た日がたまたまその日であった経験を一再ならず持っていたこと〉から、〈此の航海も敵の飛行機に追われることなしに終るであろうことを予想出来る心理状態にいた〉。以後の展開は「私」が隊長として大胆に振る舞っていく姿を語ることに重点が置かれるが、その前に次の謎めいた事柄が語られる。

徳之島の島影の傍に奇妙な岩を見た時、「私」には〈まるで魔力でも持っているように、その岩は大きさの見当もつかないと思えた〉のである。A特務少尉にそれが見えるかと聞くと、見えるがどうかしたかと、いささかの不思議も感じていない。しかし、「私」は〈何かぬーっと白昼のおばけみたいに大きさの分らない、大きな岩だよ、とそんな風に言うより仕方がないような気がした〉と岩の大きさを的確に表現できないことにこだわるのである。何故だろうか。〈出没も自在であるし、位置の移動なども平気でなされるのではないかと、そんな変な気持に襲われた〉とも語られているので、A特務少尉の平静さと対比して「私」の敵機の来襲への恐れの強さを暗示しているという説明は可能だが、このあと間近に岩を見る場面が設定されているので、この謎はそこで考えよう。

奇妙な岩の場面のあとにさらに謎めいた場面が続く。船が島に近づき〈気分がゆるん〉でうとうとしかけた時、「私」は不思議な夢を見る。父親が妹と結婚することを勧める夢である。それをきっかけに妹の行動に当惑した経験を思い出す。


「お兄ちゃん」

「ん」

「あのね、お嫁に行ったらどんなことをするのんか、教えて」

「あほやな、そんなこと知らんのんか」

「うん、知らんねん、教えて」

正江は私の背中の上に、大きな身体をどさりとのせて来た。私はその時の当惑を思い出した。

（二四〇頁）

島尾には「雅江」という名の次妹がいた。嫁ぎ先の東京で昭和二十一（一九四六）年十二月末に結核で亡くなった。亡くなった妹への思いが背景にあるか否かは問うまい。妹の身体の重み、柔らかさを思い出しているのは、「私」に潜在する生への欲求が噴き出したと一応は読むことができる。そのあと〈無性に現在がいやになった〉「私」が、鳥島に不時着した飛行兵が一箇月余り暮した話を連想しているからである。先に触れた寺内邦夫氏が言う航海の理由とも関わる叙述である。しかしここでは別の読みをしよう。前に母に守られていることを思い、続いて夢の中で妹との結婚を勧める父、そして自分に親しむ妹を思い出しているのは、特攻死の目的と関わっている。何のために自分を犠牲にするのか、という疑問を「私」が胸の中に秘めていることを暗示していると読みたいのである。この謎については徳之島での一夜の謎とも関わるので、そこで再度触れよう。

A特務少尉をはじめ大部分の者が船酔いで元気をなくしている中で、「私」は元気な士官達と食事を共にする。語り手は、「私」が船酔いを免れていることに〈見えない手の摂理とでも言ったもの〉を思い、〈裏返しになった虚栄心でやっとこさ支えられていた〉と語る。

私も大へん苦しい見栄でお替りをした。私はへんな連想だが、この四人がこんな風にして頭をつき合わせて飯を食ったという理由だけで、最悪の場合にも、KとUとは私の後にくっついて来るのではないかと思われたりした。

……。「お前、何杯お替わりをするんだい。すごいね」

私はそんな軽口をたたいた瞬間に、神経の何処が刺激されたものか、まぶたの裏が熱くなるのを感じた。(二四三頁)

前節で出発前には〈馴れ合いの状態に執着する〉することを嫌い、孤独でいることに〈満足〉を感じていた「私」が孤立を求めているのではないことをみておいたが、ここでは、それが擬似的なものであれ、「私」は人間的な触れ合いを通して関係を結ぶことを求めている。〈まぶたの裏が熱くなる〉のはその欲求の強さ、それが叶ったことの嬉しさを表していよう。単純な隊長を語っているようだが、次のことを見落としてはなるまい。特殊艇による特攻任務につく以上、船酔いに強いか弱いかということは、階級の権威づけに重要な意味を持つと「私」は考えている。それが〈裏返しになった虚栄心〉に支えられていても、船上での「私」は隊長として相応しい肉体的強さを示している。同時にそのことによって、「私」は無意識のうちに〈厚顔を装う〉隊長になっているのである。この後の「私」の目に映るものは出航前とは違った見え方をしてくる。先送りしてきた謎の意味もこのことに関わっている。

5　島での謎――〈町での宿り〉

徳之島に近づくと、〈白昼のおばけみたい〉に思えた岩が〈ごく当り前の岩礁に過ぎない〉ことが分かる。その時「私」は〈距離を置いて見た時に、何故あのように……たよりなく薄気味悪く見えたのだろう〉と自問する。この自問は前の場面で隊長としての面子を保持し得たことと関わっている。大きさを見定めがたかった岩は単に敵機の来襲を恐れる〈臆病心〉だけではなく、歴戦の部下たちへの〈臆病心〉をも写し出していた。しかし、基地内で〈距離を置いて見〉ていた時には劣等感を抱かせた士官たちが船上で船酔いする姿を眼前にした時、「私」は〈厚顔を装う〉強い隊長として自分を意識できたのである。岩の謎は「私」の自己認識、関係意識の変化を写し出すものであったとみることができる。

隊長としての威信回復の機を得た「私」は徳之島に上陸する。このあと自嘲的な語り口がみられなくなるのは「私」の内的変化を意味している。最初の泊地の場面で先に触れた〈或る奇妙な誘惑〉の内容が明らかになる。まず次の語りに注意しよう。

向うの島の魂が、あこがれ出て一匹のあやはべらとなり、長い海の上を風に吹きちぎれて、こちらの島に辿りついたのだ。それだからこの島はすべてが物珍らしく、又どんな珍奇なことがないでもない。（二四四頁）

〈あやはべら（蝶）〉は「私」と置き換えられる。「私」は徳之島に〈あこがれ〉を抱いている。加計呂麻島に来る前から〈見棄てられた孤島〉に関心を持ち、〈自分の部隊にいる唯一の此の地方の出身者である〉里里定という二等水兵に〈持ち扱いかねた愛情を感じ〉ていた。佐世保にいる時、「私」は彼を呼び出して〈色々な風習を知ろうとしたが〉意思の疎通ができなかった。つまり〈或る奇妙な誘惑〉とは、珍しい風習を残している徳之島を自分の眼で見たいという願望なのである。制空権を失った状況の中でそれは〈奇妙な〉としか言えない〈誘惑〉である。語り手は里里定の家族五人の名前の付け方を知ることで、〈その島の根強かった因襲と、それが少しずつ崩され始めているらしい様子〉を〈知ることが出来たつもりになった〉と言う。さりげない語りの中に、早くから作者島尾の関心が南島の土着文化の歴史的な変遷に向けられていたことがうかがわれる。この二等水兵についてはエッセイ「震洋隊の旧部下たち」[18]の中で〈私たちの部隊では唯一の離島出身者〉であり、〈私のこころの中に強い印象をのこした〉部下Cとして再会時のことが記されている。

「私」はその水兵を〈例外〉として乗船させていた。それによって翌日事件が起こる。夕暮れ時に船は停泊地に入り、「私」たちは亀津の町で一夜を過ごす。その一夜の叙述はこれまで以上に謎を含んだ語りである。それは前節に示した肉親の記憶の謎に関わってもいる。

私はその町での宿りを忘れることが出来ない。奇妙なあきらめ。つまり生存して日常のくらしを続け得ることが、ぽつんとすぐ真近の将来において絶ちきれる約束になっている私たち。それは誰と約束したのだったろう。私たちは地のさい果てのような所で、にぶく底光りのする束の間の平安の明るさをそそくさと過した。……。町に一軒の写真屋、私は其処で写真を写して貰おうと思った。……。一軒の貧相な活版印刷屋があった。……。私はこっそりひとりだけで同人雑誌を作って置いて、何処かに埋めて置きたいと思った。それこそ、色んなことを自分の言葉で記録して。(二五二頁)

〈その町での宿りを忘れることが出来ない〉理由について「私」は語らない。〈にぶく底光りのする束の間の平安の明るさ〉がどのような一夜であったのか何も語らない。語られていることは、「私」が〈生存〉への〈奇妙なあきらめ〉を抱いていたこと。〈奇妙〉というのは〈誰と約束したのだった〉か分からないからだ。そして、写真屋があり、活版印刷屋があったことで生存の記録を残す願望が湧いたこと。それだけである。しかし、この一夜こそ「私」にとってこの航海の核になるものなのだ。いくつかの言葉をヒントに、〈忘れることが出来ない〉刻印を残した内的体験を探らねばならない。

その一夜は言葉で語ることができない体験であった。いや、「私」がまだ〈にぶく底光りのする〉〈平安の明るさ〉を言語化できる成熟した内面を育ててはいなかったと言うべきだろう。〈ある奇妙な誘惑〉によって危険を冒してやって来た徳之島は、死に向かう「私」が忘失していた大切なものを想起させたのである。その町での時間は、この一、二箇月のうちに特攻死が約束されている「私」にとって、〈日常のくらし〉を思い出させた。基地を離れ、日常的な空間に憩うことで「私」は〈生存〉の意味をかみしめたにちがいない。作者島尾に即して言えば、特攻隊は、志願せざるを得ない状況の中で、何のために特攻死するのか目的、意義を熟考することなく選んだ道であった。〈奇妙なあきらめ〉と言い、〈誰と約束したのだったろう〉と自問するのは、当時の青少年に植え付けられた、国体の護持という大義のために一身を犠牲にして忠を尽くすという軍国主義の時代精神から、「私」が距離を置いていたことを示している。前節で謎として提示した、航海中に自分を加護する母を思い、慈しみ親しむ父や妹を思ったのは、この一夜の中で、愛する者のために自らを捧げることに特攻死の意義を見出したことを暗示するためであった。〈平安の明るさ〉とはその「私」の落ち着いた内面を暗示していよう。絶対的な死を前にして、国体の護持という大義名分に一身をゆだねることをうべなうことができない特攻隊員が辿り着く死の意味づけが、家族など親愛の情で結ばれた人々を護るために死ぬということであったことは、森岡清美氏が『決死の世代と遺書』[19]において特攻隊員の遺書から導き出している。ここにみてきた「私」の精神の位相は、加計呂麻島での島尾と重なると見てよい。前掲（注12）の「磯づたふ旅人の書付け」昭和二十年七月三十一日に次のような記述[20]がある。

私達ノ民族ノ一ツノ大キナ試練ノ嵐、滅ビルモノハ滅ビテマコト素直ナモノダケガ残ルノダト信ジテヰル。私ハ（私ノ愛スルモノト共々ニ）ソノ過渡ノ時代ニアツテイクラカノオ役目ヲ荷フ。ソシテソレヲ果ス、来ル日ノタメニ、ソレガドンナオ役目デアラウトモ早問フ所デハナイ。（傍点原文）

〈日常のくらし〉の姿が残っている町で一夜を過ごしながら島尾中尉が〈滅ビルモノハ滅ビテ

マコト素直ナモノダケガ残ル〉ために〈イクラカノオ役目ヲ荷フ。ソシテソレヲ果ス〉と日記に書き残したと想像することもできるのである。この一夜の謎は、島尾が特攻死に関わる内的葛藤の問題に踏み込めなかったことを表している。しかし、〈その町での宿りを忘れることができない〉という言葉は、その問題を重い課題として背負ったことを意味していよう。

補足すれば、入隊前に保田與重郎の著作に親しみ、日本浪曼派的な思想に近づいていたことは島尾自身が述べている。[21] しかし保田の著作への親炙が帝国主義、軍国主義思想の肯定に結びついたものではなかったことは、右に引用した記録や、昭和二十一年五月四日の日記[22]に〈私が海軍士官であつた時、軍人生活といふものに対しては否定的（完全に）であった〉とあることなどから明らかである。しかし五月二十四日の日記[23]を読むと天皇という存在を否定していたのではなかったことは見ておかねばならない。島尾の批判は天皇制そのものに向けられているのではなく、個人の尊厳を否定する軍国主義思想、軍隊組織に向けられていたとみるべきであろう。

6　離島時の謎――〈侮蔑された憤り〉

翌日、出港時に予期せぬ出来事が相次いで起こる。出発時刻になっても二等水兵と付いて行かせた兵曹が戻って来ない。語り手は〈後発航期という過失が死刑であることをしみ込ませられた〉と語り、厳罰を課すことを予想させる。更に昨日或る男に便乗させて欲しいと頼まれ、「私」は若い女を同乗させるのだと思って了承したが、乗り込んで来たのは頼みに来た男であった。二人に制裁を加えるつもりのA特務少尉が〈いやにいんさんな顔つきになっている〉のを見る。

するとも私に、こつんとした気分がこみ上げて来た。A特務少尉の軍紀に仮借のない際立って立派な態度がむかついて感じられた。

「里は論外としてE兵曹がよろしくない」

私はわざと断固とした調子で、ひとり言を言った。「おれが修正してやる」（二五四頁）

二重に不如意な状況が生じたことへの苛立ちは、心奥に潜む軍隊への批判的心情を表面化させる。「私」は、青年を特攻志願へと誘い込む理不尽な仕組を作り、人間性を奪う絶対的階級制度に支配される軍隊組織に深い不信を抱いている。その批判的な思いが軍隊生活の熟達者となって、兵から将校に昇り詰めたA特務少尉への対抗意識という形で出てきたのである。

遅れた二人が戻って来た時、その後を水兵の妻と思われる若い女が追って来た。女は港を離れる船を追って自分の姿が見える所に駈けて行く。〈甲板には百に近い男の眼がぎらぎらしていた〉。川村湊氏は「戦争の中のエロス」[24]において、この場面の意味を〈『徳之島航海記』が〝戦争〟の暗さ、息苦しいまでの自閉感覚によって包まれていないのは、そこにこうしたエロス的願望がのぞかれるからだ〉と述べているが、エロスの表象とのみ読むのでは表面的に過ぎよう。このあと語られる場面の意味を考える必要がある。「私」は〈里、見える所に行け〉と声をかけるが、女の姿は小さくなってゆく。

私は、というより十三号艇の上の艇隊員たちはみんな、長い間、突堤の上の里チヨの姿を見ていた。十三号艇の後に白く残る水脈の先の方が、不明瞭にぼかされてしまうあたりに、突堤が動かずに固定して引き離され、もう誰と見境がつかなくなって、ただかざり気のないあらわの一人の女の意志のようなものが、ひとつの点になって、私の気分に尾を引いた。私は里里定と共にぼんやりとなってしまい、そして誰にともなく侮蔑された憤りをくすぶらせていた。（二五六頁）

「私」の内面でくすぶる思いを語り手は〈侮蔑された憤り〉と不可解な表現で語る。その内実を考えてみよう。「私」はどのようなことに対して〈侮蔑された〉と感じたのか。その〈憤り〉は女にではなく誰とも分からないものに向けられている。そうであれば、今の「私」が〈憤り〉を向ける相手は軍隊であろう。そのように考えると、この不可解な表現は次のように読むことができる。間もなく死地に赴かねばならない特攻隊員たちは、〈あらわの一人の女の意志〉に自分を愛おしむ者の化身を見出している。〈女の意志〉は「私」に限られた生を強く意識させ、その生が軍隊の仕組の中で消耗品として扱われ、あぶくのように消えていかねばならないことへの〈憤り〉をよび起こした。〈侮蔑された憤り〉とはそういうことではないか。そのあと「私」は二人に〈修正〉を加えるが、〈侮蔑された憤り〉は二人に向けられたのだろうか。いや、そうではあるまい。

私はこぶしをかためて、彼等の肉を打った。いやな音がした。私は自分で気持が亢ぶった。敵機がやって来てもよいと思った。私は力いっぱい二つずつ彼らをなぐった。その肉を打つにぶい音は潮風につれて、やぐらの上のA特務少尉と便乗している鹿児島へ行くという男の耳に、はっきり吹き送られたであろうと思われた。（二五六頁）

〈軍紀に仮借のない際立って立派な態度〉のA特務少尉が制裁を加えれば、二回の殴打で済むことはない。〈「おれが修正してやる」〉という「私」の判断にはその思いが作用していたはずだ。肉を打つ〈いやな音〉は〈修正〉という名の暴力を振るわねばならない「私」の心の痛みを表している。〈気持が亢ぶった〉のは、理不尽な暴力を正当化する仕組の中で〈命令〉しなければならない場に立ったからである。今「私」は隊長としての真価を問われている。「私」は暴力を正当化する仕組に抵抗するために〈力いっぱい〉二回殴るのである。A特務少尉の耳に〈吹き送られた〉〈にぶい音〉は「私」の反軍的思念の深さを伝えている。この時の「私」は〈厚顔を装う〉隊長ではない。自らの判断と行動によって事態を処置する隊長である。作者はそのように描いている。先に触れた〈その町での宿りを忘れることができない〉という言葉は、その〈宿り〉に「私」の変化の秘密が隠されていたことを暗示してもいる。二人を殴ったあと、やぐらに上がろうとしてはしごで足を滑らせ、〈すねをしたたか打ち付けた〉「私」を語って作品は結ばれる。

それはまるで目先がくらくなる程私の気持を脅かした。私は不機嫌のかたまりのように口をつぐみ、やぐらの上で船の振動の中心に身体を沈めて、潮風に吹かれていた。（二五六～二五七頁）

温情から〈例外〉を作ったことで思わぬ事態が生じた。事後の処置は部下に任せるのが軍隊の仕組であろう。その仕組を無視した「私」の判断と行動は、部下たちへの示威行動となっている。「私」は改めて隊長としてのあり方を自らに問わねばならなくなった。〈不機嫌のかたまり〉となった「私」は、吹き付ける〈潮風〉を明るく爽やかなものとは感受していないはずである。

以上謎めいた設定や表現とみなした箇所について読みを試みてきた。そこで見えてきたことは、「徳之島航海記」は軍隊という組織の非人間性への抵抗を、隠された裏の軸とした作品であるということだ。「私」の臆病や劣等感、罪意識を作者島尾の資質と結びつけた関係の違和という類型化した捉え方ではなく、軍隊の仕組をうべなうことができない「私」を語るための設定として捉えることで、隠されていた作品世界が新たに見えてくる。「徳之島航海記」から一年後に「出孤島記」が書かれる。「徳之島航海記」で謎の中に隠されていた軍隊組織への背馳意識はそこで明示され形象化されていく。

注

（1）　『国文学』一九七三年一〇月。『戦前・戦後の作家と作品』（一九八〇年八月明治書院）

一四八頁。

（2）『毎日新聞（夕刊）』一九八〇年八月一五日。『過ぎゆく時の中で』（一九八三年三月新潮社）一四一～一四二頁。

（3）『琉球弧の視点から』（一九六九年二月講談社）七〇頁。

（4）『島尾敏雄作品集第1巻』解説（一九六一年七月晶文社）三一六頁。『島尾敏雄』（一九七七年一二月泰流社）に収録。

（5）旺文社文庫『出発は遂に訪れず』（一九七三年六月）「解説」三一三頁。饗庭孝男編『島尾敏雄研究』（一九七六年一一月冬樹社）に収録。

（6）『海』一九七一年八月。『解体と表現―現代文学論』（一九七二年六月筑摩書房）六六頁。

（7）基地に慰安所を設けることについて、島尾は後掲（注8）の奥野健男との対談で触れており、旧部下の脇野素粒「島尾敏雄を語る」（『島尾敏雄研究』所収）にも具体的な言及がある。このことについては他の戦争小説では扱われていない。島尾の〈退廃〉の内実に関わる特攻隊体験として考えるべき素材のように思われる。なお、弓立社版『幼年記　島尾敏雄初期作品集』（一九七三年一一月）収録の「戦中往復書簡」五六九頁、及び『島尾敏雄・ミホ　愛の往復書簡』（二〇一七年三月中央公論新社）四五～四六頁の七月十日（島尾）、十一日（ミホ）の手紙の中に慰問所設置に関わる内容だと思われるやりとりがある。

（8）奥野健男との対談「島尾敏雄の原風景」（『国文学』一九七三年一〇月）で〈『幼年記』のなかに習作として入れている〉と述べている。『内にむかう旅』（一九七六年一一月泰流社）八二頁。

（9）『近代文学』一九六〇年一二月。『非超現実主義的な超現実主義の覚え書』（一九六二年六月未来社）二四三頁。

（10）『戦争の文学第3巻』所収「作者のことば」（一九六五年六月東都書房）。『私の文学遍歴』（一九六六年三月未来社）六〇頁。

（11）「島尾敏雄、富士正晴一九四七―一九五〇」（『脈』84号二〇一五年五月）一二頁に〈創刊号掲載の「単独旅行者」は、全七章中、第一、二章。野間からの書簡で、急遽、連載は取りやめ、一〇月一九日に脱稿した同作全文が野間のもとに送られ、野間から富士へ〈一読してよいと思ひました。〝綜合文化〟か〝人間〟に出すことにします〉、〈第二作を、なるべく早く送つて下さい〉（一一・一九消印ハガキ）といってくる。〉とある。

（12）『新潮』二〇〇九年八月～二〇一〇年八月。『島尾敏雄日記――『死の棘』までの日々』（二〇一〇年八月新潮社刊）所収。

（13）「「島の果て」の新たな視界を索めて」：初出『群系』39号二〇一七年一二月。

（14）『文学批評　敍説XⅣ』（一九九七年一月）三九頁。

（15）『島尾敏雄日記――『死の棘までの日々』（前掲注12）一一～一二頁に〈命令ヲシタリサレタリスル世界ニ私ハ住ミニクイ、住ミタクナイ。命令ヲスルニ要スル術数「我」、ソンナモノガ先ヅ何ヨリ先ニ鼻ニツイテ……誠ニ味気ナイモノニ思フ〉とある。弓立社版『幼年記　島尾敏雄初期作品集』（前掲注7）六〇九頁、及び『島尾敏雄・ミホ　愛の往復書簡』（前掲注7）一七三頁にも収録。

（16）『島尾紀―島尾敏雄文学の一背景―』（二〇〇七年一一月和泉書院）一三五頁。寺内氏が日付を十一月十一日とされたのは、小説中に〈この日が死んだ母の命日であることを思い起した〉とあるからだろう、『魚雷艇学生』（一九八五年八月新潮社）第七章「基地へ」の記述（一七七頁）に拠ると、十一月十一日は第十七、十八震洋隊を加計呂麻島へ送る運搬船辰和丸が佐世保港を出航した日である。また、島尾自身は徳之島への航路見学についてエッセイでは触れていない。吉田満との対談『特攻体験と戦後』（一九七八年八月中央公論社）五四頁及び『日の移ろい』（一九七六年一一月中央公論社）六月四日に記述がある。

（17）「徳之島航海記」では嘔吐を部下に悟られなかったことの幸運に結びつけているが、『魚雷艇学生』では、出航日が母の命日であったことで加計呂麻島までの航海の無事を〈半ば自分に信じ込ませていた〉（一七九頁）と叙述されている。

（18）『南日本新聞』一九六五年八月一五日。『私の文学遍歴』（一九六六年三月未来社）一〇七頁。

（19）一九九一年年一二月新地書房。一九九三年八月補訂版吉川弘文館。第二章「決死の世代の生と死」において、時代の表層にある表面的なスローガンと内面の真実の声との間で苦悩する若者の姿を掘り下げ、特に第九節「戦士の意味づけ」において、肉親のために死ぬことに特攻死の意義を見出していった若者の内面を具体的に記述している。

（20）『島尾敏雄日記――『死の棘』までの日々』（前掲注12）一一頁に拠る。弓立社版『幼

年記　島尾敏雄初期作品集』（前掲注7）六〇八頁、及び『島尾敏雄・ミホ　愛の往復書簡』（前掲注7）一七一頁にも収録。

(21)「終戦後日記」（前掲注12）の昭和二十年十月二十三日の記事に、〈昭和十八年後半、私ハ旺ニ彼ノ書ク物ヲ読ンデソレニ傾イタ。海軍ニハイル前「日本語録」「皇臣傳」、天忠組ニ関スル労作、芭蕉ニ関スル労作、ソノヤウナモノヲムサボルヤウニ読ンデ甚シク心ヒカレタ〉とある。

(22)「終戦後日記」（前掲注12）一三〇頁。

(23)「終戦後日記」（前同）昭和二十一年五月二十四日に〈私はかつて天皇陛下の御為に特攻隊員になつたのだ。そしてその時は本心さう思つてゐた。部下にもさう教育した。世の中がどう変らう共私は天皇陛下を御したひ申上げる〉と記している。

(24)　講談社文芸文庫『はまべのうた／ロング・ロング・アゴウ』（一九九二年一月）「解説」三〇九頁。川村湊自撰集第3巻現代文学編』（二〇一五年七月作品社）にも収録。

「アスファルトと蜘蛛の子ら」が語ること
――〈人と人とが殺し合う〉場に「私」が見たもの

1　夢小説の読み方

本稿では夢の方法によって書かれた小説作品を夢小説と呼称する。「アスファルトと蜘蛛の子ら」は昭和二十四（一九四九）年『近代文学』七月号に発表された。「孤島夢」（『光耀』第二輯一九四六年一〇月）に続く二作目の夢の方法による戦争小説である。島尾敏雄は昭和二十三年の『近代文学』第二次同人拡大の折に同人に推されており、同年十二月には河出書房から刊行された文芸誌『序曲』（創刊号のみ出して解散）の同人にも加わっている。また同年十月には真善美社アプレゲール新人創作選の一冊として最初の創作集『単独旅行者』が、翌昭和二十四年三月には『格子の眼』（全国書房）が刊行されている。戦後派の有望な新人作家として認知されつつあった時期である。特異な素材を独自の方法で創作化することによって、「夢の中での日常」（『綜合文化』一九四八年五月）で注目を集めた新人作家としての地歩を固めたい思いがあったと思われる。

島尾は短編集『夢の中での日常』（一九五六年九月現代社）の「あとがき」で、「孤島夢」以降約十年間に書いた〈人間の夢の部分についての研究〉十八篇について、〈まるで夏の電灯にしたいよった蛾の屍体の堆積と言えましょう〉と否定的に述べながら、〈もし過去の作品群の中からいくつかを自分のものとしてさし出すことを要求されたら、……、例えば「孤島夢」、例えば「アスファルトと蜘蛛の子ら」を挙げることになるでしょう〉と、両作品に愛着を抱いていることを語っている。これまで六種の文庫[1]に収録されており、七種の「出発は遂に訪れず」に続いて「出孤島記」と同じ収録数であるところにもそのことが示されていると思う。特攻隊体験を素材にしながら異質の夢空間を描出している両作品への愛着が何に由来するかは述べていないが、筆者なりに考えれば、それは夢の意味づけと関わっているように思われる。夢に託された意味が内的解放を促すものであるか否かに関わるように思われる。

夢小説の構造と読み方について清水徹氏が示唆に富む考えを述べているので、そのことをヒントにして夢小説の読み方について私見を述べよう。夢小説を収録した集英社文庫『夢の中での日常』（一九七九年五月。「アスファルトと蜘蛛の子ら」は収録されていない）の「解説」で、清水徹氏は島尾の夢小説の特質として〈すべてがかぎりなく推移的であること〉（二五八頁）と主人公の〈あてどもない彷徨〉（同）のふたつをあげて、それらを〈基本的な色調としながら、物語のさまざまな部分、いろいろな情景がそれぞれ独立的に多義性を主張しつつ、いわば多面体の葡萄状の集合をなしている〉（同）ところに夢小説の基本構造を見取り、その読み方について次のように述べている。

自覚的に夢を見るような方法で意識の深みからつかみだしてくる形象は、作者の意識・無意識の全体性を反映して、つねに多義的なものである。逆に、多義的な形象でなければこの種の作品のなかで厚みのある現前たりえない。だから、これらの作品の細部のひとつひとつに意味を連鎖的に決定してゆく態度は、かえって作品を貧しくしてしまうだろう。（前掲書二五九頁）

筆者も戦争体験の〈作者の意識・無意識の全体性〉を表現するために採った方法が夢の方法であったと考えている。しかし、「アスファルトと蜘蛛の子ら」については〈細部のひとつひとつに意味を連鎖的に決定してゆく態度〉が有効なのではないかと考えている。

最初の文庫収録である潮文庫『島へ——自選短編集』の「解説」[2]で松岡俊吉氏が〈〈死〉から〈生〉へ向かっての〉〈回帰劇の序幕ともいうべき部分を「夢の手法」で描い〉（三〇〇頁）ており、〈終戦体験を造型したこの小説は、かれの戦後の〈生〉の方向や屈折を、かれじしんが十分に理解しないままに、早くもおそろしい前途を暗示する〉（同）と評したように、死から生への回帰という方向性を明示している。夢の時空を〈彷徨〉する「私」を語る語り手は夢の時空を超えたところにいる。つまり夢の時空を〈彷徨〉する「私」は語り手である「私」によって統合されている。そうであれば、清水徹氏が言う〈細部のひとつひとつに意味を連鎖的に決定してゆく態度〉によって、〈自覚的に夢を見るような方法〉を採った語り手「私」の〈意識の深み〉に秘匿されているもの、〈独立的に多義性を主張し〉ている〈多面体の葡萄状の集合〉に通底するものを明らかにしていくことができるのではないだろうか。

敗戦の日の前後二日という時空間を移動する「私」の描き方は、清水徹氏が別の文章「時間を読む」[3]で「夢の小説」について〈作家は、小説制作において機能する想像力の展開の基本的なあり方を追尋し、彼をなにかしれぬ根源的なものへの接近に駆りたてる想像力を、その裸形の姿において確認しようと試みているのだ。いわば書くことそれ自体の追究。そこにあるのは小説的時間、虚構の時間の純粋形である〉と述べていることを想起させる。清水氏が言う〈根源的なもの〉は、島尾文学にかかわる評者を惹きつける問題でもある。「アスファルトと蜘蛛の子ら」の主人公「私」の〈彷徨〉は、〈過去〉に秘められている〈根源的なものへの接近〉の旅として読むことができる。それは〈私の愚鈍さ〉への気づきを通して表象されている。その気づきは戦争が〈人と人とが殺し合う〉場であることの認知と関わっている。その場に立たされた時、「私」はどのような人間であったのか。そう問いかけるものとして「私」の〈彷徨〉を読んでみたい。島尾における上記の認知の問題は第8節で取りあげる。

2　先行批評の概観

管見の中での主な論評を概観しておく。その嚆矢は昭和三十六（一九六一）年刊行された『島尾敏雄作品集第1巻』（晶文社）の奥野健男氏の「解説」[4]である。氏は〈特攻隊長としての死の運命から解放され、未来の生を展望したためくるめくようなそして変に虚しいような気分が宗教的な情景で語られている〉（三一七頁）と評した。奥野氏以後評者の視点は死から生への回帰劇の内実に向けられていく。

二年後、針生一郎氏が「島尾敏雄おぼえ書き[5]」において島尾の独自性を〈戦争によって、おのれの社会的存在の不安定さを知り、「私」のなかに本質的な廃墟をみてしまった〉ゆえに、〈かれの創作行為をつらぬく唯一の願望は、この廃墟のなかに雑然とうごめく妄念や衝動の渦が、現実の自己をのりこえてたくましい飛翔能力をもつことである〉と指摘した。さらに、針生氏は「石像歩き出す」(『光耀』第三輯一九四七年八月。原題「夢中市街」)とこの作品の意義を〈敗戦を境とする二つの時間の連続と断絶を、これらの作品ほど本質的にとらえたものがあるだろうか〉と高く評価した。そのあと針生氏の〈二つの時間の連続と断絶〉という視点を敷衍して、内的〈断絶〉体験を時間の〈連続〉の中で浸食され、腐食されてゆくことの恐れとして捉えたのが吉本隆明氏の「島尾敏雄の世界——戦争小説論[6]」である。吉本氏はこの作品の意義を次のように述べている。〈戦争過程から敗戦過程へと世界がとびうつるときの、困難や恐怖が、真に描かれるべき本質であった。そして、戦争が終ったのに、今日も昨日のように何ひとつ日常がかわらないことにたいする異様な感じである。そしてその時刻がまるで海砂にしみこむ水のように、人々をひたしてしまうという異様な感じが迫ってくる〉と論評した。また、橋川文三氏は「島尾作品への個人的解説[7]」において〈その手法の超現実的な異様さによって、戦後の文学の可能性についてもさまざまの暗示を与える〉ことに注目し、この作品の主題を〈多くの日本人があの八月十五日に感じたであろう異様な錯乱風景を正確にスケッチしたもの〉と捉え、〈それは読者の心の内部に、ある歴然とした事実の展開として写しだされ、夢からさめたもののようにそれこそ本当にあったことであり、あの敗戦の事実とみなされたものは実は仮装にすぎなかったのだという思いにさそいこむ〉(傍点原文)と高く価評した。

以後の読みは〈連続〉と〈断絶〉に通底する作者の内面の問題を読むことに向かう。岩谷征捷氏は「夢の方法[8]」において〈島尾の中に培われた戦争というのは、「他者と争闘する」という観念ではない。あくまでも受身の感受である。「裁かれ」「殺され」るのである〉と指摘し、〈死を準備しながらあっけなくこちら側に来てしまった彼にあるのは、生命の充足感よりも、生きていていいのか、といううしろめたさであった〉（傍点原文）と論評した。また、独自の視点を提示してきた石田忠彦氏は「鳥瞰する島尾敏雄――初期作品を中心に[9]」において〈軍隊の中で権力を握っていた者が戦後の社会において、「過去が息苦しく何となく気がとがめる思いを消すこと」ができないという苦悩〉を読み、〈自分への嫌悪〉の克服が作家島尾の課題になったことを指摘した。

島尾敏雄は全体像を象徴する題名を付けることが多い。「アスファルトと蜘蛛の子ら」もその一つだが、あまり問題にされていない。題名に言及した評言を紹介すると、早くは松岡俊吉氏が第一の生と第二の生という対比を提示して、〈おそらくかれは、自分を〈蜘蛛の子〉に擬しているのであり、新たにはじめられるべきかれの「第二の生」は、アスファルトに象徴されているのだ[10]〉と読み解いた。平成に入り山口直孝氏が「神戸という空所[11]」において〈戦時体制下、アスファルトが軍事と密接に関わっていた事実〉を指摘して、〈それは必ずしも住民たちの意志に沿うものではなく、時によっては、生活環境を損なうこともある〉として、「アスファルト」に〈住民の敵意〉が暗示されていると読み解いた。続いて田中眞人氏が『島尾敏雄論・皆既日食の憂愁[12]』において存在論的な視点から「私」が肩口に落ちた「蜘蛛の子ら」に驚くシーンについて、〈無数の蜘蛛の子の群れに自己の生命の微少さはかなさと、「私」がこの世に存在しなくなってもなお自然は在りつづけるということへの緊張した驚きに、逆に深い絶望をいだいてしまう。「私」がなぜここに存在しているかという根源的な問いがそこにかくされているかのように思える〉と論評した。
本稿では、概観した批評の中では視野に入れられていない問題、前節末で触れた〈人と人とが殺し合う〉場を〈彷徨〉する「私」に見えてくるものを考えてみたい。

3　憲兵将校・娘・少女たち

「アスファルトと蜘蛛の子ら」は次の冒頭部から始まる。

何者かの告知によって敗戦の日を予知することが出来た時私はその日を越してその先の日へ生き延びることはむずかしいだろうと思った。……。然し私の軍刀はステンレスだし、ピストルは長い間分解掃除をしたこともない。その操法も順序の後先を忘れてしまったのではないかという危惧が少しあった。（『島尾敏雄全集第3巻』三七頁。以下本文の引用は全集第3巻に拠る。）

予知できた敗戦の日以後に生き延びることができないと思う「私」。ステンレスの軍刀、操法を忘れた拳銃、これらは「私」が将校であるが、軍務や戦闘行為への意欲を欠いていることを表している。「私」はなぜ敗戦後の生を期待しないのだろうか。また、その「私」を語る語り手「私」は〈その日を越して〉今はどのような時空間にいるのだろうか。右の冒頭部はそうした疑問を生じさせる。このあとの展開は夢の中での話のように以下の場面を移動する「私」を語っていく。「私」が憲兵将校に農家でリンチされる場面から始まり、そのあと娘や少女たちに癒やされる場面、翌日（敗戦の日）、島の部落に行く途中で肩に落ちた蜘蛛の子を払い落とす場面、洞窟で疎開生活をしている部落民に会いに行く場面、守備隊の兵士と脱走兵に出会う場面、停戦後大声を上げて走り寄る兵士を制止しようとして敵艦船の光線に射貫かれる場面、最後は意識を回復した「私」が生の喜びと不安を語る場面で結ばれる。生と死の狭間におかれた「私」が病院で、夢の中で過去の体験を想起したことを、意識が回復した直後に語っている、という〈かたち〉[13]をとっているとみてよいだろう。

夢の中での〈彷徨〉は、「私」が〈現官職のまま一人の憲兵将校に〉〈一軒の百姓屋風の離れで〉〈リンチに逢っていた〉ところから展開する。「私」の表情に〈粘液質の悟りすました表情がにじみ出ていた〉こと以外、なぜリンチされるのか、その理由は不明である。と言うより展開において重要なのは、起きている事柄の理由ではなく、〈私の生命の始末に関しては、その憲兵将校が握っている〉状況を設定することなのだ。憲兵将校の〈言うことの筋道〉が〈立派に通って自信を以て語られ〉るほど、「私」には〈はかないものに感じられる〉と言う。つまり、「私」が軍の論理に批判的であることを語ることが重要なのだ。「私」は半ば記憶を喪失して自分の部隊から離脱している状態にある。〈或る重要な任務の担当者〉であったらしく、〈かなり権力を以て振舞っていたらしい〉のである。夢遊病者のような「私」の設定は夢の方法に関わっている。夢であることによって、「私」が〈意識の深み〉に秘められている〈根源的なもの〉に関わる場面に脈絡なく連続して出会うことが不自然ではなくなるのである。

次いで、憲兵将校にリンチされている日がどのような日であるのか、冒頭部での「私」の戦後の生の消失感が何に起因するかが明かされる。

> 実はその日は降伏停戦の前の日であった。その日の翌日の午後一時。……一切が転換してしまう運命の時であることが、こんなにもはっきり私には分っているのだけれども、その運命の時の向う側に渡ってしまう為には、昏冥した次元の違った断層があって、……昏いもののために犠牲を免れることは出来ないように考えられた。……過去が重苦しく何となく気がとがめる思いを消すことが出来なかった。(三八～三九頁)

「私」は敗戦によってすべての価値観が変わることへの期待を抱いているが、「私」自身の〈運命〉は〈昏いもの〉そして〈過去〉のために、生き残る道は閉ざされていると思っている。〈昏いもの〉や〈過去〉の内実は〈犠牲〉〈気がとがめる思い〉という表現によって暗示されている。「私」の〈彷徨〉は〈昏いもの〉と〈過去〉の内実と出逢う旅であることがここで明かされている。

憲兵将校は「私」を〈突き転ばし〉、軍刀で〈骨節が痛んで動けない〉ほど〈叩きあげた〉。「私」は死んでも〈致し方ない〉と思う。倒れた「私」を抱き起こした憲兵将校は〈飲めばうしろに引繰返って痴呆状態になる〉から〈何か分からぬ液体〉を飲めと言う。「私」は飲むが〈何の効き目も感じられない〉。〈うまく擬態すれば彼は引揚げてしまうのではないかという狡猾さ〉からでんぐり返ると〈本当に頭がくらくらして来た〉。

〈私の生命の始末〉を握っている〈憲兵将校〉とは、命令への絶対的服従を強制する軍隊の象徴であり、〈リンチ〉とは、教育に名を借りた苛烈な軍事教練や修正に名を借りた理不尽な制裁など、軍隊の非人間的な暴力体質の象徴であろう。「私」は〈液体〉＝精神を麻痺させるものを懐疑しつつ表面上は受け入れていく。しかしその〈擬態〉は次第に「私」の精神を〈痴呆状態〉へ陥らせる働きをする。軍隊教育、思想教育、軍隊生活への馴致によって、自身が意志せずとも人間の精神や思想が変えられていくことの怖さが語られていよう。

憲兵将校が母屋に声を掛けると娘がやって来て介護する。〈私は娘のやわらかい胸のふくらみや、部厚い膝の弾力〉に〈生きていることのたしかめ〉を感じていく。次いで弟や妹たちを負ぶった少女たちが集まり、〈私の口から吐かれるもの〉を〈熱心な好奇の眼でのぞきに来〉る。「私」は〈固い甲のようなもののかどがとれ〉、〈異常な精神や肉体の状態〉一切を、〈少しも虚飾しないで彼女たちの前に投げ出して見せ〉るのである。

この場面の娘や少女たちは「島の果て」のトエや「はまべのうた」のケコに重ねることができる。娘や少女たちとの関係において、「私」は労られ、親しまれる人物であり、その好意に身をゆだねてあやしまない人物である。娘や少女たちの献身と純真は「私」が〈痴呆状態〉即ち精神を荒廃させることから救う。このあとの場面に共通する「私」の自省の眼差しはここには見られない。「私」にとって娘や少女たちとの関わりが、他の関係とは異質の心身の浄化と慰安を伴うものであることを語っていよう。

4　気楽な散歩者

翌日即ち敗戦の日、遅く目覚めた「私」は将校の身なりを整えて外に出るのだが、その時いろいろと自問する。それは告知に関わる自分を省みる内容だが、時制は過去形、過去完了形、現在形が入り混じり、視点は語る「私」と語られる「私」が入れ替わり、最後の文で語られる「私」に落ち着く。このような「私」は、ヴァレリーの〈見ることと見られること、働きかけることと働きかけられることが、みずからのうちにおいて結合しているような、いやそれどころか、奇妙な具合に組合せられているような主体〉という言葉を引いて、清水徹氏が「こころみの道[14]」において〈夢のなかの私は、いわば「私のない私」、私を「私」として成立せしめる自己同一性を欠いた私だ〉と述べている「私」と重ねられる。大部分は応えの不要な自問であるが、左に引用する自問には〈「私のない私」＝自己同一性を欠いた私〉を通して重要なことが語られている。

私は何故こんなに押しつまってその告知の意味に気付いたのだろう。私はそれを何故人々に告げ知らせることをしなかったのだろう。川の流れのなかにそんなにもまき込まれてしまっていたのだろうか。然しとにかく一切は押し流されて此処まで来ていたのだ。（四二頁）

〈押し流されて〉いたことへの「私」の交錯した思いが語られている。前二つの自問には、今日午後一時に降伏停戦が告げられ、一切の価値が転換することを他の人々に伝えていないことへの自責の念と、〈昏いもの〉即ち国体護持体制維持のための忠君愛国を標榜した時代思潮に染まっていたことへの自省が語られている。だが、そのあと「私」は、その自省の思いを振り払うかのように〈然しとにかく〉と語調を変えて、自らに言い聞かせるように〈一切は押し流されて此処まで来ていたのだ〉と言う。これはどういうことだろうか。読む者を戸惑わせる「私」の言葉だが、次のように読んでみよう。

〈一切は〉という言葉は「個＝主体」としての「私」を消去している。「私」は自立した主体者であることができずに〈押し流されて〉いた〈過去〉を問うことから眼を背けようとしていると言えよう。だからそのあと、「私」はそのことへの自責の念をやわらげるために〈部落民はどういう状態に置かれているだろうか〉と気づかい、〈冷たく凍えてしまった人々に何とか戦争の終結のことを知らせる機会が見つかるかも知れない〉と部落民がいる洞窟に行こうとするのである。ところが、引用した言葉のすぐあとで、語り手は〈精神的にもみんなが物々しく武装して死に直面した顔付きをしている所に、私は恐怖を忘れた気楽な散歩者の顔付きで出て行って、何を求めようとしたのだろうか〉と「私」に詰問の眼を向ける。洞窟に行こうとした「私」の自省の皮相さを見抜いているのである。語り手である「私」は、部落民の〈恐怖〉を我が事として感受できなかった〈過去〉の「私」をより深い自省の眼で見つめている。清水氏が言う〈見る〉「私」

と〈見られる〉「私」が〈奇妙な具合に組合せられているような主体〉即ち〈自己同一性を欠いた私〉を通して、読者は主体としての人間の内的葛藤の現場に立ち会わされる。その時、読者の眼は語り手に導かれて〈過去〉に秘められている〈根源的なもの〉へ向けられていくのである。

次は〈気楽な散歩者〉がアスファルトの上で肩に落ちた蜘蛛の子を払い落とす場面である。

5　アスファルト・蜘蛛の子

「私」が海岸に出るために簡易舗装された軍用道路を歩いて行くと夕立にあう。道路は〈アスファルトまがいの舗装〉がしてあり、〈炭化水素のにおい〉が強く匂った。それは胃の中の〈昨夜の滓のようなもの〉を消し去り、〈後頭部の辺もすっきりして目覚めの時の瑞々しさを感じさせて呉れた〉。一時的に造られた加計呂麻島の軍用道路が舗装されていたとは思われない。このように設定したことには何らかの意図があるだろう。第2節で触れた山口直孝氏は〈都市化、近代化を示す徴憑〉であるアスファルト舗装は戦地で優先的に使われ、住民の生活環境を損なうことがあり、この作品に触れて〈住民の敵意〉を表象する意味を指摘している。確かにこの後、部落民が避難生活をしている洞窟に行った「私」は自分に対する部落民の〈拒絶〉を感じていく。しかし〈住民の敵意〉という意味づけだけでは理解できないところがある。〈アスファルトまがいの舗装〉の匂いは憲兵将校が与えた液体とは異質の性格も与えられている。〈炭化水素のにおい〉は昨晩の苦痛を癒やし、〈目覚めの時の瑞々しさ〉を感じさせるのである。「私」の眼には〈山の樹々や草の緑が、水を含んで見違えるばかりの濃度と鮮度を加え、いきいきとして来て〉、〈はるかな眼下の長い白浜や、その湾を抱くように伸びた岬の貌も一層くっきりと近まって見え〉るようになる。そうであれば「アスファルト」には孤島への軍隊進駐の二つの側面を読むことができる。一方で部落民の〈敵意〉を醸成し、他方では「私」に自然の生命への眼を開かせるのである。島尾敏雄が加計呂麻島に〈『古事記』の世界が現存しているような感受[15]〉を抱いたように。

生き生きとした〈自然の風物の中に、戦闘準備が為されて居〉る情景を視野に入れながら傾斜を下る「私」は、軍事力の彼我の差を考えれば〈子供だましな戦争ごっこ〉であり、〈馬鹿らしいこと〉であるのに、戦争からは逃げられないと思う。その「私」を語り手は次のように語る。

ふとしたことから私は今日の午後一時に戦争が休止することを知らされてしまって居りながら、私の愚鈍さは何としたものであったろう。私は啓示を読みとったのに、それまでの日を私が無知で過して来て、軍服を着けていたり、又何か指揮をとる地位に居て、命令されるばかりでなく命令もして来ていたらしいことのために、午後一時の金城鉄壁とも思える時刻の向う側に渡れる資格がないように思えた。（四五頁）

「私」の〈過去〉が〈無知〉〈軍服〉〈指揮をとる地位〉という言葉で明かされているが、重要なことは〈過去〉のために〈向う側に渡れる資格がない〉と思っていたことに「私」が自分の〈愚鈍さ〉を見ていることである。〈私の愚鈍さ〉という言葉を表層でのみ受け止めてはならない。

その奥には二つのことが秘められている。
一つは敗戦から数年間の社会状況に対する島尾敏雄の批判の眼である。〈私の愚鈍さ〉とはもちろん逆説である。天皇絶対主義社会からデモクラシー社会への価値転換を無批判に享受しているかにみえる時代状況に対して、違和を抱く自己を見つめる島尾がここにいる。同じ時期に書かれた「勾配のあるラビリンス」（『表現』一九四九年一月）や「鎮魂記」（『群像』一九四九年九月）は戦後の社会状況への違和を抱いている主人公が生の根拠を探して彷徨する姿を描いている。
もう一つは次の「蜘蛛の子ら」の場面に読むことができる。〈左肩の所〉で〈かすかな音〉がして、〈私は不意打ちに逢って筋肉が収縮する程に驚い〉て見た。〈けし粒ほどの蜘蛛の子らの群れたかたまりが〉〈八方に散ろうとしている〉。〈きたない〉と思って指先で払い落とした「私」は〈取返しがつかなくつれない仕打ちであったと後悔〉する。〈私には分らない生命に関する機関を持っていたのに違いない〉と思い、〈何故もっとじっと観察しなかったのだろうという後悔の念にとらわれた〉「私」を語り手は次のように語る。

自分たちの国は今危殆に瀕して居り、そうして自分の生命も恐らくはむざと捨てることを観念して居るような異常な時でさえも、次々と眼の前に突き当って来る自然に対して、緊張した驚きをしてみせることが出来なかったということは、一層自分に絶望を深めるようなことになってしまった。

私は道にしばらく立ち止まり、肩にたかった蜘蛛の子らの動き廻るのを、眺めているような

ほんのわずかの時間を何故割くことが出来なかったのだろう。そしてそれはもう一回かぎりで過ぎ去ってしまうのだ。（四六頁）

ここでの語りはこれまでの「私」には見られなかった自己省察の眼差しから発想されている。自らの生命の存否にのみ思いを向け、自然や他の生命への眼差しを欠いていた〈愚鈍〉な自己のあり方を問う「私」がいる。その「私」が「蜘蛛の子ら」に〈指先でつまんでもつぶれてしまうほどの〉か弱い〈生命〉を見出し、しかも題名に含まれていることを考えれば、この場面の重要さが分かってくる。さらに、〈異常な時でさえも〉とあることに注意しよう。「私」は、〈異常〉ではない時にもか弱い〈生命〉への視線を欠いた自分を見出して〈絶望〉を深めている。この時〈過去〉を見つめる「私」の眼は自己の暗部に届いていると言えるだろう。

か弱い〈生命〉との〈一回かぎり〉の出会いに眼を閉じていた〈愚鈍〉な自分に気づいた「私」は、洞窟で〈物々しく武装して死に直面した顔付きをしている〉だろう部落民の所へ行く。〈愚鈍さ〉に気づいた「私」は〈気楽な散歩者〉ではありえない。「私」の眼にはこれまでとは違った情景が映ってくる。

6　部落民・兵士・脱走者

部落は〈一切をなげやりに崩壊させてしまったよう〉に〈異様に荒涼とした退廃の有様〉を呈

しており、〈危険な動物〉が現れる〈特殊な場所〉になっていた。部落民は〈洞窟の中に籠って土蜘蛛のような生活〉をしている。「私」はその〈きたない〉姿から眼をそらさない。洞窟の近くは〈炊事の汚物と糞尿の始末が不完全なために〉〈けだもののにおい〉に似た〈不快なにおい〉がしており、〈美しい娘〉も〈汚物と糞尿〉から脱れられない。部落民は〈やせこけて眼玉ばかりぎょろつかせ〉、〈気狂い染みた顔付き〉に見える。生死の境に置かれた部落民は理性的な側面、人間的な側面を失った〈危険な動物〉に化しており、敵軍の攻撃が始まれば洞窟内は〈人と人とが殺し合う〉場になることを予想させる。その場所に「私」はやって来たのである。しかし〈彼らの眼に私が近寄って行くことを拒絶しているものを感じ取った〉「私」は、部落民には停戦のことは告げずに洞窟を離れて行く。〈私に何が出来よう。今私がどんなことをしゃべってもナンセンスだ〉と思いながら。

　部落民の〈拒絶〉は〈昏いもの〉をまとった〈過去〉の「私」を裁いている。蜘蛛の子のか弱い〈生命〉を思いやれなかった「私」は、自分が〈権力を以て振舞っていたらしい〉部隊の進駐によって部落が荒廃し、部落民が〈けだもの〉のようになることを思いやることができなかった。「私」は軍の尖兵として部落民を〈人と人とが殺し合う〉場に追いやっていたのである。今日が停戦の日であることを告げたところで〈過去〉の〈私の愚鈍さ〉を償えるわけではない。「私」は部落民の裁きの眼から逃れることしかできなかった。

　洞窟を離れた「私」は〈運命の時刻〉の告知方法に思いが向き、〈全世界が一閃によって理解出来るような方法が必ず採られるはずだ〉と思う。その願望は「私」に〈生命〉を慈しむ心が生まれ、戦場で人間がモノのように扱われることに怒りを抱いていることを表している。そのあと「私」は貧弱な装備で敵軍に立ち向かおうとしている兵士たちに出会う。「私」は兵士たちが〈上陸軍の実体がどれ程とも分らずに命令のままに、突撃して行くであろう〉と思いながら、停戦のことを告げずに離れて行く。その時の「私」を、語り手は〈けだものの本能の嗅覚が鋭敏でない為に泥沼の方に一目散にかけて行くのを、私が見たとしても、とてもそれを押し止めるようなことは出来そうもなかった〉と語る。「私」には兵士たちが〈けだものの本能〉さえ失ったモノに見えている。「私」は、〈人と人とが殺し合う〉戦争において人間の理性がいかに無力であるかを見ている。

しかしここで見落としてならないことは、兵士たちをモノにしたのは命令への絶対服従を強制する軍であり、「私」が〈権力を以て振舞〉う地位にいたことである。「私」は兵士たちがモノに化した責任の一端を負わねばならないのである。しかし、「私」はそのことに気づかず、〈人と人とが殺し合う〉場で理性を失わなかった自分を見出して心穏やかになっていく。

然し何かしら自分の心は優しくなって、いら立ちはなくなり、その瞬間には、私も過去の影の為に犠牲者の仲間に加わるであろうと、静かなあきらめの気持が湧き起っていた。このように末期の混沌の中で、私がはっきりその日その時の告示を受けたということだけでも、私は目覚めていたと言う喜びの中で死んで行けそうな気がした。（五〇頁）

敗戦の日が〈予知〉できたことは、〈目覚めていた〉こと、即ち〈けだもの〉にもモノにもならず、理性を持った人間であり得たことの証しである。この場面での問題は、部落民が〈けだもの〉になり、兵士たちがモノに化したことの罪責に気づかずに、「私」が〈目覚めていたと言う喜び〉を抱いて〈犠牲者〉として死ぬことができると思っていることである。そしてこの「私」は、第4節で触れた〈押し流されて此処まで来ていた〉ことの罪責にも未だ気付いてはいないことを示している。つまり「私」は真に理性を持った主体にはなり得てはいないのである。それらの罪責はどのようにして償われるのだろうか。以後の展開の問題である。

死場所を探す「私」は草山の中腹の杣小屋に行く。そこには女を連れた脱走者たちがいた。〈男たちの様子〉は〈全くミゼラブル過ぎ〉、〈彼等がしっかり握っている拳銃や軍刀は、不意の物音にも逆上して彼等の女と自分とを傷つけるに違いない〉と思った「私」は、〈断固たる調子で彼等から危険な凶器を取り上げ〉、停戦を彼等に知らせる。

「早まってはいかんよ。午後一時には戦争が終るんだ。余計なことを考えてはいけない。何としてでも生き延びるんだ」

そう言いながら、私も切に生きたいと思った。（五二一頁）

拳銃や軍刀を持った女連れの脱走者とは、〈けだもの〉でもモノでもない、軍隊の非人間的な構造への抵抗者であり、生き方を自ら選択する強い意思を持つ人間である。〈ミゼラブル過ぎる〉

とは軍隊の反逆者に対する過酷な処遇を表していよう。脱走者たちに終戦の時刻を告げて〈「生き延びるんだ」〉と声をかけたのは、「私」が脱走者に本来あり得べき自己を見出したからだと読んでいいだろう。そうであれば、「私」にある変化が起こっていることになる。「私」は自立した主体としての本来的な自己を取り戻しつつあると言えよう。

7　犠牲者・泥水・生命の子

脱走者に関わっていた間に〈運命の瞬間〉は経過していた。「私」は大勢の兵士たちが〈個縛を解いたゆるやかな顔付き〉でやって来るのを見る。すると彼等は〈急に一斉に、うわーと喊声をあげて斜面を駆け上り始めた〉。〈不穏な形勢〉と見られて〈とんでもない事態が出現する〉〈危険〉を感じた「私」は〈「やめろ、やめろ、喊声をあげるな」〉と叫ぶ。しかし「私」の制止は黙殺される。すると敵艦船の砲門から光線が放たれ、〈背を向けて人々の駆け上る方に逃げようとした〉「私」の背中を射貫く。その時「私」は〈何ということだ、こんな風にして死ぬとは〉と思った。「私」が横たわると〈人々は喊声をやめ〉、敵艦の光線射撃は止む。読者は、前節での〈心は優しくなって〉〈過去の影の為に犠牲者の仲間に加わるであろう〉と思った「私」の思いとは違った死に方をすることの意味を問わねばならない。

前節でみたように、兵士たちに停戦を告げずに通り過ぎた「私」が〈心は優しくなっ〉たのは、自身の罪責に気づいていないからであった。〈過去の影〉は部落民が〈けだもの〉になり、兵士たちがモノに化したことの罪責に気づかない罪も含んでいる。つまり〈過去の影の為に犠牲者の仲間に加わる〉ためには、モノと化した兵士たちを救うために我が身を〈犠牲〉にせねばならなかったのである。〈何ということだ、こんな風にして死ぬとは〉と思った「私」の衝撃の強さは〈過去の影〉の深さに相当していよう。意識せずして〈犠牲者〉となったことは、「私」が自立した主体者になったことを表している。しかし、〈犠牲者に加わった〉ことで〈過去の影〉はすべて償われるのだろうか。個としての主体を回復した「私」が意識を回復することの意味がこの問題に関わっている。

> 雨が降って来た。……。私は地面に倒れていて、その雨の音を聴いた。私の顔の傍に水たまりが出来て、泥水が雨足に打たれてあばたの模様になっているのをはっきり見た。それは実際にそれを見たのではなく矢張り想像の中で而もそれをはっきり見ていた。……。私は私の瞳孔が定めし開いてしまっているだろうと思っていた。（五四頁）

雨音を聞きながら〈泥水〉の〈あばた模様〉を想像している「私」は真に〈心は優しくなって〉いる。〈泥水〉とは「私」の〈過去〉だろうか。「私」は〈泥水〉の〈あばた模様〉に〈過去の影〉のひとつひとつを見ているのだろうか。あるいは、「蜘蛛の子ら」を思い出しながら〈雨の音〉にか弱い〈生命〉の鼓動を聴いているのかもしれない。いずれにせよ、「私」は、〈過去〉の「私」とは別の位相で世界を感受している。

〈所が私は意識をとり戻した〉。「私」は〈手足のすみずみ迄生命が溢れて来るような〉〈生命の喜び〉を感じる一方で、〈ふだんの顔付きで生活して行く権利〉はないように思い、〈本当に私は生きていていいのであろうか〉と問いかけずにはいられない。〈犠牲者〉になることができなかった「私」は〈過去の影〉を背負って生きねばならない。〈過去の影〉の内実として見えてきた「私」とは、か弱い〈生命〉を慈しむ心を失い、人間を〈けだもの〉、モノへと変えていき、その自分を〈犠牲者〉に擬していた〈愚鈍〉な人間であった。それは加害者の「私」である。

「私」が〈犠牲者〉に擬していた自分に加害者を見出す眼を持った時、夢の中で〈過去〉を遍歴する「私」の物語は終わらねばならない。〈犠牲者〉を語った語り手はその役割を終えたのである。加害者である「私」の物語は別の語り手に託される。結びで〈身体中の生命の子らが光の方に指や顔をさし延べて行くむずがゆさをどう処理していいのか分らないでいた〉と語る「私」は、これからの生が〈過去の影〉と〈生命の喜び〉との葛藤の道程であることを予知している。その道程は個としての主体を回復した者の生のあり方を暗示してもいる。

「アスファルトと蜘蛛の子ら」が書かれてから半年後「出孤島記」(『文芸』一九四九年一一月号)が執筆された。島尾の言葉[16]を借りれば〈過去〉は〈眼をつぶる〉と「アスファルトと蜘蛛の子ら」となり、〈眼をあける〉と「出孤島記」となった。〈眼をあける〉と〈過去の影〉はどのように見えてきたのか、「出孤島記」の読みの課題である。

8　エッセイにみる戦争観

島尾中尉が指揮官であった第十八震洋隊は、長さ五メートルの一人乗り用木造モーターボート震洋一型の船首に二五〇キロの爆薬を積んで敵艦船に体当たりする特攻隊であり、敵軍との交戦を想定していない。「私の八月十五日」[17]において〈特殊な部隊に所属はしたが、どんな戦闘にも参加していない。……あの戦争のことについて「その日」のことを語るには、私はふさわしくないような寂しい気がする〉と述べたこともあり、島尾敏雄の戦争体験は〈人と人とが殺し合う〉戦闘体験を欠いた特攻隊体験として受け止められ、島尾敏雄の戦争小説の評者の目の多くは特攻死を前にした個人の内面の葛藤に向けられてきた。読みの中心は、敵艦への体当たりという絶対的な死を運命づけられた人間が、その直前に敗戦によって生の側に放置されるというドラマの中に、死と生の両極に引き裂かれた人間の内面の在りようを探ることに置かれ、〈人と人とが殺し合う〉場に立たされた人間の問題は、「出孤島記」で主人公が最初の出撃をどの艇隊にするかで迷う場面でのみ問われてきた。しかし上記エッセイから五年後、島尾は「八月一五日」[18]において〝特攻隊崩れ〟に関連して次のように述べている。

しかし特攻出撃をしてしまった者としないで生残った者のあいだには、まったく質の違う越えることのできない隔絶がある。そこは恐ろしい恐怖でささくれだっている。にんげんには、おたがいが殺しあうことに、なにか理解できない神秘が含まれているのだろうか。…中略…。世間の人たちの調和を失った生活の中から、静かな、しかし感じやすい恐ろしさがしのびよってくるようだ。

特攻とは結局自身を犠牲にして多くの敵兵を殺すことを目的にしている。〈まったく質の違う越えることのできない隔絶〉と言い、〈恐ろしい恐怖〉と言うのは、生と死の絶対的な質の違い、そして自爆死することの恐怖をのみ言っているのではあるまい。人殺しになることへの〈恐怖〉を含んでいるのだと思う。島尾が戦後二十年を経た社会の〈調和を失った生活〉に〈恐ろしさ〉を感じたのは、特攻隊生活が自爆死に馴致するための場に止まらず、〈おたがいが殺しあうこと〉に馴致するための日々でもあったことを認識しているからではないだろうか。右のエッセイには特攻隊体験が人殺しになるための馴致体験でもあったことへの自己省察の眼を窺知できるのである。

その自省の眼は戦時中に具わっていたのではなく、戦後に生まれたものであると思う。島尾の「終戦後日記」[19]には、政治状況に関わることは余り記述されていない。だから、昭和二十三年十一月十二日の記述の末尾に〈東条英機氏他七名が絞首刑〉と記されているのは異例のこととして目を引く。極東国際軍事裁判が始まる時、島尾は「終戦後日記」昭和二十一年五月四日に次のように記していた。

私が海軍士官であつた時、軍人生活といふものに対しては否定的（完全に）であつたが、戦争——人と人とが殺し合ふこと——の否定に対しては完全に肯定出来るか。それは戦争が嫌ひだとか怖ろしいとかとは別にして。近く始められようとする極東軍事裁判の進行と共に文学者の責任（人間の責任）といふ問題は甚だ面白い、そして私には重大事だ。

敗戦時の死から生への回帰を主題にした「出発は遂に訪れず」（『群像』一九六二年九月）の末尾近くで、主人公が部下の下士官から、将校は戦争責任を問われると告げられる場面が描かれているように、戦争責任の問題は島尾にとって他人ごとではなかった。基地生活すべてにおいて隊長として特権を享受していたことのうしろめたさを、予備学生上がりの速成将校であったからこそ島尾は強く感じていたはずである。戦争小説の多くで軍隊経験の長い部下に対して劣等意識を抱く隊長が描かれているのはその現れであろう。そのうしろめたさは特攻死で免責されるはずであった。だから特攻死がその直前で回避された時、特権を享受した責任のとり方が新たな問題として意識されてきたのである。もちろん敵軍との交戦経験のない末端の部隊長が戦犯として責任を問われるとは考えていなかったにちがいない。しかし意識の中で負債として負っていた特権を享受したことの罪責感を、何らかの自己合理化の論理によって糊塗することは島尾にはできなかった。

特攻部隊の隊長であったことの負債とは、特権を享受していたことにとどまらない。敗戦から二十二年後に「その夏の今は」（『群像』一九六七年八月）で島民に対する抑圧者としての側面が真正面から取り上げられるが、本作及び「孤島夢」においても夢を利用するなかで朦化して取り上げている。島尾は戦争体験を小説の素材にすることで負債の内実を少しずつ見出し、自己省察を深めていった。小説家としての道を選ぶことによって、島尾は戦争体験を人間としての根源的なあり方に関わる問題として認識していった。

〈戦争――人と人とが殺し合ふこと〉を〈完全に〉否定できるかと自問したのは、島尾にとってこの問いが自らの〈人間の責任〉を問う〈重大事〉であったからである。つまりこの問いは、敗戦翌年の時点で特攻隊生活が〈人と人とが殺し合ふこと〉を体験する日常であったことを、島尾が認識していたことを語っている。この時点では〈完全に〉は否定できなかったが、先に見たように、二十年後には〈おたがいが殺し合うこと〉の影にさえ〈恐怖〉するようになる。その間に島尾がどのように自己省察を深めていったかは書かれた創作に尋ねるしかないが、その間〈人と人とが殺し合ふこと〉は〈重大事〉であり続けたはずである。

〈人と人〉とは、米軍との交戦をのみ意味しているのではない。日本人同士が〈おたがいに殺し合う〉危険を孕んだ日常、それが島尾の特攻隊体験の日々でもあった。その日常を思い起こさせた事柄が極東国際軍事裁判の判決のニュースであった。その一ヶ月前の「終戦後日記」昭和二十三年十月十二日に興味深い記述がある。

左官屋にミホが、うちの人は海軍大尉で特攻隊の隊長でしたのといふ。左官屋さんは自分の隊の将校のでたらめを言つて、大尉にもなつてゐたら軍隊生活は面白かつたゞらうと言ふ。

……。彼は陸軍の下士官、復員する迄煙草をのまなかつたといふ。……。九人の売笑婦は書けさうにない。戦争が出て来ると今は書けない。

左官屋の話は島尾に軍隊生活での他者、部下や島民の存在を見直す契機となったと思われる。その一ヶ月後のA級戦犯死刑執行のニュースは、自分の戦争責任の問題を素材化するきっかけとなったのではないだろうか。〈戦争が出て来ると今は書けない〉と記したことは戦争体験の小説化を模索していたことを語ってもいる。〈九人の売笑婦は書けさうにない〉とあるのは、慰安所設営を素材にした「肉体と機関(エンジン)」(『午前』一九四七年一月)を習作として長く単行本に収録しなかったことに関わっていよう。特攻隊体験を創作化することで見えてきた負債の内実の前で立ちすくんでいる姿が見えてくる。

島尾は「琉球弧の感受」(前掲注15)の中で、特攻隊生活を過ごした加計呂麻島で島民の集団自決の可能性があったことを記している。特攻隊五十名の出撃後、残った百三十余名の基地隊は防備隊本部の指揮下に入り、貧弱な装備で米軍の上陸に備えることになっていた。島民は壕に入り集団自決する手はずが決められていた。壕の掘削は部隊長島尾の了解のもと基地隊員が協力して行われた。八月十三日の夕刻、特攻隊出撃が発令されたことを察知した島民は壕に集まったが、特攻隊の出撃がなかったので解散した。[20] 島尾は特攻出撃後の島民の処遇について基地隊長に指示を与えなかった。この事の記憶は、明示される形では一九七〇年渡嘉敷島で行われた島民集団自決慰霊祭での、集団自決が軍の強制によるとして島民が旧海上挺身第三戦隊隊長の渡島を拒否した報に触発されて島尾が書いた「那覇に感ず」[21]につながっているのだが、先述したように初期の「孤島夢」[22]及び本作においても朦化して書かれている。戦後の島尾敏雄は〈人と人とが殺し合う〉場に立たされた自身を忘れることはなかったのである。

作者の体験的事実に関わる言説と小説として表象された表現とを結びつけて意味づけを行う読みの限界を分かりつつ、筆者が上記の事柄を記したのは、作家を創作へと促しているであろう〈根源的なもの〉への接近を志向する読みの有効性を排除できないからである。第1節で紹介した〈細部のひとつひとつに意味を連鎖的に決定してゆく態度〉が〈かえって作品を貧しくしてしまう〉という清水徹氏の危惧したとおりの結果になっていないことを念じて筆を擱く。

注

（1）潮文庫『島へ――自選短編集』（一九七二年六月）、旺文社文庫『「出発は遂に訪れず」他八編』（一九七三年六月）、角川文庫『夢の中での日常』（一九七三年一〇月）、集英社文庫『島の果て』（一九七八年八月）、講談社文芸文庫『はまべのうた／ロング・ロング・アゴウ』（一九九二年一月）、集英社文庫新版『島の果て』（二〇一七年七月）。

（2）「解説」と同趣旨のことは『島尾敏雄の原質』（一九七三年三月讃文社）の「第Ⅰ章島尾敏雄の原質」三四～三五頁でも述べている。

（3）『海』一九七七年六月号。『読書のユートピア』（一九七七年六月中央公論社）三五四頁。

（4）『島尾敏雄作品集』全5巻の「解説」は『島尾敏雄』（一九七七年一二月泰流社）に収

録されている。

（5）『文学』一九六三年一二月号。饗庭孝男編『島尾敏雄研究』（一九七六年一一月冬樹社）五七〜五八頁。

（6）『群像』一九六八年二月号。『詩的乾坤』（一九七四年九月国文社）に収録。〈戦争〉と改題して『吉本隆明全著作集9作家論Ⅲ島尾敏雄』（一九七五年十二月勁草書房）、『島尾敏雄』（一九九〇年一一月筑摩書房）に収録。引用は『島尾敏雄』五〇頁。

（7）旺文社文庫『「出発は遂に訪れず」他八編』（前掲注1）三一四〜三一五頁。

（8）『風紋』25号一九八〇年六月。『島尾敏雄論』（一九八二年八月近代文芸社）五〇〜五一頁。なお『島尾敏雄私記』（一九九二年九月近代文芸社）所収の「不定形の精神——戦争小説の位相——」では〈うしろめたさ〉は〈〈戸惑い〉の心情の形象化〉と表現されている。

（9）『敍説ＸⅣ』（一九九七年一月）三七頁。

（10）前掲（注2）『島尾敏雄の原質』三五頁。同書は『島尾敏雄論』（一九七七年一〇月泰流社）に再録されている。

（11）『南島へ南島から』（二〇〇五年四月和泉書院）八八頁。

（12）二〇一一年六月プラージュ社。一一二頁。

（13）この言葉は戸松泉『小説の〈かたち〉・〈物語〉の揺らぎ』（二〇〇二年二月翰林書房）の示唆に拠る。

（14）『中央公論』一九七七年二月号。『読書のユートピア』（前掲注3）三一〇頁。

(15)「琉球弧の感受」：『新日本文学』一九七八年八月号。『南風のさそい』（一九七八年一二月泰流社）一一二頁。
(16)『新鋭作家叢書2島の果て』（一九五七年七月出版書肆パトリア）「あとがき」。
(17)『南日本新聞』一九六一年八月一二日。『非超現実主義的な超現実主義の覚え書』（一九六二年六月未来社）二六七頁。
(18)『朝日新聞（西部版）』一九六六年八月一五日。『琉球弧の視点から』（一九六九年二月講談社）五三〜五四頁。
(19)『新潮』二〇〇九年八月〜二〇一〇年八月。『島尾敏雄日記――『死の棘』までの日々』（二〇一〇年八月新潮社）所収。
(20)島尾ミホ「特攻隊長のころ」：『海辺の生と死』（一九七四年七月創樹社）一四六頁。同書は新編集（収録文は同一）で中公文庫（一九八七年三月）に入る。
(21)『朝日新聞（夕刊）』一九七〇年五月一四、一五日。随筆集には未収録。『島尾敏雄非小説集成・南島篇3』（一九七三年五月冬樹社）及び『島尾敏雄全集第17巻』（一九八三年一月晶文社）に収録。岩谷征捷氏「にんげんの加害力―〈特攻待機〉体験―」（『島尾敏雄』（二〇一二年七月鳥影社）所収）及び鈴木直子氏「シマオタイイチョウを探して―「ヤポネシア論」への視座―」（『南島へ南島から―島尾敏雄研究―』（二〇〇五年四月和泉書院）所収）が詳細に論じている。
(22)別稿「「孤島夢」試論―夢の方法を促したものを読み解く試み」参照。

「ロング・ロング・アゴウ」における新進作家の一面
――〈ロマン〉への志向

1　はじめに

　島尾敏雄が作り物めいた小説を嫌ったことはよく知られている。早い段階では奄美移住直後昭和三十（一九五五）年十二月二十一日の日記（『死の棘日記』（二〇〇五年三月新潮社））に、谷崎潤一郎の「鍵」を読んだあと、次のように記している。

　よそでの世界。ぼくはぼく、小説らしきものの拒否。

〈小説らしきもの〉とは首尾の整った話を作ろうとする作為が支配する小説の謂である。それから十二年後にも、「どうして小説を私は書くか――私の文学――」[1]の末尾で次のように述べている。

　あの筋やものがたりがつくりだす退屈に落ちこみたくないという考えからどうしても脱けだせないし、また脱けだしたくないのはどうしたことか。

さらにその十六年後でも、「記憶と感情の中へ[2]」において次のように述べている。

物語を作るということが苦手なのです。いや、嫌いであると言ってもいい。どんなに奇想天外な話であったり、巧みな構成で仕立てられていても、作られた話には興味をそそられないし、読んでも面白くない。

一貫して筋道全体が整然と構築された虚構の物語への拒否を語っている。それは〈私のできることは過程のささやかな記録、そしてそれをできるだけ忠実に記述すること[3]〉に自らの創作の拠点を見出した島尾の創作観の堅固さを示してもいる。

しかし、作家としての出発当初からそうした小説観に立っていたわけではない。

「ロング・ロング・アゴウ」は昭和二十四（一九四九）年十一月『人間・創作集』に発表された。『人間』は川端康成など鎌倉在住の文学者の支援を受けていた出版会社鎌倉文庫が出版元となった戦後の有力な文芸雑誌で、主義主張を越えて当時一流の作家や評論家が作品を寄せており、また、三島由紀夫や安部公房などの新人作家も登用している。従って『人間』に掲載されることは新進作家にとって、中央文壇に我が名を知らしめる絶好の機会であり、と同時に、凡作、駄作の評価は我が名を貶めることになる。危険な試験台でもあった。

この時期の島尾敏雄の作家としての活動について一瞥しておこう。昭和二十二（一九四七）年八月同人誌『光耀』第三輯を資金難から手書きの謄写版印刷で少部数発行して終刊したあと、十月に富士正晴編集の同人誌『VIKING』第二号に「単独旅行者」の前半を掲載し、全章が翌年五月に季刊の総合芸術雑誌『芸術』に転載され、同じ月に「夢の中での日常」を気鋭の文学者や文化人を会員とした『綜合文化』五月号に発表して、夢を方法化した特異な創作手法によって新進作家として名を周知した。十月には再び『芸術』にリアリズムによる「徳之島航海記」を発表し、真善美社のアプレゲール新人創作選第9巻として創作五篇を収めた『単独旅行者』を刊行した。昭和二十四(一九四九)年には三月に二冊目の創作集『格子の眼』(全国書房)を刊行し、また、多様な表現方法を試みた短編を中央のさまざまな文芸雑誌に矢継早やに発表した。神戸の迷路を彷徨する主人公を描いた「勾配のあるラビリンス」(『表現』一月)、少年時代や青年時代を素材にした「唐草」(『個性』二月)や「砂嘴のある景観」(『文学季刊』八月。のち「砂嘴のある丘にて」に改題)、夢の方法による「鎮魂記」(『群像』九月)や「アスファルトと蜘蛛の子ら」(『近代文学』七月)、さらに特攻戦発令時の自身と真正面から対峙した「出孤島記」(『文芸』十一月)を発表している。「出孤島記」は翌昭和二十五年二月月曜書房の第一回戦後文学賞を受賞しており、発表舞台が中央の有力な文芸雑誌に広がっていることから見て、昭和二十四年は島尾敏雄が新進作家として認知された年であったと言ってよいだろう。その年の終わり近くに「ロング・ロング・アゴウ」が有力な文芸雑誌『人間』に発表されていることは、執筆時の島尾の意識になにがしかの新進作家としての野心、新奇な方法への意欲が働いていたと考えられるのである。

新進作家としての模索期にあった昭和二十三(一九四八)年に、島尾は「終戦後日記」(『島尾敏雄日記――『死の棘』までの日々』二〇一〇年八月新潮社）に次のように書いている。

八月十一日
体が腐つて来ても（苦痛が伴つて来ても）ロマンを書くこと。

八月十七日
ロマンの中へ卑小語の強引な侵入を企図。凡そ正反対の固いもの、硬質、固さのあるものしか僕にとつて必要ではない（一つの方法論的に）。

ここに言う〈ロマン〉とは先の引用での〈物語・作られた話〉と同義であろう。とすれば、この時期の島尾には〈物語〉を書くことへの欲求があったことになる。それは右の日記から二ヵ月後十月十四日の日記に次のように記していることと無縁ではないだろう。

文壇的にも（最もすつきりした意味で）評判のいゝ小説を書きたく思ふ。

文壇に認められるための小説作りの〈一つの方法論〉として、〈ロマン〉を書くことが意識されていたと推察できる。実はそれから十日後、島尾は〈ロマンの中へ卑小語の強引な侵入を企図〉

した小説を書いた。「ロング・ロング・アゴウ」がそれである。「ロング・ロング・アゴウ」は奥野健男氏が〈昔から何度も繰返されたたであろういくさ人と女人の悲恋という、文学の原型を見出す〉[4]と説いて以来、たとえば橋川文三氏が〈全体として抑えられた悲劇性が清純な印象として残るという作品である〉[5]と述べたように、戦時の清純な悲恋を描いた作品として読まれてきたが、川村湊氏が「戦争とエロス」という視点を提示して〈それはほとんど「生」の根源的なところから奔出してくるものであり、そうしたエロスは、戦時という極限的な状況においてめざましく発動されるものにほかならないのである〉[6]と内容に踏み込んで論評し、新たな読みの可能性を開いた作品である。島尾敏雄の戦争小説群の中で重要な位置を占める作品ではないが、新進作家としてのある野心を見出すことができる。そこには川村氏が指摘した〈〈性〉の根源的なところから奔出してくる〉エロス的愛の発現を越えた、アガペー的愛への昇華の契機を語ろうとする作者の意図を読むことができる。

婚期を逸する不安の中にある国民学校教師と、魚雷艇訓練所で〈軍神〉になる訓練をしている学徒兵出身の少尉との刹那的な恋愛感情の交錯が、超越的な語り手によって語られる。冒頭に〈その青年が軍服を着て彼女の前に現われたというだけで、すっかり信用してしまっていたようだ〉とあり、軍服という外面性によって結びつけられた男女の擬似恋愛劇としての読みが方向づけられている。しかし語り手はそこにとどまらず、二人の擬似恋愛に仕掛けを講じている。擬似恋愛の堰が女が口ずさむアメリカ民謡の一節によって開けられ、さらに最高潮に達しようとする時に男の〈尿意〉によって堰は閉じられる。その仕掛けは二人の外面性を破り、真の恋愛劇に進展させる仕掛けでもあった。しかしその時、二人の未来は閉じられている。アメリカ民謡と〈尿意〉という二つの仕掛けにこの時期の新進作家としての野心的な創意を見ることができる。このことについてこれまで言及がないので、筆者なりの読みを試みたい。

2 擬似恋愛への願望

主人公は国民学校の教師になって数年を経ている陽子である。時代は青年の大半が召集され、娘たちも勤労動員にかり出されている戦争末期である。陽子は学帽や将校服に憧れを抱きながら婚期が無為に過ぎていくことへの焦慮を感じながら日々を送っている。家では三人目の継母や連れ子たちとは折り合いが悪く、いつも孤独をかこっている。

物語は青年将校への恋心を抱き始めた陽子が、香戸という名前以外何も知らないことに思い至って戸惑うところから始まる。香戸少尉と初めて二人だけの時間を過ごしたあとのことである。

陽子はその青年の素性を少しも知らなかった。然しそれで別に不安にも思わなかった。ただその青年が軍服を着て彼女の前に現われたというだけで、すっかり信用してしまっていたようだ。軍服はそれを着けていることによって充分身分を証明しているような所があったから。

(『島尾敏雄全集第3巻』一二三頁。以下本文の引用は全集3巻に拠る)

冒頭が軍服を着けていることの意味づけから始まっているのは、軍服がそれを着けている人間の内面性の価値如何と関わりなく、軍服を着ている人間に対する価値判断を左右する価値を有していることを表しており、従って、これから語られる擬似的な恋愛劇が人間性を抜きにした、互いの恋愛願望、エロスの誘惑によるものであること示している。しかしこの作品のポイントは、この擬似恋愛劇がそれのみに終わらず、〈尿意〉という仕掛けによって男が外面性を脱ぎ棄て、真実の恋愛劇へと進展する契機を得たところで終わる点にある。擬似的恋愛を語りつつ軍服という価値に操られる人間を語ることに語り手の意図があるように物語が進みながら、実は真実の恋愛の契機が外面的な虚飾を脱ぎ棄てるところに潜んでいることを語っているのである。またこのことは、人間の内面性を抜きにして軍服という外面的価値によってつながりを求め合わねばならなかった、戦中の青春の悲しい現実を語ってもいる。

陽子と香戸少尉との出会いは次のように始まる。秋口になって陽子の家に、春先に陽子と淡い交際があった魚雷艇訓練所で教育を受けていた井上少尉の友人二人がやって来た。急に任地に赴いた井上少尉が陽子に預けた軍刀を引き取りに来たのである。[7] 明るく端正な顔立ちの二瓶少尉と暗い雰囲気の香戸少尉であった。陽子の印象に残ったのは香戸少尉であった。陽子には〈戦争という現実の壁に向って、堅苦しい表情でお説教をしたり戒め合ったり叱咤したり神々や権威を作ったり泣いたりしていることがふとたまらなく嫌悪された〉（一三四頁）という反時代的な思いが潜んでいる。そして香戸少尉も〈この戦争はどういうことなのだろう。そして自分はどうして海軍少尉になっているのか〉（一三八頁）と懐疑する青年であり、軍服を脱いだ素の自分を〈毛をむしりとられた小鳥のような自分〉（同）と自己の二面性を感受している青年である。二人は心底に共通する時代感覚を潜めている。

3　擬似恋愛感情の昂揚

その香戸少尉がある日陽子の家を一人で訪問した。留守をしていた陽子は帰宅後駅へ急ぎ、二人は次の土曜日に学校で会う約束をする。この時二人は〈あたたかい喜び〉（一四〇頁）で身体が熱くなるのを感じ合う。

最初の逢引きの時、陽子はオルガンで「ロング・ロング・アゴウ」を弾く。

語れ愛でしまごころ
ひーさしき、むーかしの（一四三頁）

長い間別れていた恋人同士が再会し、互いの愛が変わらないことを喜びあうという内容である。引用されている歌詞は近藤朔風の訳詩が使われている。香戸少尉は陽子の大胆さに戸惑いながら、つい〈「あなたにお会いした時からあなたが好きだったのです」〉（一四六頁）と言う。一方陽子は〈期待し予期していた言葉であったのに、それを聞くと、ぼろぼろと涙が大粒に流れ出て、ぼんやりしてしま〉（同）う。〈お互いの内部で起ったであろうことをお互いに許して見過ごした〉

（一四八頁）二人は接吻する。二人は身体の奥からわき出る情欲につき動かされながら、偽装された恋に絡め取られた恋人同士を演じていく。二人は偽装された恋に落ちていることを分かっているのである。その擬似恋愛の火付けに使われるのが敵国のアメリカ民謡（原曲はイギリス民謡）であるのは、二人の恋愛劇が戦争への嫌悪を体現していることを意味しているとみてよい。そのあと〈まだ余韻の中にいた〉（一四九頁）陽子を置いて、香戸少尉は身体の奥に潜む情欲を発散させた解放感を感じながら帰隊する。

陽子は香戸少尉への思慕を募らせる。そして彼について何も知らないことに気づかされる。刹那的な擬似恋愛の渦中にある〈現在の幸福〉（一五五頁）をつかみ止めておきたい陽子は訓練所宛てに手紙を投函した。任地への出発が間近となっていた香戸少尉は陽子の〈はずみのあるやわらかな体温〉（一五三頁）が忘れられず逢いに行く。二度目の逢引きでは、語り手は二人に安息の場所を用意しない。今を生きることに青春を燃やそうとする男女の焦燥を楽しむかのように、暗所を求める二人をあちらこちらと歩き回らせる。〈二人は身体の片隅に不消化な小石をつめ込まれたような均衡のとれない不快さで一ぱいになってい〉（一六一頁）く。〈戦争が一切の人間をせき立てている歯ぎしりの呪咀に二人も全く哀れに取りつかれていた〉（同）のである。

夜になり〈索漠とした気持で〉（一六三頁）汀近くの場所に来た時、陽子が低く歌い出した。

語れ愛でし、まごころ
久しき昔の（一六三頁）

香戸少尉は〈はっと胸をつかれ〉（同）、陽子が〈かけ替えのない人〉（同）に思われてくる。それは間もなく戦地に赴かねばならず、そうなれば生きて帰還することはないであろう今の自分の絶望的な状況を思うことから生じて来た、陽子の存在のかけがえのなさである。〈愛でし、まごころ〉と過去に交わされた誠実な愛の交感の文句が陽子の口から歌われるのは、未来が見えない今を生きることへと二人の思いが向いていくことを意味している。香戸少尉は丘の下の立ち木の傍に陽子を引張って行き、唇を合わせる。

それは何か不自由な二個の物体という感じであった。やわらかく相手の身体ととけ合ってしまう状態になることは出来ない。香戸少尉は陽子の身体の向う側に陶酔の果てがありそうに思えた。然し強く全身に押しつけて来る陽子の可哀想な努力にも拘わらず、こつんとした固い骨が、香戸少尉に強く感じられた。陽子の口臭がきつくにおった。そして陽子も香戸少尉の口臭をかいだ。（一六三〜一六四頁）

二人の間には隔てる何かがある。語り手は、二人の恋が〈まごころ〉による内面の結びつきによるものではなく、刹那的な生の充実を求める欲動に促された擬似恋愛感情によるものであることを語ろうとしている。二人の〈とけ合ってしまう状態〉を妨げる〈固い骨〉とは、二人の間に〈まごころ〉の交感が欠けていることを表しており、互いの〈口臭〉は〈まごころ〉よりも動物的な衝動に二人が動かされていることを示している。しかし、このあと語り手は二人が〈まごころ〉の交感へと向かう為の仕掛けを施している。

4 〈まごころ〉の交感の端緒

二人が唇を合わせた時、突然〈まるで意地の悪い意志のように二人を妨害する為に〉（一六四頁）香戸少尉に〈尿意〉が〈襲って来た〉（同）のである。その時の香戸少尉は次のように語られている。

自分だけが不幸な宿命をおしつけられているように感じ、そのみじめな底で悲劇的な顔付になった。なるたけ陽子を驚かせたくない。それで、一瞬きつく彼女を抱擁したあと、両手にしっかりやさしさを籠めて彼女の身体をつき放した。そして出来るだけ彼女の傍を離れる為に、佩剣をがちゃつかせてかけ出した。彼はそんな突飛な行為をしたことによって陽子に償いようもない悲しみを与えてしまったことにひどく打たれた。そして我慢も何もなく身震いして、放尿した。そのあとで香戸少尉は放心した。（一六四頁）

もし〈尿意〉が起きなければ、抱き合った二人は欲動に押されて行き着くところまでいったであろう。しかしそれでは事後の二人には空しい思いが残るだけである。作者はそうした刹那的な衝動に動かされた行為の後の、青年の心の空洞を書こうとしているわけではない。擬似恋愛が〈まごころ〉の交感という真実の恋愛へと昇華される〈ロマン〉を書こうとした。突飛な設定ではあるが、〈意地の悪い意志のように二人を妨害する為に襲って来た〉〈尿意〉は、その昇華作用の役割を果たすものとして考えられたものだろう。その後の香戸少尉の行動は陽子を傷つけないための心遣りを示している。放尿後〈放心した〉香戸少尉には刹那の欲動は消え去っている。

もとの所に戻って来ると陽子は立木にもたれて嗚咽していた。涙を滂沱と流して拭いもしない。香戸少尉は陽子の嗚咽しているままを抱いた。小鳥を抱いているような感じであった。然しどうすることが出来よう。香戸少尉が内地に居ることの出来るのは、あと一週間もないかも知れなかった。それを口にすることも出来ず、又どんな約束も出来ない気持がした。ただふみにじって行くより仕方がないのか。彼は充分陽子の悲しみを量り、それを拒絶しないことで陽子を受取ったつもりでいた。(二六四頁)

陽子も自らを振り返る時間をもったはずだが、語り手はその陽子の思いについて何も語らない。しかし〈涙を滂沱と流して拭いもしない〉とその姿を語ることによって、陽子の中にあった欲動が涙とともに流れ去ったことを告げている。先の〈強く身体を押しつけてくる陽子〉は今〈小鳥〉のように抱かれていく。それは先ほどまでの〈可哀想な努力〉をする陽子ではない。ここで語り手は、二人の間に〈まごころ〉の交感の契機が生起していることを語っている。しかし、二人に未来は閉じられているのである。

陽子はどういったらよいのだろう。今自分の周りで何が起っているのか分らなくなった。ただ香戸少尉を確かめたいだけであった。香戸少尉は行ってしまう。彼女は香戸少尉の襟の所をさわって見た。今こうして確実に香戸少尉をつかまえているのに。もうきっと来ないのだわ。汝れ帰りぬ、ああ嬉し、久しき昔の、あら、そんなことがあり得るだろうか。戦争が終って香戸少尉が帰って来る。汝れ帰りぬ、ああ嬉し、それはどんなに嬉しいことだろう。然し陽子が生きて、その平和の日に会えるとは思えないのだ。（一六四〜一六五頁）

陽子は戦争後の自分を予想することができない。明日の平和な日々を思って今を生きることができない。明日の滅亡を思って今を生きることしかできない状況に置かれている。そうした時代の中で、誰とも知らぬ青年との刹那的な擬似恋愛に僅かな青春の熱情を燃やそうとした陽子は、今真実の恋愛のとば口に立っている。それは求めていたもののはずだが、そのことによって愛することの苦しみ、愛する人を失うことの悲しみ、未来を思い描くことのできぬ空しさを味あわねばならなくなった。その苦しみと悲しみ、空しさは擬似恋愛に自分を遊ばせる時とは次元の異なる底の見えない感情である。

はじめに触れたように、この作品はエロス的な愛からアガペー的な愛への昇華の契機を語った作品として読むことができる。時代状況に翻弄される束の間の青年男女の出会いを通して、擬似恋愛から真実の恋愛への微妙な心の動きを描いている。しかもその変化の契機にした仕掛けが〈ロマンの中へ卑小語の強引な侵入を企図〉した〈尿意〉であったとみる時、この奇矯と言える創意を描出したところに、新進作家としての島尾敏雄の文壇進出への思いを読むことができよう。

注

（1）『われらの文学第八巻』（一九六七年四月講談社）。『琉球弧の視点から』（一九六九年二月講談社）二二七頁。

（2）『波』一九八三年二月。『透明な時の中で』（一九八八年一月潮出版社）一二五頁。

（3）前掲書（注1）『琉球弧の視点から』二二五頁。

（4）『島尾敏雄作品集第1巻』（一九六一年七月晶文社）「解説」三一五頁。『島尾敏雄作品集』全5巻「解説」は『島尾敏雄』（一九七七年一二月泰流社）に収録。

（5）「島尾作品への個人的解説」：旺文社文庫『出発は遂に訪れず』（一九七三年六月）「解説」三一八頁。饗庭孝男編『島尾敏雄研究』（一九七六年一一月冬樹社）に収録。

（6）「戦争の中のエロス」：講談社文芸文庫『はまべのうた／ロング・ロング・アゴウ』（一九九二年一月）「解説」三二一頁。『川村湊自撰集第3巻』（二〇一五年七月作品社）に収録。

（7）「震洋隊幻想」（『別冊潮』一九八四年八月）に第一期魚雷艇学生の同期引野祐二中尉との交友について、この作品の素材とみられる次の記述がある。

〈早岐あたりの浄土真宗の寺に連れ立って度々出かけた。きっかけは回天の訓練地に先発した同期のＦＴから預った日本刀をその寺の娘に届けに行ってからであったが、早岐の瀬戸のそばの旅館で二人で夜を過ごしたこともあった。〉（『震洋発進』（一九八七年七月潮出版社）一四二頁）

「出孤島記」を読む――「私」の倫理意識の位相を中心に

1　先行文献と本稿のねらい

島尾敏雄は海軍予備学生時代や特攻隊体験を素材とした小説を、連作は一篇と数えると二十篇近く書いており、その中心をなすものが十八年に亘って書き継がれたいわゆる特攻三部作である。「出孤島記」（『文藝』一九四九年一一月号）は昭和二十（一九四五）年八月十三日の特攻戦発動から十四日朝までを素材にし、「出発は遂に訪れず」（『群像』一九六二年九月号）は十四日朝から十五日夜までを、「その夏の今は」（『群像』一九六七年八月号）は十六日から十九日までを扱っている。未完の絶筆「（復員）国破れて」（『群像』一九八七年一月号）は九月一日の加計呂麻島脱出を素材にしており、復員までを書きあげて特攻隊体験を四部作として完成させようとした島尾の意図がうかがえる。また、晩年には第三期海軍予備学生時代を素材にした連作『魚雷艇学生』（一九八五年八月新潮社）と震洋隊基地跡巡りを素材にした連作『震洋発進』（一九八七年七月潮出版社）を書いており、島尾敏雄にとって戦争体験は生涯の主題となっていたことがわかる。

「出孤島記」は昭和二十五（一九五〇）年度の月曜書房主宰第一回戦後文学賞を受賞し、新進作家島尾敏雄を周知させた作品で、島尾の戦争小説の代表作の一つである。海軍予備学生出身の震洋特別攻撃隊隊長の眼を通して、特攻部隊の特攻待機生活と八月十三日の特攻戦発動から即時待機のまま夜明けを迎えるまでの一昼夜が語られている。前年に大岡昇平の「俘虜記」(『文学界』二月号)が発表されており、極限的な状況下に置かれた中年の歩兵に対比される青年士官の内的世界を素材としている点で、戦争文学の極点の一つを提示したと言えるだろう。

「出孤島記」の主要な論評について概括しておこう。多くは作家論、戦争体験論の中で言及されており、単独の作品論は管見では三氏である。西尾宣明氏は「島尾敏雄の「戦記」小説研究の基本的問題―『出孤島記』考―」(『プール学院大学研究紀要』37号一九九七年一二月)において「出孤島記」の特質を〈表現論的には具体的、素朴的、実体的である〉(三七三頁)ところに見て基本構造を解析し、構成要素として次の五つを提示して島尾の「戦記」小説の原点に位置づけた。(1)人間の卑小さを認識させると同時に現実に対する深い諦念、虚無の情を「私」に抱かせるものとしての自然描写、(2)組織・機構が本質的にもつ人間疎外と醜悪性が摘出される先任将校、(3)「私」の非軍人的性格を浮かび上がらせる島民、(4)唯一無垢の精神が見出される島の娘N、(5)具体的素朴的で写実性の濃厚な表現特質をもつものとなった「私」の身体的生理、である。次いで、高阪薫氏は「島尾文学と奄美・加計呂麻島―「出孤島記」にみるヤポネシア的発想」(『甲南大学紀要』128号二〇〇三年三月)において、戦争体験と恋愛体験の創作化の中に日本の帝国主義を相対化する島尾のヤポネシア論の発想の萌芽を見出している。とくに恋愛における〈善意の悲しみ〉の分析、現地での聞き取り調査を通じて島尾の他者認識とヒューマニズムに言及している点が見落とせない。また、浦田義和氏は「島尾敏雄『出孤島記』論」(『南島へ南島から』二〇〇五年四月和泉書院）において、戦後当初の記録文学の詳細な調査の上に立って、語りの展開を丁寧に追いながら、「私」を介して島尾の〈時代精神への抗い〉（一三頁）、軍隊の権力構造や〈軍隊そのものへの怒り〉（一四頁）を指摘し、またNを〈儀式の供え物〉（二一頁）とみなす〈俗物的指揮官〉（二二頁）の「私」の形象に〈厳しい自己批評〉（二一頁）の視線を読み取り、〈極めて個性的な一特攻指揮官の手記〉（二二頁）として位置づけた。

　作家論の中では、〈関係の不可能性〉を島尾作品の基底に捉える堀部茂樹氏は「引き裂かれた自己」（『島尾敏雄論』（一九九二年三月白地社）10章）において、「出孤島記」に描かれた〈国家共同性の強制力の体現としての軍隊と、対なる共同性の体現としての〈女〉との間にあって、どちらにも繋がり囚えられながら、どちらにも本質的には繋がることができないという関係性の在り方に、島尾の〈戦争体験〉の本質が表れている〉（二五五頁）と指摘する。また、作家島尾の戦後の歩みを〈脱植民地化のプロセス〉[1]として捉える佐藤泉氏は「夢のリアリズム―島尾敏雄と脱植民地化の文体―」（『文学』二〇〇五年第6号一一・一二月合併号）において、「出孤島記」の世界を〈日常性の構造が崩壊し〉（一八七頁）、さらに、〈時間的秩序、過去・現在・未来の区別を設けない、また矛盾も不合理も疑いも区別も知らないという点でこれは夢の論理さながらである〉（同前）と指摘し、島尾の島の娘との恋愛体験が〈奄美・琉球へと支配の手を伸ばした近代日本の植民地主義の歴史的構造に深く滲透された恋愛の構図だった〉（一九一頁）と論評した。島尾作品を本来的な〈関係意識の異和〉という視点から読み解く吉本隆明氏は「島尾敏雄の世界――戦争小説論」において、〈部下とのあいだに感じた障害感も、「私」自身の世界の脆弱点も、奄美の少女との関係〉を〈特攻進発の命令下の最後の情況で微細に再構成するのに成功して〉[2]おり、〈戦争小説の頂点をなす〉[3]と評している。島尾文学の特質を、現実を揺れ動きとして捉えるところにみる小林崇利氏は「生と死への揺れ動き――特攻体験――」(『島尾敏雄の文学―表現者の生―』(一九九四年二月近代文藝社)第一章)において、〈戦時下において普通の青年でありたいと意図したそのことによって、……部下たちをも無意義な死に追いやる仕事を受け持たされながら、なおかつ死の瞬間まで人間として生きようと己れの意志と責任による行為をし続けて来た〉(三二頁)青年隊長を見出した。第一期魚雷艇学生の同期で人間魚雷回天に配属されて生き残った松岡俊吉氏は、経験をどう受けとめ、どのようにそれと馴れ合うかという点に人間の特異性があるという観点から、「島尾敏雄の原質」(『島尾敏雄の原質』[4](一九七三年三月讃文社)第一章)において、〈人間を神に祭りあげ、絶対者が神をあやつりながら、神は神の意志で死ぬ――このおそるべき特攻のからくりこそ、島尾のおかれた戦争状況だった〉(一二三頁)と指摘し、〈自己を永遠化し(化石化し)、からくりをからくりとして受容することによって、これを内在的に否定した〉(同前)と論じた。島尾の文学の方法を〈現実を描くことよりも……彼を支えている原体験の新しい意味をつねに見出してゆくことにある〉[5]とみる饗庭孝男氏は「島尾敏雄論――煉獄の文学――」において、島尾の時間感覚の特異さを指摘する。〈即時待機の時間は、自己完結への鬱血した精神のひろがりであるということが出来る。それは決意のたえまない繰返しである。この繰返しのあいだに、日常が醜い顔をみせる〉[6]と指摘し、〈醜い〉〈日常〉という感受の中に、戦後の島尾の生の予兆を見出した。また、島尾独自の時間感覚について〈歴史的時間の停止の感覚と、絶望的状況における精神の若やぎ〉という〈人間の存在を、いわば状況意識で捉えるよりも存在意識で捉えるという視点……それは、空間的認識とでもいうべきものである[7]〉と捉え、それが精神の決定的状況に現れる点に注目した。

本稿ではこれまで多くの評者が取り挙げながら、その位相と内実は十分に掘り下げられていない「私」の倫理意識について考えてみたい。この問題を取り挙げるのは次の理由からである。冒頭近くで語り手は〈今でこそ不思議に思う〉こととして、「私」が〈自殺艇と一緒に敵の船にぶつか〉る他に〈どんな道も自分に許されていないように思い込んでいた〉ことをあげ、その〈不思議〉を解こうとするように、特攻死以外に〈許されていない〉という思いを表現を変えて繰り返し語る。特攻出撃発令後には、自爆死することの恐怖に〈堪えさせているもの〉が何であったのかと問い、そして出撃を待ちながら〈審かれていなければならない〉と思う「私」を語る。「私」の背後に髙阪薫氏が「島尾文学と奄美・加計呂麻島――「出孤島記」にみるヤポネシア的発想」（前掲）で指摘する〈帝国海軍の厳然たる任務遂行の義務の重石〉（七八頁）を見取ることができるのだが、Nと逢ったあとに〈私は何びとに対しても何ものにも値しない〉と思い、出撃を前に後追い死の意志を示すNを見て、〈どうすることもできはしない〉と思いながら立ち去る「私」の中には、一様ではない倫理意識の葛藤の劇を読むことができる。その葛藤の劇の結末が〈どうすることもできはしない〉という「私」の無力感である。「私」の倫理意識の葛藤の劇を追うことは「出孤島記」で語られる「私」の内面の劇を読むことである。それは現代の日本人にも関わることだと筆者は考えている。

2　物語の時空と「私」

物語の視点人物は海軍予備学生出身の特攻部隊隊長「私」である。「私」が戦後の或る時点で戦時の体験を回想するという形をとっている。語り手「私」は、多くの場合行為する「私」と一体となりながら、時に行為する「私」に自省の眼や懐疑の眼を向ける。注意されるのは、自省の眼や懐疑の眼が行為する「私」の眼なのか、語り手「私」の眼なのか曖昧になる箇所があることだ。そこに読みのヒントが隠されているように思う。以下「出孤島記」の〈　〉で示した引用部に付した頁は「島尾敏雄全集第6巻」（晶文社）に拠る。

全体の語りの内容は大きく前後半に分けられる。前半は、〈その日〉（二四三頁。八月十三日であることは最後に明かされる）に到るまでの、制海空権を奪われた南島の孤島に駐留する特攻部隊の危機的状況と特攻及び隊員の概要、そして、隊長「私」の追いつめられた内面が語られる。〈我々〉という集団性を明示する自称詞が多用されており、特攻死という絶対的な運命を共有した集団の記録文学としての性格を明示している。後半は、〈その日〉に特攻戦が発令され、八月十四日早朝に即時待機に変更されるまでの、前後二日間の「私」を主人公とした物語が展開する。物語は部下との確執、島の娘Nとの逢引き、特攻出撃発令、特攻艇の暴発、Nとの別れ、即時待機への変更と時間を追って展開し、語り手は刻々と変化する「私」の心の様態を、ある場合には意味づけ、ある場合には意味づけを放棄し、ある場合には懐疑する。読者は語り手が「私」をどのように捉えようとしているのか、その追尋の視点を読むことになる。

冒頭は次の一文から始まる。〈三日ばかり一機も敵の飛行機の爆音を聞かない〉。それは、制海空権を失い、味方からの補給路を断たれ、半年あまり敵機の襲来にさらされている南島の孤島に駐留している部隊にとって、〈無気味なこと〉(二三四頁)なのだ。特攻隊での生活は〈身体ごとぶつかることばかり考えていた〉(二三六頁)〈異常な興奮〉(二三五頁)の時間と、〈毎日を飲食して排泄して暮さねばならない〉(二三四頁)〈普通の神経〉(同)の時間とが交錯する九ヵ月であった。特攻艇は〈敵から「スイサイド・ボート(自殺艇)」と呼ばれた〉(二三五頁)長さ五米、幅約一米のトラック用エンジンを動力にしたベニヤ板製の一人乗りボートで、艇首に〈二百三十瓩〉(二八一頁。公的資料は二百五十瓩—筆者注)の爆薬を積んで敵艦船に体当たりする〈木っ葉舟〉(二三五頁)である。急拵えに掘り抜いた洞窟に格納されて湿気のために劣化が進み、しかも、物資の補充はない。兵器として使用できる限界にきていた。特攻隊員は〈急場の間に合わせ訓練で速成の教育を受けただけの者ばかり〉(二三七頁。以下同)であり、エンジンの構造には通じていない。

末期的な状況に置かれている部隊の隊長である「私」は〈無理な姿勢でせい一ぱい自殺艇の光栄ある乗組員であろうとする義務に忠実であった〉。「私」が〈自殺艇と共に死んで行く〉〈呪縛にかかっていた〉理由には〈私の眼界は昏く〉、〈自殺艇乗組員〉の〈第一号であった〉[8]ことによって〈奇妙な伝説の中に住み込んでい〉(二三八頁)たことが関わるようだ。特攻隊員〈第一号〉にふさわしい隊長像を自らに強いていたことが特攻死への衝迫を生み出していたことが推測される。大学卒業後短期間の軍人教育しか受けていない海軍予備学生出身の「私」は素人指揮官という意識があり、兵から上りつめた軍歴の長い補佐役の特務士官や准士官とは異なった価値観を持っている。彼らとの関係作りに意を払わねばならず、素人指揮官という見方を振り払う演技も必要であっただろう。「私」が部下との間に距離を置くのはそのことに起因している。

原爆による広島、長崎の壊滅の報に「私」は自分の死の意味を自問し、同時に〈楽に死ぬことが出来〉(二四〇頁)ると思う。しかしその思いに〈罪の意識を自覚〉(同)する。〈楽に死ぬこと〉は〈自殺艇の光栄ある乗組員〉(二三七頁)の〈義務〉(同)を冒す〈罪〉として意識されている。しかも「私」はその〈義務〉を〈こんなひよわなぼろボートで子供だましの戦闘をしかけて行く蟷螂の斧の滑稽さ〉(二四〇頁)と思い、〈命令を出す者への疑いを消すことは出来な〉(二四一頁)いのである。〈命令を出す者への疑い〉には日本を壊滅的な状況へ押し流した軍上層部や効果を期待できない〈自殺艇〉で若者を死へ追いやる戦略を案出した海軍上層部への不信感が籠められている。「私」は敵機が撒くビラに思わず〈みにくい避難の姿勢〉(二四二頁)をとる。〈みにくい〉という自己批評は語り手の意味づけである。〈楽に死ぬこと〉に〈罪〉を感ずる倫理意識から語り手が脱却できてはいないことを示している。

3　特攻艇隊員・補充兵

物語の展開に入る前に、「私」が語った特攻艇隊員と補充兵について触れておきたい。艇隊員は一艇隊十二名で四艇隊である。艇隊長は准士官以上（少尉、兵曹長）で第一艇隊長は「私」、第二艇隊長は特務少尉、第三艇隊長は老練の兵曹長、第四艇隊長は海軍予備学生出身の少尉であった。海軍は昭和十九（一九四四）年四月に新型兵器の試作に着手し、八月に「震洋」、「回天」を特攻兵器として正式に採用し。志願による特攻隊員の短期間の教育を始めた。艇隊長以外の艇隊員は飛行機の生産ができなくなったために志願の希望を変更させられた予科練出身者が配属された（木俣滋郎『日本特攻艇戦史』（一九九八年八月光人社）三四頁）。震洋会編『写真集人間兵器震洋特別攻撃隊上巻』（一九九〇年五月国書刊行会）に拠ると隊発足初期には志願によって〈現役の兵科出身下士官、兵から選抜された〉（一八頁）。「その夏の今は」には島尾隊には予科練出身者は二名であったと記されている。

特攻隊員の中には〈狂信的な調子で〉（二四四頁）特攻出撃しながら〈生き残るであろう〉（同）と予言する者も出て来た。特攻隊員は日本の劣勢を盛り返すための犠牲となることを承知の上で志願したであろう。しかし志願時に兵器の詳細を知らされてはいなかった。出撃待機の時間が長いほど、志願した時の動機と特攻死の現実とのギャップに、自らを納得させる困難に遭遇したにちがいない。「私」は、若者たちのあるべき未来を閉じねばならないゆえんが、残酷で〈無意味な犠牲者〉（二四九頁）であることに無念な思いを抱くのである。

補充兵は〈第二国民兵役から補充された三十歳から四十歳以上〉（二四六頁。以下同）の〈総数五十名ばかり〉の〈最も下の階級の兵〉である。〈農業者が一番多く、それに鉱山監督、役場の吏員、巡査、パン製造業者、傘張り、理髪屋、町会議員などの職業〉経歴者であり、〈精神薄弱者も居た〉。〈彼等は殆んど何らの軍隊教育をも受けないで〉配属された。〈規律や訓練を最も嫌った〉（二四七頁。以下同）が〈それに一番ひどくこたえた〉。〈落伍者の出なかったことが不思議な程だ〉が、〈近頃は〉〈新規の兵隊のタイプさえ出来上りつつあった〉。

第二国民兵役からの補充兵とは徴兵検査が丙種合格者であり、身体的に兵役には本来適さない者である。戦争末期に兵員の不足を補う為にいわゆる根こそぎ動員がかけられて召集された（吉田裕『日本軍兵士』（中公新書二〇一七年一二月）八七頁）。安田武は陸軍の内務班について〈内務班という「死の家」のなかで見たものは、猿のごとく猥雑で悪がしこく、残虐なまでに非人間的な人々の群であった〉（『戦争体験』（一九九四年四月朝文社）一六三頁）と書いているが、海軍でも同様の兵舎生活があったことが知られている。だが語り手は〈規律や訓練〉の実際については語らない。

日本の軍隊で実質的に兵を掌握しているのは兵と起居を共にする下士官であり、下士官を掌握しているのは下士官から上がった准士官（兵曹長）である。従って隊長は准士官、下士官を掌握しなければ兵を掌握できない。この構図の中で隊長が兵の〈規律や訓練〉に口を出すことはできないのである。しかし「私」は補充兵が〈新規の兵隊のタイプ〉に変わっていく様を見取っていそれは「私」が階級を超えた人間としての視線で彼らを見ているからだ。予備学生出身の「私」は雑多で多様な職種経歴者集団に社会を生きる〈確実な生活の根〉（二四七頁）を見出していたのである。

一方「私」は准士官以上や下士官との間に人間的な接点を持とうとしない。彼らが長い軍隊生活の中で特異な集団内を生き抜く為の価値観や人間操縦術を習得した人間だからである。彼らは「私」にとって軍隊の機能としてのみ存在しており、「私」の内面にある倫理観や価値観を際立たせる存在として語られる。西尾宣明氏は「島尾敏雄の「戦記」小説研究の基本的問題―『出孤島記』考―」(前掲)で「私」が彼らに〈組織・機構が本質的にもつ一種の人間疎外と嫌悪性〉(三七一頁)を感受していることを指摘している。

4　〈木偶〉であることの自覚

〈その日〉の物語に入ろう。基地内で「私」は常に〈隊長という位置で表立っていなければならない〉(二四六頁。以下同)ず、〈義務や責任〉を〈繰返し考え〉、〈隊員を厳重に入江うちの隊内に閉じ込め〉、〈私も共に閉じ込められていた〉。〈義務と責任〉から離れることができるのは隊の外に出た時である。午後「私」は隊を出て浜辺に出て仰のいた。基地を出ると〈身体の中に飼っている鳩が自由なはばたきをあげて飛立つ思いをし〉(二四八頁。以下同)、〈軽々と自分自身になって、何の才能も技能もないままの姿を浜辺に伏せることが出来た〉。近くには年配の番兵がいる。〈私の姿勢は自由であり、番兵の姿勢は不自由であ〉ることを意識しながら、〈彼から悪意を感じとることが出来ない程、自分の崩したその姿勢に自然をくみ取っていた〉。番兵の〈不自由〉を思いながら、〈悪意〉を感じないのは、「私」が本来の自分自身に戻り、補充兵に親和を感じているからであり、それほどに「私」の鬱屈は深く、〈神経衰弱に陥っていた〉(二四九頁)。絶望的な戦況、使用可能限度にある兵器、隊員の日常生活への顧慮、敵機来襲の緊張と弛緩、そして突撃死の恐怖。出撃命令をのみ待つ日々の重なりが「私」の精神を病的にまで過敏にしていた。

司令部から即時待機配備を命じられてから、「私」は隊員を〈隊内に閉じ込め〉ていた規則を自らは破り、真夜中にNの所へ行くようになった。隊は〈非難〉（二五四頁。以下同）と〈許容〉に〈色分け〉され、「私」は准士官以上への〈嫌悪〉（二五三頁。以下同）から〈依怙地になって〉深夜に隊を抜け出て行った。危機意識の高まりが本然的な生の欲求、自由の希求を強め、自由を抑圧するものへの〈嫌悪〉が噴出したのであろう。しかし、敵機の来襲頻度が高まるにつれ、深夜の彷徨はできなくなっていた。その「私」が久しぶりにNのもとへ足を向けたのである。

明るい陽射しの中で岬の道を行きながら、深夜に逢いに来るNの難儀を思う「私」を語りながら、語り手はNの所へ行く理由を語る。

私は今戦闘員なのだ。それは何というちぐはぐな感じだろう。……。私の意志は失われ、私の手は汚れてしまい、傾斜をどんどんかけ下りていた。……私は私だけではなく恐ろしいことに私の命令で四十八人もの自殺艇を引きつれて、あの世の果ての氷ついた海原の断崖に飛び込む運命にあった。……

然し、浜辺の石ころを飛び伝いして歩いて行く私は、何も考えていない。

私は土偶に過ぎない。

ただ、曇天の日の底光りのように、背後で脅かされているつかのまの自由のはばたきに誘わ

れている私に、千鳥の囀りは、まだ生きていることを喜んで呉れるように聞えた。（二五五～二五六頁）

〈四十八人もの自殺艇を引きつれて〉〈無意味な犠牲者〉になるために、〈木偶〉であることを強いられた「私」は、〈意志は失われ、手は汚れてしま〉った苦衷から逃れるために、〈つかのまの自由〉を求めてNの所へ行く。Nは〈曇天の日の底光りのように〉〈まだ生きていること〉の喜びを感じさせてくれるのである。しかし〈自由〉の享受は、自ら定めた規範を自ら犯すことへの罪意識を潜めている。〈自由〉を求めれば求めるほど罪意識も深まっていく。〈木偶〉であることの自覚は、一方で本来の自己の希求へ向かわせてNとの恋へ走らせ、他方では〈木偶〉であることへの嫌悪へと向かわせ、准士官以上との間に軋轢を生じていくのである。

予備学生出身である「私」は内的自由の価値を身につけている。特攻隊隊長として〈木偶〉であらねばならないことを認識しつつ、〈木偶〉であることの非人間性も認識している。「私」が准士官以上に距離を置くのは、彼らが〈木偶〉であることに疑問を抱いていないとみているからだ。丸山真男氏が「超国家主義の論理と心理」において「圧迫の移譲」原理[9]と呼んだ軍の上意下達の命令系統に忠実であることに、「私」が〈私の意志は失われ、私の手は汚れてしまい〉（二五六頁）と自己の主体性の喪失を嘆ずるのに対して、彼らはそれを保身、進級の方法と考えて身を挺していると「私」はみている。だから彼らは特攻死を「私」のように〈無意味な犠牲者〉とは考えず、〈尊い犠牲[10]〉と考えると「私」はみなすのである。

5　Nの〈善意〉と「私」の罪意識

海岸は干潮である。海辺では沢山の島民が貝拾いをしている。「私」は思わず〈気をゆるめちゃいけない。危い。引込んで居れ〉（二五九頁）と思ったが、その指示を〈ものの用に立たない〉（同）と思い返す。語り手は「私」が機密を理由に古くから使用してきた道を通行禁止にした結果、島民の生活に大きな障害が生じたことも語っていた。〈何の権利があって近づいて行こうとするのか〉（二六〇頁。以下同）と自問する「私」は島民に負い目を抱いている。

Nの家に入った「私」は深夜〈苦しい程に官能をかきたてられた〉〈樹木のにおい〉をかぐ。「私」は〈Nは真昼でも、深夜と同じように私を待っているに違いない。Nにとっての生活は、ただ待っていることだけだ〉と思っている。

私もめくらになってしまった。みなしごのNに、此の世の中でたったひとりの孫娘をたよりに生きている年老いた祖父だけを谷の奥の疎開小屋に移させ、Nには部落の中の家に寝起きさせるようにしたのは、私ではなかったか。……。Nがひとりだけ部落うちの家に夜も昼も止っていることは、どんなに不自然に見えたことだろう。

そのことをNは少しも気づいてはいない。（二六〇〜二六一頁）

Nは「私」が特攻隊員であることを〈うすうす察し〉（二六三頁）ている。疎開小屋に〈祖父〉[11]を移したのはNが今の時間にのみ生きることを決心したからだ。語り手はNがどのような生活をしているかは語らず、島の自然の中で生きていることを語る。〈浜木綿の茎の首をにぎって花々のにおいを顔一面にふりかけ〉（二六二頁。以下同）、〈他の島人と同じように、はだしでいることが自然〉な娘なのである。近代的、理知的な思考の枠の外で、島の自然の摂理に沿って生きている。一方〈島人たちがはだしで歩く浜辺や部落の小路や庭の中を〉〈軍靴をはいてそっと歩く〉「私」は自意識に縛られ、理知的な思考の枠から出ることができない。「私」がNに惹かれるのは、Nが人間本来の自然な情緒や感情に従って生きているからだろう。しかも「私」が感じている〈つかのまの自由〉、〈生きていること〉の実感はNの実感でもある。二人の間に生じた恋愛感情とは、生死の境におかれた「私」にとって、理知的な思考の枠から脱け出ることで得られた〈自由〉な心が見出したものであり、Nにとっては南島の自然の中で育まれた本性的な思慕感情の表出なのだと言えよう。

「私」はNの思いがけない姿を見出す。〈スリップ一枚の恰好で〉（二六三頁）〈野育ちの猫が人家の食料をあさっているように〉（二六四頁）〈しきりに何かを食べて〉（二六三頁）おり、〈何も考えていないように見える〉（同）。切迫した時間意識の中にある「私」とは別の世界を生きるNを「私」は見た。〈ただ待っている〉だけではない姿をNは見せていく。「私」を見たNは〈ぱっと身体を翻し、中の屋の方に逃げ込ん〉（二六四頁。以下同）だ。〈猫が人の気配に驚いて逃げて行く時とどんなに似ていたことか〉。〈「すぐ隊に帰らなければならないんだ」〉と声をかけると、

〈「いやですわ」〉という〈間のびした声が送られて来た〉。

「大急ぎで帰らなければいけない用事があるのだ」

Nは縁先にとび出して来た。みけんに皺をこしらえていた。その皺は私を脅した。それは平凡な日常の生活を始めたなら、Nはきっとその皺を発作の度毎につくり出すに相違ない。その皺に私は果てのない退屈の魔の姿をちらと垣間見たと思った。（二六四〜二六五頁）

Nは〈野良育ちの猫〉ではなく、恋い慕う相手に素の姿を見られることへの強い羞恥を抱く女性である。しかし「私」は羞恥に駆られるNを慮ることができない。〈みけんの皺〉[12]（二六五頁。以下同）は率直な不満の感情表現である。そうしても許されるとNは思っている。しかし「私」は〈果てのない退屈の魔の姿〉を見る。「私」の傲慢さは出て来たNを次のように見ることで一層浮き彫りになる。〈柄が大きな明るい那覇風の〉〈着物をぎこちなく着て、よせばよいのに帯をしめてきた〉姿は〈Nの身体つきと容貌とにちっとも調和しない〉。〈白粉も紅も肌にのらず、不調和に濃過ぎ〉、〈Nをすっかり台なしにしてしまった〉。「私」は〈妖しげな気配をただよわせていた〉〈夜中のN〉を求めている。語り手は献身的に尽くすNの恋情の強さを慮ることができない「私」を見据えている。

このあと、語り手は逢瀬について語らず、「私」が帰途についた時〈潮は刻々と満ちつつあ〉り、満潮の海が〈生ぐさいエネルギーに満ちていた〉ことを語る。部落に来た時は〈入江は最低潮時で〉（二五九頁）あった。かなりの時間が経過している。Nの顔を見た時の〈隊に走り帰りたい気持〉（二六四頁）を忘れさせた時間であった。海の潮がNとの官能的な時間を暗示していることは言うまでもない。

部落を遠ざかると私の胸の中には、Nの私への善意だけが、その他の一切の道化を押しやって強く残った。その善意の悲しみのようなものが、潮のふくれ上りと共に私を圧迫した。恐らく私は何びとに対しても何ものにも値しない。而もこのように振舞っていることは空恐ろしいことだ。

……。

そして又殆んど私ひとりが気儘に隊の外へ出歩いていることと共に、私は何かに罰せられている思いにうちひしがれる。（二六五～二六六頁）

「私」の内面は来た時から大きく変化している。「私」に向けられるNの〈善意〉は無償の献身である。報われることを思わず、〈祖父〉を疎開小屋に移すことも厭わない程に〈めくら〉になって「私」に献身する。その心に潜む〈悲しみのようなもの〉を感受して〈圧迫〉されるのである。Nを〈ただ待っている〉存在と思い、〈善意〉に潜む〈悲しみ〉を慮ることができず、〈野育ちの猫〉の〈退屈の魔〉と〈不調和〉な〈道化〉の姿としか見なかった自分の傲慢さを省みている。部落に来た「私」は島民に負い目を抱きながら、Nには傲慢な思いから脱することはできなかった。その「私」は今特権を享受することの罪意識を強く感じている。〈何びとに対しても何ものにも値しない〉と思い、さらに〈何かに罰せられている〉と思うのは、輻輳する罪意識ゆえであろう。〈無意味な犠牲者〉である特攻死を逃れられない運命として受け入れようとしていくのは、このことに深く関わっている。髙阪薫氏は「島尾文学と奄美・加計呂麻島――「出孤島記」にみるヤポネシア的発想」（前掲）で〈善意の悲しみ〉に〈善意を深化させる普遍的なヒューマニズムの認識〉（七八頁）を見取り、ここに〈国家権力に対しての庶民的なヒューマニズムの「善意」を媒介とする人々の繋がり〉（七九頁）を見出そうとする島尾の他者認識のあり方を見ている。その読みに教えられつつ、本稿では罪意識との関わりを読んでみたい。

6　対立する倫理意識

帰隊した「私」は何事もなかったことを知り、今の生に〈豊穣な生活〉（二六六頁。以下同）を思い、自然の変化が鮮やかに映じてくる。「私」は天空の色彩や形態の変化を見ることが〈かけ換えのない楽しいこと〉に思われ、小石が海に入る音に耳を傾けながら自然が語りかける声を聴きとろうとする。この時「私」は千変万化する自然の一存在として自分を感じている。だがこの後、人間事の〈不吉な〉局面が展開していく。

束の間の安息は司令部からの電信によって破られる。〈水上特攻隊は即時待機に万全を期すべし〉（二六七頁。以下同）との信令である。〈遂に犠牲にならなければならぬこと〉への〈うらみがましい気味合で〉〈私は、「よし」と〉〈自分に言いきかせた〉。そして語り手は〈何故そんな気持になっていたかは分らない〉（二六八頁。以下同）と断ってから重要な問題を提示する。

〈一部分の艇隊のみの出動を言って来た場合に、私はどんな処置をとろうか〉と思う。しかも「私」は〈最初のあわてた出動の犠牲の後、事態は急転して、残った諸隊は出動を見ることなく生き延びることが出来るような感じ〉を消せない。次の場面でこの予測は現実化し、「私」は迷った末に処置を下す。ところが本部の命令は変更され、「私」の決断は無に帰すのである。その時〈私は験されている〉（二七三頁）という思いを抱く。こうした展開を考えると、ここで〈何故そんな気持になっていたかは分らない〉と語る語り手には、実は或る意図が隠されているとみなし得る。〈そんな気持〉とは次のことである。

私は先任将校であるV特務少尉の第二艇隊を先に出してしまおうかという考えに捉われた。彼は私を軽蔑し、私は又彼がけむたい存在に思えた。このような場合、純粋な戦略理由からでなしに決定しうる命令権が私の胸中にゆだねられていることに私は気分が参っていた。いやなからくりだと思った。而もみすみす私がその犠牲者になることには恐怖があった。V特務少尉を先に出してしまうやり方が、或る快感を伴って誘惑して来る。（二六八頁）

以前、〈純粋な戦略理由〉であれば、司令官は海兵出身隊長の隊より予備学生出身隊長の自分の隊を先に出陣させる、と考えたように、隊長は残り、副隊長格のV特務少尉を最初に出撃させるのが妥当な処置である。その処置は、生への願望とV特務少尉への怨念晴らしが二つともに成就する〈快感〉を誘う。そこに迷いが加わるのは、その選択にエゴイズムの罪を感ずるからである。この問題について吉本隆明氏は「島尾敏雄の世界——戦争小説論」(前掲注2)において〈人間は中間に緩衝地帯がないところで、〈他者〉を自分より先に〈死〉へ追いやるだけの強さを本質的にもちうるだろうか?〉(『島尾敏雄』六四頁)と問いかけ、生命の尊重という理念は、〈この問いにこたえることではじめて真実性をもつ〉(同前)と述べている。吉本氏の問いかけの重さをうべないつつ、筆者は別の側面から「私」が問われていることを考えてみたい、

隊長室に戻った「私」は〈我身のつたなさ〉(二六九頁)を思い、鏡に映る自分の顔が〈堅い思いつめたとがった様子で沈んでい〉(同)るのを見る。〈快感〉に〈誘惑〉されている自分であろう。司令官からの電信を復唱する当直兵の声を聞き、〈とうとうその時が来た〉(二六九頁)ことを知る。頭の中は空白になり、生きていた時間の印である鏡も机も意味を失う。伝令が持ってきた電信には〈特攻戦を発動する旨〉(二七〇頁)と、〈一艇隊のみ出動する〉(同)ことが命令されていた。〈私の奇妙な予感が適中した〉(二七一頁。以下同)のである。その時〈私の眼の前を、蒼褪めた馬がのろのろと歩いて通り過ぎた〉。〈蒼褪めた馬〉はS・ロープシン『蒼ざめた馬』[13]から来ていよう。「蒼ざめた馬」は死を意味し、それに乗ることは死を与える者となるということである。「私」の心中で死を与える者となることへの葛藤が生じている。

「私」は准士官以上がいる士官室に行く。〈おろおろし始めるかも分らないきっかけを押えつけていた〉「私」に、〈ソーイン、シューゴー〉という伝声管の声が〈へんにうら悲しく入江うち

の浦々に反響する〉のを聞く。その〈うら悲し〉い反響は「私」にある作用をしたように語られている。「私」は准士官以上の〈緊張し過ぎて泣き出しそうな或いは妙にうすら笑いを浮べた表情〉を見る余裕を取り戻し、処置を決める。

私は三人の艇隊長の顔を見た。〈誰を最初の犠牲者にしてやろう〉

「所で命令は一個艇隊の出動なので、私が先陣をつとめましょう」

私は遂にさいころを振ってしまった。私は先任将校であるV特務少尉の強い視線を殊更に感じながら、私の性格の弱さを認めた。どうせ私の手の汚れついでだ。そんな気分が濃厚に湧いて来るのを感じていた。私はその時に六人の者との間に、深い断層のあることをはっきり知った。私は彼らを憎んでいることも認めねばならない。恐らくは、彼らも私がそういう処置をとる傾斜をすべっていることに憎悪を感じているに違いないと思えた。（二七一～二七二頁）

Nとの逢瀬の後、「私」が〈何ものにも値しない〉と思い、〈何かに罰せられている思いにうちひしがれた〉ことを考えれば、自分が生き残る道を選択することはないと予測できる。その「私」が、部下を〈誰を最初の犠牲者にしてやろう〉と偽悪家めいた思いを抱くのは、自死を選択することの重さから逃れようとしているからだろう。〈手の汚れついでだ〉と言う。この言葉は〈私の意志は失われ、私の手は汚れてしまい〉と〈木偶〉である自覚を語る所で出て来たが、その場合とは異なる意味合いで使われている。先に見たように、V特務少尉を指名するのが軍の価値判断に適った処置である。それに反した判断をしたことを〈手のよごれ〉と言っている。〈ついで〉とは深夜に隊を抜け出す行為を意識した言葉である。この「私」は〈木偶〉であることを拒否している。軍隊の思考経路を利用して私怨を晴らすことへの罪意識を糊塗する強さを持ち得ないことが〈私の性格の弱さ〉なのである。軍の価値判断を身につけて生きてきた准士官以上が〈憎悪を感じているに違いない〉と思う「私」は、最も重要な判断の場面において、軍の価値判断から逸脱することで〈深い断層〉を看取したのである。

「私」の孤立は丸山真男氏が「超国家主義の論理と心理」(前掲注9)で指摘した国家総動員体制下における〈内面的な倫理〉の「無力」を意味している。丸山氏は倫理意識が究極的実体〈天皇〉と結びつく時、〈純粋な内面的な倫理は絶えず「無力」を宣告され、しかも無力なるが故に無価値とされる〉(岩波文庫二二頁)と指摘する。そうした体制下では内面的な自我と結びついた倫理意識は働きようがないので、軍隊において究極的実体(天皇)と結びついた倫理意識が極端な形をとって、絶対服従の命令関係が支配するようになり、場合によると残虐行為にも走って行くことを指摘している。丸山氏の考えに従えば、「私」と准士官以上との間の〈深い断層〉とは、内的自我意識に結びつく倫理観と、究極的実体に結びつく倫理観との対立として理解することができ、また、「私」の罪意識の位相は、内的自我意識に結びつく倫理観に由来するものとみることができる。

7 〈私は験されている〉

伝令が二通目の電信を届けに来て新しい局面に入る。突撃方法が一個艇隊から全艇隊出動に訂正[14]された。


私はなぜかほっとした。

「ああ、全艇隊の出動だ。もう問題はないよ。みんな一緒に出て行くんだ」

私は験されていることを深く感じた。

験されてばかりいる。然しそれももう終わることだろう。さあ、私は死装束をつけなければならない。（二七二〜二七三頁）

〈験されている〉という言葉は旧約聖書「創世記[15]」に拠っていると思われる。〈ほっとした〉理由は幾つか考えられる。自分が一番隊として出撃すると言ったあと、道連れにする十二名の艇隊員に〈罪の意識〉（二七一頁）を感じていた。命令者の変更はその罪から逃れさせる。あるいはV特務少尉を指名していたら私情が介在した疑念がくすぶり続け、また命を惜しんだと見られ、特攻隊員第一号の〈伝説〉は壊れるだろう。部下との〈深い断層〉を覆うことも可能かもしれない。しかし語り手は〈なぜか〉と言ってその理由を詮索していない。重要なことは、意識下に潜在するものを顕在化させる体験を〈験されている〉という言葉で暗示的に語ることなのだ。

現実となった突撃死を前にした「私」はNだけが〈この身のいとおしさ〉（二七三頁。以下同）

を分かつ存在であると思う。〈今の私はNが髪振り乱して狂乱している姿をしか想像出来〉ず、〈兵火の犠牲になって命を落すこと〉を思い、一方で〈後の世の中との唯一の架橋〉として〈しぶとく生きていて呉れること〉を願う。E・フロムは「愛」の成立を〈二人の人間がそれぞれの存在の本質において自分自身を経験し、自分自身から逃避するのではなく、自分自身と一体化することによって、相手と一体化する[16]〉ところに見ている。「私」とNとの間にフロムが言う愛が成立していることを疑うことはできない。そして、今「私」はさらに進んで、C・S・ルイスが〈「最愛の者」と不幸を分ち合うことを心から願い、別れて幸福になることを望ま〉ず、〈彼女なしで幸福であるよりは彼女と共に惨めであるほうがよい[17]〉と言う「エロース的愛」を求めていると言えるだろう。

外に出た「私」に月が〈人間事のせせこましさ〉を映し出す。〈沢山の拘束の環のがんじがらめ〉（二七四頁。以下同）に縛られながら、〈自由〉を求めたNとの恋を見返していく。月は〈小さきざみにふるえて見え〉〈Nの身体のふるえの経験を呼びさました〉。「私」は〈Nに関してはつゆほどの後悔も感じてはいない〉と思い、Nからの手紙を入れた〈胸のポケットのふくらみを押えてみた〉。Nとの時間は、E・フロムが言う〈存在の本質において自分自身を経験〉する唯一の場であった。Nの手紙は「私」の内的〈自由〉を証するものである。その意味で「私」は〈無意味な犠牲者〉となって死に赴くのではなく、Nとの愛、自らの内的〈自由〉に殉じていくことになる。ここに戦中の青年層を捉えた〈自由〉のために殉じることを自得し賛美する保田與重郎の精神に近いものを見ることもできるだろう。

「私」は〈誰もが一見無心に〉（二七八頁。以下同）出撃準備をしている隊員を見回りながら、〈よたよたと木っ葉〉で〈暗い突撃の場〉に〈素面〉で出かけねばならない〈残酷〉さを思う。その「私」の耳に第四艇隊の洞窟から爆発音が聞こえ、事態の急変が告げられる。「私」は身を伏せながら、最悪の状況が出現したと思い、〈何をしなければならないか。私は験されている〉と思う。しかし〈験されている〉のは意識的行為ではなく、無意識下の思考であった。

〈私は或る打算をしていた〉（二八〇頁。以下同）。〈普通の時であれば、私の負わされる責任は甚だ厄介なのだ〉が、突撃前の今は〈此の事故は湮滅させてしまうことが出来る〉と〈その時そういう安心をしていた〉。語り手は〈此の打算は一体何だろう〉と問う。「私」の中で軍隊の価値感覚が無意識に働いていた。「私」は思考の根に軍隊的な思考法が根付いていることを〈験されてい〉たのである。このあと〈私の血は沸き立って来〉て、〈一刻も早く苛烈な戦闘場裡にはいって行って運命をためして見たい気になって〉ゆく。〈私の容貌にも刻薄な凄味を加えて来ただろうと思えた〉と語る語り手は、軍人的な思考判断を色濃くしていく「私」を見据えている。二回使われた〈験されている〉という言葉に、「私」の行為の奥に潜む潜在意識を露わにするという語り手の意図を読みとれよう。実はこの後の展開で、語り手は思考や感受性を硬直化させ、〈験されている〉ことに気づかなくなっている「私」が実は〈験されている〉ことを語っていく。

事故は艇首の爆薬の信管が爆発しながら炸薬に火が及ばなかったのである。〈奇蹟にちかいこと〉（二八一頁）であった。「私」は〈不思議に此の世への執着を喪失し〉（二八二頁。以下同）た。そして〈即時待機の精神状態を持続すること〉の〈苦痛〉を味わいながら、〈精神や肉体を麻痺させるもの〉を〈何も享有〉せずに〈死への首途〉に〈堪えさせているものはあの二階級特進という名誉のようなものだったろうか〉と問う。この問いは行為する「私」ではなく、語り手の現在の問いである。第1節で触れたように、筆者はこの問いを探るために「私」を追ってきた。ここまで来て、語り手が〈堪えさせているもの〉を名誉とは逆の思いを抱かせるものとみなしていることは明らかである。

事故の責任をめぐって自己保身に走る下士官と艇隊長の姿は私自身を省みさせる。部下を眠らせ司令部からの電話を待つ「私」には、特攻戦発令後の自分が〈不細工な出来栄〉（二八四頁）の〈くだらぬもの〉（同）に思われてくる。時が移り〈朝の領分に近づ〉（二八五頁。以下同）くと、〈私の心に少し罅がはいって〉、〈特攻戦発動の命令が空手形になりそうだという予感が生じ始めた〉。事故直後にNが近くに来ていることを知らされていた「私」は、その処理へと気持ちを向ける。

8 〈腫瘍〉の結末

Nへの連絡は准士官の分隊士が計らったのであった。

腫瘍の原因は私が隣りの部落に女をこしらえていたということ。それが破れて膿が流れている。……。私を非難している眼。私に同情している眼。そして私のそういうことに気づいていいない眼。私は審かれていなければならない。……。私はいつもの状態から、引きちぎられて南海の果てで身を引きさかれたかった。正当付けも哀悼も必要ではない。

然しNの壺の中での悲しみを放棄する決心はつかなかった。（ばかやろ、何ということだ）それは誰に向っての憤懣であるか私自身にも分らない。（二八六〜二八七頁）

〈腫瘍〉や〈女をこしらえていた〉[18]という卑俗な言葉は「私」の罪意識に関わっている。先に見たように「私」の心底には二層の倫理意識が潜んでいる。丸山真男氏が言う究極的実体（天皇）と結びついた倫理意識と純粋な内的自我意識に結びつく倫理意識とである。前者は時の社会的あるいは文化的規範に服することを求め、外的秩序から逸脱することを罪とし、後者は自己及び他者の内面に寄り添うことを求め、内的秩序に背くことを罪とする。〈南海の果てで身を引きされたかった〉と思う「私」を支配している倫理意識は前者である。〈審かれていなければならない〉と語る語り手は、前者の暴力的な力を見据えている。Nとの逢引きのあとには、二つの倫理意識から生ずる罪意識は重なり合って「私」を〈何かに罰せられている思いにうちひしが〉らせた。しかし今、「私」は二つの倫理意識が対立する場に立たされている。〈Nの壺の中での悲しみを放棄する決心はつかなかった〉のは後者が強く働いているからである。そして、〈ばかやろ、何ということだ〉という内心の声は前者から発せられている。「私」はこの二層の倫理意識の葛藤の中でNに逢いに行く。

前節で触れた明示されていない三つめの〈験されている〉に触れておく。もしNからの手紙が届けられなかったら、「私」は〈腫瘍〉を意識にのぼらせることなく即時待機を続けただろう。Nとのことに〈後悔〉はないという思いが持続することになる。Nの手紙はその自得した「私」の思いに揺らぎをかける働きをしている。そうであれば、「私」はここで二層の倫理意識のどちらに動かされるのかが〈験されている〉とみることができる。

私は〈配置を離れることの不安〉（二八七頁）と〈行先には女が待っている〉（同）ことへの罪意識を抱きながらNの所へ行く。〈私の心は冷く其処にはなかった〉（二八八頁。以下同）。Nは〈飛行服姿の下肢の方を殆んど放心したのろまさで〉さわり、〈私の靴に彼女の頬をすりつけよう[19]とし、〈此の世の中には亡くなってしまったものを追慕している調子〉が表われていた。


私はNが戦闘には用のなくなった私の短剣を白い風呂敷包にして持っていることに気がついていた。

Nはまたへなへなと砂の上に坐り込み、私の方にすがりつく視線をよこした。

Nはそこで石になってしまうのではないか。

瞼が涙でふくれ上っている。

私はくるりと背を向けると、小走りで、隊内の方に引返した。

（私はどうすることも出来はしない）

訳が分らず悲しかった
自分の頬にうっすら百合の花の香が残っていることも、何としたことだろう。（二八九頁）

Nの姿は〈善意の悲しみのようなもの〉が実体として現れている。〈短剣〉は運命を共にするという意志表示である。〈すがりつくような視線〉はその意志に対する「私」の真情を聴くこと求めている。そのことを知りながら「私」は〈演習をしているんだよ。心配することはない〉と〈気やすめの嘘〉を繰り返し、真情を明かさずに去って行く。Nとのことに〈後悔〉はないと思った時、「私」はNの狂乱する姿を思い、死んでほしいとも、生きてほしいとも思った。あと追い死する覚悟のNを前にして、どちらかを選ぶ場に立たされたのである。〈私はどうすることも出来はしない〉という内心の声は、あと追い死することを望む心が「私」にあることを示している。言葉で言えなかったのは、道連れにする部下に罪の意識を抱いたように、Nを死へ追いやることへの罪意識があるからだ。この罪意識は内面的な自我意識と結びつく倫理意識からくるものである。しかし、この罪意識は純粋に主我的、内面的なものであるゆえに、そこに価値を認めない場においては、もう一層の究極的実体に結びつく倫理意識によって覆い隠される。覆い隠すことによって二人の死は〈尊い犠牲〉としての意味を「私」に与えるのである。〈どうすることも出来はしない〉という内心の声は、その偽装された内面の仕組への「私」の痛みから発せられている。その声は共に破滅することを志向する、ルイスの言う「エロース的愛」の形を借りながら、内実は女の無償の愛に身を委ねる男のエゴイズムを顕現してもいる。

八月十四日、〈フィルムが断ち切れて逆に回転するような錯覚の中で〉（二八九頁）「私」は夜明けを迎える。〈身体のすみずみが解けて伸びやかになり〉（二九〇頁。以下同）、〈しびれるほどころで結ばれる。

の安堵の中に浸っていることを感じてい〉く。肉体が感覚と一体となって生命そのものを感受していくのだが、物語は、昨日と同じことを繰り返さねばならないことに、「私」が〈此の虚脱したような空虚な感じは何としたものであろう〉と思い、起床を告げるラッパと伝令の声が響くところで結ばれる。

〈験されている〉「私」を通して〈無意味な犠牲者〉以外の道は〈許されていない〉と思わせたもの、特攻死の恐怖に〈堪えさせているもの〉を追ってきた。部下との確執、Nとの逢引き、特攻戦発令、艇の暴発、Nとの別れという事件の間で揺れ動く海軍予備学生出身隊長の内面を支配する罪意識、自己処罰意識の内実を探りながら、「私」の中にある二層の倫理意識の内面の劇に行き着いた。一つは純粋に主体的な内的自我と結ばれた倫理意識であり、もう一つは社会や文化を統合する究極的実体（天皇）と結ばれた倫理意識である。ある場合には単独に、ある場合には重なり合い、そしてある場合には対立して「私」の内面を規制した。両者が対立する場合には前者は後者によって無効化、無力化されるのである。Nとの別れの場面での〈（私はどうすることも出来はしない）〉という内心の声はそのことを意味している。「出孤島記」を書いた時点で島尾が自らの倫理意識の内実について深く考察し、その関係について上記のように認識していたか否かは定かではない。しかし島尾の優れて鋭敏な感受は、自身の中にある対立する倫理意識の葛藤の劇には気づいていた。そしてその劇を見事に小説として描き出した。ここには自らと五十名近くの部下に〈無意味な犠牲者〉になる命令を出さねばなかった〈臆病な〉青年の真摯な生の在りようが、語り手の強い表出意識によって語り尽くされている。その意味で戦後の戦争小説の極点の一つと位置づけられる。

戦後価値観の転換が言われながら、後者の倫理意識は根強く日本人の精神構造に食い込んでいた。現在も随所で顔を出している。島尾敏雄が八月十五日以降の生への歩みを「出孤島記」から十二年後に「出発は遂に訪れず」において素材化したのも、このことに関係している。結びで語られる〈虚脱したような空虚な感じ〉は、八月十四日の「私」の思いというよりも、「出孤島記」執筆時の作者の思いとみた方がよい。島尾の内面で二層の倫理意識は戦後も長く葛藤を続けていたのである。

注

（1）佐藤泉「島尾敏雄・元特攻隊長の戦争小説」：『前夜』（二〇〇五年秋期）六〇頁。

（2）「島尾敏雄の世界——戦争小説論」：『群像』一九六八年二月号。『詩的乾坤』（一九七四年九月国文社）に収録。〈戦争〉と改題して『吉本隆明全著作集9作家論Ⅲ島尾敏雄』（一九七五年一二月勁草書房）及び『島尾敏雄』（一九九〇年一一月筑摩書房）に収録。引用は『島尾敏雄』六〇頁。

（3）前掲書（注2）『島尾敏雄』六五頁。

（4）『島尾敏雄の原質』は『島尾敏雄論』（一九七七年一〇月泰流社）に第一部として再録されている。

（5）「島尾敏雄論——煉獄の文学——」：『審美』6号一九六七年五月号。『遡行と予見』（一九七〇年九月審美社）一三一頁。

（6）前掲書（注5）『遡行と予見』八四頁。

（7）前掲書（注5）『遡行と予見』八九頁。

（8）〈第一号〉とは島尾敏雄が第一期魚雷艇学生の訓練終了時に志願した、最初の特殊艇特攻要員の一人として震洋艇に配属されたことを背景にしている。木俣滋郎『日本特攻艇戦史』（一九九八年八月光人社）に拠ると、最初に編成された十九震洋隊のうち部隊隊長に任命されたのは海軍兵学校出身者と大学繰上げ卒業者である第一期魚雷艇学生出身者とが半々であった。震洋隊は全一一三部隊設置され、三分の二の指揮官が海軍兵学校出身者で占められ、その補充として海軍予備学生出身者が充てられた。第十八震洋隊には海兵出身の隊長が入る予定だったが急遽第一艇隊長であった島尾少尉が任命され、一八三名（前掲『写真集人間兵器震洋特別攻撃隊下巻』部隊史では一八六名）の隊員と共に昭和十九（一九四四）年十一月末奄美大島加計呂麻島に進駐した。

（9）〈自由なる主体的意識が存せず各人が行動の制約を自らの良心のうちに持たずして、より上級の者（従って究極的価値に近いもの）の存在によって規定されていることからして、独裁観念にかわって抑圧の移譲による精神的均衡の保持とでもいうべき現象が発生する。上からの圧迫感を下への恣意の発揮によって順次に移譲して行く事によって全体のバランスが維持されている大系である。〉（傍点原文）『世界』一九四六年五月号。岩波文庫『超国家主義の論理と心理』（二〇一五年二月）三二二頁。

（10）高橋哲哉『国家と犠牲』（二〇〇五年八月日本放送協会出版部）の用語に拠る。

（11）「その夏の今は」では素材の事実通りに〈老父・父〉に変更されている。ここで〈祖父〉にしているのは、Nの〈めくら〉の深さを強めるためであろう。

（12）〈みけんの皺〉〈退屈の魔の姿〉は多くの評者が執筆時の作者の生活の反映や五年後の死の棘体験の予兆を云々する個処である。しかし語り手と作者を同一視して物語の展開と関係のない読みに傾くことは避けるべきだろう。大切なことは物語外の事柄ではなく、Nの眉間の〈皺〉に〈退屈の魔の姿〉を見た「私」を語ることがどういう意味を持つかということである。

（13）「長崎のロシア人」（『ロシア文学全集第31巻』（一九五九年五月修道社）月報）によると、島尾は長崎高商時代に盛んにロシア文学を読み、ロシアの革命家でもあったロープシンも読んでおり、又「東洋史の入口で」（『忘れ得ぬ書物』（一九五九年九月明治図書））では忘れ得ぬ書物の一冊に『青冷めた馬』をなぞらえたことがあったと記している。『蒼ざめた馬』の「五月八日」に「ヨハネ黙示録」第8章6節が引用されて、テロリストの主人公が人を殺すことの罪を自問する場面がある。

（14）一個艇隊から全艇隊出動への変更は実際にあった。前掲『写真集人間兵器震洋特別攻撃隊下巻』の部隊史「第一八震洋隊島尾部隊」（元整備隊長金子春一執筆）に〈八月十三日夕刻、大島防備隊司令官から「特攻戦発動の信令」を受けた。それは一艇隊出動から後に全艇出動に変わった〉と記されている。

（15）『旧約聖書』「創世記」第22章1節〈神はアブラハムを試された〉（日本聖書協会編『新共同訳聖書』）以降のアブラハムが神の命により息子イサクを捧げる場面をヒントにしていると思われる。アブラハムがやっと授かった愛し子を神の命に従って生け贄として捧げようとしたことで神への信仰を証ししたように、「私」も自らを〈犠牲〉として捧げる決断をしたことで自己の内面性を証しした、と読むことができる。また「妻への祈り・補遺」（『婦人公論』一九五八年九月臨時増刊号、原題「蘇えった妻の魂」。『非超現実主義的な超現実主義の覚え書』（一九六二年六月未来社）に収録の際に改題）での妻が〈神のこころみ〉だったという言葉にもつながっていよう。

（16）エーリッヒ・フロム／鈴木晶訳『愛するということ』（一九九一年三月紀伊國屋書店）一五四頁。

（17）C・S・ルイス宗教著作集2・佐柳文男訳『四つの愛』（二〇一一年五月新教出版社）P一四九頁。

（18）〈女をこしらえていた〉ことの問題は、他の作品でも素材化されている。「夜の匂い」（『群像』一九五二年四月号）では、部落の娘と関係を持った兵曹が先任将校から棍棒で殴打されるのを、主人公の隊長が見ていたことが挿話として入っている。同じ素材は「廃址」（『人間専科』一九六〇年一月号）でも扱われているが、両者の意味づけは異なっている。また「朝影」（『現在』2号一九五二年八月）では女の家から朝方帰隊する隊長が女との通信役をしている主計兵と出会う。彼も島の娘の所から帰るのであった。その前後の経緯が素材になっている。

(19) 〈私の靴に彼女の頬をすりつけよう〉とするNの行為は、のちの二作品で類似した行為と同様の行為として素材化されている。「帰巣者の憂鬱」(『文学界』一九五四年四月号)では、家から出て行こうとする夫の靴を妻が拭き始めると、夫は妻を邪魔者のように蹴る仕草をした。すると妻は発作を起こす(全集5巻一一一頁)。『死の棘』第二章「死の棘」(『群像』一九六〇年九月号)では、思いのたけを吐き出し靴に頬を押しつけて嗚咽する妻を見て、夫は戦時の逢瀬を思い出し、妻との出会いをかけがえのないものに思う(全集第8巻七一頁)。「帰巣者の憂鬱」の主人公は戦時の妻の姿を思い出してはいない。しかし類似した行為をする妻を見ることによって、図らずも、死の棘体験前と後の夫の対照的な内面を浮き彫りにすることになった。その意味でこのNの行為はNの献身的な愛を象徴する行為として意味づけることができる。

呑之浦

墓碑（旧本部跡）から見える呑之浦

第三章　体験の思想化

「廃址」を読む——再生の道を拓く旅

1　先行文献と本稿の主題

晶文社刊『島尾敏雄作品集第3巻』解説に拠れば、「廃址」(『人間専科』一九六〇年一月)は昭和三十四(一九五九)年十月十三日に擱筆され、その四ヵ月後昭和三十五(一九六〇)年二月十三日に『死の棘』第一章「離脱」(『群像』四月)が擱筆されている。作者の意識において両作には連続したものがあったとみてよいだろう。「廃址」は、昭和三十二(一九五七)年一月十七日に奄美大島久慈湾の第四十四震洋隊基地跡の爆発物処理調査に同行したあと、敗戦から十二年ぶりに島尾が指揮官であった第十八震洋隊基地があった加計呂麻島をミホ夫人と共に訪れ、呑之浦の基地跡と夫人の故郷押角(おしかく)を訪れた時の体験を素材にしている。訪問直後に「久慈紀行」(『ともしび』14、16号一九五七年二月、一〇月)を書いているが、加計呂麻島に渡る前で終わり、末尾には「未完」と記されている。押角で一泊した経緯については「妻への祈り・補遺」(原題「蘇った妻の魂」、『婦人公論』一九五八年九月臨時増刊)に記されている。そこには夫人が養父母の墓に頬ずりして慟哭し、翌日以降快癒に向かったとあるが、「廃址」は墓地に行く前の場面で結ばれている。

「廃址」は短編であるが、島尾の作品史において重視されてきた。島尾の初期小説に特攻隊体験における異常性の夢と日常性の夢との相剋の構図を読み、その止揚に戦後派文学の可能性を望み見た森川達也氏は、『島尾敏雄論』（一九六五年一〇月審美社）において、「廃址」でとられたリアリズムの方法を芸術的な後退と見なしながら、そうせざるをえなかった理由を次のように述べている。

かつては夢であったものが今は現実となり、かつては現実であったものが今は夢となっている二つの現実の間を、文字通り白昼夢を見るようにゆれうごいている作者のすがたが、ほとんどその儘に示されている。抑制しようとして抑制し得ない感傷的な文章の背後に、ぼくは島尾の、何者かに向っての、言いようのない慟哭の声を聞くように思う。（前掲書四六頁）

〈慟哭の声を聞く〉と言う森川氏は、「廃址」は直接的な感覚の表現の域にとどまっており、体験の思想化をなしえていないゆえに高い芸術性を獲得してはいないとみなしている。また、「廃址」に島尾の作家としての分岐点の意義を見取った高田欣一氏は、「島尾敏雄論[1]」において〈氏が見たものは、奪い去られた筈の氏の青春であって、青春を奪ったと信じ込んでいたものが実は青春そのもの〉であり、〈本格的な病妻小説と特攻体験小説が並行して書かれるようになったことへの直接的な橋わたしとなる事件である〉と評した。両氏の見方はあとの評者にも引き継がれ、森川氏が指摘した体験の思想化の欠如という問題は、本村敏雄氏が「加計呂麻島呑之浦――島尾敏雄と戦争[2]」で指摘する〈夾雑物〉に読み替えることができる。本村氏は〈過去との対面が妻の神経の負荷に余って発作を誘発するのではないかと怯え、この旅に出たことの悔いにさいなまれている。その怯えと悔いは『廃址』の中にも顔をのぞかせているが、それがおそらくは一種の夾雑物となって、この作品は『幻化』や『ミンドロ島ふたたび』ほどの純一な感動を誘うものとはなっていない〉と評した。また高田氏の指摘は視点を換えて岩谷征捷氏に受け継がれる。「「はまべのうた」からの出発[3]」において〈ようやくここに来て戦後の頽廃が剥落する。その意味でこのK島N浦こそ島尾の〈原風景〉であり、短篇「廃址」は、作者にとって記念碑的作品となった〉と述べた岩谷氏は、さらに「《原風景》への回帰[4]」において、〈一つには妻の（強いては自らの）治癒の確認であり、一つには自らの（強いては妻の）戦争体験の見直しでもあった〉〈この『廃址』は《特攻待機》体験と《死の棘》体験との接点として位置づけることができるだろう〉と論評した。

森川氏が提起した体験の思想化という問題に関わって、二〇〇五年に奇しくも二氏から同様の視点が提示された。島尾の戦争小説を脱植民地のプロセスと捉える佐藤泉氏は「夢のリアリズム――島尾敏雄と脱植民地化の文体――[5]」において、〈意識から閉め出せ、知ってはならぬという命令、知の構造の根源的条件であるような無知〉に囚われていた主人公を問題にして、そこに近代日本の植民地主義の姿を読み取っている。また、戦争体験が島尾の南島論の形成にいかに関わっているかを探り続けてきた鈴木直子氏は「シマオタイチョウを探して―「ヤポネシア論」への視座―[6]」において、〈『廃址』という小説は、一九五七年の加計呂麻島訪問が、あの九ヶ月を「分解されきらぬ過去」の「腫瘍」として再認識させる経験であり、過去を葬り去るどころか「もとの様子に立ち戻れずに取り残された」風景の現在へと島尾をさらに強く繋ぐ体験であったことを物語っている〉と評し、以後の島尾が抱えた小説家としての課題について〈島尾にとって「沖縄」が思考の場たりうるのは、他者の眼に映った「シマオタイチョウ」の姿こそがまぎれもない彼自身であったという事実を見定め、引きうけるという営為を離れてはありえない〉と論じた。島尾論の新たな地平が拓かれたと言えるだろう。

国内外を問わず、部隊の進駐が地域住民の抑圧者として機能した責任を自らの罪過として認識し得た者が、生き残った指揮官の中にどれ程いたかはわからない。しかし、島尾がその罪責を担いながら生きたことは、「その夏の今は」(『群像』一九六七年八月)から遺著『震洋発進』(一九八七年七月潮出版社)に至る戦争小説を読み解いていけば明らかである。だが、その問題を小説家としての出発期から自らの生の基底に関わる問題として、深く認識していたわけではない。「孤島夢」から「出孤島記」に至る初期戦争小説において、抑圧者としての自身の責任を自問する内容は、ある場合には夢の中のこととして朧化され、ある場合には自爆死によって清算されるものとしてみなされており、担うべき十字架とは捉えられてはいない。地域住民の抑圧者としての自身を小説の重要な素材として、十字架を担うべき存在として認識しはじめたのは、死の棘体験を特攻隊体験に重なる体験として捉えるようになってからである。特攻待機生活が島の長の娘であった大平ミホとの死を前提にした恋を生み、特攻出撃を待機したまま敗戦によって図らずも生き残った島尾は、米軍の管轄下に置かれた島から密航によって本土にやって来たミホと結ばれた。しかし、十年間の結婚生活は次第にミホの精神を壊していった。治癒のために共に精神病院に入院した体験は、島尾に戦後の自らの生き方を、戦時中のあり方にまで遡って問い直さざるを得ない問題として認識させた。その端緒を語っているところに、岩谷氏が言う〈記念碑的作品〉としての「廃址」の意味がある。

「廃址」は、妻の発病の原因が戦時中の自身の中にあることの自覚へと導かれた体験を素材としている作品として、重要な意味を持つと筆者は考えている。高田氏が言う〈病妻小説と特攻体験小説〉の〈橋わたし〉、岩谷氏が言う〈《特攻待機》体験と《死の棘》体験との接点〉ということの意味を、上記の意味で捉えたい。このことは鈴木氏が指摘する、戦時中の抑圧者としての自身を見つめることが、戦後の自らの生き方を見つめることと不可分であることの認識とも重なるものである。

「廃址」の素材となっている事柄は、作者の体験であり、語り手は作者と重なるとみてよい。しかし、語られる「私」は作者とそのまま重なるわけではない。島を訪れている現在の「私」が幾つかの場所を移動しながら、〈十年前〉島に居た「私」を思い出すという形を取っている。厳密に言えば、過去の「私」を思い出す現在の「私」も、語り手（作者）によって見つめられ、意味づけられ、形象化される過去の時制に居る。作者の事歴に当てはめると、語り手は作中の現在から約三年後に居る。作者の中で「私」の意味づけが完了するまでに、約三年が必要であったことになる。

本稿の主題は、妻の発病の原因を戦時中の自分の姿の中に見出していく経緯が、「私」の形象化を通してどのように表象されているかを読み取ることにある。そして、その作業の過程で、「廃址」が果たす作品史的意義も考えたい。なお、語り手と作者を切り離して記述しながら、必要に応じて作者に登場してもらう体裁をとる。

2　〈羨望〉する〈生活〉の内実

「廃址」は、南島を訪れた「私」が半日の間に幾つかの場所に足を踏み入れるごとに、過去と現在との間で揺れ動いていく内面を語るために、場面の説明が後からなされる入れ籠形式が随所に施されている。主人公の内面は暗示的に、且つ断片的に語られるので、主人公の内面を一貫した流れの中で捉えることは難しい。先ず冒頭部に目を向けよう。

K…島のSの部落から赤土の坂をのぼりつめると、道はその島の脊梁の尾根筋をしばらく歩く。

片側は外海に眼界がひらけ、うずくまる岬、岸の岩にくだける白波、胸の中の何かがふくらみ、見当もつかない距離を落下して行って、はるか下方の海水の量や波や砂浜にぶつかると、又胸のところまではね返ってくる。それを何回もくりかえすと、空間に震えをともなった音域ができた。波濤のひびきか、風のつぶやきか、とらえることのできない音響が、においのようにからだを包んできて、視界にありながら手のとどかぬ距離感が頭をしびれさせる。（傍点原文。『島尾敏雄全集第5巻』三六三頁。以下本文の引用は全集5巻に拠る）

冒頭節には行為の主体者は明示されていない。最後の文で視点人物が語り手であること、つまり一人称による語りであることがわかるが、「私」という主体は出てこない。それは視点人物が〈胸の中の何か〉に囚われていることを表している。K…島の尾根道から岬と白波が見えてきた時〈胸の中の何か〉が膨らみ、それを〈とらえることのできない音響〉として感受する人物は、岬の或る場所に向かっており、そこが〈にお
いのようにからだを包〉む親近感と〈手のとどかぬ距離感〉を感じさせる場所であることが暗示されている。〈胸の中の何か〉が、「私」が忘れようとしてきた基地生活の記憶であり、〈音響〉がN浦の〈入江の両岸にこだましてひびきわたる〉（三六八頁。以下同）〈ホイッスル〉や〈伝令のどなる号令、兵隊のかけまわる気配〉の記憶につながるものであることは、あとで明らかになる。引用部から、島での記憶を消してきた「私」が、過去の自分に出会っていく物語として構成されていることが読み取れる。

そのあと〈軍刀を肩にかついで〉（三六四頁）尾根道を歩いていた「私」が、〈島の男が気ちがい女をつれて歩いていたこと〉（同前）を思い出す場面が続くが、その理由が〈精神病院から出てきたばかりの妻〉（三六六頁）と〈十年〉（同前）ぶりに同じ道を歩いているからであることは、あとで語られる。こうした入れ籠形式を採るのは、物語の意図が、妻の病いに関わる「私」の内部の揺らぎを語ることにあるからである。「私」の現在と過去が入れ籠形式で場面を構成しているのも同じ理由からである。

先ず、「私」が島の男と女のことを思い出したことの意味を考えよう。〈不機嫌な男〉（三六四頁。以下同）と〈哀訴〉する女は「私」を認めると話をやめ、〈緊張をなまぬるくゆるめて〉、男は〈怜

悧そうな顔付〉で〈うすら笑いを浮かべて〉道脇により、「私」が通り過ぎるのを待つ姿勢をとった。その時「私」は〈どきり〉とした。二人に男と女の〈生活〉（三六五頁）を感受したからである。語り手は「私」について、〈どうしたら四十八隻のボートを敵の船のどてっぱらにぶつけて轟沈させることができるかという考えだけがわだかまっていて〉（三六四頁）、〈多くのことが分っていなかったが、未熟な青春はいっぱいあった〉（同前）と語る。〈未熟な青春〉に対比されているものが〈生活〉である。語り手は「私」に意識されていた〈生活〉がどのようなものかを語ろうとしている。

　そのとき私に女の精神病が理解できていたのではないから、その男に羨望さえ感じた。彼らの方には生活がこぼれるほどつまっている。私には生活がひとかけらもない。そう私は思った。（三六五頁）

森川達也氏は〈生活への羨望とは換言すれば日常性への憧れ、すなわち夢のことである〉（前掲『島尾敏雄論』三八頁）と述べているが、筆者は違った読みをしたい。「私」が〈羨望〉する〈生活〉は、通常世間で営まれる平穏な家庭生活を意味するのではなく、〈不機嫌〉と〈哀訴〉が交錯する男女の関係性を生きることが〈生活〉という言葉に置き換えられている。なまの感情を直截に表す中で営まれる男女の〈生活〉を体験することへの憧憬が「私」にあったことを語り手は語っている。なぜそのことを物語の初めに語らねばならないのかと言えば、その〈生活〉への〈羨望〉が妻の精神の病いに関わっていることを語り手が認識しているからである。妻がこの島出身であることが語られるのは、尾根道をはずれ、基地があったN浦の入江が見えて来た時である。つまり、〈生活がひとかけらもない〉という自覚を持つ「私」を語ること、そして、そうした〈生活〉を経験しないまま死ぬことへの欠乏感から、島の娘との恋愛へ走ることによって〈若さに輝きを増し〉たことを語ることが、ここでの大事な点なのである。島の娘との恋愛は生き残ることを否定したところに成立していた。その恋愛は自我の解放であることにおいて〈青春〉であり、と同時に、内的葛藤と一体であることによって、〈羨望〉した〈生活〉の擬似体験でもあった。突撃死は「私」を尊い犠牲として価値付け、負債と感ずる行為を帳消しにするはずであった。〈多くのことが分っていなかった〉ゆえに〈未熟な青春はいっぱいあった〉のである。

　あとで語られるように、島の娘との恋に惑溺できたのは指揮官の特権によってであり、特権の享受への罪責感は特攻死による贖罪意識によって払拭できたからである。部下に課した軍律を自らが侵しても、誰も批判できない絶対的階級集団の中で「私」の内部では罪責感が昂じ、自己処罰としての死への傾斜が強まっていく。しかも、死は〈おそろしい土と海の果てを持ったひとつの平たい盤〉（三六五頁）を墜落する肉体の破壊への恐怖を増していく。そうした内的状況が若者の精神を虚無を生きる頽廃へと押しやらないはずがない。その時、献身する娘への「私」の恋情は、自我の充足と肉体的合一を志向するエロス的な愛ではあっても、人格の相互理解に立って相手への献身を志向するアガペー的な愛ではなかったと言えるだろう。敗戦によって「私」は生き延び、帳消しにできなかった罪責感を胸中に秘めたまま島の娘との家庭生活に入った。精神の根に頽廃を潜めて作家となった「私」が戦時に〈羨望〉した〈生活〉を生きようとして、日常性から逸脱していったことが想像される。

死が不可避であった戦時の〈青春〉が〈羨望〉した〈生活〉が、実は人間が生きるべき〈生活〉ではなかったことに、現在の「私」は気づいている。語り手が「私」の〈青春〉について語った後に、〈精神病院から出てきたばかりの妻〉を伴った「私」が、〈十年前〉に〈気ちがい女〉を連れた〈不機嫌な男〉と出会ったことを語る意味は、〈生活〉の認識が変わっていることを語るためである。その認識の変化を促したものが妻の精神の病であった。語り手は、妻の精神を壊していった作家としてのあり方を、痛恨の思いで振り返る「私」を見つめていく。

3 〈取りかえしがつかない過失〉の自覚

峠道から谷あいに入り、N浦の入江奥に〈ぽかっと黒い空虚をかかえてふまえた洞窟の入口〉（三六六頁）が見えた時、〈私の胸のあたりの血がざわめき、どさりと何かがつき上ってきた〉（同前）。その「私」を語り手は次のように語る。〈敗戦の後、都会の雑踏の中でK…島は現実から益々遠のい〉（三六七頁。以下同）て〈いつのまにか遊仙窟になっ〉た。〈K…島での日々のことはすべておとぎ話になり、記憶の中の島のひとびとは標本棚に陳列した化石とかわら〉ず、「私」は〈概括記事を説明する口つきで語っていた〉と言う。「私」を介して語り手（作者）の作家としての生き方が省みられている。〈大きなてのひらを持った「あせり」に、ぎゅっと心臓をつかまれたよう〉な思いに引き込まれた「私」に〈胸の中の何か〉が姿を表す。〈そこでは私と違ったもう一人の私が、今も相かわらずの死の特攻出撃の命令を待って、朝夕を送っているのではないか〉と思わずにいられない。〈頑丈な鉄の箱の中にとじこめてしまえた〉基地生活の記憶が現前するように甦ってきた時、「私」に次のような悔いが湧く。

ケサナは私の妻になった。そしてこうして私のそばに居る。それは一つの成就のはずだ。ケサナの発病が都会の生活を不可能にし、K…島に近いA…島の町に移り住んだ。だから誰にはばかることなく、島山の景色を両手に抱き抱きかかえても差支えないのに、もう取りかえしがつかない過失の中に居るような気がする。（三六八頁）

〈取りかえしがつかない過失の中に居るような気がする〉のは、〈成就〉であるはずの都会での作家生活の中で、K…島での死の準備の日々の体験を、戦後の生活と関わらないものと見なしてきたことが、妻の発病に関わっていることに「私」が思い至っていることを示している。「震洋隊幻想」（別冊『潮』一九八四年八月）でも〈十年〉ぶりに加計呂麻島を訪れた時のことに作者の筆が及んでいるが、〈戦中の軍隊体験を殊更忘れようと努め〉（『震洋発進』（一九八七年七月潮出版社）九二頁）たことが〈一挙に崩れてしまった〉（同前）ことに〈へんな快さ〉（同前）を覚えると同時に、〈早くその場を立ち去ってしまいたいという中腰の妙な気分にせかされていた〉（同書九三頁）と語られている。そこでは、作者は人間の営為を〈ちっぽけな時の流れ〉（同書九五頁〉と捉えており、〈人間の思慮の中の高々の時の移ろいなど、どれほどの意味を支えているのかわからなくなってしまう〉（同前）とみなしている。そうであれば、〈取りかえしがつかない過失〉という深い悔いは、K…島訪問時の、言い換えれば「廃址」の基軸をなす「私」の思いを表しているとみてよいだろう。

「あなたなつかしいでしょ」

……。軍服を着た私と若い娘のケサナが、私たちに見向きもしないで、尾根道をどんどんOの方に歩いて行く幻影に私はなやまされた。それは「あせり」とでも言うより言いようのない感情のふき出しであった。

こんなふうにではない。もっとしっかり確かめて、N浦に下っていかなければ。

そう思いながら、私とケサナは、またあしたもその次の日もここを通るようにしかこの道が通れない寂寥を持った。（三六八〜三六九頁）

妻にとって、島で「私」と共に過ごした時間は、今も現前化したい大切な時間である。妻の記憶の中の〈隊長〉は今も「私」に重ねられている。しかし「私」にとって、〈隊長〉は記憶から消し去りたい姿なのである。妻が育ち、「私」との恋が生まれた場所であるK…島にやって来たのは、病んだ妻の精神を癒すためでもあろう。〈「あせり」〉が〈ふき出〉すのは、「私」が二人の結びつきの意味を自己本位にしか見てこなかったことを、〈取りかえしがつかない過失〉として、言い換えれば、そのことに妻の発病の原因があることを自覚するからである。〈寂寥〉は、かけがえのない〈青春〉を取り戻すことができないという喪失感から生まれているのだが、〈青春〉の喪失は詠嘆や感傷のレベルでとどまる場合が多い。喪失の理由の検証にまで向かう場合があっても、多くはその理由を外部に求め、自己内部の検証に向かうのは稀である。その稀な例が「私」である。〈青春〉を喪失した深い〈寂寥〉に襲われながら、〈死の準備〉の中にいた自分の何が問題なのかを探ろうとしていく。第1節で紹介した森川達也氏が読み取った〈言いようのない慟哭の声〉は、発せられてはいないと読むべきであろう。

人家のある入江奥から、もとの部隊の方を見渡すと、忘れていたこまごました記憶が、ひとつひとつ墓石を倒し、墓土をはねのけて起き上ってくる。それはどうしても深く私の生の調子を作るのに作用した場所であることを思わないわけにはいかない。(三六九頁)

戦後の生き方の根底にあり、妻の精神を壊していった〈生の調子〉が、記憶から消そうとしてきた基地生活の中で作られていたことに「私」は気づく。その気づきが語られていることに「廃址」の重要な意味がある。たとえば、作者の中における「私」の位相の変化を、「廃址」を間に挿んで書かれた二作品に見ることができる。家を出て行こうとする夫を妻が止めようとする場面が「帰巣者の憂鬱」(『文学界』一九五四年四月)と『死の棘』第二章「死の棘」(『群像』一九六〇年九月)にある。「帰巣者の憂鬱」では、夫は〈行かさないように哀願しはじめたナスを本当に邪魔っけの物に感じた〉（全集5一一一頁）。妻がハンカチで夫の靴を拭きはじめると、〈ちょいと蹴るような仕草をし〉（同書一一二頁）て外に行こうとする。その時妻は発作を起こす。一方「死の棘」では、妻は思いのたけを吐き出したあと〈夫の足の甲を撫でたあとで頬を押しつけ〉（全集8七一頁）て嗚咽する。夫は妻に戦時中の逢瀬の時の姿を思い出し、自分の〈かけがえのない経歴〉（同前）を見出していく。同じような場面を設定しながら、前者では思い出されない戦時中の妻の姿が、後者では大切なものとして思い出されている。「死の棘」の夫に、ここで〈寂寥〉の内実への検証へ向かう「私」に通底する思いを読むことができる。

このあと語り手は〈墓土をはねのけて起き上ってくる〉〈記憶〉のいくつかを取り上げていくのだが、それらは〈生の調子〉の二つの側面、意識の表層部にある装われた「私」と深層部に潜むもう一人の「私」とを写し出す。

4 〈生の調子〉の二側面

「私」と妻は最初に〈子供同様に可愛がってくれていた〉（三六九頁）N浦の部落の老夫婦の家を訪れた。語り手は、記憶の中で「私」が〈大きな位置を占めていた〉（三七〇頁）老婆に対比して、島の人々を〈標本棚に陳列した化石〉として記憶していた「私」を批判的に語る。戦時にそこで営まれていた〈生活〉は、尾根道で会った男に〈羨望〉を感じた〈生活〉とは異なるものである。平穏な日常性に支えられる〈生活〉を大切なものとして見る眼を、戦時の「私」が持っていなかったことが、戦後の妻との〈生活〉の破綻を招いたことに繋がっていると語り手は暗示しているようだ。島の人々との関わりを消し去ってきた自分を心の中に深く刻印していた老婆に接した「私」は、自身の〈生の調子〉の根に眼を向けることを促されるのである。

老夫婦は次の二篇でも素材となっている。「出孤島記」(『文藝』一九四九年一一月)では、〈過去のしきたりのままのなりわいを続けている〉(全集6二五二頁)姿は「私」に〈なぐさめ〉(同前)を与える一方で、敵機の爆音に怯える姿を〈気持ちのよいもの〉(同書二五三頁)として眺めさせる。「出発は遂に訪れず」(『群像』一九六二年九月)では、〈感覚の或る部分がやさしくおさえられ〉(全集6三二四頁)た老夫婦の容貌に「私」は〈安息〉(同前)を感じ、部隊から逃げる錯覚を抱いた「私」を老夫婦が〈不憫の色を浮かべて〉(同書三一五頁)見つめているように思う。前者では特攻待機生活の非日常性を際立たせる日常の営みの卑小性への感受が見られるが、後者では寸描された〈申し分なく年齢を重ねた〉(同前)老夫婦の容貌を作り出す日常の営みこそが〈生活〉なのだ、という認識が語り手に生まれている。その認識は「廃址」における妻と「私」が、これから積み上げていかねばならない〈生活〉として語り手の中にあるものでもある。

同時に次のことも注意しておかねばならない。老婆が〈もうろくした夫〉(三七〇頁。以下同)に大声で〈N浦の隊長〉と〈どなったとき、私の目は赤くな〉り、〈地の底に引きいれられる暗い気分の中でむりに明るい若さを示して見せようとしていた自分の姿を思い出した〉と言う。この〈自分の姿〉の意味である。前後から考えると、語り手は老夫婦への気遣いを示した姿を、装われた指揮官としての姿の奥に潜むもう一人の「私」が表出したものとして語っている。だから続いて島の自然の生動に感応していた「私」が語られる。その「私」は意識の深層部に潜む「私」である。〈潮の満ち干がいわば静かなざわめきをわきたて、それが精神に適度に快い刺戟を与え〉（三七一頁）るN浦の入江に、〈もしいのちが与えられたら、この僻陬で充分すぎると思った〉（三七〇頁）ことを思い出すのである。そのように島の自然と交感する「私」が惹かれ、〈青春〉を燃やした相手が島の娘ケサナであった。ケサナとの時間は「私」が指揮官の装いを脱いでいられる時間であっただろう。しかしその時間を作ることができたのは指揮官であったからである。ケサナが「私」に献身したのも指揮官であったからとも言える。「私」が基地生活を〈遊仙窟〉として振り返れば、ケサナとの恋も〈おとぎ話〉として真実性を失っていかざるをえない。そのように語ってきたことを〈私〉は〈おそろしい〉と思うのである。

……敗戦後のこの十年のあいだ、私はN浦をあのときのあのように感じ取ろうともせず、又そのかたちを愛したことを思い出そうとしなかったことを、おそろしいと思った。今私は外から強制されては死の前に立ってはいないぞ。たとえば今N浦での生活を選び取ることもできるのだ、と思うと、私は背筋のあたりがすっくと伸びたと感じた。（三七一頁）

指揮官の特権を享受することへの罪責感を抱きながら、島の娘との恋に溺れたのはなぜなのか。娘との恋に起因する隠微な部下との対立、表層意識下の自己と深層意識下の自己の相剋は深まり、その対立、相剋は〈生の調子〉に大きく作用しただろう。戦後の「私」は基地生活を〈深く私の生の調子を作るのに作用した〉体験としてみなしてはこなかった。表層意識下の装われた自己を素材化し、都合よく語ることはできたが、都合の悪い自己に眼は向かず、真実の自己の姿を見る眼は閉じられていた。生き延びる期待を断たれていた戦時の〈生の調子〉を引きずったまま、「私」は戦後を生きてきた。その結果として、妻は精神を病んでいった。〈おそろしい〉と思うのは、自分の心の仕組みに「私」の眼差しが向けられているからである。〈背筋のあたりがすっくと伸びたと感じた〉のは、これまでの〈生の調子〉から脱け出ることへの自覚が生まれたことを意味していよう。

5 〈部隊の責任者〉の問題との対峙

右の場面の後、指揮官の責任問題に関わる場面が語られるのは、再生へ踏み出すためには、記憶から消し去りたい過去と向き合わねばならない、と語り手が考えているからである。その場面は二つある。第一の場面は島の住民との問題である。アメリカ兵の死体処理の仕方が指揮官の責任問題になる危惧を抱いている「私」が、〈撃墜されたアメリカ人の死体を埋葬した場所[7]〉（三七一頁）を探していると、〈「そのことについてお話ししましょう」〉（同前）と部落長をしている男から話しかけられた。

戦争中の部隊の行動が部落の人たちにどんな陰翳を与えていたかを正確につかみ取ることは

できない。もしかしたら、この精悍なやせた無精髭の男が、かつての部隊の責任者に物言いをつけようとしているのではないか。それを私は受けきれるか。戦争中から敗戦にかけての部落の憎悪のすべてをぶちまけられても、避けるわけにはいかない。(三七一頁)

〈部落の憎悪〉を〈避けるわけにはいかない〉という「私」の思いは作者の認識を反映しているとみてよいだろう。住民への抑圧の問題は、多く日本軍が侵攻した国外において顕現したが、国内においては南島において表面化した。歴史的に本土に経済的、政治的隷属を強いられてきた南島において、戦時下最後の防衛線として陸海軍の基地設営が進められ、一層の忍従を強いられた。しかし敗戦は島民の忍従の責任の問題をなし崩しにした。島尾は創作の中では八年後に「その夏の今は」(『群像』一九六七年八月)でこの問題を扱っているが、「廃址」以前の作品では部下との関係において指揮官の責任を素材化したが、島民に対する責任の問題は、「孤島夢」や「アスファルトと蜘蛛の子ら」において夢の中のこととして朧化して扱われ、リアリズムの方法によって真正面から素材化することはなかった。

第二の場面では部隊の特権者である「私」が見据えられる。部落長が〈「シナノさんも亡くなったそうですね」〉(三七四頁)と話しかけた。〈信濃という掌機雷の一等兵曹が、度々部隊を脱柵した末に部落の娘と結婚の約束をしたことが発覚し〉(三七五頁。以下同)、〈信濃は先任将校に本部下の広場で動けなくなるまで打ち据えられた〉。「私」も部隊を抜け出してケサナの許に通っていたのだが、隊長であったために部下から表だって批判されることはなかった。信濃兵曹が制裁を受けるのを〈私は見ぬふりをした〉。作者は同じ事件を「夜の匂い」（前掲注7）でも素材にしているが、「私」が指揮官としてどのように関わったかについては語っていない。しかしここでは〈私の顔はみにくいかげりを持〉ち、〈自分のからだの腫瘍にさわられでもしたような不快〉を感じて〈さりげなく話題をかえた〉とあり、語り手は絶対的な階級制度の理不尽を許容していた自分から眼を逸らそうとする「私」を見据えている。

制裁のあと信濃兵曹は娘と会うことを禁じられた。敗戦直後奄美は米軍管理下に置かれて本土との往来は禁止された。信濃兵曹が奄美に渡ることは困難になり、島の娘は私生児を産み育てた。一方「私」はケサナとの関係を続け、戦後本土で結婚した。事実に則せば大平ミホは密航船で本土に渡った。その費用を捻出できる家柄であった。信濃兵曹の相手の娘の家は貧しかった。〈腫瘍〉という言葉には軍隊の階級差だけではなく、島民の貧富（階級）の格差にも目を向けた語り手の罪意識が託されている。奄美に移住した島尾は奄美の現状をルポした「名瀬だより」[8]を執筆した。奄美の歴史や自然風土、習俗や宗教、生活習慣など多岐に亘って探訪されており、「廃址」の語り手が信濃兵曹の相手の娘の父親がハンセン病に罹患していたことに言及しているのは、作者が信濃兵曹の事件を自分の倫理観念の深浅を問う問題として捉えていることを示している。〈腫瘍〉については第7節で再度触れる。

6　妻の精神形成の〈追体験〉の意味

部落を離れ、谷あいの道筋にガジマルの木が一本立っている場所に来た時、突然妻が或る事件について話し出した。〈ヤマトッチュ（本土の男）と一緒になった島の女〉（三七七頁）がハンセン病に罹って子どもを絞め殺し、その木で自分も首を括ったと言う。妻にとって女の悲劇は自分の身に置き換えられるものである。信濃兵曹も自死した女の相手も、そして「私」も〈ヤマトッチュ〉である。「私」を見て〈顔色を青冷めさせ〉（三六九頁）た老婆、二人の姿が見えなくなるまで手を振り続ける妻の教え子の娘たち、そして信濃兵曹の子を育てている女や自死した女には、島の女性の一途さ、情の深さ、情動の激しさがうかがわれ、それは妻が身に潜めているものでもあることを「私」は分かっている。続いて語り手は妻の話に追い打ちをかける情景を語る。畠に集められ、かぶせている筵からはみ出た蘇鉄の実の〈どぎつくなった朱色〉（三七八頁）が、「私」には〈見てはいけないものがそこに置かれているように見えた〉（同前）のである。「私」は〈見てはいけないもの〉を見ている。それは南海の〈僻陬〉で生きることを選んだことを意味している。その決意を支えるものが島の自然である。

基地跡に入って行く「私」は、〈この場所での一箇年の生活が、全く自然のふところの中でそのさまざまな変化とひたと呼吸を合わせた生活であったこと〉（三七九頁）を〈想起〉する。「出孤島記」では「私」の変化する心が感応する自然だけが語られ、「夜の匂い」（前掲）から「朝影」（『現在』一九五二年八月）、「離島のあたり」（『新日本文学』一九五三年一〇月）、「闘いへの怖れ」（『明窓』一九五五年一月）、「星くずの下で」（『中央評論』一九五五年三月）までの五篇の戦争小説ではその傾向が一層強まり、自然は主人公の内面の状態を表すものとして色づけされている。

しかし「廃址」の「私」に感受される自然は、人間の営為に関わりなく存在し、人間を包みこむものとして捉えられている。島の〈生活〉は人間が自然の生動に合わせて営まれる。そうした自然と人間の関わり方への眼差しは過去の見方に思いがけない変化をもたらす。「私」の中から〈敗戦直後には思ってもみたくなかった、部隊の人間関係の臭気が、横すべりして逃げて行こうと〉(同前)するのである。「私」の中で自然への感受のあり方が変化し、それが過去の体験の見方にまで影響を及ぼしている。「私」の感受に変化を促したものは何か。そのことに関わることが次の語りである。妻の〈発作の誘因へのおびえ〉(三八〇頁)を抱く「私」が次のように語られている。

私はケサナと一緒に考えることに馴れ、彼女の精神を形づくることに影響したと思える環境を、飢え渇いた者のように追体験しようとする。彼女の幼い姿を写した島山や入江や浜辺を自分の中に取りこんでしまおうとする。(三八〇頁)

ここには重要な二つのことが語られている。一つは妻の思考に同化する心の働きであり、一つは妻の精神形成が島と不可分だと認識していることである。作者に則せば、前者の心の働きは奄美移住後の病院記の重要なモチーフであり、特に最終作「ねむりなき睡眠」(『群像』一九五七年一〇月)では、妻の発作を自分の肉体の中で起こっていることとして感受する主人公が叙述されている。後者の認識は、先に触れた「名瀬だより」の執筆に先ず結実し、その後の長期に亘る南島研究を促していく原動力となった。〈頑丈な鉄の箱〉に閉じこめたはずの島での基地生活が生色を帯びて蘇ってきたのは、妻の感受を共有するために可能な限り自我を離れて妻の思考に合わせ、妻の生育環境の原質に触れようと「私」が意思しているからである。島の女性の情動の激しさを「私」は妻にも見取っている。妻の発作への〈おびえ〉は本村敏雄氏が「加計呂麻島呑之浦――島尾敏雄と戦争」(前掲)で指摘する〈夾雑物〉なのではなく、妻の心の動きや思考に同化しようする、「私」の生き方の必然なのであり、そこに生まれる無私への志向が新たな眼で過去を振り返らせ、〈部隊の人間関係の臭気〉を消す働きをしているのである。〈隊長〉であった「私」を見据える眼は、妻の精神を壊していった「私」を見据える眼でもある。そうした語り手の眼差しは、自我の無化を志向する「私」が再生の契機を見出していることを示している。

軍隊生活の〈臭気〉が消し去られたN浦は、二人の〈傷められた神経を治癒するための遊歩には最適の場所〉(三八〇頁。以下同)として「私」の眼に映る。そこは満潮時に通ることが〈大へん困難な〉岬の岸沿いを、〈胸元まで海水につかりながら〉やって来た妻の、自分への一途な愛を再確認する場所になった。しかし、その浜から見える震洋艇の洞窟格納庫の入口前に残っている堆土を見た「私」は〈言いようのない寂寥にのみこまれ〉(三八一頁)ていく。〈寂寥〉という言葉が使われるのは二度目である。はじめはN浦に下る前の岬の尾根道であった。その時は戦時の二人に戻れないことへの〈寂寥〉であった。ここでの〈寂寥〉は、〈軍隊生活の人間関係〉が〈臭気〉を消して見えてきたゆえに、その人々との繋がりを再び結び直すことができない深い喪失感、身を切られる悔恨から発せられている。

7　〈夜の闇〉へ

〈寂寥にのみこまれた〉「私」を語ったあと、「廃址」は次の一節で結ばれる。

もはや薄明は夜の闇と交替しようとしていた。私たちはあともどりして、峠道を通ってOの部落に出ることに心をきめた。私とケサナはOに着いても、暗闇のために部落の人の目にかからずに墓場に行けることをのぞんだ。（三八一頁）

O部落には妻が〈大手をふって行ける家はもうなくなって〉（三七三頁）おり、〈O部落入りは、ずい分具合の悪い状態になっている〉（同前）。「妻への祈り・補遺」（前掲）によると、二人がO部落（押角）の墓地に行った時、ミホ夫人は養父母の墓石にすがりつきながら島尾がどう助けようもないほどに慟哭し、翌日島を離れたあと、おこりが落ちたように治癒へと向かったと記されている。だが、そのことが素材から省かれ、〈夜の闇〉の中を〈墓場〉に行くところで閉じられているのは、困難な再生の道を歩き始める「私」の心の中を語ると同時に、語り手の作家としての道のりの困難さを予見してもいる。

N浦の浜に立ち、二人の心を治癒するには〈最適の場所だ〉と思う「私」を語る一方で、語り手は「私」に島人の抑圧者でもあった自身を省みさせた。心の治癒と〈腫瘍〉の剔抉は別のものではない。戦中に〈腫瘍〉を作った自身と、戦後に妻の精神を壊した自身とを見つめ直し、自身の根にあるものを剔抉していくことは生易しいことではない。〈暗闇〉の中を〈墓場〉に行くことを〈のぞんだ〉「私」は、その困難な道のりを歩もうとする語り手を表している。

作者に則せば、その困難を次の作品の展開にうかがうことができる。「廃址」の直前に「家の中」(『文学界』一九五九年一一月)で「私」を〈オニ〉として形象化したあと、妻の発症から二人での精神病院入院までの九ヵ月を素材にした『死の棘』連作が書き始められる。昭和三十五(一九六〇)年に第一章「離脱」(前掲)、第二章「死の棘」(前掲)、第三章「崖のふち」(『文学界』一二月)と続き、以後昭和五十一(一九七六)年に第十二章「入院まで」(『新潮』一〇月)が発表されるまで十七年に亘って書き継がれる。一方、特攻戦発令後の八月十四日から十九日に至る体験が昭和三十七(一九六二)年に「出発は遂に訪れず」(前掲)、昭和四十二(一九六七)年に「その夏の今は」(前掲)で描かれ、さらに復員までを語ろうとした遺稿「(復員)国破れて」(『群像』一九八七年一月)が未完で残された。前二作の「私」の捉え方が八月十三日から十四日を素材にした「出孤島記」と異なっていることについては第5節で触れたが、〈腫瘍〉という表現に関わって次のことを附言しておかねばならない。

〈腫瘍〉という表現は「出孤島記」(前掲)にもみられる。そこでは隊長の特権で〈女をこしらえていた〉(全集6二八六頁)ことへの部下に対する負い目、罪意識を表す言葉として用いられていた。「廃址」では部隊が島民に〈どんな陰翳を与えていたか〉という意味にまで拡げられている。しかし、小説の中で島民との関係が具体的に言語化されていくのは八年後の「その夏の今は」によってである。戦後十二年を経た最初の加計呂麻島訪問以降、島尾は折を見て沖縄諸島や奄美群島に配置された震洋隊基地跡を秘かに訪ねるようになった。それは島民に対する責任に向き合う気持が生じたことと無関係ではない。『震洋発進』の第三作「震洋隊幻想」(前掲)には、昭和三十九(一九六四)年十一月石垣島の基地跡を訪ねた時の旅日記に部隊や指揮官に対する島民の思いを記録していたことが記されている。[9] 石垣島の島民と第二十三震洋隊との関係は、加計呂麻島の島民と第十八震洋隊との関係に置き換えられるものとして島尾には意識されていた。「廃址」執筆は石垣島訪問の五年前であるが、その時点で島民に対する抑圧者としての自己認識が生まれていたと考えてよいだろう。その自己を形象化することが、妻との再生の道を拓くことに繋がると認識していたと考えられるのである。

注

(1) 『文芸首都』一九六九年四~七月。饗庭孝男編『島尾敏雄研究』(一九七六年一一月冬樹社)二八二頁。
(2) 『カイエ』一九七八年一二月臨時増刊。『作家論集　秧鶏の旅　ソルジェニツィン・保田與重郎・島尾敏雄・他』(一九九四年一一月ゆまに書房)三五六頁。
(3) 『ミネルヴァ』2号一九八一年七月。『島尾敏雄論』(一九八二年八月近代文芸社)一二八頁。
(4) 『脈』30号一九八七年五月。『島尾敏雄私記』(一九九二年九月近代文芸社)一一四頁。

（5）『文学』（二〇〇五年6号一一月・一二月合併号）一九六頁。

（6）『南島へ南島から―島尾敏雄研究―』（二〇〇五年四月和泉書院）一七〇頁、一七四頁。

（7）撃墜されたアメリカ兵を埋葬したことは、「夜の匂い」（『群像』一九五二年四月）にも書かれている。そこでは、島民の中には部落の墓地に米兵の墓を作ることに反対の者もいたが、「私」は墓地に埋葬させ墓標を立てさせている。

（8）「名瀬だより」は『新日本文学』一九五七年五月号～一九五九年一月号に掲載され、『離島の幸福・離島の不幸』（一九六〇年四月未来社）に補遺五編を追加して収録された。のち補遺五編を省いて農文協人間選書10『名瀬だより』（一九七七年一〇月農山漁村文化協会）として再刊されている。奄美群島におけるハンセン病患者への島人同士の相互扶助については「名瀬だより」第七章「災厄――台風とハブと癩と」に詳しく書かれている。

（9）石垣島で撃墜され捕虜となったアメリカ兵三名が士官による斬首と兵士による刺殺によって処刑されたことが戦後発覚し、軍事裁判によって死刑七名、終身刑一名、禁固刑四十～二十年の五名が戦犯として処分された。石垣島事件と言われる。斬首した士官の中に第二十三震洋隊指揮官がおり、島尾は「震洋隊幻想」でその事件を取り上げている。しかし「廃址」を執筆した昭和三十四（一九五九）年にこの事件について知っていたかについては不明である。

「出発は遂に訪れず」を読む
――〈意志の結果として〉生へ踏み出すドラマ

1　はじめに

島尾敏雄の敗戦体験について考える時、よく思い浮かべるエッセイの一節[1]がある。

いよいよ解隊の日、海兵団の衛門を出て行く隊員はだらしなく隊伍を乱したままであった。列を正せ、まだ、部隊は解散してはいない！　などと私は大声を出した。すると、五十人の隊員が、乱れたままの隊伍でひたと足を止めた。止めた、というよりさっと身構えたという感じであった。期せずに全員の心が一つになったような間が生まれ、つと殺気の流れたのを覚えた。しかしそれはほんの瞬間であった。何かが崩れ、思い直した風情の隊員は不承不承に列を正し、そのまま佐世保の駅まで歩いた。

島尾の敗戦体験が凝縮していると思わせる場面である。米軍の特攻隊への報復を危惧した防備隊司令の命によって昭和二十（一九四五）年九月一日、特攻隊員百余名の指揮官として徴用船三隻で加計呂麻島を脱出し、佐世保に向かう場面までを描いて未完となった遺作「（復員）国破れて」（『群像』一九八七年一月）において、島尾はこの場面を創作化して敗戦体験を閉じる心づもりでいただろう。エッセイの文体で書かれている場面であるが、いろいろと考えさせられる。ここに語られている「私」は「出孤島記」（『文芸』一九四九年一一月）に描かれた、命令する立場にあることに違和を覚え、〈審かれ〉ねばならない存在として自己を規定する「私」とはつながりにくい。しかし「その夏の今は」（『群像』一九六七年八月）に描かれた〈寛容を失って〉（全集6三五二頁）、〈ひとりの死人も出さずに解散したい〉（同書三五三頁）と考える「私」とは確かにつながっている。「出孤島記」の「私」と「その夏の今は」の「私」の間には飛躍がある。「出発は遂に訪れず」（『群像』一九六二年九月）はその飛躍の相を語ることによって、特攻戦発令から即時待機へ、さらに無条件降伏から復員までの二様の「私」を結び合わせる役割を果たしている。

「出発は遂に訪れず」が昭和二十年八月十五日の敗戦を境として、死から生への転位を描いていることは多くの評者が指摘している。しかし、無条件降伏を境に「私」の中で行われたであろうドラマについて表現の細部に目を配って分析した論評は、管見では清岡卓行氏の「決死の手の蘇生――島尾敏雄『出発は遂に訪れず』」と安達原龍晴氏の「島尾敏雄「出発は遂に訪れず」論――その「出発」の意味をめぐって[2]」（『キリスト教文学研究』二五号二〇〇八年五月）である。清岡氏は死から生へ向かう「私」の肉体と心理の微妙な揺れ動きを手の動きに読み取って、結末で生きる意志を鮮明にする「私」に〈凄惨な戦争の終末における人間一般の支配的な孤独[3]〉を見出している。安達原氏は後半部の展開に焦点を置いて〈公〉と〈私〉の関係性を考察し、生きることを主体的に選ぶ「私」の内面を分析している。両氏の犀利な分析には教えられるところが多いが、本稿では両氏が取り上げていない「私」の倫理意識を軸にした読みを試みてみたい。

「私」の死から生への転位は、敗戦によって〈自然現象のように〉（全集6巻三二六頁）可能になったのではない。敗戦を知った後〈新たな局面に出かけて行って対処するエネルギーが生れてこない〉（同前）「私」が、最後の場面で〈もし刀を抜かなければならぬときは抜こうと心に言いきかせた〉（全集6巻三三一頁）ことによって、言い換えれば、〈意志の結果として〉（全集6巻三二六頁）選び取った〈考え〉によって可能になったのである。従って、「出発は遂に訪れず」の読みの最も重要な点は、「私」の内的変化を促したものが何かを探ることにあると考える。上記の観点から、本稿では、第4節までは「出孤島記」との視点の違いと「私」の生きたいという本源的な願望を規制する〈何か〉に焦点を当て、「私」の自己処罰意識について考える。第5節以降では、八月十四日から十五日における生への期待から敗戦による新たな死との直面へ、そして〈意志の結果として〉生へ足を踏み出していく「私」の内面の変化と、その変化を可能にしたものが何であったのかを読み解いてみたい。

2　語りの位相

まず「出孤島記」との語り手「私」の視点の違いに触れておく。視点の違いが語られる対象に変化をもたらし、作品の世界を規定しているからである。

今度こそ確かと思われた死が、つい目の近くに来たらしいのに、現にその無慈悲な肉と血の散乱の中にまきこまれないことは不思議な寂しさをもともなったが、その機会を自分のところに運んでくる重大なきっかけが、敵の指揮者の気まぐれな操舵や味方の司令官のあわただしい判断とにかかっているかもしれないことは底知れぬ空しさの方に誘われる。それがもっとさからいがたい所からのものでないことが不安だ。まだ見ぬ死に向っていたつめたい緊張に代って、はぐらかされた不満と不眠のあとの倦怠が私をとらえた。（『島尾敏雄全集第6巻』二九二〜二九三頁。以下本文の引用は全集第6巻に拠る）

右の冒頭部第二節で語られる〈底知れぬ空しさ〉や〈倦怠〉にとらえられている「私」が、昭和二十年八月十三日夕刻に特攻戦発令の指令を受けながら即時待機のまま十四日早朝を迎え、〈此の虚脱したような空虚な感じは何としたものであろう〉（二九〇頁）と自らの心中をのぞき見た「出孤島記」結末部の「私」を受け継いでいることは明らかである。しかし、右の引用の中に幾つかの語りの視点の変化を見出すことができる。その一つは「私」の特攻死の捉え方である。「出孤島記」では、突撃死は〈子供だましの戦闘をしかけて行く蟷螂の斧の滑稽さ〉（二四〇頁）と揶揄され、〈無意味な犠牲者〉（二四九頁）に絶望的な恐怖を強いる〈残酷〉（二七八頁）な行為として繰り返し語られていた。従って十四日の明け方、まだ生きていたことに〈しびれるほどの安堵〉（二九〇頁）を感じるのだが、引用部の「私」は突撃の惨劇を成就しなかったことに〈不思議な寂しさ〉を感じている。この変化は語り手の視線が、運命づけられた非人間的な特攻死へ自らを追いつめる「私」の切迫していく内面を語ることから、意識界での未遂の死の呪縛と無意識界での生の胎動との間を揺れ動く、「私」の変化する内面の諸相を語ることに移っていることに関わっている。また、他者の捉え方にも変化が見られる。「出孤島記」の他者は常に一方的に「私」に見られることで意味づけられる存在である。その意味で「私」と他者の関係は閉じられている。一方「出発は遂に訪れず」の「私」と他者の関係は開かれている。他者は「私」に働きかけ、それに応ずる「私」によって意味づけられる。「私」は働きかける他者の内面を探ろうとし、語り手は他者との相対的な場で「私」を見据えている。

この相対的な視点が「私」自身に向けられるとき、視点の曖昧化あるいは二重化という語り口を生む。たとえば、〈特攻兵の方に部下の気持がいっそう強いことがおかしい〉（二九三頁）や〈異様な情景がそこにくり広げられていると感じたのがおかしい〉（三二六頁）、〈値ぶみしている自分が解せない〉（三二七頁）といった語りを生む。行為する「私」を〈おかしい〉と思い、〈解せない〉と考えるのは語る「私」である。場面の詳細は省くが、語る「私」と行為する「私」の区別を曖昧にすることによって、その場面における行為する「私」の感受の異様さや、思考の不可解さを読者に印象づけるための計算された語り口である。こうした語る「私」が行為する「私」を批評する語りは『死の棘』連作で試みられていた。第三章「崖のふち」（『文学界』一九六〇年一二月）では、鉄道に飛び込む演技をする「私」が妻につかまえられた時、「私」は〈それなら意地でもとびこんでやると、うらみがましいきもちが湧いてくるのがおかしい〉（全集８一四七頁）と語る。〈おかしい〉と批評する「私」は行為する「私」ではなく語る「私」である。が、いかにも行為する「私」がそう思ったように語られている。自殺を演技する「私」の計算高さとそれに対比される妻の一途さが印象づけられる。『死の棘』連作での視点の曖昧化の試みが「出発は遂に訪れず」に反映しているとみてよいだろう。

さらに語り手の眼が「私」の肉体の感覚に向いていることも注意される。語り手は意識の識閾を越えてうごめく肉体の生理の自然を、死から生への転位の要因として捉えている。たとえば、十四日の明け方特攻艇を格納している洞窟内の寝床に身を横たえた「私」は、〈骨にしみ通るしめり〉(二九五頁。以下引用は同頁)を感じる触覚と〈水滴と土くれのくずれ落ちる音〉を聞く聴覚が与える〈安楽〉に包まれて眠りに入る。肉体は〈質の変った空気〉を感受し、〈身構えた心の武装のうろこ〉を剥がしてゆく。死へ赴くことに気負い立つ意識は安息を求める肉体によって〈はぐらかされ〉、「私」は次第に〈眠りの中にはいって行く楽しみを感じ〉る。語り手は死から生への変化を、意識という観念の次元ではなく、肉体と意識の動きを相関させて具体的に現前化しようと語る。そのことによって読者に「私」が肉感をもって迫ってくるのである。

3　「私」を呪縛する〈何か〉

物語の要件の一つとして、まず「私」の意識を規制しているものについてみておきたい。十四日を迎え、眠りに入る前の「私」は、〈からだは死に行きつく路線からしばらく外れたことを喜んでいるのに、気持は満たされぬ思いに取りまかれる〉(二九四頁)という〈矛盾したいらだち〉

〈同前〉の中にあった。

無意味なつみ重ねのため、区切り目が醜くふくれてきて、私の死の完結が美しさを失う。しかしこちら側の生に取り残されている事実を矯め直すことはできず、よごれた日常を繰返さなければならぬ。(二九五頁)

「出孤島記」では、特攻死は〈審かれ〉(二八七頁)なければならない「私」の〈身を引きさ〉(同前)く〈罰〉(二六六頁)としての意味を持っていた。しかし、「出発は遂に訪れず」では、罪責感[4]は後景に退き、特攻死は〈よごれた日常〉を〈完結〉させる〈美しさ〉を与えるものとして意味づけられている。西尾宣明氏はこの死の意味の違いに両者の〈最も大きな異質性[5]〉を見ている。この変化が語り手の視点の変化と関わっていることは言うまでもない。〈美し〉い死を成就できなかった「私」は〈よごれた日常〉へ足を踏み出していかねばならない。その時踏み入る生を意味あるものにしていくためには、〈よごれた日常〉意識を消し去り、〈美し〉い死の呪縛から解かれねばならない。ここに死から生への転位の問題があるのだが、後出の表現を使えば、その転位は敗戦によって〈自然現象のように〉行われるものではなく、〈自分の意志の結果として〉行われねばならないということである。

死から生への転位の劇は十四日午前目覚めた時から静かに進行していく。目覚めた「私」は〈昨日までの自分とすっかり質の変ってしまった厚みのないほかのにんげん〉(二九八頁)のように感じる。出撃命令が出ないことを告げる陽光の下に出た「私」は〈からだの底の方にうっすら広がりだしたにぶいもやのような光の幕〉(二九七頁。以下同)を感受する。それは意識の〈ゆるみ〉を生み、〈陽だまり〉で〈感覚を喜ばせたいという思いにかたむ〉き、一方で〈発進の号令を待つこと〉に〈いらだたしい気持〉を強め、或る疑問を生じさせる。

この行為に従事することを納得させているものは何かが、よく分らない。(二九七頁)

この疑問は「出孤島記」では表現を変えて繰り返され、純粋に内的な倫理意識を無効化し、「私」を死の完遂へ向かわせる役割を果たしていた(このことについては別稿「「出孤島記」を読む」[6]において考察している)。しかし「出発は遂に訪れず」においてこの疑問はここ一回限りである。つまり語り手は〈何か〉を問おうとしているわけではない。「私」は自己分析家である。その「私」が〈何か〉が〈よく分からない〉と言う。対象化できないほどに血肉化しているということなのだ。つまり語り手は〈何か〉に動かされる「私」を語ることによって〈何か〉を語ろうとしている。死を前にして食欲がわくことが「私」を〈羞恥に追いや〉(二九八頁)るのだが、その〈羞恥〉は、特攻死を〈納得させている〉〈何か〉の働きである。〈新しい世界〉(三〇〇頁。以下同)をかすかに感受しながら、〈前のままの世界〉は〈たじろごうとせず動いている〉。〈前のままの世界〉を動かすものが〈何か〉である。読者は「私」を通して〈何か〉が繊細な感受性を備えた青年にどのように働きかけるのかを見取ることができるのである。

4　「私」の〈特権〉性と〈何か〉の内実

ここでは前節で取りあげた〈何か〉の内実について考えよう。十四日の夜基地の傍の部落の人々が慰問にやって来た。村人の〈目〉に〈死者を見るときの目付〉（三〇二頁）を見取り、「私」は〈過当だ〉（同）と思う。村人の〈目〉は特攻死へ向かう者を慰撫する心根として映ってきたのである。「私」は村人の〈奉仕の気持〉（三〇三頁）を素直に感受し、〈しばられない流露感〉（三〇四頁。以下同）を感じていく。慰問の宴が終わり別れる時、村人の〈涙に濡れたあきらめの目がすがりつ〉くのを見て「私」は〈満足な気持〉になる。村人の〈涙〉は特攻隊員への哀惜の情を意味しており、それに〈満足な気持〉を抱く「私」は、自らを尊い犠牲として意味づけている。特攻死に赴く「私」を〈満足な気持〉にさせるものと、生きることに〈羞恥〉を覚えさせるものは同じ〈何か〉である。ここで留意しなければならないのは、〈どんな特権も持たずに素手で死の恐怖にさらされている〉（三〇二頁）村人の惜別の〈涙〉に〈満足な気持〉を抱く「私」は、自らを〈特権〉を持つ存在として価値づけていることを、語り手が見据えていることだ。この〈特権〉的な「私」を見据える語り手の眼が、「出孤島記」とは異なり他者との関係性の中で「私」を語る道を開いたと言えよう。

村人は〈貧しく望みのうすい生活〉（三〇五頁。以下同）ではあっても、あちらの〈岸〉＝生の側に帰って行く。彼らを見送る「私」は〈こちらの岸〉＝死の側に〈とり残された〉人間である思いを深め、〈今夜出発すれば私の生涯は終りを全うすることができる〉（三〇七頁）、出撃が延期されたら〈すべてはむしろ悪化し腐りはじめるだろう〉（同）と思う。それは島の娘トエとの恋が特攻に〈死の完結の美しさ〉を求めさせることに深く関わっているからである。

渇きが彼女と一緒になることを求め……、彼女を認めることに成功しても認めたすぐそのあとから、私の居場所はそこではないと思うことを繰返すだろう。私の意識は二つに割かれ、どちらにも専心できないことが隊の内部を弛めてしまう。……その突撃行為は過去の未済の行為を帳消しにしてくれると思った。（三〇八頁）

「出孤島記」の「私」は、部下に禁じていた外出を自らは破り〈女をこしらえていた〉（二八六頁）ことを〈腫瘍〉（同）とみなし、〈審かれ〉〈身を引きさかれたかった〉（二八七頁）と強い罪責感を抱いた。ここでもトエとの恋は過誤と捉えられ、突撃死によって〈帳消し〉にするという自己処罰意識を生んでいる。この罪責感と自己処罰意識の根底にあるものがこれまで問題にしてきた〈何か〉である。それは軍人としての倫理規範に倣おうとする意識であると考えられる。前記拙論では丸山真男氏の「超国家主義の論理と心理」[7]に拠って〈社会や文化を統合する究極的実体と結ばれた倫理意識〉と記したが、筆者の言わんとするところは同じである。〈女をこしらえていた〉ことを死で償うべき過誤と考える「私」の思考には、「戦陣訓」のたとえば〈身を持するに冷厳なれ。事に處するに公正なれ。行ひて俯仰天地に愧ぢざるべし〉（本訓其の二・十）

や〈戦陣苟も酒色に心奪はれ、又は欲情に駆られて本心を失ひ、皇軍の威信を損じ、奉公の身を過るが如きことあるべからず。深く戒慎し、断じて武人の清節を汚さざらんことを期すべし〉（本訓其の三・第一戦陣の戒・八）という〈武人〉としての軍人精神に通う倫理意識がうかがえる。予備学生出身隊長であるからこそ規範的な軍人像には敏感であるだろう。[8] それに反した自己処罰意識は強まらざるを得ない。トエへの恋情を抑制できないことを罰すべき過誤と捉える「私」が、生へ足を踏み出すためには自己処罰意識から解かれねばならないのである。それは可能なのか。この問題を考えるためには敗戦が「私」にどのような影響を与えたかをみておかねばならない。

5　生の胎動と危機の萌芽

ここでは敗戦が「私」にどのように作用したかを読み解いてみる。十四日深夜に防備隊司令部から、各部隊の指揮官は正午に防備隊本部に集合せよとの連絡が入った。十五日、集合の理由をあれこれ考えながら防備隊への山道を歩いて行く「私」は幾つかの光景を眼にする。語り手はそこに死から生への転位の契機と、同時に新たな危機が孕まれていることを語る。

入江際の部落にさしかかった時、特攻出撃後部落の人々が〈用意された防空壕に収容された上、爆薬を使って自決するのだと取沙汰されていた〉（三二三頁。以下同）ことを思い出す。「私」は戦局が〈切羽つまった〉状況にあることを認識している。〈がっしり統一されて見えた〉自然に囲まれていた幼い頃の感覚がよみがえり、〈思わずあたりを見まわ〉す。肉体の感覚は生を願望しながら意識はそれを否定しようとする。その「私」に生を肯定させる道を開くのが「私」に似た息子を持つ老夫婦である。「私」は〈申し分なく年齢を重ねた二人の容貌〉（三一四頁。以下同）に〈安息〉を覚え、小鳥の鳴き声を〈快い〉と思う。すると〈このままどこかに逃げていく錯覚が起き〉、老夫婦の姿が〈永久に口をつぐんだまま不憫の色を浮べてどこまでも追いかけてくる〉（三一五頁。以下同）。〈みにくい〉と思っていた生の願望を肯定したい思いが強くなっているのである。

山道を出て畑の傍に来た時、不意に〈センソウハ、オワッタノカモシレナイ〉という考えが湧き、〈私は思わずにっこり笑って〉〈次々につきあげてくる衝動〉を抑えることができず、軍刀を振り回しながら〈笑いを消さず〉に駆けのぼる。そのあと特攻隊員の任務を思い、顕在化してきた生の願望を圧し殺すのだが、S部落の田圃が見える場所に立ったとき、部落の人々が〈にぎわいをわきたたせながら〉（三一六頁）刈り入れをしている情景を「私」は〈異様〉と感ずる。

> そのあたりまえのことが、そこに予想した無人の風景と重ならず，人々の点在が取りちらかされた余計な塵芥と見え、かえってどきりとした異様な情景がそこにくり広げられていると感じたのがおかしい。（三一六頁）

〈あたりまえ〉の情景を〈異様な情景〉と感じる「私」を〈おかしい〉と言う語り手は、「私」の感受の仕方の〈異様〉さをついているのだが、〈異様な情景〉はさらに続く。「私」は〈軍人たちに弱々しく腰を曲げて譲っていた〉（三一六頁）村人たちが危険な場所に〈無関心な表情〉（三一七頁。以下同）を示している姿に、〈自分の軍装〉を見返し〈軽い寒気〉を覚える。このことは以後「私」が指揮官である自分を問い直す新たな危機的状況が始まることを示している。続いて「私」は防備隊の門前で兵隊の〈異臭に満ちた光景〉を見る。高射砲台の台座を掘り返す兵隊の仕事ぶりに〈投げやりな乱れが露骨にあらわれていた〉のである。

それをきたないと思ったとき、どういうわけか、ニホンハコウフクシタ、という考えが私を打った。…中略…過去がそこで骨折して食いちがいきたない肉塊をはみ出させた様相は、想像もできない或る事の挫折の光景を語っていた。負ケタ負ケタ負ケタと頭の中を出口が分らず狂いまわる考えと一緒に、おかしなことには、生き残った実感がその居場所をかためはじめ、頬に笑いを押し出してよこした。（三一七頁）

「私」が兵隊の作業に〈きたない肉塊をはみ出させた様相〉を看取したのは、兵隊を律してきた秩序の揺らぎを見取ったからである。〈投げやりな乱れ〉は束縛からの解放が近いことを感受した兵士達の軍の秩序への抵抗の表現であろう。その兵隊の姿が「私」には〈きたない肉塊〉と映る。それは山道で湧き上がってきた〈笑い〉を人に見られてはならないと思う意識の働きと通底している。「私」のこうした意識や価値判断は、特攻死へ駆り立てる〈何か〉、即ち軍人としての規範意識によるものとみてよいだろう。〈負ケタ〉ことは「私」の中での本源的な生の欲求と死へ向かわせる規範意識の葛藤を、他者を巻き込んだ葛藤の劇へと進めていく。

6　敗戦が強いた問題

ここでは敗戦が特攻部隊隊長である「私」に強いた問題について考える。防備隊本部で顔見知りの航海長から〈無条件降伏だよ〉という言葉を聞いた時、「私」はこれまでとは別種の死に直面している自分に気づく。

それ〈無条件降伏―筆者注〉は少しずつ、馴染みの、未知のものへの怖気の顔付に変貌した。それはよく分らぬながら、今の戦闘態勢の中で完全にそのしくみから脱れ出るまでにどれほどこみ入った煩瑣をくぐりぬけなければならぬかということへのおそれだ。（三二九頁）

「私」が〈戦闘態勢〉の〈しくみ〉からの脱出の難しさを思ったのは特攻部隊の指揮官だからである。予備学生の同期生たちは〈既に軍隊の組織の外に〉（三二三頁）出て復員後の生き方を考えようとしており、「私」は自分が歩まねばならない道の困難さを改めて思わざるをえない。〈無条件降伏〉への抵抗を言い出す者が出た場合どう対処すべきか、自らの生死を賭ける場面に遭遇することが予想されるのである。この時「私」は清岡卓行氏の言葉を借りれば〈選んだ死に対する恐怖から、一変して、拒みたい死に対する恐怖[9]〉の前で立ちすくんでいる。生き残った日本兵の大多数が〈無条件降伏〉を〈選んだ死〉や〈拒みたい死〉からの解放と受け取めた中で、「私」には〈選んだ死〉の代わりに〈拒みたい死〉が接近してきたのである。〈拒みたい死〉にどのように向きあえばよいのか。語り手は部下と対峙する場面を三つ作り、第一の場面で「私」が直面した問題を提示し、第二・第三の場面で問題の答を出すために何が必要であったかを明かしていく。

始まりは部隊全員に〈無条件降伏〉を伝える場面である。「私」は〈無条件降伏〉受諾の詔勅が渙発されたゆえ戦闘行為を停止し、個人的な感情で行動してはならないことを伝えた。それを聞いた隊員には吉本隆明氏の評言を借りれば〈日本人の特有な敗北のしかた〉[10]が現れた。年配の隊員に〈安堵の色〉(三二五頁。以下同)が浮かび、やがて〈全体を包んだ〉。〈私はそれを予想してはいなかった〉。〈幾つかの個性〉が放つ〈鋭角な抵抗感〉は、〈ひどく孤独なすがた〉をしていた。その時の「私」について語り手は、〈それはごまかしだとささやく自分〉、〈特攻出撃の決意を発表したらどうだろうと考える自分〉がいたと語る。しかし「私」は、〈年配の隊員の表情にはほっとなり、自分の論理に従えずに〉、緊急事態に備え信管も挿入したまま即時待機を続けることを指示して訓示を終えた。防備隊本部で特攻参謀の話を聞きながら出撃することも可能であることに思い至った時の〈本心〉(三二二頁)は、出撃はしないということであった。そうであるのに部隊全体が〈安堵の色〉に染まっていくのを見て悪意と言える思いを抱くのは、特攻死を志向する〈何か〉、即ち軍人としての倫理意識が「私」の中に潜んでいるからである。自室に戻り〈言いようのない寂寥〉(三二六頁)に襲われる「私」が直面した困難な問題について、語り手は次のように語る。

装われた詭弁があとくち悪く口腔を刺激し、生きのびようと腐心する私を支える強い論理を見つけ出すことができない。戦争と軍隊に適応することを努めその中で一つの役割を占めたことによって出来かけていた筋道を、生きのこることによって否定したことになれば、それでそれ以前のもとの場所に帰ったことになるとでも言うのか。…中略…空襲と突き当るときの想像と抗命をおそれ、それらの可能性が自分の意志の結果としてではなく、自然現象のように去ってしまうと、そのあとに空虚が居残り、新たな局面に出かけて行って対処するエネルギーが生れてこない。（三二六頁）

「私」は〈戦争と軍隊に適応する〉ために、肉体訓練によって意識を軍人としての倫理規範に倣うべく〈努め〉てきた。〈努め〉るが故にトエとの恋を過誤と捉え、〈自分の意志の結果として〉特攻死を成就させようとしてきたのである。しかし特攻死が〈自然現象のように〉消えたことによって、罪責感は「私」の意識の中に〈生きのこる〉ことになった。この時、死へ向かわせる軍人としての倫理規範は〈生きのびようと腐心する私を支える強い論理〉にはならないのである。罪責感を潜めながら、「私」は〈自分の意志〉を〈生きのびる〉ことに向けていくことができるのか。それが「私」の問題になったのである。引用箇所の中略部で語り手は〈生きのびるためにそのとき適宜にえらぶ考えは、環境の大きな曲り目の度毎にまたえらび直さなければならなくなり〉（三二六頁）と語る。[11]「私」が〈生きのびるため〉の〈考え〉を選ぶことが予想されるが、それがどのような〈考え〉なのかは結末部で語られる。その前に二人の部下との場面が持つ意味について考えなければならない。

7 〈武人の本分〉と〈悲痛〉との対峙

まず副隊長格の特務少尉と対峙する場面がある。十五日の夕食時、准士官以上が集まる部屋で事件が起こる。特攻司令長官が玉音放送後に八機を従えて特攻突入[12]をかけたことを電信員が伝えた。特務少尉が酔いに任せて〈無条件降伏のだらしないこととヤマトダマシイの喪失をなげき、特攻機で多くの部下を殺した特攻長官の最期の態度を武人の手本だ〉（三二六頁）と繰り返した。「私」は〈今までのやり方への非難を含んでいるように思え〉（三二七頁。以下同）て我慢がならず、〈「もし何ごとかを本気で決意している者なら、きっと何も言わずに黙っていてやるだろうな」〉と言い放って部屋にもどった。一人になり特務少尉を〈値ぶみしている自分が解せない〉「私」について語り手は次のように語る。

しかし彼がもっと強く私につっかかってこなかったことに安心しながら彼を値ぶみしている自分が解せない。もしかしたら、武人の本分を楯にし与えられた特攻の目的を変更せずに貫くために突入を私に強いるかも知れぬと考えていたのに。しかし彼はそれをせずに酔いにまぎらせて鬱憤を散らしただけだ。えたいの知れぬ一つの悲痛が、隊を襲っていることに、やがて私

は気がつかなければならない。（三二七頁）

この場面には「私」が生へ向かう契機をなすことが二つ語られている。一つは特攻部隊指揮官として〈効果のない〉突撃をすることとの是非を問われたことである。〈多くの部下を殺した〉特攻長官の責任の取り方として、特攻死へ赴く〈姿勢〉は〈栄光につつまれて見え〉るのだが、八名の部下を〈効果のない〉突撃の道連れにしたことは〈武人の手本とたたえ〉られることではないと「私」は考えている。〈黙っていてやる〉という言葉は「私」が考える〈武人の本分〉の具体像を表している。責任は指揮官一人で負わなければならない。上位者が特攻を口に出せば下位者は同調せざるを得ない。それはあってはならないことなのだ。「私」には〈無意味な犠牲〉となることへの嫌悪があり、〈効果のない〉突撃をすることに意味を見出せないのである。二つめは特務少尉に生き残ったことを喜ぶ心根を見たことである。彼を〈値ぶみ〉したのは〈武人〉とは異なる職業軍人の弱さと打算を見たからである。彼の酔態が心根にある生き残ったことを喜ぶ自分を隠すための演技であることを「私」は感受している。特務少尉の心奥に生への期待を見取ったことは「私」に生きることを選択させる一助となるのである。〈値ぶみしている自分が解せない〉と語る語り手は、〈生きのこる〉ための障害となるかどうかを計量する眼で部下を観察している「私」を見据えている。

特務少尉との事件においてもう一つ重要な点がある。それは〈酔いにまぎらわせて鬱憤を散らした〉ことが、実は〈えたいの知れぬ一つの悲痛が、隊を襲っていること〉の徴候であったということだ。その〈悲痛〉に「私」は或る上等兵曹との場面で気づくことになる。日頃は〈おとなしい〉(三二七頁)上等兵曹が酒気を帯びて話しに来た。彼は、大学を出て二年弱で大尉を間近にしている「私」の恵まれた境遇に比べて、貧乏な家に生まれた自分がどんなに苦労して今の地位にまで昇ってきたかを訴える。

「今こうしてわたしが上等兵曹にまでこぎつけたのに何年かかったと思いますか? 十年ですよ。十年もわたしは軍隊というところで青春をすりへらしてしまったんです。それでようやく上等兵曹です。」(三二八頁)

〈無条件降伏〉は職業軍人として長い軍隊生活を経た准士官や下士官にとって衝撃であった。絶対的な階級社会である軍隊で生きるために、兵卒から十年をかけて准士官までもう一歩である上等兵曹まで昇ってきたのである。敗戦がもたらす軍隊の崩壊は、自らを支える価値観と生活基盤の崩壊を意味した。「私」は〈おとなしい〉上等兵曹を酔わせ、慇懃な口調で隊長に〈あなた〉と呼びかけながら多弁にさせた根にあるものを感受する。それは特務少尉の心根にもあるものなのだ。〈軍隊というところで青春をすりへらしてしまった〉[13]こと、その青春の貴重な時間と努力が水泡に帰したことへの悲嘆であり、痛哭の思いである。それを語り手は〈悲痛〉と言う。一人になった「私」が〈お互いの肉をそぎ合いながら血を流す光景〉(三三一頁)を思い浮かべるのは、その〈悲痛〉の深さを思ったからである。

その〈悲痛〉は一方で束縛からの解放を孕んでいる。〈あなた〉と呼びかける上等兵曹は軍隊の階級が意味を失いつつあることを「私」に告げている。しかし形式的にはその関係を続けていかざるを得ない。下士官や准士官もまた下級の兵たちの反抗の標的になる危機感を抱いているのである。上等兵曹は帰り際に〈ヘイタイたちがばかなまねをしないかどうか見まわって参ります。そっちの方は御心配なさらんでこのわたしにおまかせください〉（三三〇頁）と言う。隊内を覆う〈悲痛〉がどのような事態を生じさせるのか、その事態に隊長としてどう対処すべきかを、特務少尉に続いて「私」は突きつけられたのである。

8　〈意志の結果として〉の生へ

前節まで敗戦を境にして「私」の中でどのような内的ドラマが展開されてきたかを追ってきた。最後に〈意志の結果として〉〈生きのびる〉ことへ踏み出す決意を可能にしたものについて考えよう。第4節でみたように、「私」の〈生きのびる〉ことへの願望を抑圧する最も強い障害は、トエとの恋に起因する自己処罰意識であった。自己処罰意識からどのように解かれていったかを、上等兵曹とのやりとりでの二つの箇所に留意して考えてみたい。

彼がはいってきて話しはじめたとき、私はトエとのことを言われるのではないかと思った。言外にそのことをほのめかしているのかもしれないが、あからさまには現れてこない。（三二

九頁）

「今度の戦争の責任は、士官がとらなければなりませんよ。……士官とはそういうものです。今までそれだけの特権が士官には与えられてきたのですから。……。それにアメリカ側が必ずそれを要求してきます。……。覚悟しておかれないといけませんせんよ。」（三三〇頁）

「私」が真っ先にトエとのことを言われると思ったのは、部下がトエとのことを〈責任〉を問うべき重大な問題とみなしていると思っていたことを示している。しかし上等兵曹はトエとのことには触れなかった。しかも士官が〈特権〉を享受した〈責任〉を問うものは敵国だと言う。軍隊において階級上位者は天皇の命を代弁する存在であり、下位者は上位者への絶対的服従を強いられ、内心に批判する気持があっても下位者が〈特権〉を享受した上位者の〈責任〉を問うことはできない。しかし軍の秩序が崩れつつある今、鬱積した不満を吐き出すことは十分にありうる。上等兵曹から士官の〈責任〉を言われた時、「私」は特攻司令長官の〈責任〉の取り方を思い出しただろう。自分に自ら死なねばならない〈責任〉があるのだろうかを問うたはずである。その時、トエのことで部下の眼を常に気に病んでいた「私」に、上等兵曹の態度は重要な示唆を与えたと考えてよいだろう。部下との関係において、トエとの恋は死で償うべき過誤ではなく、〈特権〉として見逃されることとなのだ。「出孤島記」の「私」が〈腫瘍〉とみなし、ここでも突撃死によって〈帳消し〉（三〇八頁）にすべき〈未済の行為〉（同）として自らを責めてきたトエとの恋を、自分の内的倫理の眼ではなく、部下の眼で〈特権〉として見直した時、「私」に自己処罰意識から解かれる道が開かれた。そう考えることによって「その夏の今は」での、トエをめぐる部下たちの対立の場面での「私」の態度の取り方も納得できる。そこでは「私」はトエを隠しておきたい〈腫瘍〉としてではなく、自分の〈女〉として部下に認めさせているのである。部下の眼から隠しておきたい存在から自らの〈特権〉を示す存在へのトエの変化は、上述の価値判断の変化、あるいは意味のすり替えが行われたことを示しているとみることができる。ここには、他者との関係の中で罪とその軽重を自覚し計量してゆく、日本人の他者依存の相対的な罪意識を見取ることができる。もちろん〈特権〉に甘えたこと自体への罪責感が消えるわけではない。しかしその罪責感は「私」を秩序維持へ向かわせる起爆剤となることで払拭される可能性をもつことになる。やがて「私」は全員を無事に復員させることを自分の〈責任〉として意識し始めていくのである。「私」の中で死から生への転位が始まったと言ってよい。

上等兵曹が退室したあと、〈秩序が崩れて行く〉（三三一頁。以下同）ことに直面して、〈気持がふさいだ〉「私」は〈「毒を仰ぐ」〉という言葉を思い出し、〈自分にふさわしい〉と思う。しかし〈お互いの肉をそぎ合いながら血を流す光景〉が思い浮かぶと日本刀をとってベッドに入れる。

> もし刀を抜かなければならぬときは抜こうと心に言いきかせた。……。トエのことをちらと思ったが、夜毎に血が狂ったように求めていた気持がうそのようにおさまっているのに気づいた。むしろ或る安らぎの中に吸収されているのではないかと思った。日本刀を抱くようにして

その鞘をさわっていると殺伐な気持が湧いてきた。(三三二頁)

〈悲痛〉に襲われた部隊の秩序が崩れていく悲惨な状況を予感した「私」が、〈「毒を仰ぐ」〉ことではなく〈生きのびる〉(三二六頁)ために〈もし刀を抜かなければならぬときは抜こう〉という〈考え〉(同)を選んだのは、一つには軍人の〈責任〉の取り方に考えを向けたからであり、二つには部下に生への執着を見取ったからであり、三つには死へ向かう自己処罰意識から解かれる道が開かれたからである。死闘をも辞さないという〈考え〉は、部隊の秩序を保持することに向けられることにおいて、軍人としての規範意識に立つものである。自己処罰意識から解かれる端緒は私に重要な思考の転換を促していく。この時軍人としての倫理規範は〈生きのびようと腐心する私を支える強い論理〉として「私」に働きかけている。〈或る安らぎ〉を得たのはそのためである。「私」は大多数の軍人が〈生きのびる〉ために離反していった軍人としての倫理規範を、〈生きのびる〉ための支えとして身内に引き寄せたのである。軍刀を抱く「私」はこのことを示している。

しかし、この時「私」は、軍人としての規範倫理が人間個々の普遍的な自由や生命の尊厳を抑えるものであることに眼を向けていない。「出孤島記」の「私」はその対立葛藤を経験していた。トエとの恋はその葛藤に深く関わっていた。しかし今「私」はその経験を忘失している。「私」が〈トエのことをちらと思〉いながら〈殺伐な気持が湧いてきた〉と語る語り手は、その「私」を見据えていると言えるだろう。それは第4節で触れたように、自己の〈特権〉性に〈満足な気持〉を抱く「私」を見据えた眼でもある。

八月十六日以降、〈特権〉性に拠って立とうとする「私」が、軍隊の秩序の解体を予知した部下や島の人々にどのように対峙していくのか。そして、トエとの恋をどのように処置していくのか。そのことは五年後に「その夏の今は」(『群像』(一九六七年八月)で語られる。その直前に長編『死の棘』の大きな山場となる第十章「日を繋けて」(『新潮』一九六七年六月)が発表されている。十月には一つの区切りをつけたかのように単独での東欧旅行に旅立っている。『死の棘』の執筆と特攻三部作執筆の間には何か相関性があるように思われるが、それは別稿[14]で考えねばならない。

注

(1)「わたしの戦後——三十年目の夏に——」(『東京新聞』一九七五年八月一八日夕刊)。『南島通信』(一九七六年九月潮出版社)五三頁。吉田満との対談集『特攻体験と戦後』(一九七八年八月中央公論社、新編『特攻体験と戦後』(二〇一四年七月中公文庫))でも同じ内容が語られている。

(2)『分裂を生きる——島尾敏雄の戦争小説』(二〇二三年五月翰林書房)第一章に収録。

(3)清岡卓行『手の変幻』(一九六六年六月美術出版社)一六二頁。

(4)「出孤島記」では〈罪の意識〉として二度使われていた「罪」という語が「出発は遂に訪れず」では用いられていない。島尾敏雄は昭和三十一(一九五六)年十二月にカトリックを受洗しており。カトリックでは「罪」は神の教えから離れた行為に用いられることに関わっていよう。受洗後の島尾がカトリックの教義に関わる用語の使用に慎重であったことは「丹羽正光氏への返事」（『作家』一九六〇年六月）において「贖罪」を〈人間のどんな行為にも使うわけにはいかない〉言葉として捉えていることにうかがえる。

（5）西尾宣明氏は「島尾敏雄「戦記」小説一考――三部作の展開――」（『日本文藝研究』第42巻4号（一九九一年一月）一四六頁）で次のように述べている。

〈『出孤島記』と『出発は遂に訪れず』の最も大きな異質性は、この「死」への意識にある。前者に於いて、「死」は、「もう総てが無駄になる時刻が近づきつつある。」という感性的な虚無へ主人公の意識を訪っている。しかし、後者に於いて、「死」は「過去のすべて」を「解き放」つ美的「完結」性を有したものである。換言すれば、日常は「区切り目」のない「よごれた」「醜」い存在であり、その日常から救済さるべき唯一の方法として「死」が明確に意識されている。〉

（6）初出「島尾敏雄「出孤島記」を読む――「私」の倫理意識の位相を中心に――」。『群系』42号（二〇一九年六月）。

（7）丸山真男氏は軍人教育について「超国家主義の論理と心理」（『世界』一九四六年五月。岩波文庫『超国家主義の論理と心理』（二〇一五年二月）二七頁）において次のように述べている。

〈職務に対する矜恃が、横の社会的分業意識よりも、むしろ縦の究極的価値への直属性の意識に基いているということから生ずる諸々の病理的現象は、日本の軍隊が殆んど模範

的に示してくれる。軍はその一切の教育方針を挙げてこうした意味でのプライドの養成に集中したといっていい。〉

（8）島尾敏雄は入隊前に保田與重郎の『日本語録』『南山踏雲録』や天忠組に関する本を〈心ヒカレテ〉読んでおり、『島尾敏雄日記――『死の棘』までの日々』（二〇一〇年八月新潮社）所収の「終戦後日記」昭和二十年十月二十三日の記事に拠ると『南山踏雲録』の原著者である天忠組事件に関わり刑死した国学者伴林光平に関心を持っていたと思われる。モノノフの心と和歌文学の嗜みとの両極を一身に挺していた伴林光平への親近がミホ夫人への思慕を促したとみることもできる。そうであれば「私」の丈夫的心象にも影を落としていると考えることができるだろう。

（9）前掲（注2）『手の変幻』一五四頁。

（10）吉本隆明氏は「島尾敏雄の世界――戦争小説論」（『群像』一九六八年二月）。『島尾敏雄』（一九九〇年一一月筑摩書房）「2戦争」八一頁において次のように指摘している。

〈抗うものもけっして上官を斬殺しても抗命するというような貌はないし、安堵するものの貌にも、それを明らさまに解放や喜びとしてあらわすものもいない。不可解で煮えきらず、それで妙に粘りついたしこりをあとにのこすという、日本人の特有な敗北のしかたがあらわれる。〉

（11）この認識は岩谷征捷氏が指摘しているように〈『死の棘』体験を経た作者の心が反映されている〉（『島尾敏雄私記』（一九九二年九月近代文芸社）六三頁）とみてよいのだが、

この時〈強い論理〉にはカトリックへの帰依が踏まえられていると思われる。

(12)『震洋発進』の第一作「震洋の横穴」（別冊『潮』一九八二年八月）では八月十六日に土佐湾岸の震洋隊がアメリカ艦船に突撃を敢行したという無電を傍受したと記されており、八月十五日に宇垣長官突撃の報が入電したという記述はない（『震洋発進』一二頁）。同作の記述に拠れば、第一二八震洋隊出撃という誤報が生じたのは、八月十五日に第五航空艦隊の宇垣司令長官が特攻出撃をしたあと、地域諸部隊が秩序の混乱状態に陥ったからであることを後年知ったとある。「その夏の今は」で十六日にも泥酔した部下が軍刀を振り回して出撃を主張する場面があり、それが第一二八震洋隊出撃の誤報に起因していると考えられる。とすれば「出発は遂に訪れず」でなぜ震洋隊突撃のことを記さなかったのか疑問になる。いずれにしても主人公と部下との関係に影響を与えた外部の事件について、八月十五、十六日の「出発は遂に訪れず」と「震洋の横穴」の記述の違いは気になるところである。

(13)この上等兵曹の言葉は『死の棘』第一章「離脱」（『群像』一九六〇年四月）での〈この十年のあいだ、じぶんのからだとこころをすりへらしてしまいました〉という妻の言葉を思い出させる。この類似性は岩谷泰之氏「島尾敏雄「出発は遂に訪れず」論」（大正大学『国文学試論』27号。二〇一八年三月）でも指摘している。岩谷氏は後述の「毒を仰ぐ」についても『死の棘』との類似性について言及している。

(14)「『死の棘』と戦争小説の関係を読む――関係を生きることの本質的な意味の発見――」。初出『群系』48号（二〇二〇年七月）。

「その夏の今は」を読む
――信仰者の眼が見つめた特攻部隊隊長の敗戦

1　敗戦から二十年、受洗から十年

「その夏の今は」（『群像』一九六七年八月）を書く前、終戦から二十年、奄美移住そしてカトリック受洗から十年にあたる昭和四十（一九六五）年前後、島尾敏雄に転機が訪れていた。エッセイ「震洋隊の旧部下たち[1]」において〈敗戦の結果解員された当座は、戦争中同じ部隊の人たちとはあまり顔を合わせたくない気持が強〉く、〈或る時期には自分が戦争に将校として加わったことが、ぬぐえない汚点のようにさえ思えた〉と語っているが、昭和三十八（一九六三）年頃から海軍予備学生時代を含めて戦争体験について発言することが多くなった[2]。特攻隊での自身や部下の見方に変化が生じたことがうかがわれる。昭和四十二（一九六七）年にはエッセイ「第一期魚雷艇学生[3]」において、〈かつてこの世にしばらくは存在したととらえようのないへんてこなひとかたまりの集団として胸の奥底にしまいこんでいた〉〈この二十年の月日はいったい私にとってなにだったか〉と記しており、第十八震洋特別攻撃隊隊長であった自身を見つめ直す位置に立っている。

この昭和四十年前後、島尾は南島エッセイ執筆のために奄美群島や沖縄諸島を探訪しているが、

その折石垣島の震洋隊基地跡を訪れている。「沖縄・先島の旅」[4]で基地跡を訪れた理由について〈あの異常のときの本土の青年と南島の人たちとのかかわりあいの中に、島の理想と現実の断層を見つけ、それを手がかりにしてもしかしたら私の理解がもっと内部へほどけていけるかもしれないと思ったからであった〉と述べている。加計呂麻島での特攻隊体験が〈私にとってなにだったのか〉という問いの答を探ろうとする思いがうかがわれる。この時石垣島宮良に派遣された第二十三震洋隊の元隊員への聞き取りを記した旅日記が「震洋隊幻想」（別冊『潮』一九八四年八月）執筆時に見つかり、その一端が紹介されている。〈私の潜在意識の中では余程二十三震の動静に関心が傾いていたらしく、ノートの大方は、その部隊にかかわる部落の人々の反応を書き留めている〉[5]とあり、〈別な人が私が居た加計呂麻島の基地跡の近くの部落を訪れて同じように部隊の様子を聞き廻ってでもいる状況が重なるふうで、私は度々身の置き場のない羞恥に駆られた〉[6]ことを思い出している。「沖縄・先島の旅」には記されていない石垣島事件[7]について「震洋隊幻想」に次のような記述がある。

捕虜の米兵を斬殺した同隊の指揮官M大尉が、敗戦後間もなく戦犯として逮捕され、軍事裁判の結果処刑されて死んだという事件である。…中略…。ふとした運命のいたづらで私はどの状況にも立ち合っていたかも知れぬ頼りなさが考えられた。私に捕虜を斬るなどできることではないと思うと同時に情勢に流れて行く自分の姿も見えるような気がした。（『震洋発進』一一九〜一二〇頁）

島尾は昭和四十（一九六五）年の時点で石垣島事件の概要は聴き取っていた。しかし「沖縄・先島の旅」にこの事件のことは記さなかったのである。

石垣島訪問前後に島尾は二度外国旅行をしているが、その折り個人的な希望の場所を訪れている。昭和三十八（一九六三）年四月から六月にかけて米国政府の招待で信者の家でのホームステイを交えて米国本土を廻り、帰途ハワイ諸島モロカイ島のハンセン病療養所に立ち寄っている。そこはダミアン神父が一身を犠牲にしてハンセン病患者の介護にあたった場所である。次は昭和四十（一九六五）年九月から十月にかけて行われた第一回日ソ文学シンポジウムに参加した折りにポーランドを訪問し、コルベ神父が同室の囚人の身代わりになって餓死に身を委ねたオシヴィエンチム（アウシュビッツ）とコルベ神父が創設したニェポカラヌフ修道院を訪れている。両所とも島尾の希望で訪問が実現している。他者のために我が身を犠牲にした二人のカトリック神父と捕虜を斬殺した震洋隊指揮官の対照的な生のあり方は、カトリック信者となって十年を経た島尾に自らの軍人時代を振り返らせたはずである。振り返りの柱は二つあったと思われる。一つは部隊と島民との関係であり、もう一つは部隊長と部下との関係である。「その夏の今は」発表の二ヵ月後、特攻隊体験を戦後に置き換えて夢の方法で創作化した「接触」（『文芸』一〇月）を発表して、特攻隊体験の創作化に区切りを付けた島尾は、単独で二ヵ月余に亘る二度目のポーランドを始めとする東欧旅行に旅立った。東欧旅行を題材にした「東欧への旅」[8]の早い段階で、岡本徳恵氏や岩谷征捷氏が指摘しているように、クラクフの記述において十一、十二世紀に東欧を侵略したモンゴル民族を意味する〝タタール〟に自らをなぞらえていることを考え合わせると、「その夏の今は」の執筆時に、島尾は加計呂麻島に駐留した自身を抑圧者と捉える視点を持っていたとみなしうる。その視点はカトリック受洗から十年を経ていることに関わっているとみてよいだろう。指揮官として加計呂麻島に駐留した自身を抑圧者として意識し、負い目を抱いていたことについては、「孤島夢」「アスファルトと蜘蛛の子ら」における朧化表現、「出孤島記」「出発は遂に訪れず」における部分的な取り上げ方について拙稿において私見を述べてきた。そうした前作業を経て、「その夏の今は」において島民の抑圧者としての自身を深く認識していったのだと思われる。[9]

2　先行文献三篇と本稿の視点

「その夏の今は」は、一九四五（昭和二十）年八月十三日の特攻戦発令から九月の復員までを素材とした四部作（四作目の「（復員）国破れて」（『群像』一九八七年一月）は未完）の第三作にあたる。「出発は遂に訪れず」[10]（『群像』一九六二年九月）において、十五日部隊員に敗戦を告げた後、寝床に入った「私」が〈もし刀を抜かなければならぬときは抜こう〉と決意するところまでを描いた後を受けて、十六日朝から十九日夕刻までの「私」を描いている。これまでの論評の中から明確な視座に立って論じた三篇を紹介する。

まず西尾宣明氏の「島尾敏雄「戦記」小説一考――三部作の展開――」である。西尾氏が積み上げてきた文芸史的位置づけは島尾敏雄の小説解読の確固とした道標であるが、この論考は三部作における異質性と同質性を考察し、「その夏の今は」に特に二つの意義をみている。一つは〈「部下」達との関係を表現することで、自己と他者即ち相対的自己像を認識し得た[11]〉ことであり、もう一つは〈醜悪性に満ちた……日常を諦念的に受けとめ敢えて「生」を希求する認識を島尾は獲得した[12]〉ことである。

二篇めは石田忠彦氏の「島尾敏雄論――特攻三部作の二つの時間」である。石田氏もまた島尾の小説を独自の視点から解読してきたが、この論考では三部作に〈小説の時間を作者の時間によって増幅すること〉によって〈「特攻隊体験」という生の退廃から脱却し克服しようという意図[13]〉を見取り、「その夏の今は」の核心を〈生の本質としての死、ないしは、存在を根底で支える非在〉を認識した作者が〈自己の生の深層を見つづける[14]〉ことにみている。

三篇めは安達原達晴氏の「「今」を照らす起源の「夏」――島尾敏雄「その夏の今は」論――」である。かごしま近代文学館に保管されている「構想ノート」を参照して題名の持つ意味を追尋しつつ、南島論形成の重要な契機に「この夏の今は」を位置づける鋭利な問題意識は、深い読みに裏打ちされて明快で刺激的な論旨を構成している。安達原氏は〈島尾敏雄が自身の戦争体験に出会い直し、〈南島〉との関係を書き換え続ける「現在」（「今」）へつながる出発点を描いた[15]〉と捉え、そこにタイトルが「夏の終り」から「その夏の今は」に変更された理由をみている。奄美移住後の島尾の創作観の核を、過去を想起することは現在を問うことであるとみる点において石田氏と共通している。安達原氏は「島尾敏雄『接触』の全体像――〈物語化〉の回避と「死者」

――」で夢の方法による「接触」（前掲）に〈体験を物語る行為への批評性〉[16]を読み、「その夏の今は」との表現方法の違いに体験を複数視点で相対化しようとする島尾の自覚的な営為をみている。

本稿は南島論との繋がりに重点を置いた安達原氏の指摘を首肯しつつ、作品の読みについて異なった視点を提示したい。安達原氏の読みは「私」と部下の確執が顕在化する場面に集約される。氏は〈〈非武装化〉に至るまでの、「任務」に極めて忠実であろうとする隊長像とは対照的な、連帯を乱す甘さが覗き決定的な「違背」を犯す、指揮官として失格した隊長「私」の姿が部下たち＝他者の眼差しやことばによって露わになる〉[17]と論評する。この視点は西尾氏の延長線上にある。しかし物語全体の展開を追えば、別の〈隊長「私」の姿〉が見えてくる。「私」は島民と部下との二様の関係の中で語られている。島民との関係において露わになるのは〈忍従〉を強いてきた抑圧者である「私」であり、部下との関係では服従を強いる権力者としての「私」が露わになる。その時「私」は強者である自己をどこまで深く認識しえたか、そう語り手は問うている。弱者の痛苦に寄り添うことができない自分に気づいた「私」の、自省の眼の深さを問う語り手の視点は信仰者のものである、と筆者には受けとめられるのである。

3　尊厳ある人格への眼差しの欠如

本作が次の場面から始まることの意味を考えねばならない。なお、以下本文の引用のあとに付すページ数は『島尾敏雄全集第6巻』に拠る。

次の日の朝本部の真下の集合場に部落の男が入江の海の方を向いて立っているのに気づいた。そばを通ったが挨拶をするでもない。色つやの悪い顔色と、広いがやせた肩幅が、重くそして確かな抗いをにじみ出させていた。破れて垢にまみれたシャツを着け、同じようなズボンは丈みじか、肉のそげた足に靴ははいていない。それがかえって、そこからあとへは退きようのない示威と見えた。昨日までは考えられなかったことが今そこで行なわれていると私は思い、不快とおそれがないまざった。（三三二頁）

男は部隊に供出していた板付舟の返還を求めてきた。〈確かな抗い〉は島の生活の貧しさの裏返しである。男に〈不快〉を感じるのは「私」が軍の抑圧者としての顔を認識していないからである。「私」は部隊の駐留が島民に犠牲を強いることに心を向けてこなかった。物品の供出や土地の借り出し、立ち入り禁止区域の設定など島民の生活を圧迫する事柄は補佐役の分隊士に一任し、〈どうせ特攻で出てしまうのだからと、聞きながしていなかったとは言えない〉（三三三頁）のである。絶対的な死を前に自我に囚われ、特攻部隊隊長の特権に身を委ね、犠牲を強いられる島民への眼を塞いでいたことを語り手は最初に語っている。

それらの感情のあとでなお心につきささってくるのは、部落の男が部隊のただ中にひとりで立っていたうしろすがただ。……。彼の顔に昨日までの笑顔は見られず、自分だけに頼る者の自信があらわれ、昨日も今日も、彼の頼るものは微動もしていない、と思わせるものがあった。今日となってもまだ私は日本刀を帯び、彼は匕首一本呑んできたわけでもないのに。（三三三〜三三四頁）

「私」は男に〈微動だにしない〉〈自分だけに頼る者の自信〉を感受する。男に現れている〈自信〉は犠牲を強いられてきた島の貧窮の歴史の中で培われたものであろう。駐留した九ヵ月の間、「私」は貧しい生活を営む島民を眼にしながら、砂糖島として薩摩藩の財政を支えるために困窮生活を強いられてきた奄美群島の〈忍従〉（三四四頁）の歴史と島民の痛苦に思いを向けることはなかった。今も「私」は男の〈厳しい審きの顔つき〉（三三四頁。以下同）に、生活の〈掟〉を〈無視した者〉への〈合法的な処置〉を思い浮かべ、自身の内面を省みない。しかし、語り手は男の〈うしろすがた〉が「私」の〈心につきささっている〉と語り、〈日本刀を帯び〉る「私」と〈匕首一本呑んできたわけでもない〉男とを対比している。〈日本刀〉は島民の生死をも決定する軍の本質的な暴力性を象徴している。語り手は「私」を生活の〈掟〉とは別の〈心〉の〈審き〉の前に立たせているのである。

部隊の秩序の崩れを恐れる「私」は、本部の准士官以上が〈反抗の力を集める動き〉（三三五頁。以下同）を示さないことで〈大胆に〉なる。O兵曹が酔って〈日本刀をふりまわし〉〈声をふりしぼって〉〈意気地のないやつらばかりだぞ〉と嘆いている場に立ち会った「私」は、〈にくしみのかたまり〉（三三六頁。以下同）となって〈日本全体の問題〉を忘れて軽挙妄動することを難じ、〈自分ひとりで処理〉しろと、〈そこにはまりこめば、応答のしようのない場所が待ち受けている〉論法を使って黙らせる。一方で〈長いあいだ隊員たちを余裕なくしばっていた〉自分を思い、〈なぜおのおのの鬱屈を発散させるままにして置けないか〉と自省する眼を持ちながら、〈或る荒々しさにつきあげられている自分〉（三三五頁）を制することができない。それはO兵曹の酔態を見逃すことが指揮能力の無さと見られることを恐れるからである。秩序維持の思いの強さがそれを壊す者への〈にくしみ〉を湧きたたせるのだが、それは〈はだし素手〉で他者に立ち向かう〈自分だけに頼る者の自信〉を持ちえていないからである。「私」が頼るものは〈日本刀〉なのである。〈日本刀〉が象徴する軍隊の本質的な暴力性を「私」は肯定している。しかしそのことを認識できていない。認識できないことが弱者への眼差しを持ちえないことに、そして孤立と対立を深めることに関わっている。

〈ふだん分別くさく扱いにくい〉（三三七頁）O兵曹が変わるかも知れないと思った「私」は、〈戦争が終わったあとで、戦闘への条件が充たされてくるようなへんな空しさ〉（同）を覚える。〈戦闘への条件〉を、敵を殺戮するために人間性を消し去ることだとみれば、戦争によって奪われた個の自由と尊厳を取りもどすために秩序維持に努めることが、集団の非人間的性格を強めるという矛盾に「私」は突き当たっている。しかしその矛盾を認識することができない。他者を束縛する自分を振り返る意識より、他者に対する自己防衛意識が強く働くからである。O兵曹を尊厳ある人格としてではなく、階級制度の中での兵曹として対峙する「私」は、彼の〈鬱屈〉に寄り添う眼差しを持ちえないのである。トエとの関係においても同様である。部下に尊厳ある人格をみることができない眼には、兵士は階級制度を崩す存在として見えている。部隊の秩序維持に腐心する「私」は〈まのびのした日常〉（三三八頁。以下同）に潜む〈破壊の要素〉に過敏になる。隊員に外出禁止を命じた「私」が〈自由に部隊を抜けだ〉し、トエと逢っていたことは〈破壊の要素〉として意識され、以前の〈なにに引きかえても〉という〈逢瀬の弾み〉は消えていた。どのような思いで過ごしているか、トエの心に「私」の思いは向かない。

4　特権的な自己意識の根深さ

弱者への眼差しの欠如は現実認識、自己認識の歪みと一体である。その日の午後、C部落の老人が、以前献上した鯉を生きているうちに返してほしいと言ってきた。〈高等官の私に示した輝やかしい関心〉（三三九頁。以下同）が消えて、〈世間にうとい若僧をみる目つき〉で見ることに「私」は〈不満〉を抱く。軍服の階級章に価値を置かない眼に映る自分を受け容れることができないのである。

島民との交渉を担当していた分隊士が来て、敵が上陸したら女子どもに乱暴を働くから山に逃げろ、と誰かが言ったのでO部落の住民が山奥に逃げている。隊長から何か言ってほしいと言う。「私」は〈お世話になっ〉（三四一頁。以下同）た〈義務〉として〈詔勅を伝えに行く〉処置を講ずる。この時分隊士は〈自分らが支那でやってきたことしか考えられないものだから〉（三四〇頁〉と言う。南京事件[18]を想起させる言葉を分隊士に言わせた意図を筆者なりに解せば、自己に内在する罪への志向を認識せず、戦争という異常な状況が非人間的な行為に走らせるとみなす、主体者としての自己認識を欠いた日本人の個のあり方[19]を言表することである。〈支那でやってきたこと〉への兵の罪意識の欠如は、部隊の島民に対する傲岸さと無関係ではない。分隊士が役目としてきた強制的な土地の借りあげや物品の供出を〈お世話になった〉こととして受けとめ、お返しの〈義務〉を講じる「私」は、尊厳ある人間としての主体意識を欠いていると言わざるをえない。「私」は分隊士の無責任の責任を問われているのではない。島民の苦しみに思いを向けずにいた自身の責任を問われているはずである。前節で触れた〈心〉の〈審き〉の前に立たされているのである。

「私」は〇部落に足を運び、集まった島民に〈詔勅〉を読み上げていく。〈各々最善ヲ尽セルニ拘ラス戦局必スシモ好転セス世界ノ大勢亦我ニ利アラス〉(三四三頁)と敗戦に関わる所で不意に〈熱いもの〉(同)がこみあげ、〈加之敵ハ新ニ残虐ナル爆弾ヲ使用シテ頻リニ無辜ヲ殺傷シ惨害ノ及フ所真ニ測ルヘカラサルニ至ル〉(三四四頁。以下同)と読み進めると〈無辜の二字〉が尾を引いてむせび泣きがとまらず、〈指揮官としてすごした歳月の中で自分のやったこと、無条件降伏、部落民の忍従など一瞬のうちに渦を巻いて泡立〉ってくる。

ところで、島民の〈忍従〉に思いを向けた「私」はそれを自身の問題として捉えたのだろうか。

「我ガ民族ノ滅亡」「人類ノ文明ヲモ破却」と口にのせ、「戦陣ニ死シ職域ニ殉シ非命ニ斃レ」

と韻をふんだ対の句を痛い快さで通り、「堪ヘ難キヲ堪ヘ忍ヒ難キヲ忍ヒ」に来て私はついに声がつまった。強い文章でそこに展開された馴染みの論理と部落の人の無言の無辜のすがたがあやしい対比をなして迫り私は泣き声を出してしまった。すると人々のなかからも泣き声がつづいて起きたのだ。（三四四頁）

〈無辜〉である冒頭の男と鯉の返還を求めた老人に〈不快〉と〈不満〉を感じた「私」は、自己の中に巣くう特権者である自己意識——それは天皇を頂点に置く国体護持のために忠君愛国を標榜し、絶対的階級制度を作りあげた〈馴染みの論理〉と一体のものである——を見返す眼を持ちえていない。そして今、〈詔勅〉の文言に〈泣き声を出〉す「私」は変わってはいない。語り手は〈馴染みの論理〉と〈無辜のすがた〉の〈対比〉に〈あやしい〉という言葉を付している。〈あやしい〉にはナルシズムに傾く「私」への批判が托されている。〈人々のなかからも泣き声がつづいて起きた〉のは「私」の皮相な情動に心情的に反応したことを表している。語り手は、天皇の責任を覆い隠す粉飾された文言が喚起する空疎な大御心に情緒的に反応する「私」を冷徹な眼で見つめ、語っている。このあと島民に、〈これからの生活の準備〉（三四五頁）の大切さを説くのだが、「私」の嗚咽が特権的な自己意識への自省から出たものなら、自身の〈責任〉に思いを向けた言葉が発せられるはずだが、それは語られないのである。

そのあと「私」はトエの家に行く。島民の反応が気になる「私」はトエの父と〈数語の会話〉（三四七頁。以下同）を交わすと〈気持は鎮まり、辞去の意を告げる〉。その時トエが〈どんな思いを抱いているか〉〈察することはできない〉。語り手は特権的な自己意識に囚われている「私」の自己本位のあり方を形象していると読むことができよう。島民に〈忍従〉を強いてきた部隊長としての自分の役割に眼を向けながら、「私」は自分を動かすものが、絶対的な階級制度に依拠する特権的な自己意識であることに気づいてはいないのである。

5 エゴイズムの悪魔性

〈隊内のゆるみ〉(三四八頁)を見過ごせない「私」はその夜初めて巡検に出る。第四艇隊でギターを爪弾く二人を見つけたが、兵舎内の内情や決まりが分からず〈気抜けした〉(三五〇頁)注意しかできない。〈ほかの隊員にしめしがきかなくなる〉(同)と思った「私」は、第二艇隊で便器の掃除がいい加減であることに気づき、予備学生時代の教官のやり方を真似て年配の当番兵を叱咤する。便所の板戸にぶつかった当番兵の〈恐怖におびえた目なざし〉(三五一頁。以下同)に自分が〈粗暴なごろつき〉に思え、よろけた〈幼い恰好〉に〈圧迫され〉る。当番兵の姿は〈忍従〉を強いられる〈無言の無辜〉に重なり、「私」は自分の中に潜む〈馴染みの論理〉が生み出す〈理不尽〉(三六六頁)な暴力性に気づかされる。その「私」に部隊は〈見知らなかったもの〉(三五二頁)に映りはじめ、〈下積みの仕事に堪えていた基地隊員が結束し〉、〈七人の「准士官以上」〉(同)に反抗する危機感を抱く。当番の姿に島の男の〈確かな抗い〉の姿を思い出したのだろう。〈寛容を失っていく自分〉(三五二～三五三頁)を省みた「私」はトエのことを思い、次のように自分に言いきかせる。

「これからの長い先々を燃え尽きてしまってはなんにもならないから、ゆっくり取りかかることだ。部隊を無事に解散する最後のところまでもって行かなければ私の任務は終わったとはいえないではないか」（三五三頁）

「私」に変化が生じている。部隊の秩序を保持する目的は自分が生き残るためであった。そのためには軍刀を抜くことも辞さない決意をしたのである。その「私」が隊長の〈任務〉として〈部隊を無事に解散〉させることを思い、翌朝には〈ひとりの死人も出さずに解散したい〉（三五三頁）とより具体的に自覚する。十六日の出来事が変化を促したと考えるしかない。島民との関係において隊長としての〈責任〉に眼を開かれ、部下との関係において自分の中に〈馴染みの論理〉の暴力性に気づかされた「私」は、秩序維持のためには〈闘う姿勢〉ではなく、〈寛容〉が必要だと考えたのだろう。しかし、問題はその内的変化が主体者としての自己認識に結びついているかということである。

十七日の夜「私」はO部落の助役から労いの席を設けられた。生活の方途を見失った助役に〈この先の見通し〉（三五六頁。以下同）を問われ、〈戦争は終わった、と自分に言いきかす気持になっていた〉「私」は、〈「戦争で勝ったり負けたりは歴史のならい。……当面日常の生活の崩れをたてなおすこと」〉と答える。しかし、帰途〈自分の口つきを思い出し、吐きそうな気持〉

になる。この「私」について柴田哲谷氏は「島尾敏雄と戦争——自己矮小化を超えて——」[20]において〈村の犠牲を戦争遂行の名で正当化することはできない。助役の好意につけ込むように助言めいたことをした自分に嫌悪を感じないではいられなかった〉と評し、〈自分という人間全体を相対化することでもあった〉病妻体験を通して、作者が〈人を傷つけもする無自覚な強者としての自己を見出し、またその裏返しとしての弱さにも意識を向ける〉ようになったと指摘する。柴田氏の指摘をうべないつつ、そのあと語り手が次のように語っていることに留意したい。

特攻出撃だけにからだをかけ生まじめに従った生活が、まやかしのようだ。蛙の声が、にんげんのあくせく、不自由なしばりつけのなにやかやを洗い流すかのように、私のからだを圧倒し通りすぎた。（三五六頁）

語り手は強さと弱さの間で〈あくせく〉する「私」を俯瞰する位置にいる。〈洗い流す〉に〈かのように〉を付けたことに、〈にんげん〉が真に主体者として生きることは〈不自由なしばりつけ〉を〈洗い流す〉ことだろうか、という語り手の問いかけを読みたい。真に主体的に生きるとは、〈不自由なしばりつけ〉の中で、強者である自己を批判的に乗り越えて弱者として生きることではないか、と語り手は問うていると考えるからである。

次の日、二五〇瓩の炸薬を艇首から取り出す作業にかかっていると、連合突撃隊長から佐世保での復員準備のための連絡員を決めろと指示があり、〈反射的に第二艇隊長の特務少尉をそれと決めるつもり〉（三五七頁。以下同）になった「私」は、彼を探して〈あなたに行ってほしいのだが、どうだろう〉と聞く。この時「私」は〈彼の苦渋の反応を期待し〉、特攻戦発令が初め一個艇隊の出撃であったことを思い出している。その時、「私」は第二艇隊を指名する誘惑に駆られながら直前で自分の艇隊を指名した。「私」は、その時自分が味わった〈苦渋〉を特務少尉が味わうことを〈期待〉したのである。

特攻艇の炸薬の取り出しは武装解除を意味している。特務少尉は「私」に対して〈隔絶の表情をあらわにし〉、〈自分の艇隊員を鍛えることに没頭していた〉。そうした特務少尉のやり方は部隊を無事に解散させるという目的の障害になると考えたのだろう。また、他の准士官以上と同様に佐世保に家庭があり、復員後の準備をしている姿を「私」は見ている。〈決めるつもり〉とあるように、〈規律の中では私に従って〉来た特務少尉が隊長の要請に逆らうことはないと考えて〈どうだろう〉と聞いたのである。

そうであれば「私」が〈期待〉した〈苦渋〉とは次のような内容だろう。兵から士官の地位まで昇りつめた特務少尉にとって、艇隊長の任務を解かれることは軍人としてのプライドを傷つけられることであり、他の准士官より早く佐世保に移ることは望まないことだと「私」は考えている。「私」の要請に従うことは、これまでの軍人としての生き方を否定することになる。返事をする場面は次のように語られている。

彼の中でなにかが崩れているようであったが、強く締めていた口もとをほどくと、怒りをは

き出すふうに、

「そうですか。それでは先に帰らせてもらいます」

とはっきり言ったのだ。(三五七〜三五八頁)

「私」は特務少尉が〈苦渋〉の決断を行ない、その〈怒り〉が自分に向けられていることを感じ取っている。〈はっきり言ったのだ〉という強意表現は「私」の得意な心の内を表している。自己の特権性を脅かす者が苦しむことに喜びを感じているのである。この時「私」はエゴイズムに支配された者の悪魔性に踊らされている。特務少尉は〈決然としたうしろすがたを私の目に残して〉(三五八頁)去った。彼の〈苦渋〉の深さを思いやることができなかった「私」は、自分との関係を断つ彼の強い意志を見取っている。特権化した自我が他者をも対立の渦に巻き込むことにやがて「私」は気づかねばならない。

6　エゴイズムの構図の中心

秩序の崩れを避けるために「私」は、〈破壊の要素〉(三三八頁)であるトエとの関係が〈あらわにされるおそれ〉(同)から会うことを控えてきた。そのトエをめぐって十九日朝に事件が起こる。事件の記述は『島尾敏雄全集』で本文三十六ページ中七ページ半あり、「私」と第四艇隊長のF少尉、第三艇隊長T兵曹長、基地隊長のR兵曹長の三人の准士官以上について微妙な描写が施されている。三人が言うことはくい違うが、語り手の意図は事の真相を明らかにすることにはなく、自分を正当化する三人を描くことにあると考えられる。

Ｆ少尉は欠員になっていた第四艇隊長に防備隊から志願して移って来た。経験が浅く、軍歴の長い他の艇隊長に対抗心を抱いている。八月十三日特攻戦発令時の震洋艇暴発事故は第四艇隊が起こしている。「私」は〈おなじ予備学生出身で年下の彼〉（三六〇頁）に親しみを抱いている。第三艇隊長のＴ兵曹長は長い海軍生活の習熟によって准士官まで昇り、部隊結成当初から「私」と隊員の訓練にあたった間柄で、「私」に〈寛容な態度〉（三六一頁）を寄せてきた人物である。事件は次のように起こる。

兵舎の外で〈疲れたかげりが浮いていた〉（三六〇頁。以下同）Ｆが〈気を取りなおして攻撃！をかけるぐあいに〉部屋に入って来て、昨晩Ｔが〈むちゃくちゃに酔って〉トエの家に〈あばれこんだ〉と言う。「私」は聞き流していたが、〈先生の大事なハイヒールのかかとを折〉り、〈ヤマイモをほってやるんだと言っていた〉（三六一頁）と聞くと、Ｔの〈寛容な態度〉の裏に〈かくされたものをあからさまにしたい執心が突きあがってきて〉（同）、Ｆの言を疑わずにＴを呼び出す。ＦはＴが暴れた現場を見てはいないし、ヤマイモを掘る（文句を言う意味の方言―筆者注）と言うことを直接聞いたわけでもない。推測や伝聞であることを隠して報告したことと〈攻撃！をかけるぐあい〉という姿を結びつければ、Ｔへの「私」の怒りを誘う狙いがあると推測される。

やって来たＴを質すと、〈目をまるくし〉（三六三頁。以下同）〈顔を紅潮させ〉て否定し、〈意外な表情をあらわにして〉〈「そんなことを私がすると隊長はお思いですか」〉と問い返す。〈「あれの靴が、つぶしてあったというぞ」〉と問うと、トエの家に酔って行ったことは認め、〈「心服し」〉てきた隊長から疑われて〈「残念でたまりません」〉と訴える。「私」がヤマイモ云々のことをFから聞いたと言うと、Fに誰から聞いたかと問い、Fが基地隊長のRだと答えると、〈憤懣に堪えぬ様子〉（三六四頁）で否定する。Tの描写は〈寛容な態度〉の裏に打算があると読ませ、〈憤懣〉はRに向けられていると推測できる。

呼び出されたRは〈みにくくしぼんで見え〉（三六四頁）、Fが言うことを否定し、〈横目に見据え〉（三六五頁。以下同）てFの批判を口にする。〈「私たちの有ること無いことを隊長に告げ口するので」〉〈「私たち兵曹長はまえのように気易く近づけなくなりました」〉と言う。問われたことを離れてFの言動を問題にするのは、逆にFの言の正しさを思わせる。語り手は同じ兵曹長である分隊士の無責任な仕事ぶりとは対照的に、時宜に応じて適切に部隊を動かすRの姿を点描している。そうであれば、Tからヤマイモ云々を聞いたRがTと隊長との間に亀裂が入ることを懸念し、Fに伝えて事前に衝突を避けるように計らったとも思わせる。しかしFとの関係よりTとの関係が大切であるRはFの言うことを否定せざるをえない。そのよう考えると一応の筋は通るが、疑問は他にいろいろ出てくる。

Rが言い終わるとFは〈「でたらめを言うな」〉とRを殴りつけ、〈「生意気な」〉（三六六頁）と言って突き倒そうとする。Fに〈告げ口する〉傾向があることは先に触れた。下位者に弱みを突かれて怒りに駆られたのであろう。軍の絶対的階級制度に組みこまれ〈馴染みの論理〉に親炙し、短期間に予備学生から士官になった若者が〈粗暴なごろつき〉性を身に付けていく。士官の階級章[21]は人間本来の弱さを隠して、下位者に強者として自己を主張させる。Fは「私」でもある。トエを〈「あれ」〉と言うのは自分の特権性を部下に指事していることにほかならない。一方、RはFの両腕を掴みながら〈「理不尽もはなはだしい。もし喧嘩を売るおつもりなら私は軍服を脱いできます」〉（三六六頁。以下同）と〈屈辱に血走った目〉で応ずる。軍服を脱いでFに対峙しようとするRには、上位者への絶対的服従を強いる軍隊の規範力が働いている。敗戦後も軍服の階級章は着ている人間を拘束する。〈寛容〉であろうとし始めた「私」は軍服に秩序維持の働きを見取ったであろう。この後秩序の崩れを懸念する「私」は語られない。

〈「生意気なことを言うな」〉と繰り返すFを制した「私」は、〈「水に流してほしい。……。しかしいろいろはっきりしてかえってよかったな」〉と言って三人を帰す。場面は次の語りで結ばれる。

　私は白い空しさの中に残され、蒔いた種の背丈だけの収穫だと思い、なにもする気になれず、押上げ戸のつっかいをはずし、部屋をうすぐらくして、整備隊の木工兵が作った白木の小机にひじをつき、目のまえの板壁に打ちつけた裸鏡の中の自分と長いあいだ、うつろな気持で向き合っていた。（三六七頁）

〈無辜〉の島民との関係において抑圧者である自分に眼を向けながら、特権性に身をゆだねている自身を省みることがなかった「私」は、部下との関係においても〈粗暴なごろつき〉である自分に気づきながら、自己の特権性を脅かす者に〈苦渋〉をなめさせた。苦しむ他者の心に寄り添う眼差しを欠く「私」は、他者と互いを敬い合う真の信頼関係を結ぶことはできない。部下それぞれの自己正当化は「私」の特権性と絡まって生じており、特権性に依拠した自我の肥大がその背景にある。その自己への自省の欠如が下位者の苦衷を思いやる眼を奪い、下位者もまたそうした眼を欠いていく。打算で結ばれた人間関係の中で個は孤立を強め、一層自我を肥大化させていく。〈いろいろはっきりして〉とはそういうエゴの増殖作用を意味しているはずである。しかし〈うつろな気持〉の「私」は、そうしたエゴイズムの構図の中心にいる自分を深く心に刻むことはできないのである。その「私」を語り手は静かに見つめている。

7　「島」の意味

十九日の夕刻、姉妹隊のH大尉から近くの島の基地隊も含めて特攻隊員を〈内地〉に引率する輸送指揮官に「私」を指名する連絡が入った。〈島にとどまるつもりでいた〉(三六七頁。以下同)「私」は〈任務をすっかりすませてから身ひとつになり〉〈もどってくれればいい〉と考える。すると朝の部下との出来事が〈古い写真のように色あせ〉、〈一日も早く〉帰還したくなり、帰る前にトエの父に考えを話さなければならない、と「私」が思うところで物語は結ばれる。

「私」は〈内地〉に帰還して任務を終えて軍服を脱げば、軍人であった自分は〈古い写真のように色あせ〉て、自由な個人として生きることができると考えている。だから帰還が我慢しきれなくなったのである。「島」が特攻隊隊長として過ごした場所であり、トエと結ばれる契機となった場所であることがどのような意味を持つのか、この時の「私」は考えることができない。安達原氏は「「今」を照らす起源の「夏」――島尾敏雄「その夏の今は」論――」おいて右の結末と南島への関心の深まりを関連付けて、次のように論評している。

本作は、島尾が戦争の現実を記憶のさなかに凝視しながら、〈南島〉との関係性を書き換え続ける途上の「今」から、かつて戦時下の記憶の一時的な遮断と引き換えに「島」の意味をミホ（＝トエ）という存在で覆い尽くした、彼自身にとって〈戦後〉の、かつ〈南島〉との関係性の出発点を描いている。[22]

奄美移住後の島尾の南島論への傾斜を考える時、安達原氏の指摘は正鵠を射ていると言えるだろう。同時に、島尾にとって「島」には戦争体験とは別の意味があることに眼を向けなければならない。カトリック信仰に関わる「島」としての意味である。

島尾が戻って来た奄美大島には明治からカトリックの信仰と深く関わってきた歴史がある。カトリック信仰に篤いミホ夫人の実母一族が代々住む島であり、島尾を受洗に導き、幼児洗礼を受けたミホ夫人を堅信へと促した島である。復員後最初の小説「島の果て」で聖書を傍に神に祈るトエを描いている。それから十年後にカトリックを受洗した島尾は病院記のあと『死の棘』連作を書き進め、同時に特攻隊体験を振り返る中で自己への視線を深めていった。ここで言う〈深める〉とは、我執を抑えて無私に近づくということである。「その夏の今は」発表から二年後の昭和四十四（一九六九）年二月に交通事故に遭って以降の、長い鬱症状の渦中で書き進めた日記体小説「日の移ろい」（『海』一九七二年六月～一九七六年九月）は、日々我執を抑えることに努める信仰者の眼差しによる自己凝視の記録である。自身の信仰について語ることの少なかった島尾が小川国夫との対談集『夢と現実』（一九七六年一二月筑摩書房）では信仰に関わることにかなりのスペースを割いているが、同時期に『日の移ろい』（一九七六年一一月中央公論社）が刊行されたのは、何かつながりを感じる。『夢と現実』の中で島尾は〈生活規範みたいなものからもまだ自由ではないですね。その生活規範というものは……カトリックの教えの根本のところへずっとつながってゆくんで……〉（二三四頁）と述べている。息子の島尾伸三氏が死の棘体験について書いた「ヨブの試練への答[23]」の中に、次のような一節がある。

どんな試練がきても、それに耐えることで、彼は自分の魂を浄化する方法に換えることができたわけです。彼が神を信じていたかどうかは別として、そういう自分を抽象的なものへ昇華していく希望を持てたわけです。

ここで語られている島尾像は、伸三氏の奄美移住後の父との長い確執の中から生まれたものであり、日常生活における島尾敏雄の生のあり方の核心を見取っていると思われる。カトリック信仰の最も重要な教えは一つは神への絶対的な信頼であり、一つは他者（＝隣人）への愛、傍らにいる他者の苦しみを共に担おうとする愛の心である。隣人の苦しみへの共感の眼差しを欠いた特攻部隊隊長の「私」を凝視した「その夏の今は」の作者の視線は、信仰者の視線である、と筆者には見える。その眼差しが「私」を変えていった海軍予備学生時代を追尋していくのは必然の流れである。一九七九年に『魚雷艇学生』が書き始められるのは、「その夏の今は」から十二年後である。信仰の深まりは作家島尾の視線をより深い自己探求へと導いていったと思われる。『魚雷艇学生』の「私」には無私であろうと努める信仰者の眼が注がれているはずである。

注

（1）『南日本新聞』一九六五年八月一五日。『私の文学遍歴』（一九六六年三月未来社）九九〜一〇〇頁。

（2）次のようなエッセイが書かれている。「キャラメル事件」（『群像』一九六三年八月）、「『エラブの礁』のために」（『エラブの礁』一九六四年一二月）、「震洋隊の旧部下たち」（前掲注1）、「二十年目の八月十五日」（『朝日新聞』一九六五年八月一五日）、「或る部下の事」（『新潮』一九六五年九月）、「むかしの部下」（『東京新聞』一九六六年七月一三日）、「八月十五日」（『朝日新聞』一九六六年八月一五日）、「第一期魚雷艇学生」（『文藝春秋』一九六七年九月）、「特攻隊員の生活」（『世界』一九六七年一〇月）。

（3）前掲（注2）。『琉球弧の視点から』（一九六九年二月講談社）五五頁。

（4）『南日本新聞』一九六五年一月一日。『島にて』（一九六六年七月冬樹社）四二頁。

(5)『震洋発進』(一九八七年七月潮出版社)一二七頁。

(6)前掲(注5)に同じ。

(7)昭和二十年(一九四五)年四月、石垣島警備隊によって撃墜され捕虜になった米兵三名が処刑された事件である。二名が某士官と第二十三震洋隊隊長M大尉によって斬首され、一名が警備隊の兵士によって刺殺された。敗戦後事件が発覚し軍事裁判で最終的に七名が死刑、一名が終身刑、四名が四十~二十年の重労働の刑が確定した。事件について島尾は「震洋隊幻想」および「「石垣島事件」補遺」(別冊『潮』一九八五年八月)を記した。両篇は『震洋発進』に収録。

(8)『文芸』一九六八年三月~一九七四年一月。『夢のかげを求めて――東欧紀行』と改題して一九七五年三月河出書房新社より刊行。

(9)島尾が自らを〝タタール〟になぞらえたことについて、岡本徳恵氏は『「ヤポネシア論」の輪郭――島尾敏雄のまなざし』(一九九〇年一一月沖縄タイムス社)7章「「タタール人」のこと」で、ヤポネシア論との関わりの中で〈支配する側にたった大和人〉としての自己の位置づけを指摘している。また、岩谷征捷氏は『父と兄の時間』(二〇〇六年一月鳥影社)の「記憶・記録・受苦・恩寵――島尾敏雄「夢のかげを求めて」解読」において、被害国ポーランドに対置される加害国の一員としての位置付けに関わることとして取りあげている。

(10)別稿「「出発は遂に訪れず」を読む――〈意志の結果として〉生へ踏み出すドラマ――」

(11)（初出『群系』43号二〇一九年一二月）を参照。

(12)『日本文藝研究』42巻4号（一九九一年一月）一四九頁。

(13) 前掲（注11）一四九頁。

(14)『国語国文薩摩路』35号（一九九一年三月）四七頁。

(15) 前掲（注13）五九頁。

(16)『昭和文学研究』73集（二〇一六年九月）一四三頁。『分裂を生きる――島尾敏雄の戦争小説』（二〇二三年三月翰林書房）の第二章「〈公〉と〈個〉に裂かれる自画像――「その夏の今は」論（1）」として収録（五三頁）。

(17)『日本文学』65巻9号（二〇一六年九月）五八頁。『分裂を生きる――島尾敏雄の戦争小説』の第五章「〈物語化〉の回避――「接触」論」として収録（一一六頁）。

(18) 前掲（注15）一三八頁。前掲「『分裂を生きる――島尾敏雄の戦争小説』四三頁。

(19) 笠原十九司『増補南京事件論争史』（二〇一八年一二月平凡社）の「はじめに」の「南京大虐殺事件（南京事件）とは」によると、南京陥落は昭和十二（一九三七）年十二月十二日であり、翌年三月二十八日の中華民国維新政府の成立時までの間に、南京住民や中国兵に対する日本軍兵士の残虐行為が続いたと記されている。

(20) 丸山真男氏は「超国家主義の論理と心理」（『世界』一九四六年五月。岩波文庫『超国家主義の論理と心理』（二〇一五年二月）三四頁）において、日本軍兵士の非人道的な行為の原因を「圧迫の移譲」原理に見て次のように述べている。

〈市民生活に於て、また軍隊生活に於て、圧迫を移譲すべき場所を持たない大衆が、一たび優越的地位に立つとき、己れにのしかかっていた全重圧から一挙に解放されんとする爆発的な衝動に駆り立てられたのは怪しむに足りない。〉

(20) 『愛知学泉大学・短期大学紀要』47号（二〇一二年）六五頁。

(21) 島尾は階級章にこだわった体験を「わたしの戦後――三十年目の夏に――」（『東京新聞（夕刊）』一九七五年八月一八日。『南島通信』（一九七六年九月潮出版社）五二頁）の中で次のように記している。

〈解員手続きのさなかに、全員が一階級ずつ進級していることを確かめ得た。私も古い階級章に新しい桜章をもう一つ縫いつけ、大尉を示すそれを再び襟もとに取りつける誘惑に勝てなかった〉。

(22) 前掲（注15）一四一頁。『分裂を生きる――島尾敏雄の戦争小説』五二頁。

(23) 『魚は泳ぐ』（二〇〇六年四月言叢社）二一九頁。

『死の棘』と戦争小説の関係を読む
――関係を生きることの本質的な意味の発見

1　本稿の意図

「出発は遂に訪れず」を読む時に筆者が眼を止められる箇所がある。主人公の隊長が八月十五日に防備隊に向かう途中で作業する兵隊を見る場面である。

……投げやりな乱れが露骨にあらわれていた。それをきたないと思ったとき、どういうわけか、ニホンハコウフクシタ、という考えが私を打った。…中略…過去がそこで骨折して食いちがいきたない肉塊をはみ出させた様相は、想像もできない或る事の挫折の光景を語っていた。

（全集6巻三一七頁）

眼を止められる理由は二つある。一つは比喩の意味を考えるからである。今は次のように読んでいる。兵隊に〈投げやりな乱れ〉を見て〈きたない〉と思うのは、意識の深層に軍隊の絶対的階級制度を是とする規範意識が潜んでいるからであり、〈過去が……きたない肉塊をはみ出させた〉と感受したのは、思考が働く意識の層に軍隊の価値観への批判意識があることを示している。

二つめは、この箇所と『死の棘』一章「離脱」冒頭近くの次の一節との関係に思いが及ぶからである。不倫相手の女の家から帰宅した夫が、鍵が掛けられた家に台所の窓ガラスを割って入り、仕事部屋を見る場面である。

机と畳と壁に血のりのようにあびせかけられたインキ。そのなかにきたなく捨てられている私の日記帳。わなわなふるえだした私は、うわのそらでたばこを吸っていたようだ。〈全集8巻八頁〉

二人の「私」は過去を〈きたない〉ものとして受け止め、〈想像もできない或る事の挫折の光景〉に出会っている点で共通している。もちろん二人の「私」の心的内実は別種のものである。前者は海軍の末端特攻部隊隊長が感受した敗戦時の兵の態度に対する嫌悪感であり、後者は積み重ねてきた妻への裏切り行為が露見したことへの焦慮や不安、恐れなどの感情であるという違いはあるが、共に危機的状況の予兆を感受していることを考えれば、二人の「私」に、通常言われている素材の時間的な連続性とは別の、濃密な関係性を読み取ることができるのではないかと推測したくなる。

『死の棘』全十二章は「私」の自己剔抉の集積であり、その過程で妻との関係がエロース的愛からアガペー的愛へと昇華していく物語と読むことができる（※別稿「島尾敏雄『死の棘』考」[1]参照）。「出発は遂に訪れず」及び「その夏の今は」に形象された隊長は、『死の棘』において〈腐肉〉を抉り出されていく夫に繋がるように語られている。言い換えると、妻に過去を問い糾される夫が心内の闇を露わにされることによって、戦後の出発時に南島の海軍基地の指揮官であった自分の内部の闇をも見据え、その自分から脱け出て、妻との新たな関係に入っていく過程を形象することが意図されているように思われる。

発表の推移を略述する。昭和三十五（一九六〇）年一月に特攻待機体験と死の棘体験を結ぶ意味を持つ「廃址」が発表され、四月に第一章「離脱」、九月に第二章「死の棘」、十二月に第三章「崖のふち」、翌年三月に第四章「日は日に」と矢継ぎ早に発表されたあと、翌昭和三十七（一九六二）年九月に「出発は遂に訪れず」が発表された。翌昭和三十八（一九六三）年四月に第五章「流棄」、五月に第六章「日々の例」、翌年二月に第七章「日のちぢまり」、九月に第八章「子と共に」、翌昭和四十（一九六五）年五月に第九章「過ぎ越し」、二年後昭和四十二（一九六七）年六月に第十章「日を繋けて」が発表され、二ヶ月後の八月に「その夏の今は」が発表された。『死の棘』は五年後昭和四十七（一九七二）年四月に第十一章「引っ越し」、昭和五十一（一九七六）年十月に第十二章「入院まで」が発表されて十七年をかけて完成した。また逝去の翌年、「その夏の今は」の発表から二十年後になる昭和六十二（一九八七）年一月「（復員）国破れて」冒頭部が未完の遺稿として発表された。

管見では『死の棘』と戦争小説の関係について先鞭を付けたのは吉本隆明氏「島尾敏雄の世界――戦争小説論」[2]である。後続の論の多くが吉本氏が指摘した体験の類似性を云々する中で、表現方法のレベルで言及した論が少数ある。岩谷征捷氏「「はまべのうた」からの出発」[3]、西尾宣明氏「島尾敏雄「戦記」小説一考――三部作の展開」[4]、堀部茂樹氏「引き裂かれた自己」[5]である。

三篇とも『死の棘』と「出発は遂に訪れず」の関係性の論及だが、立論の性格上、多様な意味内容の統一体としてのテクスト間の重層的な関係性にまで踏み込みえなかった憾みがある。

本稿では、『死の棘』連作と「出発は遂に訪れず」及び「その夏の今は」が交互に書かれた理由を三作の表現に即して読み解いてみる。それは『死の棘』執筆前に「廃址」が書かれた意味にも関わっている（※別稿「島尾敏雄「廃址」を読む――再生の道を拓く旅[6]」参照）。先述したように『死の棘』において語り手である「私」は、妻の尋問によって自己崩壊を繰り返し、意識の深層に潜む自我の諸相を露わにされる自分を語りながら、眼を背けてきた妻と出会った過去の自分の内部の闇に眼を向けざるをえなくなる。その時戦時はさらに遡る過去と結ばれ、自分が紛れもない歴史の一点として認識されていく。内奥の闇を見据えることを通して過去につながる現在の自分を見出し、新たな生へ歩みを進める契機を見出していく。その契機とは他者との関係を生きることの本質的な意味の発見であったと考えられる。そのことを読み解いてみたい。

このあと第2節から第4節で『死の棘』第一章～第四章と「出発は遂に訪れず」の関係について、第5節から第8節で『死の棘』第五章～第十章と「その夏の今は」の関係について考察する。

2　自閉し膨張する自我意識

はじめに『死の棘』第一章の妻の言葉と「出発は遂に訪れず」の某下士官の言葉を取り上げて、夫と隊長が共に自我に執して他者の痛苦に心を寄せる感性を欠いていることを確認する。このことに両者の内部の闇の根があると考えるからである。

まず『死の棘』の最初の三日間の妻の糾問の言葉の一節を見よう。〈私は自分のことばかり考えて悩み、妻はひたすら身を捨てていたことを〉認めた夫に妻は次のように言う。

「……いちどくつがえった水は、二度ともとのお盆にかえりませんのよ。……。あたしがおそろしかったのはあなたのからだです。あなたを丈夫にしようとして、この十年のあいだ、じぶんのからだとこころをすりへらしてしまいました。」(全集8巻一七～一八頁)

妻の言葉はこの場面の前で夫には〈長い叙事詩のようにきこえはじめ〉ている。夫は、妻が覆水は盆に返らないという言葉にこめた、献身の背後で耐えてきた悲しみや苦しみの深さに思いを向けることがなかったのである。このあと夫は〈私は改心の顔つきだけで、しばらく姿勢を低くすれば、安定した未来がやって来てくれるかも知れないなどと思い、しばらくの日々を送〉(二章)る。妻の累積された痛苦に寄り添うことができない夫の心の在り方が妻の心を一層引き裂いていく。しかし夫はそれに気づかない。やがて妻は夫の偽りの〈改心〉を見抜き、〈「あなたがいくらあたしに忠実そうにみせかけてもあたしは信ずることができません。あなたはとてもずるい」〉(三章)と責める。第一章から第四章までは、自閉する自我への執着から抜け出られない夫が〈うそ〉を問い糾す妻によって〈腐肉〉を露わにされ、壁や家具に頭をぶつけるなど自虐の様相を次第に強めていく姿が語られる。各章から夫が自我を壊される表現を引いてみよう。

一章　妻のその目に会うと、私はいくらか回復しかけていた自我のかけらなどいっぺんに吹きとんでしまう。（全集8巻三五頁）

二章　誰にものぞかせられないひそかなこころの構えは、無惨に崩れてしまったが、そのかわり、けだものなどと投げつけられたことばを受け取ってしまうと、むしろ力が出てきて、妻をかかえて家のなかに引き入れた。（全集8巻六三頁）

三章　今はとても自我のしんを立てることなどできはしない。（全集8巻一一五頁）

四章　私はそれにかえすことばはなく、自分が根底から崩壊して行くようなめまいを感じた。（全集8巻二〇五頁）

自我が壊される場面で、夫は繰り返し先に引いた覆水は盆に返らないという妻の言葉を思い返す。この言葉の夫の受け止め方には第五章から変化が見られ、第八章以降は夫の脳裡から消えていく。それは夫の心内の変容を意味している。心内の変容は〈忘れる〉ことを求めていた〈過去〉が変質したことを意味している。

このように先に引用した覆水は盆に返らないという妻の言葉はあとの展開に深く関わっているが、先の引用部の終わりの〈この十年のあいだ、自分のからだとこころをすりへらしてしまいました〉という言葉も、十年前の夫を引き出す役割を認めることができる。「出発は遂に訪れず」に類似した表現があり、両者に通い合う意味を見出せる。隊長である「私」が部下に敗戦を告げた夜、いつもは〈おとなしい〉上等兵曹が酔って隊長室に来て思いの丈を吐く。その中に貧家に生まれた自分の青春のみじめさを訴える一節がある。

「わたしたちがどんなに苦労をしてきたかあなたには分かりませんですよ。今こうしてわたしが上等兵曹にまでこぎつけたのに何年かかったと思いますか？　十年ですよ。十年もわたしは軍隊というところで青春をすりへらしてしまったんです。それでようやく上等兵曹です。」（全集6巻三二八頁）

上等兵曹が来る直前に〈えたいの知れぬ一つの悲痛が、隊を覆っていることに、やがて私は気がつかなければならない〉とあり、彼の話は部隊員の〈悲痛〉の徴表として語られている。貧困ゆえに青春を軍隊に捧げ、一兵卒から下士官に昇ってきた十年の辛苦が水疱に帰した絶望感、虚脱感に襲われているのだろう。そうした部下たちの内面を「私」はこれまで慮ることなく彼らと接してきた。話の途中で〈「もっとよく部下の身の上を知っておいていただきたいですな」〉と言う上等兵曹の言葉は「私」の偏狭さを衝いている。

上等兵曹が部屋を出て行ったあとベッドに横になった隊長は、はじめ〈「毒を仰ぐ」〉という言葉が浮かぶが、〈お互いの肉をそぎ合いながら血を流す光景〉を思い浮かべて、生き残るために必要があれば軍刀を抜く決心をする。自死よりも部下との死闘を選ぶ隊長には、自己に執して〈改心〉を装う夫と共通した、他者の心内に思いを向けることがない心根を見取ることができる。言うまでもなくこの自閉的な自我は人間の本性的なものであろうし、それを根底から消し去ることは殆ど不可能であろう。しかし他者に開かれた自我へとあらためていくことは可能だろう。そのことを隊長からつながる存在としての夫の歩みに見取ることができる。

3　孤立者の暴力性

『死の棘』には、自我の崩壊の危機に晒された夫が〈自分の存在のただひとつの証明のように思えて〉（二章）理不尽な力の誇示に走る場面が幾つかある。その夫の内面が最も露わに表出された場面が第四章の冒頭部である。襖の破れ目から父親を心配して見つめる伸一に夫は首を吊る姿を見せる。〈妻とその片割れが組みになり〉〈笑いものにしていると思って〉〈憎悪がたぎって〉、〈わざと気抜けた顔つきになり〉手にした電気コードを引っ掛ける場所を探す様子をする。

おかしな葛藤に落ちこんだ両親のあいだで、過重な心労を余儀なくされている伸一を見ると、いっそのこと破裂するまでふくらませたくなり、打ち残した釘に引っかけて、力のかかりぐあいをためすような仕草を、ふすまの穴の伸一の目に、やって見せる。（全集8巻一五三頁）

第三章末尾では、列車に飛び込もうとする夫を擬態であることに気づかず身を挺して止めた妻に、夫は〈私は幸福なのだ〉と思う。それは自己の醜悪さから眼を逸らす夫を語っている。〈妻もこどもも私を疑い、審きの銃口を私に向けようとする〉（三章）と妄想する夫は、息子の健気さを思いつつ破壊衝動を募らせていく。この時夫の意識は混乱しているわけではない。〈頭のなかではおだやかに考える〉のである。自閉する自我の醜悪さに気づきながら、それを防御することに意識は働き、孤立感は周囲に敵対者を見出して暴力的に関係の断絶を計っていくのだろう。右の夫と同質の心の動きは、前節末で触れた「出発は遂に訪れず」の結びで、軍刀を握って必要があれば死闘も辞さない覚悟を決めた時の隊長にも指摘できる。

トエのことをちらと思ったが、夜毎に血が狂ったように求めていた気持がうそのようにおさまっているのに気づいた。むしろ或る安らぎの中に吸収されているのではないかと思った。日本刀を抱くようにしてその鞘をさわっていると殺伐な気持が湧いてきた。（全集6巻三三一頁）

玉音放送後以前とは異なる接し方をする特攻参謀に、軍隊の階級構造の揺らぎを察知した隊長は部下が敵対者に変身することを覚る。上等兵曹の表白は部隊の秩序の崩れを眼前化させた。その時の隊長は、妻と子が〈審きの銃口〉を向けていると妄想した夫と同様に孤立無援である。死闘を辞さぬ覚悟をした時〈或る安らぎ〉を感じ、軍刀の鞘を触って〈殺伐な気持〉を抱く隊長の心内の動きは、伸一の脳が壊れるかもしれない危険な行為を〈おだやかに考える〉夫と共通しており、敵対者を暴力的に排除することに傾いていく悪魔的な性向を指摘できよう。

右に見た暴力的な性向は特権者の自我意識と相関している。〈過重な心労を余儀なくされている伸一〉への破壊衝動を抑えられない夫、階級制度の下で上位者への絶対服従を強いられてきた部下と死闘する決心をする隊長、両者には、抑圧されている者の苦しみや悲しみを自身に置き換えて思いやる共感意識が見られない。協同者である者にさえ敵対者の影を見て自己防衛に走る自我意識は、傲慢な特権者としての自己意識から生ずるものであろう。自我を抑制せねばならない上位者がいないところでは特権者としての自己意識が肥大化し、野放図な自我の拡張が許される。その暴力性に気づかない限り自己防衛の機能が働き、自閉する自我は拡大し続けるだろう（※別稿「島尾敏雄「出発は遂に訪れず」を読む――〈意志の結果として〉生へ踏み出すドラマ」[7]参照）。

こうした意識の深層に潜む自我の暴力性は、『死の棘』では第九章末尾での、無人の夜の駅のホームで入構する電車を見た夫が、妻に〈さあ、今だ。とびこめ！〉と命令しそうになる場面や第十章での反抗的な態度をとる伸一を素裸にして折檻する場面でも描出される。また、「その夏の今は」が〈素手〉の島民と〈刀〉を手にする隊長が対比される場面から始まるのは、特権者の無自覚な暴力性を語り手が問題にすることを語っていると読むことができる。そのように捉えると、『死の棘』での夫の暴力性の継続した描出が、「その夏の今は」の創出を促す契機の一つとなっていると見てもよいだろう。

4　過去に規定される時間意識

ここでは夫と隊長の時間意識の同質性を問いたい。第1節で触れたように夫と隊長には過去は

〈きたない〉時間として意味づけられている。『死の棘』では妻に繰り返し過去を問い糾されることによって、夫の内部で過去の意味づけが変化していく過程が物語の進展に重要な位置を占めている。過去の意味の変質は現在と未来とのつながりの変化を伴うゆえに、夫の生の在り方の変化を招来する働きをする。『死の棘』第二章を取り上げ、発端部での過去を糾問される夫の時間がどのようなものであるかを確認しておく。日記帳の発覚から十数日経った朝の場面である。

目ざめは何によって導かれるのかはわからないが、その直前まで断たれていた現実は、目ざめの瞬間からすべて眠る前までの現実につながってしまう。…中略…。その場その場で、事態が展開する目の前に見えるだけの状況に応じて、日々を処理して行くやり方だけが私に与えられている。（全集8巻七三頁）

現在（＝現実）は過去の醜い自分に結ばれて生起し、しかも望みある未来への道を断たれており、物事をその場で処理する時間でしかない。過去の忘却を願う夫と過去の想起を求める妻の確執が繰り返されながら物語は展開していく。夫の過去の意味は第八章で変化を示し始め、過ぎたあとでしかその大切さに気づかないことに思い至るようになる。そして第十章において〈私に残された手段は、時を身方にすることだけだと気づ〉き始め、〈できるだけ家族で過ごす新しい過去を作っておかなければならぬ〉と考えるようになる。この時夫は時間意識の転換の場に立っていると言えるだろう。

右に見た発端部での夫の時間意識は、次に引用する「出発は遂に訪れず」で語られている隊長の時間意識と通底している。特攻出撃即時待機中の八月十四日の夕暮れ時である。

　むしろ発進がはぐらかされたあとの日常の重さこそ、受けきれない。死の中にぶつかって行けば過去のすべてから解き放たれるのに、日常にとどまっている限りは過去から縁を切ることはできない。（全集6巻三〇六頁）

引用部の前では〈断絶に囲まれ〉た現在は〈余分なつけ足し〉とも〈よごれた日常〉とも語られ、〈過去〉はこれからの生によって〈矯め直すことはでき〉ないほどに〈よごれた〉ものと意識されている。引用部のあとで〈未遂で終ったその断面がなまあたたかくふやけ、いったん氷結させられたためいっそうはね返って手のほどこしようのない症状を示してくるにちがいない〉と語られており、未来は希望を与える時間ではない。こうした隊長の過去・現在・未来の時間意識は『死の棘』の夫と同質のものと言えよう。

　この「出発は遂に訪れず」の隊長の時間意識は、十三年前に発表された「出孤島記」の隊長とは異なっていることに注意したい。

　そして時は無気味に進行を止め、毎日の出来事は既に歴史書に書かれていることばかりのように思えた。…中略…。昨日は今日に続かず、そして又今日は明日に続いて行きそうもない。

……一瞬一瞬だけが存在しているようなその日その日があっただけだ。（全集6巻二三九頁）

「出孤島記」の隊長において時間は現在だけが意味を持っており、過去と未来は実体的な意味を失い、現在の生と切り離されて顧みられるものである。時間は継続性を欠き進行を止めている。「出孤島記」の隊長の時間意識は、過去が現在を脅かす意味を持つ「出発は遂に訪れず」の隊長や『死の棘』の夫の時間意識と異なっており、そこに『死の棘』第一章～第四章と「出発は遂に訪れず」との関係性を見ることができる。『死の棘』第五章以降の夫の時間意識は次の節で述べる。

5　心内の二つの層

この節からは『死の棘』第五章～第十章と「その夏の今は」の関係について考える。

前節で『死の棘』の展開において夫の過去の変質が重要な意味を持つことを述べたが、そのことに関わる『死の棘』第五章～第十章の夫の心内の変化について見ておく。第六章で〈うそ〉を告白することで身も心も軽くなっていく感受を得た夫は、第八章以降で過去に意味を見出すようになり、第十章で新しい過去づくりを考えるようになる。過去の変質は夫の内部の質的な変化を意味している。

夫の故郷での一時凌ぎ（五章）から帰京すると、妻の狂的な症状が進行して夫は妻を専門医にゆだねざるをえなくなるが、それによって症状は一層悪化して妻は尋問機械と化していく。その過程で夫は自身の心内の闇に眼を向けていく。第六章で周囲の者に及ぼした過去の〈腐敗と害〉に目を向けるようになり、第七章では妻の〈地獄の苦しみ〉を分かろうとしない自分を振り返っていく。第八章冒頭では半ば夢遊状態の中で、意識が拡散して収拾がつかなくなる恐れを感じながら、妻の〈地獄の苦しみ〉を共にすることに〈親密な感情〉が湧いて、蘇る記憶に〈秩序を与えられ〉〈意味が出て〉くる経験をする。次はその時の夫の思いである。

しかし二度とふたたびその過去の日に立ちかえれない事実が胸をしめつけてきて、急激に寂しーいきもちに襲われた。……。いつも取りかえしのつかぬ過ぎ去ったあとでしかそのことの意味に気づかず、現在はいつも手さぐりで無我夢中だ。そうして過去が次第にふえてくると、もう死はすぐ目の前に近づいている。（全集8巻三二七頁）

過去を問うことを無意味だと訴えていた夫が、失った過去に〈取りかえしのつかぬ〉〈意味〉を見出し、悔恨と寂しさに襲われている。さらに第八章では夫の内部に別の変化も生じる。〈自分のすることがつい危険なほうにかたよって〉〈正常な情意のはたらき〉ができなくなることを自覚し始めるのである。深層に潜む暴力性への自覚が生まれており、第四章までとは異質の内面を見取ることができる。しかし現在は死に近づくことであり、未来はまだ生きる時間として見えてはない。夫が過去と現在に未来につながる〈意味〉を見出すのは第十章においてである。第十章に次のような場面がある。

佐倉の古い街道筋を歩きながら、歴史と風土がかもし出す安定した時間の流れを感受した夫は〈時の移ろいの動かせないすがたを目の前につかんだきもち〉になり、知るはずのない故郷での母の少女時代を思い浮かべる。その時の思いである。

ずっと遠道になるが、できるだけ家族だけで過ごす新しい過去を作っておかなければならぬ。私に残された手段は、時を身方にすることだけだと気づいてきたようなのだ。（全集8巻四〇三頁）

夫は未来の家族の姿に思いを向けるようになっている。漠然とではあれ、過去と現在を未来を生きることにつなげて考えようとしている。夫の内部で変化が生じていることは疑えない。その一方で妻の問い糾しは繰り返され、それに応じる夫の狂態も続く。第七章で夫は〈なぜ妻がもう意味を失った発作を放棄しないでくりかえすのか、と絶望的な疑問がなん度も起こってくる〉のだが理由を見つけられず、第十章でも〈あやつりのようにさわぎ出す自分がとどめられない〉でいる。それは入院まで続く。このことは理知が働く意識の層では夫は確かに変わっているのだが、理知の届かぬ深層には変えることのできない本性が根深く潜んでいることを語っていよう。この第五章～第十章での夫の内部で変化する意識の層と、変化しえぬ深層の本性の層との二層の描出によって作者に鮮明になったものが、死から生への葛藤の渦中にあった敗戦時の特攻隊隊長の姿であったと思われる。「その夏の今は」が書かれた理由をそこに見たい。例えば次のような隊長の姿である。

　敗戦翌日島民が小舟の返還を求めてきたことは軍の権威の失墜を隊長の脳裡に刻印し、内と外から部隊の秩序が崩壊の危機に晒されていることを実感させた。隊長は〈自分の部隊がまるで見知らなかったもののように写り〉、〈しだいに寛容を失って行く自分をどうしようもない〉状態に陥る。下士官が泥酔し刀を振り回して〈鬱屈を発散〉することを見逃すことができず、初めて兵舎を巡検して〈粗暴なごろつき〉のように当番兵を突き倒す。危機感の増幅によって深層に潜む性向が露呈する。「その夏の今は」では理知では抑えきれぬ闇の層に潜むエゴイズムの種々相が剔抉されている（※別稿「島尾敏雄「その夏の今は」を読む──信仰者の眼が見つめた特攻部隊隊長の敗戦[8]」参照）。

　付言すれば、隊長が十六日の夜に〈ゆっくり取りかかることだ。部隊を無事に解散する最後のところまでもって行かなければ私の任務は終わったとはいえないではないか〉と考えるようになるのは急転回に過ぎよう。しかし『死の棘』第八章で妻を隔離病院に入れることを思いついて〈むずがゆい気楽さ〉を感じた夫が、帰宅した時〈この家のなかで起こった出来事の〉〈結末を見ないで、どんな人生も私にあるはずがない〉と言い聞かせていることを並置すれば、理知と暗部の本性との相克の渦中にある孤独な特権者である隊長を、本性を乗り越えて理知に立とうとする『死の棘』の夫の前史として捉えることができる。

6　闇の層の支配

『死の棘』第一章〜第四章において夫の自省の眼差しは、主として妻の糾問に反応する自分の行動に向けられる。行動を自省する眼は、その行動が異常さを強める頻度を増せば必然的に行動を促すものへ向かわざるをえない。物語は変わりうる意識の層を中心に展開していくが、第六章以降夫は変わりえぬ闇の層に自覚的にならねばならず、葛藤の場に立たされる。抑制しようとする意識を超えて暗部の性向に心内を支配されていく場面を幾つか挙げてみよう。

第六章で夫は〈過ぎた日々に私がかかわっていた部分でどんなに腐敗と害が広がっているかを確かめること〉に意識を向けるようになるが、女の写真や手紙を隠していることを妻に指弾されて〈空とぼけて時間をのばし〉ている自分に対して、〈うそを守ろうとする自分の暗い情熱に絶望の思い〉を湧かす。第八章では子どもを叱るうちに〈常軌をはずれ〉た行動に走って〈制動がきかなくなる〉ことへの恐れを抱き、〈正常な情意のはたらきができなくなった〉自分に〈暗澹となる〉る。第九章では診療後に尋問発作を起こした妻に〈がまんして、と私のこころは命令しても、感覚はささくれだち、嫌悪と恐怖で冷えきってしま〉い、電車が入構してくる深夜の駅の無人のホームで、妻に〈さあ、今だ。飛びこめ！〉と命令する誘惑に駆られる。第十章では弱い姿をいつも見せている卑小感が暴力性を増幅して、反抗的な態度をとる伸一を素裸にして〈あぶない、と思っても、いきおいがついて止まらない〉で折檻をする。

第4節で見たように「出発は遂に訪れず」での隊長の心内の闇の描出は限定的だが、「その夏の今は」では随所にそのことを指摘できる。別稿「島尾敏雄「その夏の今は」を読む」(前掲)に詳述しているので、幾つかの場面の紹介に止めよう。まず冒頭部。十六日朝、軍に貸していた小舟の返却を求めて隊内に入ってきた男に、隊長は〈不快とおそれ〉を感じる一方で、〈微動だにしない〉〈自分だけに頼るものの自信〉を感受する。そこには抑圧者であることに無自覚な強さを装う特権者が垣間見える。また、或る兵曹が酔って軍刀を振り回して出撃しないことを詰っている所に行き、〈にくしみのかたまり〉となり、〈応答しようのない場所〉に追いこむ〈わながひそ〉む言葉を使ってやりこめる。そこには他者の心情への共感意識を欠いた狭隘な心根を見取ることができる。さらに島民に敗戦の詔勅を読む場面では、〈馴染みの論理と部落の人の無言の無辜のすがたがあやしい対比をなして迫り私は泣き声を出〉す。そのあと将来の生活の準備をするように訓辞し、トエの姿を見て気持が通じたと思う。ここには軍国主義の〈馴染みの論理〉に支えられていることに無自覚な特権者を見出せる。

右に見た場面からも、特権者の地位にある者の自己防衛に走る、ひ弱で傲慢なエゴイズムが剔抉されていることが認められる。『死の棘』第五章〜第十章の夫が心内の闇に眼を向けるようになっていったのに反して、「その夏の今は」の隊長は眼を背けて自己防御の姿勢を強め孤立感を深めていく。そうした姿を『死の棘』第一章の夫の前史として捉えることができる。

次の二つの節では別稿「島尾敏雄「その夏の今は」を読む」で言及しなかったことを取り上げたい。

7　〈ジュウ〉への罪責感をめぐる疑問

『死の棘』第四章に、戦時中夫と密会するために父を避難小屋に一人で疎開させていたことを、〈天罰〉として夢に見たことを妻が夫に話す場面がある、

あの戦争中のとき海軍基地にいたあなたがいつやってくるかわからなかったし、ジュウがじゃまだったの。だからジュウひとりをあんな不便な疎開小屋に追いやっていたのだわ。死んでもいいと思ったわ。…中略…。あたしがあんな神さまのようなジュウを犠牲にしてえらんだあなたからはこんなひどいめにあわされたのです。（全集8巻一五七頁。ジュウ＝慈父の意味で加計呂麻島での地域を統べる人物の尊称―筆者注）

妻は父を疎開小屋に追いやったことを罪として受け止めている。この妻の夢に関わることが「出孤島記」と「その夏の今は」に出てくる。「出孤島記」（父は祖父、妻はＮとなっている）では次のように語られている。

私もめくらになってしまった。みなしごのＮに、此の世の中でたったひとりの孫娘をたよりに生きている年老いた祖父だけを谷の奥の疎開小屋に移させ、Ｎには部落の中の家に寝起きさ

せるようにしたのは、私ではなかったか。（全集6巻二六〇頁）

「出孤島記」の「私」は祖父を疎開小屋に移したことに自分の意志が働いているとして後ろめたさを抱いている。しかし、「その夏の今は」（祖父は父、Nはトエとなっている）の「私」にはそうした罪意識を表す表現はない。語り手は「私」が深夜に何度も訪れていたことを暗示したあと、久し振りに見たトエの父との再会を次のように語る。

「戦争が終わって、もう空襲の心配がなくなりました」と私は言った。空襲がはげしくなると彼はそれを厭い疎開小屋に移ったが、トエはひとりでからっぽの部落うちに残っていた。……疎開小屋の不自由な生活のせいかすっかりやつれ、からだもいためているように見えた。でも戦争の終わったこれからは私がいつ訪れても彼が家の中に居るだろう。…中略…。父のななめうしろにかくれるように坐り、私の方に見るでもなく投げかけている目差しがあった。（全集6巻三四六〜三四七頁）

「出孤島記」とは異なり、父が疎開小屋に移ったことに「私」が関わったようには語られていない。特攻三部作は「出孤島記」執筆時から作者に意図されていたわけではないが、「出発は遂に訪れず」は「出孤島記」の末尾を承けて書き起こされ、同様に「その夏の今は」は「出発は遂に訪れず」の結びを承けて起筆され、「出孤島記」の出来事を承けている場面が数箇所あることを考えれば、三作の時空間は連続していると考えてよいだろう。

「その夏の今は」のトエは隊長との関係を父に知られないように振る舞う。そのトエが『死の棘』第四章での罪意識に苛まれる妻につながっていることを考えれば、〈すっかりやつれ、からだもいためているように見えた〉父に対して、〈でも戦争が終わったこれからは私がいつ訪れても彼が家の中に居るだろう〉と思う隊長をどう解すればいいのか、「出孤島記」の「私」との違いについて考えざるをえない。次のように読んでみたい。

父に会った時に隊長が最初に話したことは、戦争が終わったので疎開小屋に住まなくてよくなったということである。それは戦況の緊迫によって村人を疎開小屋に移す指示が軍から出たことを暗示していよう。軍の指示とは隊長の指示ということだ。疎開小屋に移ることが父の意志であったとしても、トエが父を世話することより隊長と会うことを選んだ結果として〈からだもいためているように見えた〉のならば、「出孤島記」の「私」と同じように、言葉には出さないが後ろめたさを抱いていると読んでいいのではないか。つまり、父はトエが家に残ったのは自分と逢うためであることを知っていると隊長は考えており、二人のことを父がどう思っているかを知るために会いにやってきたと読むのである。そのように読むとあとの〈さりげない数語の会話をまじえさえすれば、私の気持は鎮まり、辞去の意を告げる〉ことも得心がいく。父が二人の関係に拘りを示さなかったことで〈私の気持は鎮ま〉ったのである。

そのように後ろめたさを心中に隠していると見るなら次のことが言える。「出孤島記」の「私」の罪責感は祖父（＝父）が無事であったことで消失する底の浅いものだったことになる。『死の棘』

の妻が抱いた罪責感を知る者には、「その夏の今は」の隊長の心内に〈からだをいためる〉状況に置かれた〈無辜〉の島民の痛苦を思いやる心を欠いた、特権享受者の尊大で狭隘な自己防衛意識が読み取れるのである。大切なことは、語り手がその隊長を見据えているということである。

8　対立の構図が語ること

ここでは、『死の棘』第十章での浮気の相手がやってきて事件が起きる場面が、「その夏の今は」でのトエの家への乱入を部下に問い質す場面に類似していることを取り上げる。しかし、重点は類似点にあるのではなく、そこに語られている微妙な相違点が、両作の関係を考える上で見逃せない意味を持つことを示すことにある。

まず類似点を二つ挙げる。第十章の妻と女の争いの場面は庭に出た夫が自分を呼ぶ声に女への未練を湧かすところから始まり、ついで妻が女を打擲する場面が長く続く。女をつかまえた夫に妻は自分が好きかと問い、次いで女が好きか嫌いかを問い、嫌いなら殴って見せてと求める。最初の問いに〈悪い予感〉を感じていた夫は観念して二度叩く。それに勢いを得た妻は女を打擲する。妻の打擲を見ている夫に向かって、女は〈Sさんがこうしたのよ。よく見てちょうだい。あなたはふたりの女を見殺しにするつもりなのね〉と訴える。もし夫が〈悪い予感〉に対応した別の行動をとることができていれば、別の愁嘆場が生じただろうが女は修羅場から逃げえただろう。この、妻の誘導に乗って女を叩かざるをえなくなった夫の姿は、「その夏の今は」の結び近くで

F少尉の誘導に乗って部下の対立を表面化させる隊長に似ている。次のような場面である

T兵曹長が酔ってトエの所に暴れ込んだので自分が連れて逃げたという報告をFから聞いた隊長は、Tが来ることがなぜ分かったのか疑問を抱くが、それは言わずに〈じゃ、どうということはなかったんだ〉と応じた。するとFはTがトエのハイヒールのかかとを折ったと言う。それを聞いた隊長は〈かくされたものをあからさまにしたい執心〉が湧き上がりTを呼出し問い質す。もし疑問に思ったことをFに質していれば、違った展開になったはずである。隊長がFに不問に付す意味の言葉を言ったことで、Tに対する〈不審と暗い怒りのせめぎあい〉が生じたのである。『死の棘』の夫には心奥に潜む女への未練を隠すために保身に走る利己心が露出し、「その夏の今は」の隊長にも部下との関係を利害関係でしか捉えない利己心を見取ることができる。

類似点の二つめの中には相違点も含まれている。それぞれ右に見た場面に続く場面である。第十章の夫は事件後妻から加勢せずに見ていたことを問われる。事件の最中に女もなぜじっと見ているのかを問うたように、夫は自らの判断で主体的に行動することはなかった。日常世界の倫理的な社会規範を破ることへの怖れと、そこを抜け出る誘惑との間で思考は停止していたのだろう。妻にあれこれ言い訳をする夫は自分の言葉に〈うそ〉を感じ、〈自分がわからない〉と思う。理不尽な暴力を振るう妻と暴力を受ける女とそれを見ていた自分を振り返る夫、という構図と類似する場面が「その夏の今は」の前述の場面のあとにある。

FとTの言うことが対立してR兵曹長が証人として呼ばれる。RはFの言うことを否定し、Fの告げ口癖を指摘する。すると怒った階級上位のFがRの顔を殴る。Rは〈理不尽もはなはだし

い〉と軍服を脱いで対峙しようとする。間に入った隊長は〈水に流してほしい〉と言って三人を部屋から出したあと、〈蒔いた種の背丈だけの収穫だ〉と思い、壁に掛けられた鏡に映る自分を〈うつろな気持〉で眺める。理不尽な暴力を振るうFとそれを受けて対峙するR、両者の間に立ってなす術を持たない自分に目を向ける隊長という構図は、前述の妻と女と夫の構図に類似していよう。

隊長室の鏡に映る自分に見入る場面は「出孤島記」で特攻戦発動の信令を受け取る直前の場面にもあり、隊長の顔は〈堅い思いつめたとがった様子で沈んでいた〉と心の中が具体的に描出されている。しかし「その夏の今は」では異なり、鏡に映る自分を見る隊長が〈うつろな気持〉であるとだけ語られている。部下のエゴイズムの噴出を眼にして、その中心にいる自分という存在の意味を見定めることができずにいるように思える。

さて相違点であるが、『死の棘』の夫は妻に言い訳をする自分に〈うそ〉を感じ取り、〈わからない〉自分を心に刻む。一方「その夏の今は」の隊長は予期せぬ〈収穫〉に心を奪われ、〈うつろな気持〉になって種を蒔いた自分を心に刻むことができないでいる。そのように捉えることができる。類似した構図の中に置かれ、共に心内の闇に出会いながら、闇を見据える眼差しの強さが大きく異なっていることに注目したい。その相違が以後の作品の創出に関わっていると考えるからである。

9　関係を生きることの意味

『死の棘』第十一章以後も夫と妻の〈地獄〉は繰り返されるが、〈過去の膿でただれた傷口をなん度も開き直さなければならない〉と自覚する夫は、第十一章では〈どんなに耐えがたい状況も、時の経過が事態をやわらげ、次の局面がひらけてくる〉と考えるようになる。第十二章では〈この世で頼りきった私にそむかれた果ての寂寥の奈落に落ちこんだ妻のおもかげが、私の魂をしっかりつかみ、飛び去ろうとする私のからだを引きつけてはなさない〉と思えるようになり、〈新しい生活に出発ができる〉気持になって妻と共に入院する。

「その夏の今は」では前節に見た場面のあと、隊長は特攻隊員の本土送還指揮を任じられ、トエとの結婚を決心するところで閉じられる。復員までを予定したであろう「〈復員〉国破れて」は冒頭部だけが未完の遺稿として逝去の翌年「その夏の今は」の発表から二十年後の昭和六十二（一九八七）年に発表された。そこには、徴用船で本土に向かう特攻隊員を見送るために基地に残る上級下士官が分乗した震洋艇の一隻が転覆した時、〈特攻艇を弄んだ罰だなど溜飲を下げるむごい思い〉を抱き、また〈自由の解放が、どんな可能をも含んでいるふうに錯覚していた〉隊長が回想文体で語られている。その姿からは〈うつろな気持〉で鏡の自分を見ていた隊長の眼差しが、心内の闇に深くは届かなかったことが推察される。このことからも「その夏の今は」の隊長は『死の棘』の夫の前史として形象されていると見てよいだろう。

そのように捉えれば、「廃址」を出発点として、『死の棘』と「出発は遂に訪れず」及び「その夏の今は」の交互の執筆は、作者島尾にとって、戦後の起点となった敗戦体験と十年後の死の棘体験を往還することで、心内の闇の諸相を露わにして、自分という存在を認識していくための必然的な方法であったと考えられる。『死の棘』を書くことによって見えてきた「出発は遂に訪れず」や「その夏の今は」における「私」と周囲を、執筆時の事後的な思い入れを排して客観的に形象しようとしているのはその現れであろう。そうした往還的な執筆によって明確に作者島尾に見えてきたものは、人間が生きるということが他者との関係を生きることだという思いであったと思われる。

　精神を病んだ妻の繰り返される糾問は、夫に〈うそ〉をつかせる自閉した自我を棄てさせ、他者の思いに眼を向けさせる働きをするものでもあった。『死の棘』最終章の末尾で糾問を繰り返す妻と共に生きることに喜びを見出していく夫には、狭隘な自我に執する自己から脱け出て、妻の苦しみに寄り添う思いが生まれている。その思いは、限界状況で直面した自分の弱さを繰り返し見据えることを通して生まれたことを、『死の棘』と「出発は遂に訪れず」[9]及び「その夏の今は」は伝えている。我々読者は、生きるとは他者との関係を生きることであり、よく生きるとは、命ある存在である他者の心に寄り添い、他者の痛みや苦しみ、悲しみに共振し共鳴する生の在り方であることを『死の棘』末尾の夫を通して示唆されるのである。

　『死の棘』第十章と「その夏の今は」を発表した昭和四十二（一九六七）年十月、島尾はソ連・東欧への二ヶ月余の単独旅行に出た。二年前に日ソ文学シンポジウムの一員としてオシヴィェンチム（アウシュビッツ）やコルベ神父が創設したニェポカラヌフ修道院を訪れており、そうした場所の再訪が主な目的であったと思われる。その時の紀行『東欧への旅』[10]では東欧を侵略したモンゴル民族を意味する〝タタール〟に自らをなぞらえてもいる。抑圧者としての自己認識があったことを示している。カトリック受洗から十年の昭和四十年前後での、同室の囚人の身代わりとなったコルベ神父、ハンセン病患者の介護に身を捧げたダミアン神父、サハラ砂漠の遊牧民の中で信仰に生き殺されたフコー神父への関心の深さは、キリスト者島尾の信仰が弱き者に寄り添う生き方を志向するものであったことをうかがわせる。弱き者に寄り添い、共に生きることに喜びを見出していく生の在り方は、島尾敏雄においてはキリスト者としての生活と小説執筆との相乗的な働きの中で見出され強められていったものであろう。『死の棘』と「出発は遂に訪れず」及び「その夏の今は」の交互執筆はそのことを証していると筆者には考えられるのである。

注

（1）『群系』35号～37号二〇一五年一〇月～二〇一六年一〇月。『島尾敏雄の文学世界――病妻小説・南島小説を読む』（二〇一七年七月龍書房）所収。なお「エロース的愛・アガペー的愛」については、本書の「はじめに」一四頁の注を参照されたい。

（2）『群像』一九六八年二月。〈戦争〉と改題して『吉本隆明全著作集9作家論Ⅲ島尾敏雄』（一九七五年一二月勁草書房）、『島尾敏雄』（一九九〇年一一月筑摩書房）に収録。吉本氏は島尾が「出発は遂に訪れず」によって〈死〉から〈生〉へむかう〉ことを小説化しえた理由を〈妻が精神障害におちいって、幾度か死に面しながら、ついにそれをくぐりぬけた困難さを、実生活で体験しえたからにほかならない〉（『島尾敏雄』七九頁）と述べて後続の論の基本線を敷いた。

（3）『島尾敏雄論』（一九八二年八月近代文芸社）所収。岩谷氏は上掲書一三二頁において『死の棘』連作を書き始めたことによって〈〈頽廃〉を剥落させて手に入れた〈現在〉、それが

「出発は遂に訪れず」には反映され〉、そこには〈ただ忠実な〈現実に忠実ということではない〉記録があるだけである〉と評している。

（4）『日本文藝研究』第42巻4号（一九九一年一月）。西尾氏は上掲書一四七頁において〈虚無性や倦怠性を孕んだ嫌悪すべき現実的日常から解放させ得る浪漫的なものに対する認識を獲得した〉点に『死の棘』と「出発は遂に訪れず」との共通性と「出孤島記」との異質性を見取っている。

（5）『島尾敏雄論』（一九九二年三月白地社）所収。堀部氏は上掲書二六〇頁において〈「出発は遂に訪れず」に繰り返し、日常の生に耐え難いという思いが表出される〉ことに、〈死の棘〉の体験によって〈日常の生の重み〉を思い知ったという島尾の〈戦後体験〉の本質が表出されていると指摘する。

（6）『群系』46号二〇二一年七月。本書第三章に収録。

（7）『群系』43号二〇一九年一二月。本書第三章に収録。

（8）『群系』44号二〇二〇年六月。本書第三章に収録。

（9）他者との関係を生きることについては新約聖書神学者武田なほみ氏の『人を生かす神の知恵――祈りとともに歩む人生の四季』（二〇一六年八月オリエンス宗教研究所）を参考にした。

（10）『文藝』一九六八年二月〜一九七四年一月。『夢のかげを求めて――東欧紀行』と改題して一九七五年三月河出書房新社より刊行。

呑之浦の格納庫跡

震洋艇（レプリカ）と格納庫跡

島尾敏雄文学碑公園内の
島尾敏雄・ミホ・マヤの墓碑

第四章　自己探求の深化

『魚雷艇学生』を読む――〈もう一人の私〉を封殺する〈成長〉の記録

1　はじめに

『魚雷艇学生』は昭和十八（一九四三）年九月三十日の第三期海軍予備学生入隊から、第十八震洋特別攻撃隊隊長として奄美群島加計呂麻島に進駐した昭和十九（一九四四）年十一月二十一日までの一年二ヵ月間の「私」を、語り手が現在の時点から回想する形式を採っている。いわゆる三部作――「出孤島記」「出発は遂に訪れず」「その夏の今は」――において、時に視点人物「私」を現前化させるために、語られる「私」と語り手の距離が消失し、一体化して現在形で叙述される場合があったが、本作では、語られる「私」は常に語り手によって対象化され、基本的には過去完了形（回想体）が用いられている。全七章が六年半に亘って連作形式で発表され、各章は「私」の立場の変化に即して時系列で構成されている。作中の時空間や他の人物との関係は作者の実体験と一致しており、「私」及び語り手は作者と重ねられる。しかし本稿では「私」と語り手として記述する。各章の素材と場所は次の通りである。

第一章「誘導振」（『新潮』一九七九年一月号）と第二章「擦過傷」（『新潮』一九七九年六月号）は旅順海軍兵科予備学生教育部での四ヵ月の基礎訓練、第三章「踵の腫れ」（『新潮』一九八〇年一月号）は横須賀海軍水雷学校での三ヵ月の専門訓練、第四章「湾内の入江で」（『新潮』一九八二年三月号）

は長崎県川棚臨時魚雷艇訓練所での二ヵ月の専門訓練と特攻志願及び特攻艇震洋配属、第五章「奔湍の中の淀み」（『新潮』一九八三年三月号）は横須賀海軍水雷学校での一ヵ月の震洋艇訓練、第六章「変様」（『新潮』一九八五年一月号）は川棚臨時魚雷艇訓練所での二ヵ月の艇隊長としての震洋艇訓練と震洋隊指揮官任命、第七章「基地へ」（『新潮』一九八五年六月号）は針尾海兵団、佐世保防備隊での一ヵ月の基地進出準備から加計呂麻島上陸までである。第四章「湾内の入江で」は昭和五十八（一九八三）年度（第十回）川端康成文学賞を受賞し、単行本『魚雷艇学生』（一九八五年八月新潮社）は昭和六十（一九八五）年度（第三十八回）野間文芸賞を受賞した。単行本刊行直後主要な雑誌が書評に取りあげており、以後の読みを先取りしている評を紹介する。

野原一夫氏「『魚雷艇学生』雑感」（『新潮』一九八五年一〇月号）は第四期海軍予備学生の経験に立って目配りの利いた読みを提示している。〈軍隊の仕組みに対して嫌悪感を抱いていた一青年〉が〈その仕組み〉への〈反撥と適応の間を揺れ動いていく〉〈精神の振幅に一つの視点を据えた作品〉と概括し、〈より大きな主題〉は〈特攻隊体験〉であり、〈死に接近していく毎日〉が〈日常の生活感覚と近似〉して〈異常なものではないと語っている〉と評している。高橋英夫氏「密度の持続の時間」（『群像』一九八五年一〇月号）は〈事実を把持しつづけていた作者の記憶の時間〉を〈密度の持続〉と捉えて、〈驚かされるのは〉〈忘却部分をも含めた記憶把持の緊張度のゆるみなさ〉であり、〈死だけが確実なモラトリアムの不透明さをかかえこんでいる人間的状況〉が〈傷〉として〈肉体の一部と化してゆく〉さまが〈きわめてリアリスティックに描かれ〉、〈暗示的な力を帯びる〉と論評する。小島信夫氏「「隊長」ということ」（『文学界』一九八五年一一月号）は〈あなた自身でもあるS学生が〉〈「成長して行く」というふうに、作者がとらえていることに〉〈興をそそられ〉、〈あなたが愛惜しているかに見える「隊長」というものを、すなおに愛惜します〉（傍点原文）と含みの多い評を記している。光岡明氏「恐しいほどにことばが聞えてこない本」（『中央公論』一九八五年一〇月号）は記録性に注目して、〈いまならどうとでもつく〝解釈〟と、それを生むことがらを峻別し、後者に徹しているという意味で、ことばがない。ことがらは音もなく流れる豊かな水のように、流れきたり流れ去る。その底には突兀たる岩場もあるが、表面に頭を出していないから、音をたてない〉と実作者らしい評を記している。

次に上記の評者が提示した問題を深めた論評を紹介しておく。野原氏が指摘した軍隊への〈反撥と適応の間を揺れ動〉く〈精神の振幅〉の問題は、小島氏が読む〈成長〉の問題や高橋氏が指摘する〈モラトリアム〉の問題に重なる。この問題に関しては安達原達晴氏が「『魚雷艇学生』と〈南島〉の発見[1]」において、「私」の変化に〈外部の論理に加担していく〉〈主体の総体にわたる自律性の剥奪〉の道筋を見て、その「私」を再認識したことで島尾が〈南島〉を発見したと捉える。高橋氏が指摘する〈記憶・時間〉の問題は次の二氏の論評が重要である。岩谷征捷氏は「不定形の精神」（『島尾敏雄私記』（一九九二年九月近代文芸社）七四〜七六頁）において、〈記憶の襞に分け入る行為が直接いま書いている行為と結び付く〉という〈方法を確立した〉と指摘し、〈〈書いている現在〉の心〉によって〈過去の主人公が二様に分裂していくのを見つめていると同時に、書いている作家自身の〈変様〉をも跡づけ〉る〈不定形の精神〉が生まれたと評している。また、對馬勝淑氏は「訣別」（『島尾敏雄論——日常的非日常の文学——』（一九九〇年五月海風社））において、〈作者の視点〉がこれまでの作品とは異なり、〈過去の自分〉を〈再現しようと努力する現在の自分自身に据えられて〉（二五六頁）、〈過去の自分の姿を〉〈客観的対象として再現しようとする意識から、過去が現在の自己の中にいかなる姿をして生きているかを見つめようとする意識への変化〉（二六四頁）を指摘している。

多様な読みの可能性を孕む『魚雷艇学生』を、筆者は、軍隊を嫌悪し、戦場で死ぬことへの〈怯え〉を抱く青年が、海軍に入隊し、特攻隊指揮官となっていく過程でどのように変わっていったか、という問いを基軸に据えて読み解いてみたい。「私」は幾つもの事件に遭遇するが、本稿では、類似した意味を持つ複数の事件と重要な意味を持つ事件を採りあげ、集団における個の在り方を問われた「私」が特攻志願へ導かれ、結果として〈もう一人の私〉を封殺していった心の在りようを検証する。小島信夫氏が〈成長〉とみなす「私」の歩みは、現代の日本の社会で生きる我々の問題を映し出してもいると考えるからである。

2　生まれ変わることへの意思

以下の叙述における引用本文のあとのページ数は単行本『魚雷艇学生』（一九八五年八月新潮社）に拠る。

【変身願望】

冒頭部で、〈運命とでも言うほかないものに導かれて〉（一一頁）旅順の海軍兵科予備学生教育部に到着した「私」の心奥に変身願望があることが語られる。「私」は〈緒戦で戦死した九軍神と言われた海軍の青年士官たちの軍服姿〉（八頁。以下同）と同じ士官服を着ていることに〈誇らしい気分に誘われ〉る。その思いの奥には、〈気儘な大学生生活〉を過ごしてきた「私」が〈及びもつかぬ所に属していた〉世界に入り、〈信じられそうもなかった現実〉が始まることへの戸惑いと或る意思が潜んでいる。その意思とは〈これまでの私を誰にも知られることなしに、生まれ変わらせたい〉（九頁）ということである。〈九軍神〉への思いは、公のために一身を犠牲にすることを称揚する国民一般と同様の軍人観、戦争観を「私」が持っていることを示している。「私」が旅順にやって来た経緯は次の通りである。

〈軍隊の仕組み〉（一一頁。以下同）に〈嫌悪感を持〉ち、〈陸軍の仕組みは一層耐えがたいと思っていた〉「私」は、陸軍の徴兵から逃れるために〈海軍飛行科予備学生の募集に応募し〉、〈徴兵検査に第三乙種合格という劣った格づけ〉ゆえ〈一般兵科に廻され〉たのである。昭和十六（一九四一）年十月大学在学年数が半年短縮され、昭和十八（一九四三）年十月「在学徴集延期臨時特例」が公布されて法文系大学生の徴兵猶予制度が廃され、学徒出陣が始まった。「私」はその直前に入隊した。学徒出陣で出征した安田武氏は「喪われた世代[2]」において、〈戦場へ征くこと自体には、もはやある諦めと覚悟ができていた。ただ、いよいよその「時」が到来してみると、そんな覚悟などというものの危やふやなことを、今更のように知らされた〉と述べている。〈諦めと覚悟〉は「私」にもあった。しかし陸軍二等兵として徴兵された安田氏とは異なり、「私」は〈覚悟などというものの危やふやなこと〉を、予備学生入隊から特攻部隊指揮官任命までの一年余りと、さらに基地での特攻隊生活の九ヵ月の長い時間の中で思い知らされていった。千人近い旅順海軍兵科予備学生の入隊時の平均年齢が二十三歳である中で、「私」は満二十六歳と高かった。その「私」が過去を捨て、なぜ生まれ変わることを心秘かに期したのか。語り手は過去について語らない。変身願望を〈奇体な考え〉（一一頁）、〈奇妙な考え〉（一二頁）、〈子供っぽい気持〉（一九頁）と否定的に言い換えているが、第三章では〈私はやはりかつての私から脱皮しつつあったのだろうか〉（六二頁）と問い直し、第六章は章題が「変様」であり、〈それまでとはかなりちがった人柄に変化させられたとしか思えない〉（一二八頁）「私」が語られている。安達原達晴氏は「『魚雷艇学生』と〈南島〉の発見」（前掲注1）において、〈自己変革欲求は、その内実が抽象的であるが故に、実は外発的な要素に左右され易いという側面を持つ。結局「私」とは、……外部の環境による意味づけをひたすら待ち受けるだけの存在だった〉（前掲書五七頁）と捉え、〈主体が関与する余地を保障するかのように、巧妙におこなわれた〉〈主体の総体にわたる自律性の剥奪〉（前掲書六四頁）を読み取っている。安達原氏の読みは秀逸な論点の設定と論旨の一貫性において異論を挿むことは難しいが、氏が不問に付している〈自己変革欲求〉の理由を起点に読み解いてみると、氏が否定する〈自分自身によって新たな自己の意味をつくり出す存在〉（前掲書五七頁）として「私」を読むことができる。なぜ生まれ変わりたいのか、語り手は核心に触れることは語らない。光岡明氏が〈おそろしいほどにことばが聞こえてこない〉と述べたこともこのことに関わっていよう。光岡氏が言う〈流れきたり流れ去る〉〈ことがら〉の底に潜められた〈突兀たる岩場〉を探るしかない。

【変身願望の理由】

入隊当初〈私は食欲も〉〈規則の外がわに間隙をくぐって自我を広げて行く活力も無〉（一一二頁）く、〈ひたすら規則通りに従うことにつとめた〉（一一三頁）と言う。〈私の体格と健康状態では訓練中に或いは死んでしまうかもわからない〉（一一二頁）と思いながら〈拷問のように思えた〉（一一三頁）鍛錬によって〈学生の頃の生活の根がみんな噴き出して〉（同）、〈生まれ変わりができるのではないかと期待する〉（同）のである。こうした受け身の姿勢は、変身への期待が未来を生きることに向けられたものではないことを示している。語り手は基礎段階での鍛錬課程が、高等教育を受けた青年を〈別の一つの鋳型〉（一五頁）に入れる〈実に恰好な手段〉（同）と言う。海軍士官の〈鋳型〉の象徴が〈九軍神〉である。先に引いた〈及びもつかぬ〉とは文飾ではなく戦場での死を思う「私」の実感である。入隊から二週間ほど経った時、「私」は〈こんなふうで本当に実戦の際の戦闘単位の指揮官としてつとまるだろうかという疑わしい気持〉（二一〇頁）になり、それが〈近い将来に必ずやってくる現実〉（同）であることに〈或る怯え〉（同）を抱く。〈或る怯え〉とは戦場で死ぬことへの〈怯え〉である。戦場へ征くことを義務づけられた青年にとって、死は現実の問題であった。戦場で臆することなく死に対峙できるか、入隊前からのこの自問が変身願望を生じさせたと考えられる。

死への〈怯え〉は人間の本質的な意識であろう。「私」の変身願望は安達原氏が言う〈外発的な要素に左右され易い〉ものではなく、意識の深層に根ざしている。とすれば戦争小説の主人公の属性として描かれた〈臆病〉（「徳之島航海記」）や〈性格の弱さ〉（「出孤島記」）と通底している。

〈臆病〉が資質としての気質であれば、それを変えることは至難であろう。語り手が〈奇妙・奇体・子供っぽい〉と形容したのもこのことを指している。「私」の変身願望の〈奇体〉さは死との対峙の切実さの現れなのだ。予備学生から特攻部隊隊長任命へと至る時空に、〈臆病〉な〈弱い性格〉の青年が死への〈怯え〉とどのように向き合い、どのように変わっていったかを読むゆえんもそこにある。

「私」は作者自身と考えてよいので、連作執筆三年前に〈怯え〉について言及している「想像力を阻むもの[3]」の一節に注目したい。

怯え、もしくは臆する心は、怯えないこと、勇敢なことと向かい合うのではなく、怯えをごまかすことと対峙する。……。それ（克服すること―筆者注）は一つの積極的な態度でもあり、広い有効性を持つが、強さを装うという反面の危険を内包している。この強さを装う心のはたらきが、果てしのないにんげんの業をくり返し生じ重ねることに、道を開くように思えて仕方がない。

〈にんげんの業〉を生じさせるものが〈怯えをごまかす〉心、〈強さを装う〉心であるとみなす眼は海軍予備学生の「私」を見据えている。右の引用のあと、島尾は〈怯え〉から解放するものは〈怯えを去らずに見つめること、ふるえながらでもその場を逃げ出さない態度[4]〉だと述べている。死への向き合い方は、人間の生の在り方を質す根源的な問題であり、信仰へ導く契機ともなる。自己の弱い心を逃げずに見つめることは、告解に見られるようにカトリック信仰者の重要な指針である。キリストの死の意味と復活を信ずることを大前提とする信仰に入った時から、島尾は自己の生存の意味について自問を重ねて来たであろう。敗戦以前を扱った「徳之島航海記」や「出孤島記」では、特攻死に怯え、〈強さを装う〉「私」に対比される軍人像は〈勇敢な〉指揮官である。しかし、『魚雷艇学生』で描かれる〈勇敢な〉士官は弱さをごまかす姿を見せ、〈強さを装う〉「私」は内心に虚ろさを覚えている。この変化は、弱さに対する態度の取り方の、島尾の認識の変化を反映しており、先に紹介した對馬勝淑氏が指摘する〈視点の違い〉にも関わっている。〈ふるえながら〉弱い自己であり続ける態度に視点を据えた時、〈強さを装う〉ことの欺瞞性が見えてくるのである。

3　集団における個の在り方

【〈鋳型〉への馴致】

ここでは〈へんてこな事件〉（一章）と〈にがい事件〉（二章）を取りあげ、集団における個の在り方について考えたい。入隊当初訓練中の死を思ったほど疲弊していた「私」の肉体は次第に頑健に改造され、肉体の酷使によって〈不思議な快さ〉（一八頁）を〈体感〉（一五頁）するようになる。一ヵ月後には海軍体操を長時間続けることで、〈積みかさなるようにして進んでいた疲労と強張りが、ふいに感じられなくなって〉（一八頁）〈一種の至福の気持〉（同）を味わうようになり、三ヵ月後寒期が始まった時期の行軍で根限り走らされた時には、〈凍え切った骨や肉がばらばらになりそうに思えたほど〉(五〇頁。以下同)であったが、〈かなりの道のりをすっとぶように営庭にたどりついた時〉、〈又もや奇妙に弾んだ爽快な体感が味わえた〉のである。

肉体の改造は内面にも変化を与えた。〈教官や教員がわのゆるみの部分も見えるように〉(二一頁)なる。〈泰然とした〉(二二頁)態度に〈引かれていた〉(同)分隊監事が泥酔して総員修正を行う姿に〈悲しげな殉教者〉(二三頁)を見出し、殴られたあと〈さばさばした気分〉(二四頁)になっていく。軍隊が〈普段の世間と地続きであること〉(二一頁)を〈納得〉(同)していくのである。また、〈修正〉(一二五頁。以下同)という暴力も〈いつ見舞われても平気で受けていられ〉るようになり、理不尽さを当然のこととして受け容れる精神へと変化していた。それは予備学生に共通する変化である。それを示す事がある。短艇訓練後駆け足で兵舎に帰る途中で同じ分隊の学生が〈崩れるようにうずくまってしまった〉時、〈流れが川石を避けるように、列伍が左右に割れて彼の傍を駆け抜け〉た。分隊仲間が倒れても誰も介抱しようとする者はいない。行軍中の規則から逸脱することへの禁忌意識が仲間の生命の危機以上に学生たちを縛っている。「私」を含めて学生集団の内面は〈一つの鋳型〉(一五頁)に枠づけられつつある。軍隊の絶対的な階級構造の論理に馴致していくのである。そうした時期に〈へんてこな事件[5]〉(二六頁)が起きる。

【倫理意識の齟齬】

或る朝、定時点検後当直将校が自習時間にキャラメルを食べた者はあとで申し出よと言って、全員の一週間の酒保止めを言い渡した。大部分の者が規則を犯していることを互いが知っている。

「私」は申し出ることに〈言い知れぬ重さ〉（二七頁）を感じて悩んだ末、〈自分一個の心の問題〉（同）と思い、誰とも相談せずに申し出た。将校室前には他に学生は居なかった。申し出なくても総員修正でけりがつくことを「私」も予想している。他に申し出る者がいなかったのは、他の学生との関係を考えたからであり、教官の理不尽さをわかっているからでもあろう。「私」の思考と行動は他の学生との倫理意識の違いを示しており、世間の俗な見方をすれば他を顧みない世間知らずである。そのことに自分でも気づく。だから当直将校から修正を受けたあと〈誰にも話すまいと心に決めた〉（二九頁。以下同）のである。しかし、分隊監事付が分隊全員の前で「私」だけが名乗り出たことを告げ、修正を加えたあと〈正直でまことによろしい〉と〈名誉を回復する〉評を加えたことで「私」は〈羞恥〉を募らせ、分隊内で疎外感を強くしていった。

事は罪を個人の〈心の問題〉として捉える「私」の倫理意識が、個の意思を抑圧する軍隊の倫理観と齟齬を生じているのである。そこに気づかなかったところに「私」の思考の陥穽がある。軍隊が世間であることは倫理観のあり方に端的に表れる。個人の内的倫理の問題は全体の徳育の問題に置き替えられ、個人の良心に従う行動が反集団的な行動として集団全体から批判される。倫理の規範が個人の内面の在り方を問うものではなく、集団内での行動の在り方を問うものである時、個が集団意思から離反した行動をとることは難しくなる。集団にとって利己的な行動とみなされ批判される。〈どんな小さな事柄でも自分の過誤〉（二七頁）を隠すことに重い罪意識を感じて申し出た「私」の行動は、集団意思への同調を求める日本の世間的な倫理観や思考からは〈理解されにくい〉（二九頁）のである。この事件は「私」に絶対的階級支配の集団における個の在り方を問いかけたのである。

【個と集団】

それから二ヵ月ほど後の十二月半ば、柔道の課業中に左足につくった擦過傷が悪化して、受診の結果軽業が言い渡され、肉体訓練は免除された。軽業者が外出を禁止された正月二日に〈にがい事件〉（五三頁）が起きる。分隊の中には十人ばかりの軽業患者がいた。同じ分隊の一人から烹炊所で食事の余分を希望者に分ける旨の情報が伝わり皆で相談した。「私」は〈関心はなかった〉（五四頁。以下同）が全員で貰いに行った。ところが外出から帰った分隊員たちが、他の分隊の監事付から分隊の残留者が〈残飯をもらいに行った〉ことを厳しく注意され、〈分隊の恥辱〉と激昂して、残留者に自己反省を強いたのである。他の残留者は素直に謝罪したが、「私」は〈残飯をもらいに行ったのではない〉と謝罪しなかった。しかし〈弁解するな〉と非難の声があがり、結局「私」は〈分隊に迷惑をかけて申しわけない〉と頭を下げた。入隊当初の「私」であれば、関心のないことで行動を共にすることはなかっただろう。しかし、この事件の前に行われた野外訓練で、〈どんな風変わりな学生が居るかも知れないことに思い及ばなかった迂闊さ〉（四六頁）を思い、〈自分は周囲に融け込めない〉（同）という思い込みを省みる体験をしており、周囲との同調意識が芽生えていた。語り手は〈自分の考えを貫き通せなかったことにがっかりしていた〉（五五頁）と語っているが、「私」が謝罪したのは孤立を恐れたからというよりも、自己の対他意識に変化が生じていたと見るべきであろう。

〈へんてこな事件〉に見た階級支配の集団での個の在り方が再度問われている。個の意思より集団意思を上位におき、個は集団への同調を迫られる。集団意思から逸脱することを互いが監視し合い、協調を壊す個の伸張は糾弾され、疎外されていく。そうした集団意思への同調が不文律となり、人間関係の基となる。他の分隊員が残留者の行動を〈分隊の恥辱〉として謝罪を強要したことは日本の集団の特異性を示している。残留者の行為が〈残飯をもらいに行った〉ものかどうかの事実確認はなされず、集団の名誉を損なったと決めつける。この事件でも「私」は、謝罪しない理由は〈理解されにくい〉と思っている。日本の軍隊組織を戦前の日本の社会構造の縮図と見れば、作田啓一氏が「恥の文化再考[6]」で指摘する家族主義的な集団の問題を、ここに読むことができる。

> 日本の社会は家族主義的であるといわれているにもかかわらず、家族集団の防衛機能は、ヨーロッパの場合に比べてむしろ弱い。家族外の世間の基準に従って家族成員が裁かれた時、家族は彼を世間の非難から護るどころか、家族の体面を傷つけたという理由によって、世間の彼に対する非難に同調する。

作田氏は、罪悪基準より優劣基準がより強く規制する社会集団では〈集団成員はさまざまな状況において、集団の内からの視線と外からの視線とに、しばしば同時にさらされる[7]〉とも述べている。このあと〈しれっとしているように装うことで私はやっと何かを支えている気持になって〉（五〇頁）いったのだろう。〈しれっと〉するとは弱さを見せない態度であり、〈強さを装う〉ことである。自分を〈鋳型〉に枠づけるためには〈自分一個の心の問題〉から目をそらし、〈不様な正体〉（三三頁）を隠して〈強さを装〉い、集団意思に同調せざるをえないのである。事件から間もなく基礎訓練を終えて本土へ向かう船中で、「私」は同期生と〈一連托生の運命を共に〉（五九頁）するという意識を抱く。旅順到着時の個としての「私」は、集団の一員としての「私」へと変化していたとみることができる。

4　特攻志願へ導いたもの

【〈脱皮〉の内実】

三章、四章では第一期魚雷艇学生から特攻志願までが語られる。本土帰還前「私」は術科学校での希望を暗号、一般通信、魚雷艇の三つを出したが、第三希望の魚雷艇配属になり、昭和十九（一九四四）年二月六日から横須賀田浦の海軍水雷学校で魚雷艇の専門訓練に入る。語り手はまず〈私はやはりかつての私から脱皮しつつあったのだろうか〉（六二頁）と問うているが、その〈脱皮〉の内実を表す事件が〈右足の踵にできたわずかな腫れ物〉（同）の対処である。〈第一期魚雷艇学生としての自負〉（六三頁）を抱き、〈魚雷艇乗りの道をそのまま進んで行くつもりになっていた〉（同）「私」は、腫れが膿を持ち毎朝の駆け足が苦痛になっても受診を躊躇った。専門化した課業を休むことは、魚雷艇学生を罷免されるか、予備学生を除籍される恐れがあった。しかし動けぬ状態に悪化して受診し、軍医長の処置を受けると一気に快癒に向かった。語り手は受診しなかったことを〈運命との我慢くらべに似ていた〉（六五頁）と語っている。〈運命〉とは予備学生から脱落することを意味している。痛みを我慢し受診を躊躇ったことは弱さを克服する態度であるが、見方を変えれば弱さを〈ごまかす〉〈強さを装う〉態度である。先に述べた〈脱皮〉の内実とは、こうした弱さに対する態度の取り方を意味している。受診後「私」は〈もっと早く受診すればよかったと思わぬでもなかったが、充分に膿ませたからこそ一挙に根絶ができたのかも知れなかった〉（六六頁）と思うのだが、その思いは弱い自己を受け容れる「私」と、強い自己に傾く「私」とが併存しながら、強い自己に傾く自分を肯定する「私」を語っている。語り手はその方向が〈脱皮〉と言えるのかと問うているのである。

【戦場で死ぬことの意味】

「私」が強い自己に傾いていくのは、死が前途を塞いでいるからである。〈長大なベルトコンベヤーに身柄を預けているが如く、どこに運ばれて行くかを知ろうとも〉（七二頁）せず、魚雷艇の学習に関心を持てず、敵艦に魚雷を命中させる机上訓練にのみ興味を持つのは、戦場に出て生き残れる望みを持てないからである。三ヵ月後の四月下旬、二百六十余名のうち四十余名が他の術科学校への転属か予備学生罷免を命じられたが、「私」は魚雷艇に残り、本格的な魚雷艇訓練を受けるために、長崎県川棚臨時魚雷艇訓練所に移った。その途次神戸の実家に立ち寄った「私」が行なったことは、〈大学生の頃に繰り返した些事〉（七九頁。以下同）を重ねることであった。〈自分の勉強室にこもると〉〈もとのままの大学生であった自分に返っ〉たと語るのは、「私」が肉体的に変わっても精神的には変わっていないことを言うためではあるまい。「私」は時代状況が要求する〈意味〉に適するように変身しようとしてきたのだが、〈目の前に生起する事柄がどんな意味を持っているのかの見通しも無〉（七二頁）い状態におかれていた。戦場で死ぬことの〈意味〉を見出せない「私」は、〈過去に馴れ親しんだ〉（八〇頁）些事に時を忘れることに僅かに個として生きた証しを見出して、自己の生に区切りをつけようとしたのである。川棚臨時魚雷艇訓練所に着任した「私」の眼に、自然がこれまでとは異なって映ってくるのはそのためである。大村湾の〈永劫（……）の眠気の誘われるような〉〈やわらかな風景〉（九〇頁）は〈自然が永久に変わらぬ堅固な存在を示しているように見え〉（八八頁）、〈自然に反する死に引きずりこまれなければならぬ不如意〉（同）を気づかせる。永久不変の自然が〈逃げ場を失なった鼠さながらにうろうろ〉（九〇～九一頁）する「私」を〈包みこんでいた〉（九一頁）と語っている。語り手の眼差しは超越的存在に見守られる弱く小さな人間を見出しているかのようである。

【やさしさの意味】

川棚に来て一ヵ月ほど経った時特攻志願者が募られるが、二人の海兵出身将校の〈やさしさ〉が「私」を特攻志願へ促す働きをしていることに注目したい。一人は二十代前半の指導教官R大尉である。〈学生がへまをすれば、手にした棒で頭でも肩でも容赦なく叩いた〉（八九頁。以下同）R大尉に、〈できるだけ早く学生たちを一人前の魚雷艇指揮官に育てあげなければならぬ使命感〉を看取し、〈突き放すような隔絶感〉を越えて〈しみ出るようなやさしさ〉（九〇頁）を「私」は感じていた。もう一人は学生主任指導官のS少佐である。日頃から〈からだ全体に春風駘蕩たる風格を漂わせ〉（九一頁）、〈茫洋としたやさしさが感じられ〉（九二頁。以下同）、〈伝統を突出したそうな虚無的な気配を放出させている〉S少佐に〈気持が惹かれていた〉と言う。

そのS少佐が或る朝、魚雷艇学生に特攻志願を許すことになったので、終日考えて就寝前に志願するか否かを提出するようにと話した。その時「私」は少佐の〈苦しげな表情〉(九三頁)を〈ぶこつな容貌はやさしさにあふれていた〉(同)と受け止めており、〈S少佐の言葉を聞き終わったときに既に、私は結局は志願してしまうにちがいない気がしていた〉(九四頁)のである。〈もうこの世を捨ててしまった〉(同)思いを抱いていた「私」は、R大尉やS少佐の海軍士官の〈鋳型〉を越えた人間の真情に応えようとする心理が生まれていたと思われる。

ただここで考えねばならないことは、R大尉やS少佐に感じた〈やさしさ〉はどのような性質のものなのかということである。彼らが真情を信じさせる〈やさしさ〉を持っていたとしても、それは戦場で役立つ兵士を作るという目的を否定する〈やさしさ〉ではない。人間を死ぬための兵器に造り変えることを拒否しない人間の〈やさしさ〉とは、人間の尊厳を尊ぶ心から出た〈やさしさ〉とは言えないだろう。S少佐は特攻志願の翌日全員が志願したと告げた。しかし、語り手は〈三十数年が過ぎた今になって志願しなかった者の居たことを聞いた〉(九六頁)と附言している。S少佐がそのことを告げなかった理由について語り手は詮索しない。S少佐の〈苦しげな表情〉の意味を受け止めているからであろう。「私」がR大尉やS少佐の〈やさしさ〉に動かされたのは、それなりの理由がある。病で生きる道を断たれたとしても生の欲求を消すことはできない。まして自らは求めぬ死を社会的な圧力によって選ばねばならぬ場合、その選択をうべなわせるものは理屈ではなく、人間的な情愛を信じさせる何かなのだ。もう少し特攻志願について考えよう。

【踏み絵としての特攻志願】

「私」は志願する気持に傾きながら、すぐにその決意ができたわけではない。語り手はその時の心理状態を次のように語っている。

どうせいずれは危険な魚雷艇の配置につくことがわかっているのに、なにも早まって確実に死を免れることの叶わぬ特攻にはいることはないではないか、という声はいつも低く胸の底に流れていた。(九四〜九五頁)

生の断念へ傾きながら、一方で、死を先延ばしにする理由を見つけようとする。対立する二つの声は魚雷艇学生全ての胸中にこだましていたにちがいない。〈特攻志願の問題を語り合う者など殆んど居〉(九四頁。以下同)ず、〈仲間たちも大方は〉〈何もしないでぶらぶらして〉おり、〈みんな寂しそうに見えてやりきれなかった〉(九五頁)と語る。何のために生まれ、何のために死ぬのか？　空回りしたであろう思念の根にあったのは、この問いではなかったか。彼らは命を捧げるに値する〈意味〉を探して〈長い長い一日〉(九四頁)を過ごしただろう。「私」は〈「志願致シマス」と書いて出した〉(九六頁)のだが、何のために死ぬのか、その答を出すことができたからではない。死を賭して戦場に出ることを義務づけられた魚雷艇学生であっても、僅かでも生きる時間を延ばしたいという思いを消すことはできない。そうであるのに二百十余名の大多数が志願したというのは、そこから脱け出ることを忌避させる〈鋳型〉があったことを示している。

海軍予備学生から魚雷艇学生への道程は、語り手がはじめに語った〈一つの鋳型〉に流し込む作業過程であった。そのように見れば、特攻志願を〈認められた〉（九二頁）、あるいは〈許可する〉（同）という志願者の意志を尊重したかのようなS少佐の言い方は、学生に〈鋳型〉であることを誓わせる踏み絵としての意味を持ったと言えよう。特攻を拒否することは志願する以上の勇気を必要としたはずである。特攻死を遂げた青年の手記や遺書を分析して、森岡清美氏が「決死の世代の生と死」[8]において次のように述べているのは、この時の魚雷艇学生にも当てはまる。

対象世代（一九二〇～二三生―筆者注）の戦没者を決死の覚悟に追込んだのは、日本社会とくに軍隊を浸した大きな時代の流れであって、個人はそのなかに身を委ねることにより、比較的容易に死を覚悟できたのであろう。しかし集団的状況を離れておのれ自身に帰ったとき、生還願望と生への衝動が死の覚悟を動揺させる力として強く作用したに違いない。

魚雷艇で戦場に征くまで待てばよいという〈低く胸の底に流れていた〉声を押し切って志願を書かせた力とは何か？　先に見たようにS少佐の〈やさしさ〉が心の琴線に触れたことはその一つであろう。しかしそれがすべてではない。入隊前に軍隊を嫌悪しながらも士官服に〈誇らしい気持〉を抱いた「私」は、公の価値のためには私的価値は犠牲にせねばならないとする時代思潮を受け容れていた。[9]しかし絶対的な死を突きつけられた時、生の欲求と公の価値との間で悩まざるを得なかったのである。〈みんな寂しそうに見えた〉のは国体や天皇に自分の命を捧げるだけの〈意味〉を見出せないからである。「私」は特攻志願後再度横須賀に移る途次実家に立ち寄る。奉天から里帰りしていた上の妹の子供を抱いた「私」は〈言いようのない幸いな気分に充たされ〉（一〇三頁）、〈この赤ん坊や、妹たち、父などが先の世に生き延びるための犠牲であるのなら、自分の特攻死も諾われそうに思えた〉（同）のである。この思いは森岡清美氏が分類した特攻死の〈意味づけ〉のうちの〈ほんね〉[10]にあたる思いである。

5　〈もう一人の自分〉の封殺

【柔らかく弱い心】

五章、六章、七章では横須賀海軍水雷学校及び川棚臨時魚雷艇訓練所での特攻艇訓練と部隊指揮官の任命から基地上陸までの五ヵ月が語られる。七月十日「私」を含めた三十名は特攻艇震洋への配属を命ぜられ、訓練のために再び横須賀海軍水雷学校に移った。現実の震洋は無惨な死を予想させる貧弱な木造のモーターボートであった。〈自分の運命〉（一〇五頁）は死への〈怯え〉を増強する方へ導いていく。一ヵ月後川棚に移るまで、特攻艇の訓練はほとんどできなかった。無為の時間は死への〈怯え〉を肥大させ、戦場を思い浮かべて〈底知れぬ暗黒〉（一〇七頁）に〈居たたまれぬ恐ろしさに襲われる〉（同）のである。そうした中で或る事件に遭遇する。宴席を設けた先任の大尉が予備学生出身の少尉三、四名を連れて、震洋艇を担当している技術大尉数名が居る部屋に行き、技術的に欠陥がある特攻艇で死んでゆく若者への謝罪を強要して修正を加えさせた。「私」は上官である技術大尉を殴り、〈もやもやしたものがとれ、いつ出動を命令されてもいいという構えができた気分になった〉（一一三頁）と言う。ここで語り手は、修正を加える確とした理由を認識しないまま殴ることへの罪意識を封じこめ、責めを負う立場ではない上官を殴ることで鬱積した思いを晴らした「私」に、頽廃の根が育っていたことを見ている。「私」の内面では〈切なく悶える物が胸のあたりを塞いで〉（一一四頁）おり、〈一種の渇きに似た胸のうちの空虚〉（同）を感じていた。〈切なく悶える物〉とは生の燃焼を求める欲求であろう。無為の時間は死への〈怯え〉と生への欲求の相剋を深め、頽廃の根を拡げていく。しかし本来の「私」が消えたわけではない。

「私」は任務として一個艇隊十四名の下士官の艇隊長としての任を負っていた。下士官は〈世間的な経験〉（一二〇頁）がなく、〈軍隊の熟練度さえ未熟な〉（同）予備学生出身士官を〈疎んずる傾き〉（一一九頁）があり、予備学生出身士官は、下士官を服従させるために〈階級の誇示〉（一二〇頁）によって、修正に名を借りた暴力に頼っていた。しかし「私」は〈自分のやり方〉（一二一頁）でやろうと思い、部下のことは先任下士官任せにした。その理由を〈彼らに感ずるひけ目が克服できなかった〉（一二一頁）からだと言う。下士官の多くが〈農家の次、三男とか、大工や職工など労働仕事に従事し〉（一二三頁）ていた志願兵で、〈軍人の階級を最低の所から一歩一歩順次に克服しつつ……海軍の底辺の実情を内がわから体感してきた〉（一二一頁）苦労人である。しかし「私」は〈彼らが立ち向かったようには自分の境遇に立ち向かってはこなかった〉（同）ゆえに、〈ひけ目〉（同）を感じるのである。階級章の奥に隠されている個々の人間的状況への眼が「私」の〈ひけ目〉を生じさせる。「私」は特攻志願の前に観た巡回慰問演芸団の役者に感じた〈下積みの人々の持つしぶとい生きざま〉（八六頁）を部下にも見出した。言い換えると部下に〈にんげん〉（八七頁）を見ているのである。前記の場面で、殴った技術大尉の〈鬱屈した何かに怯んだ受け身の表情〉（一一三頁）が〈私をおびやか〉（同）したのは、彼らに〈にんげん〉を見ているからである。部下に〈ひけ目〉を感じ、死への〈怯え〉を強める「私」は、妹の子供を抱いて〈言いようのない幸いな気分に満たされた〉（一〇三頁）「私」でもある。「私」の弱さは生命を愛おしむ心と通じている。その心がR大尉やS少佐に〈やさしさ〉を感受したのである。ここには生への断念の思いと抑え難い生の欲求との間で、〈にんげん〉の心に敏感に反応する柔らかく弱い心を失っていない「私」がいる。

川棚での新たな任務に移る「私」に、部下は〈衣類や手廻りの品物を入れる木の箱を、私は断ったのに全員で作りあげて〉（一二五頁）贈った。〈階級の誇示〉に頼らなかった〈別のやり方〉（一二四頁）が、〈自分で管理できると思っているよりもっとはみ出たものを私は表現してい〉（一二六頁）たことに気づいた。「私」はその認識を川棚での新しい部下との関係に生かすのである。

【相剋の構図】

特攻基地進出に向けて配属される艇隊員を訓練し、部隊の陣容を整えるために八月十八日川棚臨時魚雷艇訓練所に戻った「私」は、以前とは違った立場に立った。川棚での二ヵ月で〈日常のすべては行動が先に立ち、考えに荒っぽさが加わ〉（一二八頁）るなど、〈それまでとはかなりちがった人柄に変化させられた〉（同）と言う。〈感傷の部分がどこかに吹き飛んで行〉（一三一頁）

き、〈指揮官としての呼吸を体得して行った〉（一三二頁）のである。ここで留意されるのは、〈滑稽なくらい自信に満ちた態度〉で部下を訓練する〈自分を見つめているもう一人の私もいた〉（一三一頁）と語っていることである。言うまでもなく、この〈もう一人の私〉は部下に〈ひけ目〉を抱く「私」である。

語り手は〈今顧みると〉（一三四頁。以下同）〈次第に横着な考え方に麻痺して行った〉〈心の底に〉、〈どうせ特攻死になだれ落ちこんで行くんだという思い上がり〉があったと言う。「私」の心の中に頽廃が芽生えていることを示す事件がある。当直中に居眠りをしているところを当直将校の特務士官に見つかり叱責された「私」は、〈外見は少しも悪びれた風を見せずに〉（一三五頁。以下同）〈処分されるものならどんなそれも平気で受けますよ〉という投げやりな態度をとる。語り手は〈それまでの私には考えられない心情と態度であった〉と言う。しかし、〈匙を投げた恰好で〉去る特務士官の〈寂しげな後ろ姿〉は〈私の瞼から離れることはなかった〉（一三六頁）のである。弱さを見つめる「私」と〈強さを装う〉「私」との相剋の構図は続いている。

【傲岸さに潜むもの】

十月十五日「私」は百八十余名からなる第十八震洋特別攻撃隊隊長に任命[11]され、基地出発までの一ヵ月近くを針尾海兵団と佐世保防備隊で待機した。その間に「私」は〈指揮官としての態度〉（一五七頁）を身につけていく。はじめは〈内部に複雑な機能を備えた〉（同）〈無気味〉（一六〇頁。以下同）な〈仕組み〉への〈嫌悪と気おくれ〉があったが、周囲に〈隊長としての雰囲気〉が、雪が降り積もるように濃くなって行った〉ことで、指揮官の特権を行使することへの拘りは消え、傲岸な態度を強めていく。暇を持て余した「私」は部隊に供給された自動車の運転に時間を向け、馴れてくると〈何の躊躇もなく〉（一六一頁）無免許で公道を運転するようになった。〈特攻隊長だという状態に寄りかかっていたからこそできた仕業〉（同）であり、小さな事故を起こしながら〈無法を承知で我儘な振舞いに興じた〉（一六三頁）のは、〈言うに言えぬ充足感が、私の普段の性格を麻痺させたのかも知れない〉（同）と語り手は分析する。やがてトラックを運転中危うく人家に突っ込むことを免れる体験をしたあと運転をやめるが、その理由を恐怖よりも〈その遊びにも厭きがきていたからだといった方が正確かも知れない〉（一六四頁）と言う。語り手は指揮官の特権が〈強さを装う〉「私」を肥大させていったと見ているが、そこには別の理由が関わっていることを或る事件を通して語る。

或る日「私」は指揮官仲間の海軍兵学校出身の中尉に誘われて、年配の夫婦と一人娘が住む家を訪れた。中尉は〈余り気が進まないけれど〉（一六五頁。以下同）と言っていたが、夫婦は〈すべてを彼の自在にまかせるふうな雰囲気〉があり、娘は〈気持をはずませてかしずくように彼に接した〉のに対し、中尉は〈私がはらはらする程の横柄な調子〉（一六六頁。以下同）で〈旦那然と振舞〉った。その中尉が人身事故を起こしたと聞いた時、「私」は〈この訪問の日の情景〉を思い出し、〈彼の生き方とつながっている〉と思い、〈自分の無免許運転は棚上げにして〉（一六五頁）、〈どうしても許せぬ思いを抱いたのが我ながら解せなかった〉（同）と言う。〈解せなかった〉と語るのは語り手が〈許せぬ思いを抱いた〉理由を問題にしていることを示しており、「私」はその理由に気づいていないのである。その理由を筆者なりに考えてみると、予備学生出身士官の海軍兵学校出身士官への対抗心である。〈自分の無免許運転は棚上げ〉にしたのは、自省する眼を塞ぐ中尉の〈生き方〉への批判があったことを示している。中尉の〈生き方〉について次のように語っている。〈無邪気な程に威厳を表そうとする態度を示し、行動も荒々しく、時にはそれが乱暴なとも受け取れる〉（一六五頁）振る舞いに、「私」は〈馴染めぬ堅さ〉（同）を感じていた。予備学生出身者が倣いつつ体得できない海軍兵学校出身指揮官の〈鋳型〉を感受していたのである。魚雷艇学生になってから海兵出身士官との差を実感する体験を重ね、予備学生出身士官を軽視する下士官の眼に苦慮して来て、海兵出身士官への対抗心を強くして来た。指揮官として傲岸さを強くしていった「私」の心の中には、海兵出身指揮官に対する強い対抗心があったと考えられる。しかし、「私」はそうした自己の深層にある心の動きに目を向けることはできなかったのである。

　しかし四十年を経て、「私」はその時の自分の傲岸さの奥に潜んでいたものと同時に、中尉の心の奥にあったものを感受できるようになった。語り手は中尉とその家族との出会い、娘のその後の人生を思い、〈大河の流れに巻きこまれてしまいそうな苦いがしかしどことなく甘い果かなさに襲われる〉（一六六頁）と語る。中尉に感じた〈馴染めぬ堅さ〉の意味を別の見方で捉えるようになっている。「私」よりも四歳も若い中尉は海軍兵学校伝統の士官の〈鋳型〉に相応しくあろうとして、演技せざるをえなかったことを察するようになったのである。過去の体験について、その時には見えなかった意味が長い時間の中で見えてくることは誰にもある経験である。しかし、自己の罪意識の在りようを振り返りながら、自己の深層にあったものを見据えつつ、その時察することのできなかった、時代に押し流されてたゆたう若い生命を思い浮かべて、〈苦いがしかしどことなく甘い果かなさに襲われる〉のは、私的な意味づけを離れ、他者の生を慈しむ広やかな眼差しから生まれる感受であるように思われる。無私の観察者に徹しようとする語り手の心の在りようが窺える。その視線は〈大河の流れに巻きこまれ〉た自らの恋愛体験を見据えた先に生まれたものであろう。

【〈自分のやり方〉の陥穽】

基地進出の準備も終わりに近い時期、〈指揮官としての居場所に適宜な姿勢で坐ることができるようになっていた〉(一六九頁)「私」の心の在りようを示す事件が起きる。兵曹長五名と初めて宴席を共にした時、突然隣室から別の部署の下士官たちが乱入してきて殴り合いの喧嘩が始まった。止めに入った「私」は顔を殴られ鼻血が噴き出した。彼らが引きあげたあと本部付の兵曹長が相手の隊長の特務大尉が居る部屋を調べ、「私」と会う手はずをつけてきた。大尉の部屋で対峙した「私」が〈特攻隊を預かる身としては面目のない立場に立たされた〉(一七四頁)ことを強調して謝罪を求めると、本部付が煽るように〈はっきりしたかたちで結末をつけてもらいましょう〉(一七五頁)と口を挿んだ。大尉が〈不本意な苦い表情をみなぎらせて〉(一七六頁)正座の姿勢をとると、「私」は横須賀の料亭で技術大尉を殴った光景を思い浮かべながら大尉を殴った。前の時は海兵出身の大尉の誘いに乗った行為であった。それを自覚した「私」は〈曖昧さの中で行動した自分がすっきりしなかった〉(一一三頁)と語っていた。今回も語り手は〈本部付が焚きつけなければ、このようなことにはならなかった〉(一七六頁)と語っている。しかしここには前回と異なる「私」がいる。相手の大尉に謝罪を求めた時、〈面目〉を失ったとは思っていなかったし〈悲しくなどはなかった〉（一七四頁。以下同）ず〈はらはらと涙をこぼし〉たのである。直前に〈出向いただけの証しが得られなければ〉本部付に〈負債〉を負うと考えていた。つまりこの時の「私」は、意識せずに兵曹長たちが望む指揮官の姿に合うように行動していたのである。本部付に最下位の兵から特務士官にまで昇進した大尉への妬みがあったとすれば、他の兵曹長にも同様の心理は働いたであろう。〈それ以来兵曹長たちが以前よりは親しげな態度を私に見せるようになったと思われた〉（一七七頁）と語っているのは、そうした読みをうべなっているように思われる。

ここで見落としてならないことは、その時〈強さを装う〉自分の弱さを省みる〈もう一人の私〉が封殺されていることである。海軍予備学生出身隊長として〈階級の誇示〉に依拠したやり方とは異なる〈自分のやり方〉は、〈強さを装う〉心を拡げざるをえなくしたのである。横須賀で得た自分が思う以上の自分を表現する〈やり方〉には、部下の意を迎えるという指揮官としての主体性を否定する側面がある。集団を動かす知恵であるとしても、指揮官の立場は部下の意思を計量することで安定する。五人の兵曹長に各部署を任せて融和を図るやり方が全員の帰還を可能にしたと語り手は語っているが、「私」は度量の大きな強い指揮官であらねばならなかったということである。そのためには弱い自己から眼をそらし、〈強さを装う〉態度を身につけねばならなかったのである。自己の弱さから眼をそらす眼は他者の強さに眼を奪われていく。その時「私」の眼から部下一人ひとりの〈にんげん〉の姿は影を薄くしていかざるをえない。基地出発前の特攻隊員の記念写真のことを隊員が覚えていないことや、鹿児島湾で待機中に、船底に閉じこめられた兵の〈底光りのする敵意のこもった〉（一八〇頁）眼に囲まれたことを語っているのは、語り手がそのことを認識していることを示している。

6 終わりに

姉妹隊の第十七、十八震洋隊を載せた輸送船辰和丸は昭和十九（一九四四）年十一月十一日佐世保港を出港し、鹿児島湾で一週間ほど停泊したあと十一月二十一日加計呂麻島に着岸した。以後終戦まで九ヵ月余の特攻待機生活が始まる。その生活を素材にした戦争小説の基調をなす多様な隊長像の淵源が、基地進出前の予備学生の時期にあることを『魚雷艇学生』は語っている。本稿で追尋した「私」像は、本部付のモデルである脇野素粒氏が初対面の時に〈風采と言い、落ち着きと言い、堂々と押しの利く隊長[12]〉であることに抱いた〈戦争に未経験な筈の学生上がりのこの若い少尉はこの落ち着きをこの風格を何から得て来たのであろうか[13]〉という疑問を解く鍵を提供している。脇野氏に印象づけられた〈堂々と押しの利く隊長〉像がいかに形成されたかを、島尾は過去に遡及し、記憶を掘り起こし、意味づけ、そして光岡明氏が述べたように〈解釈〉を省き、〈ことがら〉に徹して記録した。それを可能にしたものは、高橋英夫氏が指摘した〈記憶把持の緊張度のゆるみなさ〉であり、對馬勝淑氏が指摘する〈現在の自己の中でその体験はどのように息づいているのか〉という自己存在への探求心である。不可知な自己を探り続ける島尾の根柢にあるものは、罪人としての自己認識であり、罪へ誘われる弱さを見つめる眼差しである。島尾は〈果てしのないにんげんの業〉を生むものは弱さではなく、弱さから目をそらし〈強さを装う〉心だと言う。『日の移ろい』（一九七六年一一月中央公論社）に印象的な記述がある。唱和四十七（一九七二）年六月二十一日の記述である。

「島尾隊長に会いたい」妻がしみじみそう言うと私はなんだかへんな気持ちになってしまう。島尾隊長とはいったい誰だったのか。むかし島尾隊長であったことが今の自分とつながらない。

〈ふるえながら〉弱い自己を見つめる〈今の自分〉は、〈強さを装う〉〈島尾隊長〉を自己の中に見出すことができない。島尾が、弱さを見つめることを生き方の指針にまで深めるには、長い時間が必要であった。その認識は、特攻隊体験と死の棘体験、さらに娘マヤの突然の言語障害の発症と、繰り返される〈にんげんの業〉の渦中を生きる自己を見つめる中で幾度も問い直され、見直されて根づいたものであろう。それゆえに、個を超えて普遍性を持つように思う。そして、本稿で触れた幾つかの問題もまた、時代を超えて今を考察する手掛かりを与えるものである。社会を構成する対他関係の中で、弱い自己をごまかさずに他者と関わることの難しさは、優劣基準が社会全体を支配しつつある現代の日本の社会で、一層強まっているように思われる。子どもたちでさえ、弱さを隠し〈強さを装う〉術を身につけることが、社会を生き抜く知恵だと考えるようになっているように見える。戦後の終焉が言われて久しい。しかし戦前、戦中の問題が現代に影を深く落としていることを見落としてはならない。そのことを『魚雷艇学生』は語っている。

注

（1）高阪薫・西尾宣明編『南島へ南島から―島尾敏雄研究―』（二〇〇五年四月和泉書院）六四頁。『分裂を生きる――島尾敏雄の戦争小説』（二〇二三年月翰林書房）第六章「両義的自画像の起源――『魚雷艇学生』論（1）」として収録。

（2）『群像』一九五四年一〇月号。『戦争体験――一九七〇年への遺書』（一九九四年四月朝文社復刻版）二五～二六頁。

（3）『岩波講座文学第二巻』一九七六年一月。『南風のさそい』（一九七八年一二月泰流社）二四頁。

（4）前掲（注3）二四頁。

（5）この事件について島尾は本作執筆の十二年前にエッセイ「キャラメル事件」（『群像』一九六三年八月号。『私の文学遍歴』（一九六六年三月未来社）所収）を書いている。エッセイにおいては〈自分の性格を幻燈で見せつけられ〉〈にがい気持〉がする体験として記述されている。

（6）作田啓一「恥の文化再考」：『思想の科学』一九六四年四月号。『恥の文化再考』（一九六七年九月筑摩書房）一四頁。

（7）前掲（注6）一八頁。

（8）「決死の世代の生と死」：『決死の世代と遺書』（一九九一年一二月新地書房）第二章七五頁。一九九三年八月補訂版吉川弘文館。

（9）「終戦後日記」昭和二十年十月二十三日の記述（『島尾敏雄日記』（二〇一〇年八月新潮社）所収）に拠れば、島尾は入隊前に保田與重郎の本に親炙しているが、それは忠君愛国を標榜する皇国思想に傾倒していたからではなく、公的価値と私的価値の関係を自己の問題としていたからであろう。

（10）森岡氏は注（8）『決死の世代と遺書』第二章八節「戦死の意味づけ」で特攻死の意味を五つ挙げている。〈積極的な意味づけ〉として戦局の打開・天皇のため国のため・悠久の大義に生きる・親不孝の償いの四つを挙げ、〈消極的な意味づけ〉とみる〈愛する国土を守り、親や弟妹を守るため、という戦死の意味づけこそ、右の四つの意味づけの底にあるほんね〉（一四四頁）であると指摘している。

（11）第六章「変様」末尾に同時期に編成された八個部隊の指揮官は海軍兵学校出身者と第一期魚雷艇学生出身者とが半数ずつであったとある。同趣旨の記述は木俣滋郎『日本特攻艇戦史』（一九九八年八月光人社。二〇一四年一月光人社NF文庫として再刊）五六頁にもある。

（12）「島尾敏雄を語る」：『大島新聞』一九六一年六月一〇日〜二六日。饗庭孝男編『島尾敏雄研究』（一九七六年一一月冬樹社）四〇八頁。

（13）前掲（注12）に同じ。

『震洋発進』を読む——晩年の自己探求の核にあるもの

1　はじめに

島尾敏雄は昭和六十一（一九八六）年十一月十日朝、一年前に転居した鹿児島市宇垣町の家で蔵書の整理中に脳梗塞を発症、十二日夜逝去した。翌年七月遺著『震洋発進』（潮出版社）が刊行された。島尾は昭和五十五（一九八〇）年七月、戦後三十五年経って初めて催された第十八震洋隊の戦友会に、妻ミホと参加するために高知に行った折り、高知県の太平洋岸に残された震洋隊基地跡を訪れた。それをきっかけに昭和三十一（一九五六）年以降秘かに行っていた震洋隊の基地跡巡りに本格的に取り組み、その見聞を素材にした連作「震洋の横穴」（一九八二年八月）、「震洋発進」（一九八三年八月）、「震洋隊幻想」（一九八四年八月）、「「石垣島事件」補遺」（一九八五年八月）を四年に亘って別冊『潮』小説特集号に発表した。単行本の「あとがき」にあたる島尾ミホ「『震洋発進』への思い」によれば、〈フィリッピン・マニラ湾口のコレヒドール島の震洋隊基地跡を訪ねた後に更に一篇を書き加えて、完結の予定になっていました〉という。しかし体調の悪化により旅が延期になり、突然の逝去によって未完の刊行となった。

『震洋発進』は国内外に全百十三個部隊配置された震洋特別攻撃隊のうち、島尾が特別に関心を寄せた四部隊の戦闘や事故、事件の全体像、指揮官の様態について聴き取りや記録文から掘り起こした事実を検証し、恣意的な解釈を排して記述しており、事実に基づいて事の真実に近づこうとする記録文学としての性格が強い。それゆえか批評の対象になることは少なく、文庫化もされていない。しかし、三十年に亘って秘かに震洋の横穴探索を行い、他者の体験を追尋してきた島尾の執念には尋常ならざるものが感じられる。そこには北井利治著『遺された者の暦――魚雷艇学生たちの生と死』（二〇〇二年三月元就出版社）で語られているように、魚雷艇学生の〝語り部〟としての自覚があったであろうが、それ以上に島尾を心底から衝き動かす何かがあったと思われる。

刊行時、中野孝次氏が『群像』（一九八七年一〇月）の書評「帰りゆくべき風景――島尾敏雄「震洋発進」」において、島尾の基地探訪を〈その存在の根源への遡行〉と捉え、〈島尾はみずからの近い死を予感しつつ、帰るべきその風景に眺め入っていたように思われる。その意味でこれはまさしく遺稿と呼ぶにふさわしい小説である〉と評したように、晩年の島尾の思念の在り処を示す重要な作品であると考えてよい。その視点に沿う批評として三氏の評を取り上げよう。

岩谷征捷氏は「不定形の精神」（『論集ミネルヴァ』第4集一九八六年六月）において〈他の震洋隊のたどった運命（特に悲劇的なそれ）に自分を重ねてみるという行為によって、この連作に鎮魂の意図のあることが見えてくる〉（『島尾敏雄私記』（一九九二年九月近代文芸社）四一頁）と評したあと、「にんげんの加害力―〈特攻待機〉体験―」（『構想』44号二〇〇八年六月）において〈震洋隊の存在そのものが与えた〈加害力〉、しいては、にんげんの本来的な〈加害力〉についても考えさせられました〉（『島尾敏雄』（二〇一二年七月鳥影社）一九一頁）とより普遍化した問題を提示し、〈執拗な自己凝視の果てに、ついには自他の区別を無化してしまう視点〉（一九六頁）を獲得した島尾が、〈にんげんひとしなみに、その根どころに隠し持つ加害力を認識すること。そしてそこからの救済を願う〉〈「神」と相対してくる文学〉（同書一九七頁）に到達したと論評した。また、山中秀樹氏は「島尾敏雄における敗戦と復員」（法政大学『日本文学誌要』52号一九九五年七月）において、横穴巡りに駆り立てた理由を〈当時は見通せなかった自身の体験の意味を明らかにすること〉（同誌五八頁）であると同時に〈自分の魂を鎮めてくれるもの〉（同誌五九頁）との出会いを求めることにみて、本作において〈自身の特攻隊体験とそれに固執しすぎた自分の資質を客観的に見得る〉〈新たな時間意識〉（同誌五九頁）を獲得し、〈それ以前の〈自分〉からの解放、すなわち〈復員〉への準備〉（同）がなされたと論じた。上記二氏の内的普遍化の視点とは異なった視点を提示したのが今福龍太氏『群島―世界論』（『すばる』二〇〇六年一月〜二〇〇七年八月。二〇〇八年一一月岩波書店刊。二〇一七年五月水声社から『パルティータⅡ』として再刊）である。文化人類学の視点から〈私的な小説的主題から、集合的な歴史的主題への飛躍〉（岩波版八八頁）を読み取り、〈震洋群島の、日本列島をはるかに越える拡がりと連鎖のイメージに思考の照準を合わせているからこその述懐がここにある〉（同書九三頁）として、島尾が〈従来の領土地図を失効させる歴史の「飛翔力」を果敢に試そうとしていた〉（同）とこれまでの南島論に新たな見方を提示した。

　右三氏の論及に示唆を得つつ、本稿では他者の生と死を追尋した本作の語りの中に、島尾晩年の自己探求の核にあるものを読み取ってみたい。第四作「「石垣島事件」補遺」は別にして、他の三作に通底している他者の体験を自身の体験として受けとめようとする語り手の追尋意識には、不可知な存在との関わりの中での自己認識への志向を読み取ることができるのである。次節でそのことについてもう少し説明しておきたい。

尚、以下『震洋発進』の引用本文末の括弧内の数字は潮出版社刊『震洋発進』のページを示す。

2 基地跡探訪を促す念い

なぜ「私」は震洋の横穴を巡り歩くのだろうか。第一作「震洋の横穴」では、〈そこで吸収したさまざまな体験の、当時は見通せなかったそれぞれの意味を、つかみ取ったような透けた気分になるからでもあろうか〉(一三頁)と言い、また、横穴の前に立つと〈不如意な日常の中の渇き〉が〈消失してしまうような、一種の安らぎを覚え〉(一八頁)、〈その渇きの鎮めをもう一度自分のものにしたいと思うからにちがいあるまい〉(一九頁)とも言う。しかしその〈安らぎ〉には〈言い知れぬ怯え〉(同)が伴うと言う。他者の特攻隊体験を通して自らの体験の意味を確かめていくことが自覚されている。と同時に、〈安らぎ〉と〈怯え〉という内的衝迫が関わっていることも自覚されている。

〈安らぎ〉について第三作「震洋隊幻想」で詳述されている。戦後三十数年を経て、敗戦直後の〈戦中の事象はすべて記憶から遠ざけておきたかった〉(八九頁)気持が薄らぎ、加計呂麻島を繰り返し訪れるようになった。基地跡の自然を眼にすると、〈人間の思慮の中の高々の時の移ろい〉（九五頁）が〈ちっぽけな時の流れ〉（同）と思われ、〈耐え難かった思い出さえ適宜なやわらか味を帯びてその甦りを讃えるかの如くに〉〈雲が湧くようにむらがり甦ってくる〉（九六頁）。しかし、「私」が何度も加計呂麻島の基地跡を訪ねるのは〈過ぎ去った日の追憶への感傷〉（九五頁）に浸るためではない。

その地で、一旦私は死んだと考えても差し支えあるまい。しかもなお私が今生きてその地を訪ねることができるのは、一体どんなえにしからだろう。……、私は呑之浦の基地を訪れることによって、……、或る忘我の気分に浸れることに気づきはじめたのでもあったろうか。……、それは地の肌のぬくもりに融け入ってしまうかのような、或いは永劫の気配をほんのわずかながらからだ全体に振りかけられたような、何とも気だるい安らぎと充実の境域にわが身が置かれているなと感ずることができるからかもわからなかった。（九六～九七頁）

人間の営為の〈ちっぽけな時の流れ〉から脱け出て、〈永劫〉を希求する「私」の内的世界が暗示されている。信仰者の内的世界を読むことができよう。〈安らぎと充実の境域〉に置かれ、〈忘我の気分に浸れること〉を〈地の肌のぬくもりに融け入ってしまうかのような〉と自然の生命と同化することのように形容し、〈永劫の気配をほんのわずかながらからだ全体に振りかけられたような〉と聖霊の体感を類推させる表現をとっているのは、「私」が超越的存在の眼差しを感受していることを示している。こうした加計呂麻島呑之浦での体験から〈おそらく私にほかの震洋隊の基地跡も巡り歩きたいという考えが生じはじめたのではあるまいか〉（九七頁）と言う。つまり震洋隊基地跡探訪は、「私」が〈今生きて〉在ることの〈えにし〉を探る念いに促されたゆえであり、さらにそのことが超越的存在との〈えにし〉を探ることにつながっていることを、「私」は感受しているのである。

連作を執筆中に、島尾はエッセイ「記憶と感情の中へ」（『波』一九八三年二月）の中で震洋の横穴の前に立つ行為について、〈過去と向き合うその行為は、僕にはそのまま現在の自分を問いなおす試みになるのでしょうか〉（『透明な時の中で』（一九八八年一月潮出版社）一二七頁）と述べて、作家活動を続けることの意味が終わりのない自己探求にあることを語っている。晶文社『島尾敏雄全集』全十七巻の月報に連載した『忘却の底から』を昭和五十八（一九八三）年四月晶文社から刊行した。曾祖父母、祖父母、父母、二人の妹、田舎など自分の生育に深く関わった人物や事柄を掘り起こす作業であった。また昭和五十四（一九七九）年から昭和六十（一九八五）年までの『魚雷艇学生』連作によって、海軍予備学生時代を強さを装う術を身につけていく自己形成の道程[1]として捉え、並行して昭和五十七（一九八二）年から昭和六十（一九八五）年まで『震洋発進』連作を書いた。自己に決定的な影響を与えた過去を振り返る作業が時を同じくして始まり、奇しくも終わりも重なった。『震洋発進』の対象は島尾自身の過去ではない。しかし、探られる事柄は島尾の体験に重なるものとしての意味を明らかにしていく。自分が体験したかも知れない、あるいは体験するはずであった他者の生と死の実相を追尋する〈試み〉は、〈言い知れぬ怯え〉を生むものを見出す〈試み〉でもあった。見落としてならないことは、その〈試み〉は〈永劫〉なるものに結ばれていることへの〈安らぎと充実の境域〉を希求する念いによって促されるということである。〈言い知れぬ怯え〉を生む果てしのない自己の探求へと島尾を促す力は、大いなる存在との〈えにし〉に向けられる「信」への念いと不可分のものである。このことは、たとえば山本芳久氏が『キリスト教講義』（若松英輔氏との共著、二〇一八年一二月文藝春秋社）においてアウグスティヌスの考えを紹介して、〈真に自己に直面することで自分の奥底に神を探求する通路が開かれる……、つまり、自己の探求と神の探求というのはひとつながりなのです〉（同書一九三頁）と述べていることに通じている。晩年の島尾の自己探求の核にあるものが、信仰者としての超越的存在との〈えにし〉に結ばれた自己を確かめようとする強い念いであったことを、連作三篇の中に読み解いてみたい。

3 「震洋の横穴」――〈今生きて〉在ることへの拘り

【震洋特別攻撃隊】

戦後、回天や甲標的などの特殊潜航艇が世に知られていったのに反して、震洋隊はその実態は知られることなく、「私」自身も戦後はその体験を忘れようとしてきた。しかし戦後十年ほど経ってから、沖縄県や鹿児島県下の震洋隊基地跡を訪れるようになっていた。ほとんどが基地跡の痕跡さえ残さず、幾つかの場所でわずかに震洋艇を格納していた横穴が残骸をとどめていた。それぞれの横穴は「私」が特攻隊員として生きた時間を甦らせる。その日常は生命というものの愛おしさを胸臆に潜めながら絶対的な死を待つ日々であり、未来につながるはずのない時間であった。「私」は探し出した横穴の前に立ち、〈時の流れがふととどめられる如きあやしげな体験〉（一三頁）を秘かに繰り返してきた。それは決して懐旧の思いに浸るためではない。その跡を見なければならない衝迫に衝き動かされてのことである。その衝迫の度合いが特に強い場所がコレヒドール島、高知、沖縄、石垣島であった。本題に入る前に本作以外の資料も参考にして、震洋特別攻撃隊について確認しておく。

震洋艇は全長五メートルの一人乗りの一型と全長六メートルの二人乗りの五型があり、トラックのエンジンを用いたベニヤ板製のモーターボートで、舳先に二百五十キログラムの炸薬を装填して敵艦船に体当たりをする特攻兵器である。海軍では㈣（マルヨン）と称され、一個部隊に一型は五十艇、五型は二十五艇が配備された。基地隊員などを含めて約百八十名が平均的な部隊構成である。震洋艇が開発されたのは戦況が絶望的な劣勢に立たされたゆえである。栗原俊雄著『特攻――戦争と日本人』（中公新書二〇一五年八月）に拠れば、昭和十九（一九四四）年六月日本軍は本土防衛上重要な戦線であったマリアナ諸島を失い、マリアナ沖海戦で惨敗した後、海軍内で特攻への流れが加速し、特殊潜航艇の甲標的や海龍、人間魚雷回天、特攻艇震洋の開発を急いだ。十月米軍は日本の戦略資源の輸送路であるフィリッピン・レイテ島に上陸した。レイテ沖海戦で日本海軍は敗北し、続いてミンドロ島、ルソン島を攻略されて日本軍はフィリッピン周辺の制空海権を失った。以降海軍は飛行機以外の特攻に重点を移したが、製造が容易な震洋に期待せざるをえなかった。震洋会編・荒井志朗監修『写真集人間兵器震洋特別攻撃隊上下巻』（一九九〇年五月国書刊行会）に拠ると、終戦までに震洋隊は一型六十八隊、五型四十六隊合計百十四隊（実質百十三）が編成され、まず昭和十九（一九四四）年九月から十月にかけて、小笠原諸島とフィリッピン方面に第一から第十五までの震洋隊が配置された。しかしフィリッピン海域の制空海権を失って以降、本土決戦に備えて配置が変更され、第十八震洋隊島尾隊は奄美群島加計呂麻島に配置されたのである。本土の太平洋岸に配置された数は上田恵之助監修木村禮子編『海軍水上特攻隊震洋』（二〇〇四年五月元就出版社）巻末の「震洋隊配備図」に拠ると、本土内に限定すると五十五箇所であるが、震洋艇を格納する横穴を海岸の崖に掘削するなど基地設営は配置された隊が短期間に仕上げねばならず、震洋艇の構造上の欠陥もあり、移動時の爆発事故が起きやすかった。『写真集人間兵器震洋特別攻撃隊下巻』の部隊記録では壊滅的な爆発事故が三隊、小規模の事故は十一隊の記載がある。

【第一二八震洋隊の事故の意味】

第一作「震洋の横穴」は多数の事故死者を出した三隊のうち、高知県夜須町に配置された第一二八震洋隊(2)の爆発事故の探索が主題である。この事故には島尾隊での八月十三日の奇蹟的な事故回避と十五日以降の部隊の規律維持の問題が関わっている。両日の体験は「出孤島記」（『文芸』一九四九年一一月）及び「出発は遂に訪れず」（『群像』一九六二年九月）の素材であるが、ここでは本作の叙述に則してその経緯を追う。

八月十三日夕刻「私」の部隊に特攻作戦が発令され、その準備中に第四艇隊の一艇が爆発事故を起こした。しかし信管が爆発しながら奇蹟的に雷管には引火せず、爆薬が四辺に飛び散っただけで済んだ。雷管に引火していれば大惨事になったはずである。そのあと即時待機のまま十五日を迎え、防備隊本部で敗戦を知らされた「私」は部隊に帰り、敗戦を隊員に告げるが、軍律の崩れから〈恐慌の中で同志撃ちがはじまるかも知れぬ事態〉（二二二頁）を覚悟した。一触即発の状況下で十六日夕刻、土佐湾の震洋隊が突撃したという情報が入った。〈容易ならざる決断をせまられ〉（二二三頁）た「私」は、交戦放棄の意志は示さず、講和成立前に敵艦隊が接近すれば〈直ちに出撃して敵艦隊に突入する〉（二二二頁）と告げ、爆薬の信管は挿入したままで待機させた。少数の抵抗はあったが大きな混乱は起こらず、日を経て百八十六名全員が無事に復員した。戦後暫くして一二八震の事件は出撃ではなく爆発事故で、隊員の多くが爆死したことを知り、「私」は衝撃を受けた。一二八震の事故は、「私」にとって二重に死から生への転換に関わる事件となったのである。[3]

昭和四十八（一九七三）年に高知在住の第一期魚雷艇学生仲間を訪れた折に一二八震の基地跡に行く機会を得てから七年後、昭和五十五（一九八〇）年七月に再び基地跡を訪れた「私」は、爆発事故について二人の女性から話を聞くことができた。その一人の夫は一二八震の旧隊員で、慰霊塔建設に関わっていた。その話によると、八月十六日夕刻、土佐沖に現れた敵艦船への出撃命令が出て準備に取りかかった時に一艇が出火炎上し、鎮火したと見えた後に再び爆発し、他の艇にも誘爆して百十一名が爆死する大惨事になった。指揮官は戦後病没したとのことであった。

注意されるのは事故を離れて「私」が次のように述べていることである。話を聞いた二人の女性に〈駐屯した部隊へ寄せる甚だやわらかな気持が感受されると〉〈加害者か共犯者とでも言った共通の立場に立たされているような感じがしてきた〉（三〇頁）と言う。その時「私」は加計呂麻島に掘られた防空壕のことを思い出している。防空壕は〈アメリカ軍の上陸が決定的になった暁には、その中に村の人々が集合して集団自決をするためのものであることは、みんな知っていた〉（同）のであり、基地の隊員と一緒に村の若い娘も加わって掘られたものである。〈加害者〉という言葉には〈集団自決〉の命令者になったかも知れぬ部隊指揮官としての、過去の立場に対する鬱屈した思いが潜められている。この事は第5節で取り上げる。先に触れた〈言い知れぬ怯え〉とは、こうした過去の指揮官としての責任に関わる事柄から生じている。

【〈今生きて〉在ることの不可思議】

それから一ヵ月後、その方面の海上部隊指揮官であった第一期魚雷艇学生の同期生Hから詳しく話を聞く機会を得た。一二八震の指揮官は一期上の第二期海軍予備学生出身の竹中大尉であった。八月十五日玉音放送後、第五航空艦隊宇垣司令長官が艦爆十一機を引連れて特攻出撃を決行したあと、高知近辺の軍組織は混乱状態を呈して情報が錯綜した。Hに一二八震の通信担当から特攻出撃用意の下令があった旨の連絡が入ったあと、同隊から爆発事故が起こったとの連絡が入り、Hは救援に向かった。現場は誘爆が続いて見ていることしかできなかった。竹中大尉は生きていたが、〈呆然自失し、やや錯乱気味に見えた〉（三八頁）。奄美の第四十四震洋隊の爆発事故を知っていた竹中大尉は最初の艇が炎上した時、総員を横穴に待機させた。しかし鎮火したと思った隊員たちが艇の整備に戻ろうとした時次の爆発が起こり、他の艇も誘爆した。大尉は出るなと止めたが間に合わなかった。竹中大尉が腹を切ろうとしたためHは軍刀を預かり、三人を傍らにつけて見晴らせた。Hは棺桶を八十個作って死体を焼却するなど三日間後始末をして帰隊した。竹中大尉は戦後十数年後に病死したが、二回ほど会った折りには事故については何も話そうとしなかった、と言う。

「震洋の横穴」から離れるが、第四十四震洋隊の爆発事故に触れなければならない。指揮官は第一期魚雷艇学生の同期三木十郎である。四十四震の基地は加計呂麻島の対岸奄美本島の久慈湾にあった。爆発事故は昭和二十（一九四五）年六月某日夕刻に起こった。整備中の震洋艇が誤爆して周囲の艇も誘爆し、三木中尉を含めて十数名が爆死した。「三木十郎の事2」[4]に拠ると、一回目の爆発音を聞いて現場に向かおうとする三木を部下が止めた。二回目の爆発のあと間があり、三木は部下を振り切って飛び出し、三回目の爆発に巻き込まれた。その第一報を聞いた時島尾は、〈もし自分の隊だったら、と慄然とし〉、〈もし生き残ったとしたら〉〈三木は自決するかもしれない〉と咄嗟に思ったと言う。自分の隊で事故が起きれば自分は生きてはいないと思うからこそ三木中尉の自決に思い及んだのであろう。「私」は竹中大尉や三木中尉に海軍予備学生出身隊長に共通の死生観、責任の取り方を見取っている。それは「私」にも共有されていたものなのである。

「出孤島記」では事故が起きた時、「私」は四十四震の事故を思い出して、現場に行こうとする兵を制止している。一二八震の事故の場合も竹中大尉は同じように四十四震の事故を教訓にして兵を制止した。指揮官は同じように行動しながら一方は犠牲者は出ず、一方は百十一名の犠牲者が出た。信管の爆発が雷管にまで及ばなかった紙一重の違いは何によるのか。敗戦による情報の混乱は奄美でも起きていたが出撃の誤報は出ず、部下も多くは徹底抗戦を主張しなかった。しかし、情報の錯綜によって緊急事態が発生していれば、「私」は出撃命令を出さねばならない窮地に立たされただろうし、準備中の暴発の危険は一層強まったはずである。

指揮官の生と死を分けた四十四震、一二八震、そして十八震の暴発事故は、「私」に不可知な事象の発現として刻印された。〈今生きて〉在ることに「私」は何ものかの計らいを思わざるをえない。結びで生残者の数が町の資料とHの話に三十名以上の違いがあることについて〈私は何の探索の努力もしてはいない〉(三九頁)と語っているのは、一二八震探訪の目的が事故現場での指揮官の様態を知ることにあったことを示しているが、「私」は竹中大尉について〈住吉海岸でのことは何も話そうしなかった〉(同)と記すにとどめ、その苛烈な心中の葛藤に立ち入ることを控えた。多くの死者を出した部隊指揮官の苦衷は第二作の第二十二震洋隊の探索において別の形で追尋される。

4 「震洋発進」——震洋隊の〈運命の凝縮〉

【生き残ることの苦悩】

全震洋隊のうちで本来の使命である出撃を果たしたのはフィリッピンのコレヒドール島と沖縄本島の計三個部隊(5)である。第二作「震洋発進」では両島が採りあげられているが、コレヒドール島については次作「震洋隊幻想」で再度言及されるので、ここでは沖縄本島の第二十二震洋隊と第四十二震洋隊の探索を追う。「私」が特に第二十二震洋隊の消息に拘る理由は、〈震洋隊の辿った運命の凝縮〉（四六頁）をそこに見るからである。

敗戦は特攻隊員に予期せぬ生への足場を架けたが、指揮官であった「私」には新たな困難が生じた。絶対的階級支配の中で特権を享受してきた指揮官として、また地域住民に犠牲を強いてきた皇軍の責任者として、その責任について繰り返し省みねばならなかった。部下に戦死者を出していない「私」でさえそうであれば、部下に多くの戦死者を出しながら生き残った指揮官は、余人が思い至ることのできない葛藤の中を生きてきたにちがいないのである。

奄美に居を移し、沖縄にも行く機会が増えるにつれ、「私」は沖縄に配置され、出撃を果たした二十二震への関心を強めていた。指揮官だったT中尉[6]は生きており、「私」に会いたい希望を持っているとの情報も得ていたが、「私」は会うことを避けていた。〈戦後の逆流の状況と、尾を引いている特攻のこだわりの中で〉（五三頁）生きてきたことを、「私」は整理できていないが、〈彼は必ず考え抜いた果ての透明な考えを自分のものにし得ていると思え〉（同）、〈彼の思いに立ち向かえる何の心の用意も持ち合わせてはいない〉（同）と思ったからである。

昭和五十七（一九八二）年八月に「震洋の横穴」を発表したあと、十一月に「私」は意を決してTと会った。Tが得たであろう〈透明な考え〉に接してみたい思いが強く湧いたのである。彼の言葉は〈私が想像した以上に、彼が特攻死を死なずに生き残った事実に深くこだわってきたにちがいないことを示し〉（五四頁）ており、〈一つの小さな穴を精神を集中して通り抜けたあとのすがすがしい姿勢が感じ取れた〉（同）と言う。Tは生き残った特攻隊指揮官としての苦しみを吐露した。

「あなたにならわかってもらえる」とも彼は言っていた。私もまさしく、死ぬつもりでいたのにたまたま生き延びた一人にちがいなかった。二人共「生き残って、だらしがないな。特攻隊の風上にも置けないな」という溜め息がつい唇をもれてしまう場所に居た（五五頁）

二人とも、特攻出撃によって死を全うすることを唯一の目的として生きた自分を否定することができない。そこに〈戦後の逆流の状況〉の中での生き難さが起因している。戦後の生は自らが望んだものではない。人間の本能的な生きることへの欲求を封殺して、一身を犠牲にすることを自らに課した時間と空間に彼らの青春があった。その時空を否定することは、自分の青春を否定することである。戦中派世代に共通した背理であろう。隊員の生死を左右した特攻隊指揮官であれば、自省を強いるくびきはより強まったはずである。しかし、ここで問題にしたいのは次のことである。

当時二十一歳の海軍兵学校出身指揮官であったTは〈年少の指揮官としての状況判断のあやまりや作戦の未熟をしっかり見据えた上で中枢部の出足のおくれを指摘して〉（五六頁。以下同）、基地進出が早ければ〈きちっと始末をつけていた〉と言った。その〈末端戦闘単位の指揮官としての嘆き〉について、「私」は〈準備態勢が充分ととのわぬままに戦闘に突入しなければならぬのは実は戦争の常態ではないか〉と思う。自身の〈あやまり〉や〈未熟〉を〈しっかり見据え〉

ながらも失敗の理由の一端を他者に求めているTに対して、「私」は作戦行動の失敗の全責任は末端部隊指揮官が負わねばならないと考えている。Tは〈「あなたにならわかってもらえる」〉と言った。確かに「私」はTの悔恨に震洋隊の指揮官であることの悲惨を見取っている。しかし〈準備態勢が……〉という言葉は、過去の自分を省みる視線において、「私」がTとは異なった視点に立っていることを告げている。それは自分の弱さをどこまでも見据えようとする視点である。中枢部の戦略の失敗に言及するTには、その徹底した自己の追求が不足している。それは、自己の弱さを隠さねばならなかった海軍兵学校出身指揮官としての価値観念から脱却できなかったゆえであろう。その或る部分は海軍予備学生出身指揮官であった「私」にも共有されていたはずである。今の「私」はそれを払拭した地点に立っている。

【震洋隊の〈悲惨〉】

Tは原稿用紙四十枚ほどの「静かなる特攻」と題した手記を「私」に託した。手記によって〈全体の展望をふまえた観察が可能〉（五七頁）となり、〈震洋隊の辿った運命の凝縮〉と言うべき部隊潰滅の経緯が見えてきた。Tの手記と話をもとに「私」が第二十二震洋隊の出撃についてまとめたものの概要を次に記してみる。なお人数等前出の『写真集人間兵器震洋特別攻撃隊下巻』のT氏の記録と相違がある場合は上記刊本に拠った。

二十二震は昭和十九年十月末に編成された。一型震洋艇四個艇隊四十八名の艇隊員など総員百七十八名で、指揮官は海軍兵学校出身で二十一歳のT中尉である。翌年一月二十六日に沖縄県金武湾に到着し、基地の設営にかかった。艇を格納する横穴は一ヵ月ほどして一部が完成し、仮格納していた震洋艇を移すのを利用して訓練していたところ、敵機の空襲を受け十艇が被弾し沈没、十九名が死亡した。金武基地には輸送中に潜水艦の攻撃を受け、艇の半数を失った第四十二震洋隊も仮住まいしていた。指揮官は「私」と魚雷艇学生同期の井本中尉である。米軍が沖縄上陸を開始した三月二十六日の翌日、二十二震および四十二震に各一個艇隊の特攻戦が発動された。両隊合わせて十一艇が出撃したが敵艦船を発見できずに翌朝帰投した。三月二十九日夕刻、四十二震に残存全艇の出撃命令が下った。しかし出撃は失敗し、沖縄本島南部の海岸に上陸、沖縄方面根拠地隊に合流して地上戦に加わり、隊員のほとんどが戦死した。四十二震の一艇が金武基地に戻り、敵艦船が近くにいる情報を二十二震に伝えたのを受け、T中尉は独断で一個艇隊に出撃を命じたが発見できず三十一日朝帰投した。その直後敵機の空襲を受けて八艇が撃破された。四月三日夕刻二十二震に一個艇隊の出撃命令が出た。基地の破損がひどく五艇しか海上に出すことはできず、うち一艇には誘導のためT中尉が搭乗し、隊員の希望をいれて一艇に二名の搭乗を許して出撃した。途中で二艇は故障で脱落し、残った二艇を誘導したT中尉は午前一時過ぎ敵艦船一隻を発見した。T中尉は二艇に突撃を命じ、自分は明日もう一度突撃するために引き返した。突撃した二艇のうち一艇は突撃を果たして火柱が上がるのを確認した、もう一艇は突撃の機会を失い、上陸後艇を処分して帰隊した。T中尉が帰隊すると、基地は米軍の砲撃を受けて基地隊長の判断で陸戦の準備に移っていた。T中尉は〈判断が甘かった〉(五八頁)こと、基地に戻ったことを〈後悔した〉(同)が、事態を打開する術はなく、基地の破壊を決意し、四月四日以降陸軍部隊に合流した。しかし陸戦用の武器は乏しく、小銃と銃剣か竹槍に頼るほかはなく、恩納岳の山中で遊撃戦を展開した。敗戦を知ったのは八月二十五日であった。投降した時部隊百七十八名中生存者は百二名であった。

　制空海権を失って基地さえ未整備のまま、米軍の総攻撃の渦中に置かれた沖縄本島の二個部隊が、敵機の空襲によって手足をもぎ取られるように震洋艇を失い、基地を破壊されて特攻部隊としての機能を次々に失いながらも震洋艇による突撃にこだわらざるを得ず、両隊合わせて百艇近くあったうち、わずかに一艇が突撃を成就したに過ぎない。結局は両隊とも武器の供給もないまま陸戦に移行し、四十二震は隊員の殆んどが戦死し、二十二震は総員百七十八名のうち戦死者七十四名、うち五十余名は陸戦に移ってから、敗戦を知り投降した八月二十五日までの間に戦死したのである。第一作「震洋の横穴」で「私」は、〈停戦が決定しその知らせが前線に届くあいだの時の推移のあいだにも死者が次々と生じているその齟齬を一体誰が償えるだろう〉（二二頁）と問うて、そこに〈言うに言えぬ理不尽〉（二一頁）を指摘していた。この司令部中枢と末端部隊の時間の〈齟齬〉の〈悲惨〉（二二頁）は、早く「アスファルトと蜘蛛の子ら」（『近代文学』一九四九年七月）においても素材化されていることをみれば、隊員の命を預かる指揮官の苦悩の一因として、島尾の胸底に潜められていたものであろう。〈敗戦を識ったのは八月二十五日であった。〉と記した島尾は〈言うに言えぬ理不尽〉を感じ取っていたであろう。

　〈「生き残って、だらしがないな。特攻隊の風上にも置けないな」〉というTの言葉には、自らの〈状況判断のあやまりや作戦の未熟〉によって、多くの部下を死へ追いやった責任を背負い続けてきた特攻隊指揮官の、深い悔恨と慚愧の念が込められている。Tの手記と話から戦闘の経緯を語る「私」はTの胸中に立ち入ることを避け、場面を祖述することに意を用いている。その語りから浮かび上がるものは、絶望的な戦況の中で、特攻兵器として決定的な欠陥を持つ艇で戦わねばならなかった震洋隊の戦闘の〈悲惨〉であり、それは同時に、生き残った指揮官の生の〈悲惨〉でもあった。沖縄本島の二十二震と四十二震の悲劇は、奄美の十八震を襲う可能性があった。十八震には八月十三日の特攻戦発動以前にも一個艇隊の出撃待機が発動されていた。しかし出撃命令は発令されず、部隊全員が無事に復員した。〈彼に比べると幸運に過ぎた〉(五三頁)と「私」は言う。Tが置かれた状況は〈私が投じられる筈であった状況に重なる〉(五五頁)と顧みる「私」は、ここでも〈幸運〉の背後に何かの働きを思わざるをえないのである。

5 「震洋隊幻想」——震洋隊の〈運命の相〉

【コレヒドール島へのこだわり】

第三作「震洋隊幻想」ではコレヒドール島での悲劇と石垣島での事件が探られる。基地跡探訪を重ねて来た「私」には、〈早く目をそらしたいと思うと同時に、なおいつまでもその横穴を見つめていたいと願う矛盾〉(一〇一頁)した思いがある。それは第2節で取り上げた加計呂麻島の横穴に抱いた〈安らぎ〉と〈怯え〉に重なる思いである。〈目をそらしたい〉理由は、〈軍隊が在地へ残した理不尽な棘〉(一〇〇頁)を思い、〈言い知れぬ恐怖〉(同)を覚えるからである。しかし、今「私」は〈目をそらしたい〉ものを見つめねばならないと意識している。それは戦後の早い時期の「私」にはなかった意識であり、そこに信仰者としての内省の深まりを見ることができるように思う。前作「震洋発進」で第二十二震洋隊について書いたことで、〈戦争のかたちというか、その姿のようなもの〉が〈しかと見えてきたように思えた〉（一一〇頁）と言う。〈戦争のかたち〉とは兵士の赤裸の生と死の実相だけではなく、〈理不尽な棘〉までを含めてのことである。実現は叶わなかったが、コレヒドール島は「私」が最初に訪れたかった場所である。それは異国の地に〈震洋の横穴の運命の相が尖鋭にあらわれている予感〉（一〇二頁）があったからであり、〈私の死に場所となる筈であった〉（同）場所だからである。

昭和十九（一九四四）年九月から十月にかけてコレヒドール島に配置された震洋隊九部隊のうち三部隊は輸送途中に海没し、一部隊は爆発事故によって潰滅した。残る五部隊も米空軍の爆撃によって震洋艇の多くが爆破された。そうした状況下で昭和二十（一九四五）年二月十五日夜半出撃命令が第十、十二震洋隊に下令され、十二震は全艇が突撃を敢行した。その戦果[7]は日本側発表では巡洋艦、駆逐艦各一隻、輸送船二隻の撃破を伝えている。一方十震には上陸後の空襲で五艇しか残存しておらず、部隊は艇を爆破して陸戦隊に合流した。二月末に日本軍の大部分は玉砕し、生存者はルソン島パターン半島に移動してほとんどが戦死した。「私」は〈ほんのわずかな運命のずれ〉（四七頁）でコレヒドール派遣から免れた。

十震の第二艇隊長中島始郎中尉は第一期魚雷艇学生で「私」と同期であった。北海道出身の中島は担当した艇隊員が佐世保鎮守府在籍であるのを嫌がり、長崎と福岡で学生生活を過ごした「私」が担当する横須賀鎮守府在籍の艇隊員との交換を強く申し出て、「私」は彼の熱心さに押されて担当を交替した。中島の艇隊は十震に組みこまれ、コレヒドールへ進駐した。中島中尉は震洋で出撃することが叶わず、陸戦で〈無念の死〉（一〇八頁）を遂げたが、戦死場所は不明である。十八震の指揮官に任命された「私」は、戦況の悪化によって配備地がフィリッピンから奄美群島加計呂麻島に変更された。「私」は二重に死から免れたのである。予備学生出身士官の希望で担当艇隊の変更が可能になることなど通常は考えられないことである。そこに働いたものを「私」は〈偶然のいたずら〉（一〇八頁）と言う。同一地域の部隊の間に〈運命的なかげり〉（一一四頁）を見て、それを〈運命の掌〉（同）と言い〈不可知な偶然の気まぐれな手つき〉（同）とも表現しているのは、「私」が〈偶然〉や〈運命〉の背後に〈不可知〉の存在の〈掌〉を感受していることを示している。「私」は〈訓練隊員の交換を強く私に迫った時の、なお幼な顔を残した生一本な〉（一〇七頁）中島中尉に〈負ぶさるようにして饑餓行に陥っている自分の痩せさらばえた姿〉（一〇八頁）を思い浮かべる。この〈痩せさらばえた姿〉は、何ものかの計らいによって生かされた〈目をそらしたい〉「私」の姿ではないか。そのように見れば、「私」は〈軍隊が在地へ残した理不尽な棘〉に〈怯え〉る自身を見据えようとしていると言えよう。

【加害者としての自己認識】

身体的な不調を生じた「私」はコレヒドール探訪を諦め、琉球列島の石垣島を探索地に考えた。石垣島に基地を設営した四個部隊の指揮官あるいは先任将校が第一期魚雷艇学生の同期生であるゆえに、それぞれの部隊の顛末を知りたい思いが働いたと同時に、石垣島事件への関心からである。戦争末期、石垣島守備隊に撃墜され、捕虜になった米軍機の飛行兵三名のうち二名が将校に斬首され、一名が兵数十名に銃剣で刺殺された。敗戦後投書によって事件が明らかになり、四十六名がBC級戦犯として軍事裁判にかけられ、最終的に死刑七名、終身刑一名、禁固四十年一名、同三十五年二名、同二十年一名となった。米兵を斬首した一人が海軍兵学校出身の第二十三震洋隊指揮官M大尉であった。

身体の不調が昂じて、「私」は石垣島への旅も断念しなければならなくなったが、昭和三十九（一九六四）年に米軍管理下の石垣島の震洋隊基地跡を訪ねた時の旅日記が出てきたのである。旅日記にはM大尉について機密部隊として進駐した海軍軍人の抑圧者としての側面が強く窺われる事例[8]が書かれていた。旅日記を読み返した「私」は〈この部隊の辿った運命は、いわば震洋特攻隊が抱えていた可能性の一側面の露呈だった〉（一二六頁）と思う。〈可能性の一側面の露呈〉とは、〈若し現実に特攻戦発動の事態に遭遇すれば、基地に近い住民を巻き添えにして、どのように悲惨な場面が展開されるか〉（一二七頁）と述べていることから、米軍の上陸によって窮地に陥った時、部隊が島民に集団自決を迫る〈可能性〉があったことを意味していよう。その〈可能性〉は第十八震洋隊と近隣の部落との間にも生じ得たという認識を「私」は抱いている。

ここで島尾の加害者意識に触れねばならない。昭和四十五（一九七〇）年三月沖縄に滞在中に、戦時末に島民の集団自決があった渡嘉敷島で当時の守備隊長の来島反対運動が起こった時、島尾はエッセイ「那覇に感ず」（『朝日新聞（夕刊）』一九七〇年五月一四、一五日。単行本未収録）を書き、〈もし自分が彼とおなじ状況に陥ったときにどんな事態が生まれたろうかとかんがえたときに、私はあんたんたる気持におそわれ慄然とした〉（『島尾敏雄全集第17巻』二五八頁）と記した。その七年後にはエッセイ「琉球弧の感受」（『新日本文学』一九七八年八月）の中で、〈アメリカ軍が上陸してきたら……部落の人たちは一個所に集まり、あらかじめ準備した防空壕の中に入って、兵隊さんに爆薬で殺してもらおうと考えていて、実際にその穴を掘っていたんです〉（『南風のさそい』（一九七八年一二月泰流社）一一四頁）と加計呂麻島のことを記している。渡嘉敷島の問題は、敗戦後の加計呂麻島脱出以来島尾の心奥に潜められてきた、集団自決の加害者になる〈可能性〉があったことをあらためて振り返らせ、その後島尾の胸底から加害者としての自己認識[9]が消えることはなかった。第3節で触れた、昭和五十五（一九八〇）年の高知の一二八震の探索時に加計呂麻島の防空壕のことを思い浮かべたのはそれゆえであろう。

二十三震の第二艇隊長を務めたF中尉は「私」と魚雷艇学生の同期であった。昭和五十九（一九八四）年六月「震洋隊幻想」執筆中に、「私」はFに石垣島事件の経緯について確かめる機会を得た。Fは基地近くの部落の人々と部隊の関係はうまくいっており、敗戦の翌年島を離れる時には祝宴を催してくれたと言う。FはM大尉の性格を好ましく思っていたが、酒乱の傾きがあり、中国戦線で〈かなりの数の中国兵の首を斬ってきた〉（一三五頁）と語っていたと言う。Fの話によると、石垣島警備隊管下の各隊関係士官の会合で処刑執行者に二十三震のM大尉とF、警備隊付の某少尉を選んだが、Fは処刑執行日の前日に所用で別の島に行き、当日の予定時間前に帰島すると処刑は終わっていた。Fが斬る予定の捕虜は兵士に刺殺させ、M大尉が斬首したと言う。

ここで留意したいことは、軍人の内面の荒廃は決して特定の個人に限られることではない、と

「私」が認識していることだ。Fに会う前に「私」は次のように思っている。

ふとした運命のいたずらで私はどの状況にも立ち合っていたかも知れぬ頼りなさが考えられた。私に捕虜を斬るなどできることではないと思うと同時に情勢に流れて行く自分の姿も見えるような気がした。（一二〇頁）

同じ〈情勢〉に置かれれば、Fがうべなったように「私」もうべなったかもしれないと言う。他者を殺傷することへの倫理的罪意識を遮蔽することが生き残る条件である戦場裡にあって、生命の尊さへの視野は塞がれる。集団的意思に反する個の倫理観は糾弾され排斥される。そのような集団的観念から離れて自律した行動をとることは、日本の軍組織では非常に困難であった[10]ことを石垣島事件は語っている。二十三震の横穴探索は〈情勢に流れて行く〉加害者としての「私」を見つめさせたのである。異常な〈情勢に流れて行く〉のはなぜか。Fから聞いた石垣島の近くの小浜島に基地を置いた第二十六震洋隊指揮官引野祐二中尉[11]の死の経緯が、本篇の最後に綴られているのはこの問題と関わっている。

地域を管理する警備隊の中で予備学生出身であることで、引野中尉は何度か海軍兵学校出身士官に〈恥を掻かされた〉（一四四頁）ことがあったと言う。敗戦から一月ほどして海兵出身士官に向かって引野が空砲の拳銃を撃ったことがあり、心配したFが遊びに来いと誘うと、引野は震洋艇に乗って部下と一緒にやって来た。その夜は天候が荒れてきたので泊まるように勧めたが、引野は引き留めるのを振りきって部下と共に嵐の海に乗り出して行き、そのまま行方不明になった。救命胴衣が発見されたことは死を覚悟の出艇であったことを思わせる。「私」は引野中尉の死を〈不幸な死に方であった〉(一四八頁)と言う。〈本来の命令に殉じ〉(四六頁)ることができずに、陸戦で死んだ中島中尉を〈無念の死〉と言っていることから推して、〈不幸な〉という形容には別の意味が込められていると考えられる。

〈不幸な〉とは、上級士官の多数を占める海兵出身士官の蔑視に囲まれた予備学生出身特攻隊長として強さを装わずをえず、さらに敗戦による死から生への価値転換に、自らを納得させるだけの意味を見出せなかった青年の胸中を思いやっての言葉であろう。その〈不幸〉は「私」にも共有されていた。と同時に〈不幸〉には別の意味もこめられていることに留意せねばならない。部下を引き連れて木っ葉舟の震洋艇で嵐の海に乗り出した引野には、指揮官としての自己に執して、部下の個としての尊厳への視野が塞がれ、生命への畏怖の念が失われている。それはM大尉やF中尉そして戦時の「私」にも見出せるものである。死ぬために生きる異常な時間を長期間過ごさねばならなかった末端部隊指揮官や士官の〈退廃〉を示している。

〈不幸な死に方〉と記す語り手即ち島尾の脳裡には、対極にある存在として昭和三十八(一九六三)年に訪れたモロカイ島のハンセン病療養所で、自らも感染しながら介護に当たったダミアン神父や昭和四十(一九六五)年に訪れたオシヴィエンチム(アウシュヴィッツ)の捕虜収容所で、同室の男性の身代わりになって死んだコルベ神父が思い浮かべられていたのかも知れない。引野中尉を通して予備学生出身特攻隊長の〈不幸〉に眼を向けた「私」は、〈退廃〉に蝕まれた自身と向き合っていると言えるだろう。それは同時に〈今生きて〉在ることの意味を見出すことでもあったろう。

6　〈異様なもの〉への怖れ

島尾は『震洋発進』連作執筆直前にエッセイ「震洋の横穴[12]」で次のように語っている。

今にして思うと震洋隊は不思議な部隊であった。たとえそこに自分の青春が重なり、又多くの教訓が得られたにしても、特攻隊なる発想の根のところにうずくまっている異様なものの気配を私は怖れないわけにはいかない。うまく言えないが、それは何やら退廃に押しやられるようなものだ。

〈異様なもの〉とは生命の尊厳性への意識の欠如であろう。兵士を交換可能な部品とみなしていく世界に生まれる精神の荒廃を島尾は〈退廃〉と言う。〈退廃〉は特異な人間にだけ生じるのではないことを「震洋隊幻想」は語っている。戦場という異常な状況に置かれると、普通の人間が知らぬ間に〈退廃〉に蝕まれていくのである。深く〈退廃〉に身を浸した自身の傷跡を見つめ続ける営為を通して、島尾は、人間が生命の尊厳性からいかに眼を逸らしやすいかを問うてきた。死が眼前の問題となることによって、人間の眼は生命の輝きを写し取る。同時に、死は〈退廃〉

の芽を人間の心に植え付けもするのである。

前記のエッセイ「震洋の横穴」の末尾は〈探し求めてその穴を目の前にすると、鎮めと怯えに引きずり込まれるような戦慄を覚えるのだ〉（同書一四三頁）という文言で結ばれているが、〈鎮めと怯え〉とは、第2節で取り上げた〈安らぎ〉と〈言い知れぬ怯え〉に重なる思いであろう。「私」が感ずる〈安らぎ〉と〈怯え〉は、加計呂麻島での異常を日常とした日々の中で感受した生命の輝きへの愛おしさと、それを喪うことへの痛恨によって、他者の生への視野を欠いていく〈退廃〉への傾斜を思い浮かべるところから生じたものであろう。震洋の横穴探索を通して、〈今生きて〉在ることがどのような〈えにし〉によるのかを探ってきた「私」は、人知を超えた存在の計らいを感受していくと同時に、〈安らぎ〉の奥に潜む〈怯え〉が、生命の尊さを見失った罪を自らの中に見出すことの〈怖れ〉であることを見取っていった。その罪は人間誰しもが犯しうるものであろう。しかし、その罪から眼を逸らさずに生き続けることは誰もができることではない。

『魚雷艇学生』連作執筆三年前に島尾が「想像力を阻むもの[13]」の中で次のように述べていることに留意したい、

怯え、もしくは臆する心は、怯えないこと、勇敢なことと向かい合うのではなく、怯えをごまかすことと対峙する。怯えをごまかすことが（ごまかすという言葉が好ましくなければ、克服すると言いかえてもいいが）、勇敢の方につながりあらわれてくる。それは一つの積極的な態度でもあり、広い有効性を持つが、強さを装うという反面の危険を内包している。この強さを装う心のはたらきが、果てしのないにんげんの業をくり返し生じ重ねることに、道を開くように思えて仕方がない。

……（中略）……。怯えを去らずに見つめること、ふるえながらでもその場を逃げ出さない態度が、怯えの劣等感を捨てさせ、怯えからの解放が達せられたと錯覚することが可能だ。……、感じ易さを我慢して逃げ出さないことが感じ易さをにぶらせることにつながるだろう。


通常私たちは〈怯え〉る心を自分の弱さとして受けとめる。従って、その弱さを隠すために〈怯えをごまかす〉態度へと走りやすい。それはしばしば〈強さを装う心〉として発現される。島尾はそこに〈にんげんの業〉の原因を見ている。〈強さを装う心〉は自我を肥大させ、他者との通路を閉じることにつながり、場合によっては他者の抑圧へと走らせる。日常生活において上記の心の在りようを体験しない者は稀であろう。〈果てしのないにんげんの業をくり返〉すという言葉は、島尾の深い自己省察から紡ぎ出されたものであるがゆえに、動かしようのない重みを伝えてくる。島尾は〈怯える〉自分、弱い自分に気づいた時の対処法として、〈怯えを去らずに見つめること、ふるえながらでもその場を逃げ出さない態度〉が必要であると言う。そうすることによって、〈怯えからの解放が達せられたと錯覚する〉と言う。〈錯覚する〉とは〈怯え〉や〈弱さ〉から人間が脱却できないことを意味している。〈ふるえながらでもその場逃げ出さない態度〉を持続させることの大切さを意味する言葉である。

この言葉は〈力は弱さの中でこそ十分に発揮されるのだ〉（「コリントの信徒への手紙二」12・

9新共同訳〉というパウロの言葉を承けての生き方を示していると思われる。繰り返すが、中島中尉に〈負ぶさるようにして饑餓行に陥っている自分の痩せさらばえた姿〉とは、〈ふるえながらでもその場を逃げ出さない〉で見つめ、見出された弱い自己の姿であろう。自己の弱い心を逃げずに見つめる眼は個々の生の尊厳性に眼を啓き、〈強さを装う〉ことの欺瞞性に気付いていく。その気付きは赦しの希求へと向かわざるをえない。〈怯え〉の根を探る自己の探求は、人知を超えた存在の計らいへの念いを促し、〈安らぎ〉へと導かれる。その循環は生きている限り続いてゆく。『忘却の底から』を経て『魚雷艇学生』連作と『震洋発進』連作の同時平行的な執筆へと向かった、晩年の島尾の自己探求の核にあったものは、超越的存在に結ばれた自己の〈弱さ〉を見つめ続ける信仰者としての深い念いであった、と言ってよいだろう。

『震洋発進』執筆の十五年前に島尾はエッセイ「八月十五日」[14]の中で〈世間の人たちの調和を失った生活の中から、静かな、しかし感じやすい恐ろしさがしのびよってくるようだ〉と述べていた。島尾の死から三年後平成へと時代は変わり、さらに三十数年を経て令和の今、社会は競争原理に支配され、弱さを厭い、〈強さを装う〉ことに価値を置いているように見える。〈調和を失った生活〉を日常とすることに馴らされ、〈異様なものの気配〉への感応力を失いつつあるように見える。私たちは〈退廃〉に蝕まれていないか。弱い者、貧しい者、虐げられている者から眼を逸らそうとしていないか。時代は変わっても強者と弱者、富者と貧者、勝者と敗者、有能と無能、等々、二極化される社会の価値構造は変わることはない。そうした社会の中で、〈退廃〉に蝕まれずに生きていく生の在り方のひとつが、ここに示されていると言えないだろうか。

補記　南島への共感

石垣島事件について島尾は第四篇「「石垣島事件」補遺」を書いている。そこで島尾は、この事件について裁判に関わった検事側の証書や弁護側のメモを元に、事件の細部を跡づけた作田啓一「われらの内なる戦争犯罪者」（『展望』一九六五年八月、『恥の文化再考』（一九六六年九月筑摩書房）所収）の内容を紹介しつつ、「震洋隊幻想」で書いたこととの間にある捕虜処刑の日時、第一審での死刑判決者数などの差異に触れ、さらに作田氏の論文には書かれていない減刑運動について、友人から示された資料によって補足し、最終審で大きく減刑された理由には、被告に沖縄出身兵士が八名いたことから、沖縄で起こった助命嘆願運動の働きがあったことを紹介している。それらについて概略を記すことは本稿の主旨からはずれるので省くが、「沖縄連盟」会長仲原善忠名で出された減刑嘆願書の字句を紹介しながらその内容に触れていく語り口、さらには死刑から重労働五年に減刑された元二等兵の手記を辿りながら、事件当時の状況や拘禁された当時の状況を記述していく筆致には、戦争当初から返還に至るまでの沖縄が置かれていた歴史的地理的な状況への、島尾の強い問題意識と被抑圧住民としての沖縄住民の不幸な立場への深い共感を読み取ることができる。第一篇「震洋の横穴」を発表した昭和五十七（一九八二）年には、島尾の南島論の最後の仕事とも言える講演「南島について」（『随筆かごしま』三〇号所載。『過ぎゆく時の中で』所収）の中で、小国寡民としての沖縄を導入として日本国における南島の重要性について語っている。それは奄美を離れて七年目の島尾に南島への関心が持続していることを示しており、石垣島事件への関心には、震洋隊とのつながりだけではなく、歴史的に抑圧されてきた南島に生きる人々への深い念いがあることを示している。

注

（1）〈強さを装う術を身につけていく自己形成〉という捉え方については、別稿「『魚雷艇学生』を読む――〈もう一人の私〉を封殺する〈成長〉の記録――」において私見を述べているので参照して頂ければ嬉しい。

（2）一二八震の事故について林えいだい氏が『黒潮の夏――最後の震洋特攻』（二〇〇九年四月光人社。『最後の震洋特攻』と改題して潮書房光人社NF文庫（二〇一六年一月）に入る）において生存した隊員の聞き取り調査を基に詳細に記録している。林氏も事故の遠因とも言える出撃命令の出所については確定できていない。

（3）この数字は前出『写真集人間兵器震洋特別攻撃隊下巻』の元整備隊長金子春一氏の記述になる「部隊史」に拠る。島尾は「「百八十余名・百八十人余り」（『魚雷艇学生』七章）、「百八十人」（「私の八月十五日」）、「百八十二人」（「「エラブの礁」のために」）など不確定に記している。

（4）「三木十郎の事2」：『航跡』28号一九八二年三月。『透明な時の中で』（一九八八年一月潮出版社）一〇九頁。

（5）木俣滋郎『日本特攻艇戦史』（一九九八年八月光人社。二〇一四年一月潮書房光人社NF文庫として再刊）に〈海上特攻を決行したのは、一型艇のたった八隊にすぎない〉（単行本二〇〇頁、NF文庫二四四頁）とあるのは陸戦を含めた数字であろう。

（6）「震洋発進」末尾の補記に〈豊広稔氏の手稿「静かなる特攻」〉と記載があり、前掲『写真集人間兵器震洋特別攻撃隊下巻』掲載の部隊記録は〈元部隊長　豊廣稔〉として部隊の編成から復員までの足取りを記述している。

（7）益田善雄『帰らざる特攻艇』（初版一九五六年六月鱒書房）の再版版（一九八七年十月霞出版社）八四～八七頁に拠ると、この戦果を出した震洋隊は山崎部隊とあるから第十一震洋隊になる。同書八三～八四頁は松枝部隊（第十二震洋隊）は敵機の空襲で残った十二艇で出撃し、巡洋艦、駆逐艦各一隻を沈没させたとある。また、注（5）で記した『日本特攻艇戦史』一五六頁に拠れば、第十二震洋隊三十六艇が出撃して上陸支援艇三隻を撃沈、一隻を擱座したとある。前掲『写真集人間兵器震洋特別攻撃隊上巻』九八頁でも松枝隊の戦果として援護船三隻撃沈の記述がアメリカの戦記にあることを記している。

（8）島尾は昭和三十九（一九六四）年の沖縄、石垣島訪問を素材にしたエッセイ「沖縄・先島の旅」（『南日本新聞』一九六五年一月一日）を書いているが、村人の話に出てくる震洋隊については〈隊員の動静は、部隊の指揮官の性格を反映しながらそれぞれのいろどりを加えていただけだ〉（『島にて』（一九六六年七月冬樹社）四四頁）とだけ記して、石垣島事件に関わることは何も記していない。与那国島の子減らしのための堕胎の話が記されていることを考えると、石垣島事件のことは意図的に触れなかったと考えられる。

（9）「那覇に感ず」及び『震洋発進』における島尾の加害者としての自己認識については第1節で紹介した岩谷征捷氏「にんげんの加害力――〈特攻待機〉体験」及び鈴木直子氏「シマオタイチョウを探して―「ヤポネシア論」への視座―」（『南島へ南島から―島尾敏雄研究―』〈二〇〇五年四月和泉書院〉所収）において詳しく論じられている。

（10）島尾は十七年前に「その夏の今は」（一九六七年）において部下の兵曹長の〈自分らが支那でやってきたことしか考えられないものだから〉という言葉を通して日本兵の中国での暴虐に触れていた。また、加計呂麻島の防備隊に撃墜され基地近くで死亡した米軍飛行士を墓標を作り埋葬させており、大島防備隊には収容中に死んだ二名の米兵捕虜がいた時期もあった。なお、集団意思と個の倫理観の齟齬の問題については、別稿「『魚雷艇学生』を読む――〈もう一人の私〉を封殺する〈成長〉の記録」において、また、島民に対する抑圧者としての自己意識については、別稿「「その夏の今は」を読む――信仰者の眼が見つめた特攻部隊隊長の敗戦――」において私見を述べているので参照して頂ければ嬉しい。

（11）引野祐二は島尾と第一期魚雷艇学生の同期生で、〈回天の訓練地に先発した同期のFTから預かった日本刀をその寺の娘に届けに行って……〉（『震洋発進』一四二頁）とあることから「ロング・ロング・アゴウ」の主人公香戸少尉の友人として登場する二瓶少尉のモデルであろう。

（12）『毎日新聞（夕刊）』一九八〇年八月一五日。『過ぎゆく時の中で』（一九八三年三月新潮社）一四二頁。

（13）『岩波講座文学第二巻』一九七六年一月。『南風のさそい』（一九七八年一二月泰流社）二四頁。

（14）『朝日新聞（夕刊）』一九六六年八月一五日。『琉球弧の視点から』（一九六九年二月講談社）二五一頁。

第五章　除外作品の概要・生涯の歩み・資料

1 論述対象から除外した作品の概要

「1 戦争小説の由来と範疇」で触れたように、「ソテツ島の慈父」は未完のメルヘンであり「笛の音」は掌編であり、両篇とも『出孤島記・島尾敏雄戦争小説集』に収録されていないのは島尾の意思が働いていると考えられるので、ここでは同書に収録されている作品で論述の対象から外した六篇について、その概要を紹介し、除外した理由を略述する。

「肉体と機関(エンジン)」

島尾敏雄が学生時代に創刊から関わっていた同人誌『こをろ』の後継誌と目される、福岡で発行された『午前』二巻一号(一九四七〔昭和二十二〕年一月)に発表された。末尾には〈未完〉とある。『午前』には眞鍋呉夫など『こをろ』の旧同人が関わっていた。徳間書店版『幼年記 島尾敏雄初期作品集』、弓立社版『幼年記 島尾敏雄初期作品集』に収録されているが、晶文社『島尾敏雄作品集』や文庫本には収録されていない。

復員後すぐ創刊に関わった同人誌『光耀』に発表された「はまべのうた」「孤島夢」に次ぐ三作目のこの作品によって、自分の特攻隊体験を真正面から取りあげ、〈マルヨン艇〉という特攻艇で敵艦船に〈体当り〉する〈水上突撃隊〉の日常を記録した戦記文学を書くことを意図したように思われる。語り手は超越的視点から登場人物を等距離で語っており、リアリズムの文体で現在形で言い切る文末表現を多用して臨場感を作り出す工夫が見られ、出発期の島尾の模索が窺える。この作品について、島尾は奥野健男との対談「島尾敏雄の原風景」（『国文学』一九七三（昭和四十八）年十月。『内にむかう旅』（一九七六（昭和五十一）年十一月泰流社）に収録）において〈『幼年記』のなかに習作として入れている〉と述べている。

主要なテーマは二つある。主人公の指揮官小高中尉と先任将校の伊集院少尉二人の確執がテーマの一つになっているが、主人公の日々の生活を大きく規制するような扱われ方ではなく、「島の果て」での朔中尉と隼人少尉の関係と同じように微温的である。もう一つのテーマは兄弟隊の隊長長野大尉に対する小高中尉の対抗心である。その対抗心を描くための事件が慰安所の設置である。それは部下によく思われるための手管である。姉妹隊の慰安所を見学に行った時、顔見知りの女と出会うが二人の間には親近感は生まれない。女にとって小高中尉も一人の飢えた男にすぎない。彼女たちにとって、兵と人間的な関わりを持つことは絶無なのだ。生きることに何か希望を見出すこともできず、人間的な自由を奪われた女にとって、士官も下士官も兵も同じ性欲に支配された男であり、親しみを抱く存在ではない。語り手は〈兵隊も売笑婦も同じ位置に肩を並べて、生き残っているミゼラブルな生き物同志に過ぎない〉と言う。兵隊と慰安婦を〈ミゼラブルな生き物同志〉と言う語り手には、慰安婦がより過酷な状況に置かれていることへの認識はないと言わねばならない。語り手は彼女たちを〈それは女というより生のままの「人間」という感じであ〉り、〈生き抜けて来たものの図太さで原始的な一人一人の人間だ〉と語る。そこには〈図太さで原始的な〉〈人間〉であらねばならなかった女たちへの悲愛の眼差しは閉じられており、そうした境遇に追いやったものへの悲憤の思いも見られない。いや、さらにそうした場所を新たに設置することの無慈悲さを見据える眼さえ欠けている。悲惨な現実を生き抜いていることを〈図太さ〉という言葉で表現しているところに、作者の現実認識の皮相さが表れている。結びの場面で主人公が海に落ちる場面を作っているが、その場面が持つ意味も曖昧である。慰安所を作ることにしたことへの罪意識を代弁していると読めるのだが、却って創作意図の底の浅さを浮き彫りにしている。

なお、慰安所設置が実際にあったことは、元兵曹長脇野素粒氏「島尾敏雄を語る」（饗庭孝男編『島尾敏雄研究』（一九七六（昭和五十一）年十一月冬樹社）所収）に書かれている。

「夜の匂い」

発表は『群像』一九五二（昭和二十七）年四月号なので、作家として生きるために神戸市外大助教授の職を辞して上京した三月以前に書かれている。短編集『帰巣者の憂鬱』（一九五五（昭和三十）年三月みすず書房）に収録された。文庫では集英社文庫『島の果て』の旧版（一九七八（昭和五十三）年八月）と新版（二〇一七（平成二十九）年七月）、新潮文庫『出孤島記』（一九七六（昭和五十一）年八月）に収録されている。

登場人物と場面の設定は「はまべのうた」と近似している。しかし、メルヘン的な要素はなく、教師理恵と教え子祝桂子との関係が主人公木慈との三角関係的な構図に傾いている。「はまべのうた」を支配していた天上的な牧歌は歌われず、いびつなエロスへの欲情、死の無惨さが語られる。

魚雷艇部隊隊長木慈が、日暮れ後入り江奥の部落の祝桂子の家を訪ね、桂子と共に尋常小学校教師の井介理恵の所に向かう。途中で桂子を負ぶった木慈は二年生の桂子のやわらかいからだの感触に〈一人前の女〉を感じて〈気おくれのような気分〉を抱くのである。理恵の家への途中で木慈が思い出す事件が二つある。一つはハンセン病の父親を持つ娘が重症の梅毒持ちである兵士と結婚の約束をしたことが分かり、その兵は上官から制裁を加えられた。もう一つは撃墜された敵機の兵士の焼け焦げた屍体の様子と埋葬した墓の墓標が抜かれていたことである。これらの事柄は別の作品でも素材になっていることだが、取り上げられる場面は別の設定である。桂子にエロスを感じる場面でこうしたことを思い出す設定をした作者の意図は「はまべのうた」から大きく乖離しており、作品執筆時の作者の意識が反映していると考えられる。

桂子は木慈が驚くほど教師理恵を厳しく批評する。理恵の家でも桂子は理恵を教師としてではなく、対抗者としての眼で見る。「はまべのうた」のケコとは全く異質の少女である。理恵がそのことに気づいているかどうかは語られない。しかし木慈が理恵の家から桂子と一緒に帰る時、〈ユタ神に憑かれた理恵が髪をふり乱して夜の浜辺を疾走している〉〈不吉な狂乱の姿を妄想〉する場面が作られている。とすれば、木慈は理恵が桂子に嫉妬していると思っていると読むことができる。帰り際に理恵は木慈に浜木綿の花を贈り、木慈はそれを桂子に持たせた。その匂いに木慈が〈誘い込まれるような気分〉に気づく場面で結ばれる。この終わり方も淫靡な気配を感じさせる。

この作品には「出孤島記」までの戦争小説の主題であった、隊を離れて女の許へ行くことへの罪意識、部下の兵の眼への慮り、不在中の出撃下令への不安といった危機的内面のありようは片隅に追いやられ、〈二人の女〉への思いの間で揺れ動く主人公が描かれている。「はまべのうた」や「島の果て」と類似した素材、人物を扱いながら、描こうとするものは全く異なっている。素材は戦争中に採りながら、描かれている人物の内実は執筆時点での作者の意識を反映していると考えられる。

もちろん、独自の小説的表現として留意しなければならない点も幾つか挙げられる。桂子はこの島の生まれではないところに自分の場所を見出そうとしている。そこには作者が捉えた離島を、経済的、文化的に劣っているものとしてみる離島の子供の姿が反映されているだろう。その点でのちの南島研究の萌芽を読むこともできる。さらに自然の描写における色彩の絵画的な把握が見られる。月光の中での海原に映し出される物の影が存在としての形をもったものとして捉えられている。また単一な青と思われた海原が豊かな色彩をもったものとして捉えられている。こうした自然の色彩の描写は「出孤島記」から進んだ自然の把握と言える。

そうした独自性は見出せるが、それは戦争小説としての核になる点ではない。この作品は戦時の体験そのものを見つめようとした作品ではなく、上京前後の作者の精神の位相を反映した作品と見なすべきである。

「朝影」

発表は『現在』第2号（一九五二（昭和二十七）年八月）であるが、『島尾敏雄作品集第2巻』解説に拠れば執筆は前年一九五一年九月で、「夜の匂い」よりも前に書かれている。創作集の収録はない。新潮文庫（『出孤島記』（一九七六（昭和五十一）年八月）に収録されている。

島の女の許へ通う特攻隊隊長の、部下に対する負い目をうまく処理できない鬱屈した思いを主題にしているが、初期の頃の戦争小説に色濃くあった、特攻死を前にした切迫感は主人公からは感じられない。そのことを具体的に見てみよう。

内容の上からは、女に対する男のエゴイズムと、部下に対する上司のエゴイズムが描かれている。まず前者について略述しよう。語り手は超越的な視点に立って、隊長青麻と彼が通う島の女の逢瀬を語る。それは相思相愛の物語ではない。二人はその場限りの官能に命を燃やす者として語り手には把握されている。冒頭は朝明け時に女の許から帰隊する青麻の内面の描写から始まるが、そこには特攻出撃を待ちながら隊を脱け出した指揮官が抱くであろう緊迫した内面は描かれず、弛緩した空気の中で退廃的な官能の匂いが漂う描写が連ねられる。青麻の中で女がどのような位置を占めているかを語り手は次のように語る。〈青麻は自分で勝手に作り上げた女の像を、女にかぶせて、それを軍服の装いで両腕の中にしながら、気はそぞろに峠の赤土道を上っていた〉。そして〈寝もやらずに抱き合っていた女の身体の柔軟な感触と一種の臭気〉を思い出しながら〈たしかに自分のものだったというなぐさめ〉を抱き、しかもその行為を〈愚行の繰り返し〉と思う。青麻は女との間に濃密な心の通い合いを求めているわけではない。女の肉体に溺れているにすぎない。語り手はそのように描いている。さらに青麻は〈女は気がふれるかも知れない〉と思い、〈この島に生まれたこの女がユタの孤憑の状態にはなり得ないのだという保証もつけられない〉と思う。このような男の感受は、たとえば「出孤島記」での女の許から帰る男の描き方、その女の献身に対する罪意識を抱く男とは隔たっている。作者の戦後の結婚生活の中で生じた感受の反映であろう。

次に部下に対するエゴイズムを見よう。隊への帰り道で、青麻は女の許から隊へ急ぐ網場上等兵に会う。網場は下士官に殺されるので見逃してくれと頼む。青麻はそのまま帰隊させる。網場は公用使として青麻と女の間の連絡役を果たしている。見逃してほしいと頼んだのはそうした関係の中にある網場の計算が働いている。朝帰りを見逃したことを網場は青麻の温情として受け止める。それについて語り手は〈青麻は網場と一緒に腐敗した場所に転落したことを覚る〉と語る。この時青麻には網場が階級秩序の中で人間としての自由を奪われていること、その自由を奪っている張本人が自分であることとの認識はない。この青麻の認識不足は語り手のものでもあろう。部隊の規律を侵して女の許に通う行為を〈腐敗した場所〉と見なす語り手は、「出孤島記」までの女の許に通う衝動を起こすものが、自由を渇望し、生の燃焼を求めるやむにやまれぬ人間の本源的な欲求であると見なす語り手とは隔たっている。

結び近く敵機が隣の防備隊を空襲する場面があるが、敵機の無防備に滑空する機影を見ながら、青麻はバッタが交尾する場面を見る。身体が熱くなるのを感じた青麻が、機影が見えなくなると女の所へ行くことを思うところで結ばれる。人間世界の死の恐怖と自然界の生をつなぐ営みとが対比されて語られているが、死の恐怖はエロスへの欲情をかきたてるための方便の意味しかない。その前に青麻は他の士官の間で女が妊娠しているという噂が流れていることを知る。しかし青麻に女の身体を気遣う思いは生まれてはこない。妊娠の噂はバッタの交尾に重ねられて、青麻を女への欲情を募らせる出来事としての意味しかなく、戦場での悲劇を構成する出来事としては捉えられてはいない。

以上見てきたように、小説の時空間が異常な特攻待機生活でなければならない必然性はない。これまでの戦争小説で扱わなかった素材を取り上げながら、その体験における自身を通して人間の真実の相を描こうとする創作家の視点は見られない。戦中の体験がいかに自身の戦後の生を規定しているかということを深く自問することなく、特攻待機体験という類を見ない体験の異常さを小説の恰好の素材としてきた島尾は、「出孤島記」を書いたことによって、それ以上の素材の異常さに頼った戦争小説を書くことができなくなったことを示している。特攻戦発令を受けながら敗戦を迎えて生き残ったことは、その体験をした者の内面に深い亀裂を残したにちがいない。島尾部隊の部下に戦後何人かの自殺者が出ていることは、そのことを示していると思う。やがて出会う死の棘体験を経ることによって島尾は、戦争体験が自身にどのような影響を与えたのかを振り返らねばならないという認識を持つに至るのである。

「離島のあたり」

上京後の一九五三（昭和二十八）年に執筆され、発表は『新日本文学』同年十月号である。創作集『われ深きふちより』（河出新書、一九五五（昭和三十）年十二月）に収録された。文庫には収録されていない。

語り手が超越的視点に立って主人公の行動と内面を語る点では「夜の匂い」や「朝影」と同様であるが、二作に比べると、語り手即ち作者は戦時の自分を客観的に形象化することに意を向けており、その分主人公の中尉に向けられる視線は批判的になっている。

小説の中心は、敵機が基地近くに迫った時、予備学生出身の特攻部隊指揮官である中尉が、過酷な軍隊生活を生き抜いて今の地位を得た特務少尉や兵曹長たちとの間で、卑小感を取り繕う姿を描くところにある。語り手は〈兵曹長たちを同僚のように取扱うことによって、自分の無知と無経験を防禦しようとする〉と批判的な眼で中尉を見ている。その批判的な視線は中尉を介して軍隊組織にも向けられる。丘の上から見下ろす自然の景色は、中尉に〈張りめぐらした神経でお互いをちかちか排除し合っている〉人間の小ささを意識させ、そこに〈戦争の根〉を見い出させる。批判的な視線が主人公や軍隊に注がれていることは留意しなければならないが、そうした視線は発表の時点では目新しいものではなく、島尾の初期の戦争小説においてはもっと肉感的、現実的な痛みを伝える語りが工夫されていた。この作品における批判的な眼は、それが説明に傾く語りであることによって、小説としての生きた人間の形象から遠のき、類型的であり平板な印象を与える。

〈倦怠と疲労とからだのあちこちの痛み〉が〈滓のように脳の底にたまって来る〉ように肉体の衰弱を感じている中尉は、常に〈つきあげて来る或る暗い明瞭でない衝動〉に襲われている。その〈衝動〉を語り手は明示しないが、死の恐れであることはわかる。しかし、語り手の意図は死の恐れを抱く中尉を語ることにあるのではなく、死の恐れを隠そうと演技する中尉の滑稽な姿を形象するところにある。隣の基地が敵機の攻撃を受けた時、〈地金が出てしまった学生の恰好を軍人らしく取戻そうと〉〈ぎこちな〉く行動する中尉を語る。滑稽な姿は中尉の生への執着の強さを表すものであるはずだが、語り手は意識の深層に眼を向けることよりも、部下との関係に心を砕く中尉を語ることに意を向ける。語り手は、明日死ぬかも知れない日々に感じる〈たよりなさ〉を〈ときほぐす力を中尉は持っていない〉と語り、〈故知らず襲って来る憂愁によって、今の生活に夢中になることが出来ないでいるに過ぎない〉と語る。一見批判的な語り口だが、そこには語り手の微温的な現実認識が垣間見える。特攻を運命づけられた時、〈ときほぐす力〉を誰が持てるだろうか。特攻待機生活において、〈憂愁〉は〈ゆえ知らず〉のものだろうか。こうした曖昧な語りがこの作品の読後感を弱めているように思われる。そのことについてもう少し触れよう。

次のような場面がある。中尉は先任将校の蒲生少尉を〈けむたい存在〉に感じている。それは蒲生少尉の軍人としての経験の長さからだけではなく、生活人としての経験の深さへの思いから生じている。小児麻痺の子を抱えている妻を残して特攻部隊の艇隊長に配属された蒲生少尉について、〈楽しげなことに一切背を向けた家庭を営んでいるように見えた〉と禁欲的な姿を語りながら、その姿に中尉が何を感じたかについて語り手は何も語らない。読む者はもどかしい思いが湧く。こうした読む者を現実認識の深みへと誘う入口で話題が転換するもの足りなさは、中尉が従卒に体を揉ませている場面にも見られる。中尉は従卒が〈自分に特別好意をもってくれているのだと思い、彼に無防禦でからだを預ける気持〉になっている時、語り手は従卒の思いを〈やりきれない不満が、行き場がなくてみぞおちの辺にたまるようであった〉と語る。これは語り手が中尉を批判的に語ろうとしていることを示している。しかし〈行き場がな〉い〈不満〉が〈たまる〉従卒を語りながら、そのあとすぐに語りは従卒を離れ、女の所へ行くことを考える中尉に移る。〈不満〉をためるしかない従卒と〈憂愁〉を女に会うことで発散させうる中尉の違いを語り手は問題にしない。中尉に向けられる語り手の客観的な立場からの超越的な眼差しは、戦争体験の意味を問うためではなく、日常生活の中で見られるありふれた人物形象化の方法として採られたものと言うべきだろう。

語り手は対岸の基地で爆発事故が起こったことを知った時、〈事故のあとで、指揮官としての手あかのついた日常と地位を守って行くことは、とても堪えられない〉と思い、その同じ予備学生出身の隊長について〈若し死んでいるのなら、その方がいいかも知れない〉と思う。後年の回想記「三木十郎の事」(『透明な時の中で』所収)によると、第四十四震洋隊の事故を知った時島尾が最初に思ったことは、〈無分別は起こさないでくれ〉という思いであったと記している。死の切迫感と生の欲求度は比例しよう。中尉の思いは生き難い思いの強さを表してはいても、死の恐怖の強さを表すものではない。それは死を目前に実感している者の思いではなく、生きることへの〈倦怠〉を前提にしている者の感受であると言うべきであろう。

事故を起こした隊に部下と共に縦で向かう途中で失態を演じる中尉を語り手は描いて、次の一文を結びに置いている。〈弁解したり頼んだり命令したり返事したりしなければならないことが、ひしめき合って次々に起って来ては、中尉の臆した心をおびやかした〉。軍隊が人間関係である以上、ここに語られている部下へのさまざまな気配りは戦時を通してあったであろう。しかし、初期の戦争小説においては〈臆した心〉は突撃死への恐怖に起因し、それを部下に見せまいと強さを装うために部下と距離をとる隊長である。部下との間に生ずるさまざまな葛藤や桎梏が描かれることはあっても、突撃死への恐れ以上に隊長を〈おびやか〉すものではない。部下との葛藤や桎梏が重大な問題になるのは、突撃死が消失した敗戦後の部隊においてである。「その夏の今は」でそのことが描かれていく。その場合であっても、部下との葛藤や桎梏は生き残るための強い意思を失わせるものではありえない。つまり、「離島のあたり」が主題としている、部下との関係において失態を演ずる滑稽な隊長の姿は、特攻待機体験における隊長の姿から隔たっていると言わざるをえない。そこに語られる人間関係の難しさは、通常の日常生活において見られるものであり、作者の戦後の社会生活や家庭生活の現実の中での感受が、戦時のそれに置き換えられていると見るべきであろう。

以上のような点から、「離島のあたり」の主人公から導かれる問題は、特攻待機体験ゆえの問題とは言えないと考えるのである。

「闘いへの怖れ」

発表は『明窓』一九五五（昭和三十）年一月号。執筆は一九五四（昭和二十九）年十一月で、死の棘体験が始まった直後の時期である。創作集『われ深きふちより』（前出）に収録された。文庫には新潮文庫『出孤島記』（前出）に収録されている。

主要な登場人物である特攻隊長の「ぼく」、尋常小学校の女教師、その教え子で二年生の祝桂子とその家族は初期の「はまべのうた」、「島の果て」、上京後の「夜の匂い」の登場人物の配置と共通しており、場面も類似している。従って語りの内容を比較することで本作の性格を捉えることができる。

視点人物の「ぼく」が十年前の特攻艇隊員であった時の〈意志を持たなかった〉自身を回想するという設定である。語り手は特攻を待つ切迫した思いの中にある「ぼく」について、〈その怖ろしい瞬間のことを考えると身も世もない怯懦な気持に身内をさいなまれる思い〉の中で、〈ぼくに残されたものは、ひよわな感覚だけだ〉と語る。その〈ひよわな感覚〉は特攻待機体験の渦中にいた作者のものであるよりは、死の棘体験の妻の尋問発作の渦中で虚飾を剥ぎとられている作者のものと見るべきである。死を前にした「ぼく」の目に映る自然は、〈ぼくの大空は三角形、ぼくの大海原は板のように平面で果てしがあり、そして地球が丸いなど嘘っぱちだ〉と観念的、感覚的に捉えられている。こうした表現は「出孤島記」では突撃死を想像する場面においてなされており、眼に映る自然の描写ではない。「出孤島記」においては絶対的な死を前にした人間の眼に映る生き生きと生動する自然が語られているが、そのような自然の把握はここには見られない。回想される十年前の情景は語り手である「ぼく」の現在の心の状態を映し出している。たとえば〈にぎやかであった筈のその日の演芸会のことを、ぼくは暗雲のたれこめたうそ寒い納屋の中での、うら寂しい出来事のようにしか回想できない〉と語り、〈鎖でつながれた意志の真空状態の重っ苦しい狭隘な世界が、しめつけて来た〉と回想する。「はまべのうた」に描かれた慰問演芸会の明るさと対比するとき、メルヘンの虚構性を考慮しても、こうした叙述には執筆時の閉塞された作者の内面が色濃く反映していると見なさざるをえない。

慰問演芸会や棒飴を桂子の家に持って行くこと、桂子と一緒に女教師の家に行くことなど「はまべのうた」や「島の果て」でも扱かわれた素材だが、その意味は異なっている。両作でのケコ・ヨチは島の娘（ミエ先生・トエ）と会うための方便であり、主人公の思いは島の娘に向けられていた。しかし本作では「ぼく」の思いは女教師にではなく祝桂子に向けられるのである。それは桂子が学生時代に知った亡命ロシヤ移民の少女に似ていたからである。〈やがて死んで行かねばならない望みの断たれた軍隊生活の中で、ぼくは夢に出てくるロシヤ少女を、ひとり合点で、意味の深いことに思っていた〉と言う。こうした「ぼく」の思いの吐露は執筆時の作者の心の反映である。桂子の家から帰る時には〈ぼくの胸の中には、ぽっとあたたかな小さな電球がともったような余韻が帰隊するまで続いた〉と語り、女教師の家に桂子と行く時は〈ぼくは彼女を負ぶってたった二人きりの月夜の峠道を、死にたくないというやるせない感傷でいっぱいになって、ひたすら歩いた〉と語る。しかし女教師の家に入っても、彼女に対する「ぼく」の思いは語られない。前述した「夜の匂い」以上に女教師の姿は希薄である。結びは桂子に棒飴を持って行く約束を果たす場面であるが、決定的に異なっていることがある。「島の果て」の中尉が胸を締め付けられるのは〈その日が来たときにはこのやわらかい子供たちはどうなってしまうのだろう〉という幼い子供たちの命を愛おしむ思いである。約束を果たしたあとの中尉について〈もうこの世のことはなにもありませんでした〉と語っている。「島の果て」がメルヘンであるとは言え、執筆時の作者の戦時の見方から全く離れていると考えることはできない。しかし、「闘いへの怖れ」で語られるのは〈そこでぼくはからだを八つ裂きにされ、この世の中から消されてしまうのだ〉という自分が死ぬことの無念さであり、桂子の家を出た後も〈もうがまんも何もなく、からだ中がふるえるようであった〉という自己の死への恐怖である。「闘いへの怖れ」は〈ぼくは大地に打ち倒れて大声をあげながら、のたうち廻りたい衝動を抑えかねた〉という一文で結ばれる。こうした「ぼく」の置かれた情況への過剰とも言える思い入れをこめた語りは、死の棘体験の渦中にある作者の内面を反映していると見なすべきだろう。

以上略述したように、「闘いへの怖れ」は死の棘体験での作者の感受が色濃くうかがわれ、戦争小説としての意義は稀薄であると言わざるをえない。

「星くずの下で」

発表は『中央評論』一九五五年（昭和三十）年三月号。執筆は前年の十二月で「闘いへの怖れ」に続いての執筆である。『死の棘日記』十二月二十六日の記事に、昭和二十一（一九四六）年に書いた「星屑」（二十枚）に十八枚を書き足した作品とある。昭和二十一年は「島の果て」や「孤島夢」を書いている。それらとは異なるリアリズムの作品である。創作集『われ深きふちより』（前出）に収録された。文庫には新潮文庫『出孤島記』（前出）に収録されている。

予備学生出身で特攻兵器「〇四」部隊の隊長であった「私」が戦後のある時点から、終戦の二、三ヶ月前の南西諸島のK島での出来事を回想するという形を取っている。回想する出来事は当時の心的状況とスパイ事件で出会った男のことである。

戦況は〈沖縄の地上戦闘はもう事実上かたがつき最後のあがきを示しているに過ぎない〉状況にあり、「私」は〈自分の肉体にふりかかる災害についての恐怖の方に重点がかかって〉〈死の方向ばかり見つめて〉おり、〈平和な世の中〉は〈私たちには手の届かない所のもののように思われた〉と語られる。〈黄昏れ行く村里、流れる雲、その空の青さ、伸びる草木、花、鳥、その何一つとして涙を誘わないものとてない始末であった〉と死に対比される自然の生命を愛おしむ気持に襲われる。こうした心的状況は初期の戦争小説と同様の設定である。しかし、その語りは一貫して過去完了形による回想体で進められるために、動的な逼迫した心の動きを読みとることができず、平板な印象しか受けない。

回想の中心はK島の至る所で起こった奇怪な現象の犯人捜しである。予備学生同期で防備隊本部の泉中尉と「私」は、スパイ容疑をかけられた汀銀静という男を尋問することになる。汀の家で一応の尋問をする。〈現在の妻子とは遠く別居し、先妻の実家の縁故を辿って半ば寄食のようなかたちで独身生活をしている〉銀静に、「私」は〈爛熟したような蠱惑的な人生的なささやきで、未熟の若者に誘いかけてくる何か〉を感じて、〈屈辱にゆがんだ顔付〉にひきつけられた。〈ひとり立ちしている〉銀静に対して〈自分の方は単なるロボットではないかというなやましい考え〉を抱くのである。本作の執筆意図は多分こうした「私」の感受を語ることにある。生活人の島人と生活を経験していない「私」という対比は四年後の「廃址」の重要な設定になる。

先妻の家に寄り、小屋にいた女に会わせた後、「私」は銀静を本部に連れていく泉と別れる。一人になった「私」の心の中にあるものを、語り手は〈何かに飢えて、満たされない空虚が〉〈確実に私の心の中に居坐っていた〉と語る。銀静を介して痛感される「私」の生の〈空虚〉は語り手である作者が戦時に抱いていたものと見ていいだろう。それを「私」は戦後にも引きづってきたのである。〈そいつをにぎりしめてつぶしてしまうことができなかった〉と語っているのは、執筆時の語り手である作者の認識と見ることができる。

「廃址」においては二つの生活の在り方が語られる。本作でも汀銀静の想像もつかない人生への憧れと〈軍隊などというものでない普通の、片隅の平凡な庶民の生活〉への憧れが「私」の心中にあることが語られている。「廃址」では〈空虚〉を〈つぶしてしまうことができなかった〉理由が探られていく。その理由が妻の病の原因につながるものだからである。しかし、この時点では〈どこか家庭のにおいのする所に尋ねて行って身を休ませたい〉という、死の棘体験からの脱出願望を代弁するものとしてしか捉えられてはいない。結び近くで銀静を思い出すたびに〈うしろめたさのようなものと、なつかしさのようなものの奇妙な混合の気分に落とされる〉と結んでいるのも、その体験の意味を作者がまだ捉えてはいないことを示している。

「星くずの下で」には右記のように「廃址」の先駆としての意味を見出すことができる。しかし、戦時を回想する語りには死の棘体験の反映と見なされる箇所があり、また戦時の「私」の内面の表出においても、突撃死を前にした者の緊迫した心の有り様は読み取ることができず、平板な印象を抱かせる。戦争小説としての独自の意味を捉えることはできない。

※各作品の引用した本文は晶文社刊『島尾敏雄全集』第2・3・4・5巻に拠った。

2　文学活動を中心とした生涯の歩み

前著『島尾敏雄の文学世界――病妻小説・南島小説を読む』（二〇一七年六月龍書房）では島尾敏雄の略年譜を掲載したので、本書では島尾敏雄の作家としての生涯が大筋で見通せることを目指して、期間を区切りながら重要な項目を取り上げてその歩みを略述した。
記述に際しては、①小説はできるだけ取り上げ、発表誌と発行月を記したが、エッセイ類は取り上げなかった。②著書は限定本を除いて記述したが、作品を収録した文学全集類は取り上げなかった。③文庫は単行本が文庫化された場合は必要に応じて紹介した。

(1)　幼少期――一九一七（大正六）年（出生）～一九二三（大正十二）年（六歳）

【祖母の愛・病弱】

一九一七年四月十八日、輸出絹織物商の店を横浜市に構えたばかりの父・島尾四郎（二十七歳）、母・トシ（十九歳）の長男として生まれた。のちに妹二人と弟三人（一人は異母弟）が生まれた。両親とも福島県相馬郡小高町（現南相馬市）出身で、幼少期から母の実家で過ごすことが多く、祖母井上キクに溺愛された。キクから昔話をよく聞き、その記憶が後年『東北と奄美の昔ばなし』（一九七三年四月創樹社）に結実する。

【震災・小高】

幼児期は一時期視力を失いかけるなど病弱であった。一九二三年九月関東大震災が起きた時は死線を彷徨う病の予後の療養のため母方の実家にいた。横浜の家は焼失したが、家族は全員で迎えに来ていたので罹災を免れた。この体験を戦争体験と共に《私の位置の中の中途半端さ》を示す象徴的な事件として戦後語るようになる。学齢期以降大学まで休暇を小高で過ごすことが多く、田舎での体験を自己形成に関わる重要な体験として、繰り返し小説やエッセイに書いている。戦後長く自身を《故郷喪失者》と規定したが、晩年には小高をルーツとする東北人としての自己を確認していった。戦後文学の推進者埴谷雄高も小高町出身で戦後知り合うことになる。小高町には埴谷・島尾記念文学資料館が開設されている。

(2) 学童期――一九二四（大正十三）年（七歳）～一九二九（昭和四）年（十二歳）【転校・小冊子作り】

一九二四年四月横浜市立尋常小学校に入学した。翌一九二五年末に一家は兵庫県西灘村に移住し、そのあと神戸市に転居した関係で小学校を何度か転校した。この頃死への恐怖を強く抱くようになり、また両親の不和もあり、次第に内向的な傾向が強まった。十歳頃にプロテスタント教会に足繁く通ったが、母との軋轢を生じて離れた。次第に対他関係に違和を覚える度合いが強まり、『少年倶楽部』などを購読して物語や漫画の世界に親炙し、さらに自分が書いたものを自分で編集し、謄写版を使って印刷して小冊子を作ることに熱中するようになった。

(3) 第一神戸商業時代──一九三〇（昭和五）年（十三歳）～一九三五（昭和十）年（十八歳）

【傍系意識・文学への関心】

一九三〇年四月兵庫県立第一神戸商業学校（五年制）に入学した。この進路は父親が絹織物商の跡継ぎを島尾に期待したゆえの選択で、以後の進路選択時の悩みの種となった。旧制中学・旧制高校・旧制大学というエリート養成の正規のルートからはずれているという〝傍系〟意識の根を作った。商業学校の勉強が肌に合わず、本屋巡りと歴史物の読書を楽しみとし、図書室で出会った中里介山『大菩薩峠』は生涯の愛読書となった。内部に葛藤を抱えた自分を変えるために山岳部に入り、紀州や四国、九州の山々を何日もかけて縦走した。一方で小冊子作りへの関心が強まり、十四、五歳の時には同好の友人と同人誌『少年研究』や『峠』を出すとともに、東京の同人雑誌『紫草』にも参加して詩や文章を載せるなど習作期の緒についた。

【母の死】

一九三四年十一月十一日、母トシが腹部の手術後体調が悪化して三十八歳で死亡した。母の死は十七歳の島尾に自分の存在の意味を問いかける事件であった。庇護者としての母の存在は、終生胸中から消えることはなかった。母の死後空虚感に襲われて学科の勉強から離れ、神戸高等商業学校の受験に失敗し一年間浪人した。

(4) 長崎高商時代──一九三六（昭和十一）年（十九歳）～一九三九（昭和十四）年（二十二歳）

【『十四世紀』発禁】

一九三六年四月長崎高等商業学校に入学した。自分を変えたいという思いから柔道部に入部する一方で、九州や東北各地を旅行した。入学後も『峠』を継続し、神戸の詩誌『LUNA』にも参加して小説の習作や詩作に励んだが、言論抑圧の時代の波に飲み込まれる体験をする。一九三八年二月同学年の友人たちと作った同人誌『十四世紀』創刊号が内務省から発売禁止処分を受けた。島尾の小説「おキイの貞操とマコ」（翌年「お紀枝」に改作して『科学知識』の懸賞小説に佳作入選）も検閲の対象になり、特高刑事に監視される生活が続いた。学校長に在学中の創作活動の禁止を申し渡され、承諾したことが自己の弱さとして胸中深く刻印された。

【ロシア文学の親炙】

長崎高商入学後ロシア文学に親炙し、ドストエフスキー、プーシキン、レールモントフ、ゴーゴリなどを耽読し、校友会誌にドストエフスキーに関する批評文を寄稿した。住む場所も南山手町にあった亡命ロシア人の数家族が住む洋館に部屋（長崎に宣教に来たコルベ神父が一時期住んでいた）を一年間借りた。その家族らと親しんだ経験はのちに小説やエッセイの素材になっている。亡命ロシア人への親近感は生涯続き、海外貿易科で一年間単独でロシア語を習った亡命ロシア人と親しんだ家族について、晩年に「亡命人」（『群像』一九八〇年一月）を書いている。

【矢山哲治との出会い】

一九三九年三月長崎高商を卒業後、一年課程の海外貿易科に籍を置いた。父の店を継ぐことへの躊躇があった。七月に友人中村健次を介して『十四世紀』に短編「青春」を寄稿した矢山哲治と知り合い、十月に福岡で矢山を中心に創刊された同人誌『こをろ』結成に加わった。

(5) 九州帝大時代――一九四〇（昭和十五）年（二十三歳）～一九四三（昭和十八）年（二十六歳）

【庄野潤三との交友】

一九四〇年四月九州帝国大学法文学部経済科に進学した。しかし経済の勉学に馴染めず、父の許可を得て一年後文科への転科試験を受け、以前から関心を持っていた中央アジアの歴史を学ぶために東洋史専攻に入り直した。一年後に東洋史学室に庄野潤三が入学した。庄野の実家は大阪府帝塚山にあり、神戸市の島尾の家と近いため帰省中に行き来するようになった。庄野は詩人伊東静雄の住吉中学での教え子であった関係で島尾は伊東の知遇を得た。伊東や庄野を介して詩人の林富士馬を知り、その関係は戦後の三島由紀夫を含めた同人誌『光耀』創刊につながっている。二人の学生時代の交友は庄野の『前途』（一九六八年十月講談社）や『文学交遊録』（一九九五年三月新潮社。のち新潮文庫）所収の「雪・ほたる」に描かれている。

【『こをろ』での活動】

九州帝大入学後の文学活動は『こをろ』を中心に行われた。『こをろ』（三号までは『こおろ』）は九州帝大農学部に在学していた矢山哲治を中心とした旧制福岡高校の校友関係と、島尾など長崎高商の『十四世紀』の関係者を主として一九三九年十月創刊され、一九四四年四月の第十四号まで発行された。初期同人三十二名には理系や医系を専攻する者も多く、言論抑圧の時代の中で文化全般に関わって発言していこうとする総合誌としての性格を有していた。同人には阿川弘之、眞鍋呉夫、小島直記、小山俊一、星加輝光、吉岡達一、一丸章、那珂太郎、松原一枝など戦後に文学の諸分野で名をなす人物がおり、『ユリイカ』の伊達得夫も関わっている。島尾は「呂宋紀行」

紀行文、矢山の追悼記を掲載している。

の前半部を第一号から第八号まで五回掲載（第一回は「ＬＵＺＯＮ紀行」）したほか、短編や詩、紀行文、矢山の追悼記を掲載している。

【矢山哲治の死】

一九四三年一月末矢山哲治が福岡市内の私鉄の無人踏切で轢死した。矢山は立原道造とも交流があり、三冊の詩集を出して新進詩人として注目されていたが、大学繰上げ卒業後の陸軍幹部候補生試験の失敗、入隊後の結核発病による兵役免除、予備役編入など生活上の異変が続いて精神状態が不安定になっていた中での事故であった。島尾と矢山はライバル関係にあった。同年八月に矢山追悼号として発行された『こをろ』第十三号に島尾は長文の「矢山哲治の死」を掲載してその死を悼んだ。一九八一年に現存が幻視されていた『こをろ』と『こをろ通信』が言叢社から復刻刊行されたのは島尾が全冊を保管していたからである。従軍、戦後の頻繁な転居の中で両誌全冊を保存し続けたのは、『こをろ』と矢山への島尾の思いの深さゆえであろう。

【『幼年記』自家出版】

一九四三年九月の九州帝大繰上げ卒業にあわせて、学童時代の作品と長崎高商、九大時代に書いた小説七篇、紀行文三篇、エッセイ一篇を収めた『幼年記』七十部を自家出版し、知友に配った。入隊を前にして遺書としての意味を持っていた。なお一九六九年十一月に戦後初期の習作を加えて徳間書店から、一九七一年十一月に神戸商業時代の詩や登山記や高商時代の日記、大学卒業論文、戦時中の手紙などを増補して弓立社から、それぞれ同名で『幼年記　島尾敏雄初期作品集』が刊行されている。

【海軍予備学生応募】

大学在学中に行なった徴兵検査は第三乙種で予備役相当であった。軍事教練での陸軍の兵隊生活に嫌悪と恐怖を抱き、徴兵による陸軍入隊は避けたかったため、卒業を間近に控えた七月初旬海軍予備学生募集に締切り直前で応募した。第一志望は飛行科であったが一般兵科に回されて合格した。

(6) 海軍時代――一九四三（昭和十八）年（二十六歳）～一九四五（昭和二十）年（二十八歳）

【魚雷艇学生・特攻艇震洋配属】

一九四三年九月三十日呉海兵団に入隊し、その後第三期海軍予備学生として旅順海軍兵科予備学生教育部（総数千名）で初期訓練を行った。翌年二月初旬第一期魚雷艇学生（二一三名）となり横須賀海軍水雷学校での訓練ののち、四月末長崎県大村湾岸の川棚臨時魚雷艇訓練所に移った。五月に特別攻撃隊を志願し、少尉に任官されて特攻艇震洋隊配属となった。七月中旬に横須賀海軍水雷学校に再び移り、さらに八月中旬川棚魚雷艇訓練所に戻って震洋艇の訓練を行った。

【第十八震洋隊隊長任官】

一九四四年十月十五日第十八震洋隊百八十余名の指揮官に任命され、針尾海兵団、佐世保防備隊で準備ののち、母の命日である十一月十一日に輸送船辰和丸で佐世保港を出発。鹿児島湾で一週間待機したあと十一月二十一日奄美大島加計呂麻島瀬相に着岸し、呑之浦に基地を設営した。海軍入隊から基地設営までを素材にした作品が『魚雷艇学生』（一九八五年八月新潮社、のち新潮文庫）である。

【守護神の隊長・大平ミホとの出会い】

一九四四年十二月中尉に任官された。加計呂麻島には防備隊本部と第十七震洋隊の基地があった瀬相、対空砲台があった安脚場周辺など幾つかの大きな集落があり米軍の空襲を受けていた。ミホ夫人のエッセイによると、島尾部隊に近い押角や呑之浦には米軍機の来襲が少なかったために、それらの部落の人々は島尾隊長を《守護神》のように思うようになったという。一九四五年二月地域の中心集落押角にある国民学校で島尾隊慰問の演芸会が催された。それを機会に国民学校の代用教員をしていた大平ミホと知り合い、やがて二人は相思相愛の仲となった。

【ミホの家系】

ミホは二歳下で一九一九年十月二十四日鹿児島市で誕生し、生後間もなく母長田（おさだ）マスが死去したため奄美大島龍郷の母の実家に預けられた。二歳の時に実父の姉で加計呂麻島の旧家大平文一郎に嫁いでいた吉鶴（よしつる）に引き取られ、長田姓のままで大平家の養女になった。実母マスの家系はカトリックが奄美に伝えられた明治中期からの信徒で、ミホも幼児洗礼を受けた。ミホは加計呂麻島押角尋常小学校を卒業後東京で実兄と共に暮らした。目黒の日出高等女学校（現目黒日本大学学園）に入学し、十八歳で卒業後植物研究所で働いたが、病を得て加計呂麻島に戻った。大平家も実母の家系も琉球王朝の血統を引く一族である。養母吉鶴は二人が出会う直前に亡くなった。

【遺書「はまべのうた」】

一九四五年五月にメルヘン「はまべのうた」を書いてミホに短剣と共に献じた。ミホは返歌を島尾に贈り、島尾の出撃後自害する意思を伝えた。島尾は父親宛にミホを妻としたい旨の遺書と見られる手紙を認めていたが投函されなかった。二人の交情の深さは『島尾敏雄・ミホ　愛の往復書簡』（二〇一七年三月中央公論新社）収録の手紙や交換日記「磯づたふ旅人の書付け」に窺うことができる。「はまべのうた」はミホが藁半紙二枚に清書し直して、六月に不時着した特攻機の西村中尉が本土に帰還する際に託され、友人眞鍋呉夫宅に送られて今に残った。

【特攻戦発令・敗戦】

一九四五年八月十三日夕刻特攻戦が発令された。準備中に第四艇隊で暴発事故が起こったが、奇蹟的に信管の爆発が雷管に引火せず、二五〇キログラムの爆薬が四散しただけで済んだ。基地設営から特攻戦発令に至るまでを素材にした作品が「出孤島記」である。しかし特攻出撃命令は出ず、即時待機中の八月十五日防備隊本部で敗戦を知らされた。

敗戦は生への回帰を意味せず、新たな死との出会いであった。部下に敗戦を伝えた後の階級秩序の崩れを目の当たりにして、指揮官であるゆえの生き残ることとの困難さを認識していった。その間の死から生へ、生から死へと揺れ動く内面を素材とした作品が「出発は遂に訪れず」である。敗戦は部隊の秩序の崩れだけではなく、基地周辺の島民の反軍的な思いを表面化させた。そうした八月十六日以降の新たな困難な状況の中で、生き残る道を探る日々を素材にした作品が「その夏の今は」である。

【復員】

九月一日に喜界島の震洋隊も含めて特攻隊員約百名を佐世保海兵団に送る輸送指揮官として、

三隻の徴用漁船を率いて加計呂麻島を離れた。離島前に大平文一郎にミホとの結婚の承諾を得た。四日に佐世保に到着し、五日大尉任官後解員手続きをとり、六日に引率兵団を解散した。島に残った部隊員は九月、十月の二陣に分かれて本土に渡り、島尾部隊全員が無事に復員した。加計呂麻島離島から復員までを素材にしたと推測される作品が遺稿「(復員) 国破れて」であるが、急逝のため加計呂麻島を離れる場面で筆が擱かれている。

(7) 新進作家への模索期――一九四六（昭和二十一）年（二十九歳）～一九五一（昭和二十六）年（三十四歳）

【ミホとの再会】

一九四五年九月奄美大島は米軍管理下に置かれて本土との往来が禁止された。ミホは十二月に密航船で鹿児島に渡り、川内（現薩摩川内市）の親戚宅に身を寄せて島尾と連絡をとった。ミホとの再会を待ちながら「島の果て」（最初の題は「青白い月夜」）を翌年一月に書きあげた。迎えに来た島尾と再会したミホは兵庫、京都の親戚宅に移り、島尾の父親はミホとの結婚には反対であったが、ミホのキリスト教棄教を条件に承諾した。

【結婚】

一九四六年三月十日、伊東静雄、庄野潤三、元第四艇隊長藤井茂三名を招いて結婚式を挙げ、父親の家に同居した。島尾は結婚当初から病気がちで定職には就けず、父親の庇護の許での結婚生活は、ミホにとって精神的な不安を募らせるものであった。翌年神戸市外事専門学校（のち神戸市立外国語大学）の専任教員（世界史担当）の職を得た。一九四八年七月に長男伸三、一九五〇年四月長女マヤが誕生した。

【同人誌創刊】

一九四六年五月伊東静雄を介して知った庄野潤三、林富士馬、三島由紀夫、大垣国司と同人誌『光耀』を創刊し、第一輯に「はまべのうた」第二輯（十月）に「孤島夢」を発表して作家志望の道を歩み始めた。翌年八月第三輯に「夢中市街」（のち「石像歩き出す」に改題）を発表して『光耀』は解散した。十月伊東静雄の紹介で知った富士正晴が編集する同人誌『ＶＩＫＩＮＧ』の創刊同人となり、「単独旅行者」の前半を発表して新人作家として注目され、他誌から注文がくるようになった。一九四七年には他に「肉体と機関」（『午前』一月）や「蜘蛛の行」（『舞踏』八月）「摩天楼」（『文芸星座』八月）など習作的な作品を発表した。

【新人作家の認知】

一九四八年一月『ＶＩＫＩＮＧ』に「島の果て」を発表したあと、『綜合文化』五月号に夢の方法の代表作「夢の中での日常」、『芸術』五月号に「単独旅行者」全章を転載、さらに『芸術』十月号に戦争体験に材をとったリアリズム小説「徳之島航海記」と続けて中央の総合雑誌に発表の場を得た。さらに学生時代に材をとった短編を十一月に「月下の渦潮」（『近代文学』）十二月に「挿話」（『未来』）「薬」（『序曲』）と続けて発表し、また『近代文学』の同人にも推されて東京の作家や評論家との交流も始まった。同年十月には真善美社からアプレゲール新人創作選の一冊として『単独旅行者』、翌年三月には短編集『格子の眼』（全国書房）を刊行して新人作家として認知された。

【方法の模索】

一九四九年には素材の幅を拡げて多様な表現方法を試みた。神戸の地勢に材をとった「勾配のあるラビリンス」（『表現』一月）、少年時代に材をとった「唐草」（『個性』二月）、母の許嫁であった人物との学生時代の出会いに材をとった「砂嘴のある景観」（『文学季刊』八月、「砂嘴のある丘にて」に改題）、夢に材をとった「鎮魂記」（『群像』九月）などを発表したほか、敗戦前後の危機的状況を夢の方法で描いた「アスファルトと蜘蛛の子ら」（『近代文学』七月）、特攻戦発令に到るまでの部下との軋轢、島の娘との恋愛という最も深刻な戦争体験をリアリズムで描いた「出孤島記」（『文芸』十一月）、予備学生時代の挿話に材をとってロマンを描こうとした「ロング・ロング・アゴウ」（『人間・創作集』十一月）を発表した。以後東京に移住するまでの二年間、養父大平文一郎をモデルにした未完のメルヘン「ソテツ島の慈父」（『ＶＩＫＩＮＧ』一九五〇年六、七月）を書いた以外は戦争小説から遠ざかった。島尾の意識の中で「出孤島記」執筆が戦争体験との対峙において区切りをつける作業であったことが推察される。

【中央文壇への足がかり】

一九五〇年二月「出孤島記」が第一回戦後文学賞を受賞し、九月には神戸市外国語大学の助教授になった。五月『新日本文学』に発表した「ちっぽけなアヴァンチュール」が女性に隠微な恋情を抱く虚無的な主人公を描いたことから、「新日本文学会」に関係する文学者の間で政治的な対立も含めた賛否両論を巻き起こした。八月に三人姉妹の間で独り相撲をとる青年を描いた「摩耶たちへの偏見」(『婦人画報』)を発表し、十二月には大学時代の奇妙な体験に材をとり、贋学生の巧みな話術や電話を用いた架空の人物の話にのせられて自分を見失っていく主人公を描いた書下ろし長編小説『贋学生』(河出書房)を刊行した。石川淳は〈みごとに悪作〉と評した。翌年も日系女性への淡い恋を扱った「黄色の部分」(『文学界』三月)、幼少年期の体験に材をとった「ケーブルカーのある風景」(『人間』四月。「アスケーティッシュ自叙伝」と改題)や「いなかぶり」(『近代文学』十二月)などを発表して中央文壇進出の足がかりを模索した。

(8) 作家としての混迷期―一九五二(昭和二十七)年(三十五歳)～一九五五(昭和三十)年(三十八歳)

【上京後の交友】

一九五二年三月作家として立つために、神戸市外大助教授を辞して東京都江戸川区小岩に転居した。夜間高校の非常勤講師となり、大阪のABC放送に勤務していた庄野潤三の好意で、放送用の掌編や作家紹介の批評文を書いて収入を補いながら、中央文壇で小説家としての道を歩き始めた。「新日本文学会」に正式入会し、第三の新人や評論家の集まり「一二会」では吉行淳之介、安岡章太郎、小島信夫、奥野健男らを知り、「一二会」解散後できた「現代評論」にも参加して服部達、吉本隆明、村松剛、日野啓三ら新進の評論家を知った。また安部公房が中心の「現在の会」に参加して死の棘体験の女性を知った。

【内的危機と夢の方法】

この時期の島尾は夢の方法による作品を多く発表した。一九五二年に「兆」（『新日本文学』七月）「亀甲の裂け目」（『近代文学』九月）、一九五三年に「大鋏」（『新日本文学』一月）「月暈」（『近代文学』一月）「死人の訪れ」（『新潮』四月）、一九五四年に「坂道の途上で」（『新日本文学』三月）「鬼剥げ」（『現代評論』六月）「むかで」（『群像』十一月）「川流れ」（『新日本文学』十二月）、そして一九五五年の「肝の小さいままに」（『近代文学』一月）などだが、「現在の会」で知った女性との関係が深まる中で高まっていく危機意識を、創作として表出していくのに夢の方法は適切であった。しかし、これらを収録した『夢の中での日常』（一九五六年九月現代社）の「あとがき」で島尾は〈夏の電灯にしたいよった蛾の屍体の堆積〉と振り返った。

【内的危機とリアリズムの方法】

一方リアリズムの方法で家庭に材をとった作品を書いている。一九五三年の「未明」（『文学界』二月）「子之吉の舌」（『文学界』十月）、一九五四年の「帰巣者の憂鬱」（『文学界』四月）「反芻」（『群像』五月）などだが、家庭と恋愛関係が生じた女性の間で引き裂かれる自分を見つめる眼は次第に破滅へ向かう自己を写し出している。同様のことは、この時期に書かれた戦争小説にも言える。一九五二年に「夜の匂い」（『群像』四月）と「朝影」（『現在』八月）、一九五三年に「離島のあたり」（『新日本文学』十月）、一九五五年に「闘いへの怖れ」（『明窓』一月）と「星くずの下で」（『中央評論』三月）の五篇を書いているが、戦後初期の作品と類似したテーマや素材を用いて平板な印象を与えたり、素材は新規であってもその意味づけが浅かったり、あるいは、死の棘体験に向かう時期の作者の内面が色濃く映し出されていたりするなど、戦争小説としての独自の意味は稀薄になっている。

【死の棘体験・入院】

一九五四年九月末日にミホ夫人が精神の異状を発症する。それは結婚から十年間の精神的抑圧の蓄積に夫の裏切りが加わったゆえであった。以後長期入院までの九ヵ月間、日々夫の裏切り、十年間の忍耐への糾弾が繰り返される、いわゆる〝死の棘体験〟が日常として続いて行った。福島県相馬の親戚宅への一時的な避難、夫人の慶応大学病院への短期入院、千葉県佐倉市への転居を経て、七歳の伸三、五歳のマヤを奄美大島名瀬市のミホ夫人の叔母林春子・恒敬夫妻に預け、一九五五年六月六日島尾も看護のために夫人と共に千葉県市川市の国立国府台病院（現国立国際医療研究センター国府台病院）精神科に入院した。入院の前に死の棘体験へ向かう危機的状況を素材にした作品を集めた創作集『帰巣者の憂鬱』（一九五五年三月みすず書房）を出した。

【病院記執筆・奄美大島移住】

一九五五年十月十七日、持続睡眠治療、冬眠治療によってミホ夫人に治癒の兆しが見え、子供たちの病気もあって主治医の許可を得て退院し、奄美大島のミホ夫人の叔母一家の許に移り、家族再生への歩みを始めた。島尾は五ヵ月余の入院生活を素材にして九篇の病院記を書いている。入院中に書いた「われ深きふちより」（『文学界』十月）「或る精神病者」（『新日本文学』十一月）「のがれ行くこころ」（『知性』十二月）三篇は、最初の読者であるミホ夫人の心を癒す効果があった。その意味で病院記の執筆は死の棘体験以前の小説とは異なった発想を島尾にもたらしたと思われる。奄美移住後の十二月に、入院中に執筆した病院記三篇と戦争小説「離島のあたり」「闘いへの怖れ」「星くずの下に」を収めた『われ深きふちより』（河出書房）を河出新書として刊行した。

(9) 作家としての再出発期―一九五六（昭和三十一）年（三十九歳）～一九五九（昭和三十四）年（四十二歳）

【カトリック受洗】

一九五六年十二月にミホ夫人の堅信礼に合わせて、子ども二人と共にカトリックの洗礼（洗礼名ペトロ）を受けた。夫人の実母の家系は明治期のカトリック伝来当初からの信徒であり、叔母一家も毎週ミサへの出席を欠かさない篤実な信者であった。奄美移住後一年間聖心（みこころ）教会でミサに与り、公教要理を学び、指導司祭の勧めに従った。エッセイや対談で島尾はいやいやながらの受身の受洗であったと語っているが、入院中から夫人の希望によって祈禱書の一節を就寝前に音読することを日課にし、夫人から退院後カトリック受洗を勧められてもおり、入院中から内的促しはあったと思われる。

【基地跡訪問】

一九五七年一月に加計呂麻島対岸の奄美本島の久慈湾に基地があった第四十四震洋隊の爆発事故調査に随行した折、ミホ夫人と共に加計呂麻島呑之浦の第十八震洋隊基地跡と夫人の故郷押角を訪れた。この加計呂麻島再訪は重要な意味を持った。島尾はこの時の体験を素材に三年後に「廃址」を書き、戦争小説を書き継ぐことになる。また以後各地の震洋隊基地跡を巡り歩くようになった。エッセイ「妻への祈り・補遺」によると奄美に帰ったあと夫人の症状は快癒に向かった。

【文学活動の再出発】

退院後の病院記は、移住後二年目の一九五六年十月に「狂者のまなび」(『文学界』)、翌年一月に「治療」(『群像』)と「一時期」(『新日本文学』)、四月に「重い肩車」(『文学界』)、八月に「転送」(『綜合』)、十月に「眠りなき睡眠」(『群像』)の六篇を発表して完結した。それらには先の三篇には見られなかった妻の内面との一体化を願う夫が描かれるようになり、病妻小説へ移行する作者の方法意識を指摘できる。創作集は一九五六年九月に夢の方法による短編十九篇を収録した『夢の中での日常』(現代社)を出し、翌年七月に既刊の単行本に未収録の作品に芥川賞候補に上がった病妻小説「鉄路に近く」(『文学界』一九五六年四月)を加えた『島の果て』(書肆パトリア)を新鋭作家叢書として刊行した。なお病院記は集英社文庫『われ深きふちより』(一九七七年十一月)に全作が収録されている。

【南島研究の契機】

一九五七年十二月に奄美日米文化会館館長に就き、翌年四月鹿児島県立図書館奄美分館設置に伴って分館長を兼務するようになった。また、「奄美郷土研究会」を発足させ、隔月の例会の進行や年一回の会報の編集発行を行い、南島の文化的歴史的地層の掘り起こしに深く関わっていった。南島への関心は戦時中に発したと思われるが、ミホ夫人の治癒のために、幼少期からの精神形成に深く影響した南島を知る必要に迫られたことが強く働いている。

【南島研究の端緒・創作の試行】

一九五七年五月から一九五九年一月まで『新日本文学』に奄美の気候風土、生活や行事、文化や宗教についてルポした「名瀬だより」を十一回連載した。この取組は奄美移住後の重要な仕事になる南島研究の第一歩となった。連載終了後は地元の新聞などに南島エッセイを発表していった。また、一九五九年には創作の新たな試行を始め、南島を舞台にした「川にて」(『現代批評』十一月)、「家の外で」(『新日本文学』十二月)、『死の棘』の先駆的な病妻小説「家の中」(『文学界』十一月)を発表した。

(10) 作家としての確立期—一九六〇(昭和三十五)年(四十三歳)~一九六八(昭和四十三)年(五十一歳)

【死の棘体験と戦争体験への新たな視点】

一九六〇年から六二年は文学活動において画期の時期である。一九六〇年一月に戦争体験と死の棘体験の接点の意味をもつ「廃址」(『人間専科』)を発表したあと、死の棘体験を素材にした連作長編『死の棘』の取り組みが始まった。四月に第一章「離脱」(『群像』)、九月に第二章「死の棘」(『群像』)を発表し、十月にその二作と「家の中」を収録した創作集『死の棘』(講談社)を刊行。続いて十二月に第三章「崖のふち」(『文学界』)を、翌年三月に第四章「日は日に」(『新潮』)を発表した。三月には短編集『死の棘』が芸術選奨を受賞して〝家庭の事情〟小説の作者として巷間に島尾の名が広まった。

また別の試みも見られた。一九六一年に夢小説「帰魂譚」(『新日本文学』九月)、一九六二年に南島小説「島へ」（『文学界』一月）を発表したあと、敗戦の日の死から生への転換を素材にした「出発は遂に訪れず」（『群像』九月）を発表した。その後戦争体験に関わる発言が多くみられるようになった。単行本では一九六一年七月晶文社から『島尾敏雄作品集』全五巻（一九六七年に完結）の刊行が始まり、一九六二年五月に「日は日に」「帰魂譚」「島へ」と娘への父の愛を語った「マヤと一緒に」（『新潮』一九六二年二月）を収録した創作集『島へ』（新潮社）を出した。

【ヤポネシア論の進展】

一九六一年十二月『世界教養全集』第二十一巻月報に掲載した「ヤポネシアの根っこ」において南島研究の核となっている〝ヤポネシア〟という言葉を初めて用いた。文化論の上で島尾の南島研究（ヤポネシア論）が周知されていくのは、吉本隆明氏や谷川健一氏が取り上げるようになった一九七〇年前後からだが、それ以前から島尾は日本を世界的視野で捉えるために、〝琉球弧〟や〝ヤポネシア〟という視点の重要性をエッセイや講演を通して述べていたのである。この時期の南島論は「名瀬だより」と南島エッセイを集録した『離島の幸福・離島の不幸』（一九六〇年四月未来社）の他に、エッセイ集『非超現実主義的な超現実主義の覚え書』（一九六二年六月未来社）、『島にて』（一九六六年七月冬樹社）、『琉球弧の視点から』（一九六九年二月講談社）に収録されている。

【米国、東欧旅行の意味】

一九六三年四月から六月にかけて、島尾は米国政府の招待で米国本土やプエルト・リコを廻り、帰途ハワイのモロカイ島に寄り、ダミアン神父が献身したハンセン病療養所を訪れた。一九六五年には九月から十月にかけて日ソ文学シンポジウムに参加して当時のソ連とポーランドを訪れ、一九六七年には十月から十二月にかけて単独で東欧を旅して、アウシュビッツのユダヤ人収容所や同室の人の身代わりとなって餓死したコルベ神父に関わる修道院を訪れた。これらの外国旅行は抑圧者としての自己認識を促すと同時に、砂糖島としての南島の貧困の問題、戦争と国家や民族の問題を問いかける意味を持ったと思われる。米国旅行と一度目のソ連東欧旅行の見聞記は随筆集『私の文学遍歴』（一九六六年三月未来社）に収録されている。二度目の東欧旅行は「東欧への旅」の題で『文芸』に断続して連載（一九六八年三月〜一九七四年一月）され、『夢のかげを求めて―東欧紀行』（一九七五年三月河出書房新社）として刊行された。

【『死の棘』の持続・戦争小説の区切り】

『死の棘』連作は一九六三年に五章「流棄」（『小説中央公論』四月）と六章「日々の例」（『新潮』五月）、翌年に七章「日のちぢまり」（『文学界』二月）と八章「子と共に」（『世界』九月）、一九六五年に九章「過ぎ越し」（『新潮』五月）を発表し、一九六七年にクライマックスになる十章「日を繫けて」（『新潮』六月）を発表した。二ヵ月後に指揮官の責任の問題を扱った「その夏の今は」（『群像』八月）を発表し、その二ヵ月後に特攻死の理不尽さを夢の方法によって寓意化した「接触」（『文芸』十月）を発表したことは、特攻隊体験に一つの区切りをつけるものであった。一九六二年から一九六八年に発表された小説は創作集『出発は遂に訪れず』（一九六四年二月新潮社）、『日のちぢまり』（一九六五年十月新潮社）、『日を繫けて』（一九六八年七月中央公論社）に収録されている。

(11) 作家活動の休止と再開──一九六九（昭和四十四）年（五十二歳）〜一九七四（昭和四十九）年（五十七歳）

【自転車事故】

一九六九年二月川沿いの道を自転車で通行中に川に転落して右脚を骨折、頭部を打撲して六ヵ月の入院生活を強いられた。その後遺症で鬱症状を発症し、執筆活動ができなくなり、以後三年間小説創作から遠ざかる。この年の五月には父四郎が亡くなったが、ミホ夫人は退院するまで知らせなかった。一九七〇年五月夫人も心臓発作を起こして病臥した。同年十一月から十二月かけて第四回アジア・アフリカ作家会議に参加してソ連（現ロシア）とインドを訪問した。

【ヤポネシア論の変質・渡嘉敷島事件】

事故後の活動はヤポネシア論に向けられ、エッセイや対談など南島について多くの発言をした。一九七二年五月の沖縄施政権返還に向けて盛んになった南島論議や社会的政治的運動の中で、島尾のヤポネシア論がその思想的基盤の一翼を担うものとして意味づけられるようになり、出発期において、自身の地誌や伝承文化への関心とミホ夫人の人格形成の根を知るという個人的な理由から出発したヤポネシア論は、当初の性格から変質せざるをえなくなったと思われる。

一九七〇年三月沖縄滞在中、戦時中の集団自決が軍の強制であったとして旧海上挺進第三戦隊長の来島反対運動が渡嘉敷島で起きたことを知って衝撃を受け、五月十四、十五日『朝日新聞（夕刊）』にエッセイ「那覇に感ず」（単行本未収録）を寄せた。この事件は集団自決という事態が、島尾の第十八震洋隊が関わった村でも起こる可能性があったことを思い起こさせた。この事件はポーランド旅行での抑圧者としての自己認識をさらに深めたと思われる。

【過去の方法の再確認】

一九七一年十一月に夢の方法に関わるエッセイや短編を集めた『夢の系列』(中央大学出版部)を刊行。翌年二月、上京後ラジオ放送用に「掌小説」として書いた短編やエッセイを収録して『硝子障子のシルエット』(創樹社)を刊行し、十月第二十六回毎日出版文化賞を受賞した。後者も私的体験を素材としながら夢と現実の境域をたゆたう不可知の世界を描出しており、過去の夢の方法や非リアリズムの表現による二著を刊行したことは、自らの創作方法を再確認し、新たな表現方法への道を開く契機となった。夢の方法へのこだわりは、一九七三年一月の夢の記録ノート『記夢志』(冥草社)の刊行、鹿児島の同人誌『カンナ』への「夢日記」の寄稿(同年九月~一九七六年十一月)へとつながり、さらに『夢屑』(一九八五年三月講談社)に収録される夢小説に結実していく。

一方リアリズムによる作品については、一九七二年四月に『死の棘』十一章「引っ越し」(『新潮』)を発表して完結への道筋をつけたあと、六月からは中央公論社の文芸雑誌『海』に日記体小説「日の移ろい」の連載(一九七六年九月完結)を始めた。一九七三年二月~十月にはこれまでのエッセイを網羅した『島尾敏雄非小説集成』(全六巻冬樹社)を刊行し、翌年八月にはこれまでの戦争小説を集約した『出孤島記・島尾敏雄戦争小説集』(冬樹社)を刊行し、また上京直後にラジオ放送用として書いていた作家論を基にした『日本の作家』(おりじん書房。一九八三年三月増補して『日本の作家たち』(沖積舎))を刊行した。

【東北人の自己確認】

一九七三年六月に現代日本文学アルバム第十巻『宮沢賢治』（学習研究社）の紀行文執筆の取材と父母の墓参を兼ねて岩手、福島を旅行した。一九七〇年前後の沖縄返還運動の高まりに応じるように、ヤポネシア論は初期の個人的なモチーフを越えて、日本列島における南島と東北の歴史的文化史的な意味に言及するようになった。その経過の中での東北旅行は重要な意味を持った。翌年八月刊行されたアルバムに収録された文学紀行「奥六郡の中の賢治」には、この時の見聞が東北人としての自己確認を促したことが窺える。同年四月には母方の祖母キクから聞いた民話などを記録した『東北と奄美の昔ばなし』（創樹社）を出版した。

【ミホ夫人の作家活動】

一九七四年四月ミホ夫人が『海辺の生と死』（創樹社。編集を変えて同名で中公文庫に収録）を刊行した。一九六九年から鹿児島の同人誌『カンナ』に島尾の勧めで寄稿していた、少女時代の思い出や島の自然や伝承を綴ったエッセイに、島尾との出会いと愛の深まりを綴ったエッセイを加えたものである。同書が一九七五年四月第十五回田村俊子賞を受賞して、その独得の表現力と感受性の豊かさが評判になった。ミホ夫人はそのあと『海』に、幼い頃の思い出として記憶されている加計呂麻島の生活文化や宗教行事を背景にした、島人の情念や人間観を素材にした短編を継続して発表し、短編集『祭り裏』（一九八七年八月中央公論社）を刊行して女流作家としての地位を確立した。その他に『海』に断続して発表（一九八三年一月～一九八四年五月）した未完の長編『海嘯』（二〇一五年八月幻戯書房）がある。加計呂麻島の自然と生活習慣、島人の思考や感受を背景にして、島の言葉や民謡を取り入れて、島の娘と本土の青年との恋を描いているが、未完で筆を擱いた。

⑿ 多彩な作家活動――一九七五（昭和五十）年（五十八歳）～一九七八（昭和五十三）年（六十一歳）

【奄美離島】

一九七五年四月、二十年間住んだ奄美大島を離れて指宿市に転居し、県立図書館奄美分館長を辞して鹿児島純真女子短大教授に就任した。奄美離島はミホ夫人の希望でもあったが、島尾にとっても長年のさまざまな桎梏から脱け出る意味を持っていた。文学に専心できる環境に身を置いたことは島尾の作家活動を進める働きをした。さらに二年後の一九七七年九月には神奈川県茅ヶ崎市に転居し、伸三一家との行き来が可能となった。翌年十月には孫真帆が誕生し、真帆を主題にした短編やエッセイが書かれる。離島後の四年間は多方面で区切りをつける重要な仕事がなされた。

【『死の棘』と『日の移ろい』の受賞】

創作では一九六八年三月から一九七四年一月まで『文芸』に断続的に連載してきた「東欧への旅」を一九七五年三月に『夢のかげを求めて―東欧紀行』（河出書房新社）として刊行し、翌一九七六年十月に第十二章『入院まで』（『新潮』）を発表して『死の棘』を完結した。第一章発表から十七年目であった。十一月には日記体小説『日の移ろい』（中央公論社）を刊行し、一九七七年十月に第十三回谷崎潤一郎賞を受賞した。同年九月には長編『死の棘』が新潮社から刊行され（のち新潮文庫）、翌年三月第二十九回読売文学賞、六月に第十回日本文学大賞を受賞し、ベストセラーとなった。また一九七七年には一月から『海』に「続日の移ろい」の連載（一九八四年五月まで）を開始し、十一月に日記をもとにした短編、エッセイと「枕崎紀行」を収めた『日暦抄』（鹿鳴荘）を刊行した。さらに翌一九七八年五月に同人誌『カンナ』に掲載したものに書き下ろしを加えた『夢日記』（河出書房新社。一九九二年一月河出文庫）を刊行した。

【南島研究・対談集・詩集】

南島研究では一九七六年四月に奄美郷土研究会の長年の研究成果を集約した『奄美の文化』（法政大学出版局）を編集刊行し、翌一九七七年二月には南島論や西日本文化論に関わる論述や対談を収録した『ヤポネシア序説』（創樹社）を編集刊行した。また十月にはミホ夫人、田畑英勝と奄美の伝説を採集記録した共著『日本の伝説23　奄美の伝説』（角川書店）を刊行した。

対談集も続けて出版した。一九七六年十一月に作家の内面に関わる主題について十名と行った対談集『内にむかう旅』（泰流社）のあと、小川国夫との対談集『夢と現実』（一九七六年十二月筑摩書房）を出して創作の秘密、信仰の問題等について胸臆を開陳した。さらに翌年日本の民族や歴史の中での南島文化の位置づけについての対談やインタビューを収録した『ヤポネシア考』（一九七七年十一月葦書房）を出版し。その翌年、吉田満と特攻隊体験を包括的に語り合った対談集『特攻体験と戦後』（一九七八年八月中央公論社。のち中公文庫）を刊行した。

一九七七年八月には弓立社版『幼年記　島尾敏雄初期作品集』に採録された少年期から戦時ま

でに書かれた詩を再録した詩集『春』（限定三百部、五月書房。一九八七年七月『島尾敏雄詩集』（深夜叢書社）として再刊）を出版した。また『日本の古典8徒然草・方丈記』（一九七六年一月世界文化社）では「徒然草」の現代語訳を担当し、随筆集を『南島通信』（一九七六年九月潮出版社）、『南風のさそい』（一九七八年十二月泰流社）と二冊刊行した。

⒀ 晩年の作家活動――一九七九（昭和五十四）年（六十二歳）〜一九八六（昭和六十一）年（六十九歳）

【戦争体験の意味づけの終息】

一九七九年以降これまで創作の素材にしていない二つの体験を並行して創作化していった。一つは海軍予備学生時代を素材にした『魚雷艇学生』を『新潮』に連載した。戦後の自身の生き方を規制した特攻隊隊長としての自己がどのように形成されたかを見直す作業であった。一九七九年一月に「誘導振」、六月に「擦過傷」を発表したのち、翌年一月に「踵の腫れ」、一九八二年三月に「湾内の入江で」、一九八三年三月に「奔湍の中の淀み」、一九八五年一月に「変様」、六月に「基地へ」を発表して完結し、八月に『魚雷艇学生』（新潮社。のち新潮文庫）として刊行した。特攻隊志願を扱った四作目の「湾内の入江で」は一九八三年度第十回川端康成賞を受賞し、単行本『魚雷艇学生』は一九八五年度第三十八回野間文芸賞を受賞した。

もう一つは一九八二年から四年間『別冊潮』八月号に、震洋隊基地跡探訪を素材にした連作「震洋の横穴」「震洋発進」「震洋隊幻想」「石垣島事件補遺」を発表した。特攻隊員でありながら生き残ったことの意味を、他の震洋隊の事歴を検証することを通して確認していく作業であった。あと一篇が予定されていたが一九八六年十一月急逝によって未完となり、翌年七月に遺著『震洋発進』（潮出版社）として刊行された。

【ルーツの探索】

一九八〇年四月に青年劇場が『接触』を舞台化して国際演劇祭に参加するのに同行して、ミホ夫人とフィレンツェやパリを旅行したのち、七月に第十八震洋隊の戦友会が戦後初めて開かれ、ミホ夫人と共に出席した。前記二著の執筆と合わせてこの時期に戦争体験の意味づけが終息を迎えていたことを窺わせる。同年五月晶文社から『島尾敏雄全集』全十七巻（一九八三年一月完結）の刊行が始まり、その月報に父母や妹、曾祖母や祖父母、福島県相馬郡小高町（現南相馬市）での思い出などを回想する『忘却の底から』（一九八三年四月晶文社）を連載した。自身の生のルーツを探ることと特攻隊体験の出発期と終息期を辿ることとがこの時期に重なって行われたことには、島尾が人生の終着点を意識しつつあったことを思わせる。

一九八一年には六月に、エッセイを通して誕生から六二歳までを振り返った『島尾敏雄による島尾敏雄』（青銅社）、及び昭和十四年、昭和十八年、昭和五十年、昭和五十二〜五十四年の日記を収録した『日記抄』（潮出版社）を刊行して自らの歩みを顧みた。また、同月には芸術院賞を受賞し、十二月に芸術院会員に推された。一九八三年三月には少年期や学生時代を回顧したエッセイや茅ヶ崎転居後の紀行文などを収めた『過ぎゆく時の中で』（新潮社）を刊行した。

【晩年の新たな文学世界】

晩年の文学活動で見落とせないことが二つある。一つは一九七六年から十二氏と行なった対談を『平和の中の主戦場』（一九七九年七月冬樹社）としてまとめたことである。そこでは文学上の歩みと表現方法や宗教と文学の関わり、南島の文化的位置づけや南島文学の問題について島尾の考えが率直に語られている。

もう一つは『夢屑』（一九八五年三月講談社。のち講談社文芸文庫）にまとめられる八篇の短編を書いたことである。「幼女」（『週刊朝日』一九七三年三月）「夢屑」（『群像』一九七六年十月）以外の六篇――「過程」（『海』一九七九年七月）「水郷へ」（『文学界』一九七九年十一月）「亡命人」（『群像』一九八〇年一月）「痣」（『文藝春秋』一九八〇年二月）「石造りの街で」（『海』一九八〇年七月）「マホを辿って」（『海』一九八一年十月）――がこの時期に書かれている。島尾の鋭敏な感受性が感知する人間存在の不可知の領域が、夢の方法とリアリズムが渾然一体となった表現によって、夢と現が交錯する不可思議な文学空間を創出しており、また妻や娘、孫への愛しみ、亡命ロシア人教師と親交のあった亡命ロシア人の家族への哀惜の思いが深く表出されている。島尾が新たな領域に踏み出していくことを予想させるものであった。

【終焉】

一九八四年十二月鹿児島市吉野町に転居し、翌年十二月に同市宇垣町に移った。一九八六年八月に『続日の移ろい』（中央公論社。のち中公文庫）を出版したあと、身体の不調が生じて受診を繰り返すようになり、十一月十日書庫で脳梗塞を発症して入院、十二日夜死去した。十四日に鹿児島市谷山カトリック教会での葬儀ミサ後火葬が行われた。十五日には鹿児島純心女子短大でミサと告別式が行われ、全国各地から多数の列席があり、出発期から島尾の文学を高く評価してきた文芸評論家奥野健男が原稿用紙二十枚に及ぶ弔辞を読んだ。他に第一期魚雷艇学生の同期生近藤重和、同人誌『カンナ』の主宰者渡辺外喜三郎などが弔辞を読んだ。十二月十六日に小高町大井にある島尾家の墓に納骨された。

一九八七年一月に「その夏の今は」を承けて復員までを描く心づもりであったであろう未完の遺稿「(復員) 国破れて」が『群像』に掲載され、十月に遺著『震洋発進』(前掲) が刊行された。翌一九八八年一月には夢幻的な短編「安里川遡行」(『海燕』一九八五年九月) や過去の居住地の再訪記、『過ぎゆく時の中で』(前掲) 以降の短文やエッセイを収めた随筆集『透明な時の中で』(潮出版社) が刊行された。

一九八八年十二月、加計呂麻島呑之浦の基地跡が島尾敏雄文学碑公園として整備され、島尾敏雄文学碑が建立された。一九九三年十一月に旧鹿児島県立図書館奄美分館敷地内に島尾敏雄文学碑が建立された。その石碑には、旧約聖書「イザヤ書」四十二章三節 (新約聖書「マタイによる福音書」十二章二十節も同じ) の聖句「病める葦も折らず、けぶる燈心も消さない」(典拠の日本語訳聖書は不明) が島尾の筆跡で刻字されている。

二〇〇八年三月、文学碑公園内に墓碑が建立されて、島尾(福島県南相馬市小高の墓から分骨) と共に、ミホ (二〇〇七年三月八十七歳で死去)、マヤ (二〇〇二年八月五十二歳で死去) が眠っている。

3　資料

主要参考文献

【単行本】

◎作品集や全集を含めて島尾敏雄の小説やエッセイ等を収録した刊行本は省いている。
◎内容に応じて類別して記している。
◎発行月の早い順に記している。

『日記抄』一九八一年六月潮出版社。
『「死の棘」日記』二〇〇五年三月新潮社。
『島尾敏雄日記―『死の棘』までの日々』二〇一〇年八月新潮社。
『島尾敏雄・ミホ　愛の往復書簡』二〇一七年三月中央公論新社。

＊　＊　＊

島尾ミホ『海辺の生と死』一九七四年七月創樹社。一九八七年三月新訂版中公文庫。
島尾伸三『月の家族』一九九七年五月晶文社。
島尾伸三『星の棲む島』一九九八年三月岩波書店。
島尾伸三『ひかりの引き出し』一九九九年一〇月青土社。
島尾伸三『東京～奄美　損なわれた時を求めて』二〇〇四年三月河出書房新社。

島尾伸三『魚は泳ぐ……愛は悪』二〇〇六年四月言叢社。

しまおまほ『まほちゃんの家』二〇〇七年二月WAVE出版。

島尾伸三『小高へ　父島尾敏雄への旅』二〇〇八年八月河出書房新社。

島尾ミホ『愛の棘』二〇一六年七月幻戯書房。

島尾伸三『小岩へ　父敏雄と母ミホを探して』二〇一八年八月河出書房新社。

＊　＊　＊

対談集『内にむかう旅』一九七六年一一月泰流社。

小川国夫との対談集『夢と現実―六日間の対話―』一九七六年一二月筑摩書房。

吉田満との対談集『特攻体験と戦後』一九七八年八月中央公論社。二〇一四年七月新訂版中公文庫。

対談集『平和の中の主戦場』一九七九年七月冬樹社。

島尾ミホ・石牟礼道子『対談ヤポネシアの海辺から』二〇〇三年五月弦書房。

＊　＊　＊

島尾敏雄の会編『島尾敏雄』二〇〇〇年一二月鼎書房。

奄美・島尾敏雄研究会編『追想　島尾敏雄―奄美・沖縄・鹿児島』二〇〇五年一二月南方新社。

『Myaku15　島尾敏雄と写真』二〇一三年二月脈発行所。

島尾伸三・志村有弘編『島尾敏雄とミホ　沖縄・九州』二〇一五年二月鼎書房。

『脈92号　特集　島尾敏雄生誕一〇〇年・ミホ没後一〇年』二〇一七年二月脈発行所。

『島尾敏雄・ミホ―共立する文学』（敏雄生誕一〇〇年・ミホ没後一〇年記念総特集）二〇一七

年七月河出書房新社。
＊　＊　＊
本山桂川編『嶋と嶋人』一九四二年一一月八弘書店。
藤井令一『ヤポネシアのしっぽ―島尾敏雄の原風景』一九七九年一二月批評社。
小川国夫『回想の島尾敏雄』一九八七年一一月小沢書店。
藤井令一『島尾敏雄と奄美』二〇〇一年一一月まろうど社。
鹿児島県地方自治研究所編『奄美戦後史』二〇〇五年九月南方新社。
比嘉加津夫『島尾敏雄』二〇一六年六月言視舎。
梯久美子『狂うひと―「死の棘」の妻・島尾ミホ』二〇一六年一〇月新潮社。
三島盛武『身近に見た島尾敏雄先生』二〇二二年九月時代屋書房。
＊　＊　＊
庄野潤三『前途』一九六八年一〇月講談社。
『定本伊東静雄全集』一九七一年一二月人文書院。
小山俊一『EX―POST通信　付オシャカ通信』一九七四年六月弓立社。
『矢山哲治全集』一九八七年九月未来社。
田中艸太郎『「こをろ」の時代―矢山哲治と戦時下の文学』一九八九年七月葦書房。
近藤洋太『矢山哲治』一九八九年九月小沢書店。
那珂太郎『時の庭』一九九二年七月小沢書店。

庄野潤三『文学交遊録』一九九五年三月新潮社。一九九九年一〇月新潮文庫。
眞鍋呉夫『夢みる力』一九九八年一一月ふらんす堂。
眞鍋呉夫『露のきらめき—昭和期の文人たち』一九九八年一一月KSS出版。
多田茂治『戦中文学青春譜—「こをろ」の文学者たち』二〇〇六年二月海鳥社。
杉山武子『矢山哲治と「こをろ」の時代』二〇一〇年五月績文堂出版。
福岡市文学館選書5『矢山哲治—詩と死—』二〇一八年三月書肆侃侃房。

＊　＊　＊

清水良典『作文する小説家』一九九三年九月筑摩書房。
松本道介『近代自我の解体』一九九五年五月勉誠社。
鈴木登美／大内和子・雲和子訳『語られた自己—日本近代の私小説言説—』二〇〇〇年一月岩波書店。
戸松　泉『小説の〈かたち〉・〈物語〉の揺らぎ—日本近代小説「構造分析」の試み』二〇〇二年二月翰林書房。
岡庭　昇『私小説という哲学　日本近代文学と「末期の眼」』二〇〇六年六月平安出版。
安藤　宏『近代小説の表現機構』二〇一二年三月岩波書店。
樫原　修『「私」という方法　フィクションとしての私小説』二〇一二年一二月笠間書院。

＊　＊　＊

小久保実編『戦後文学・展望と課題』一九六八年二月真興社出版。

近代文学同人編『近代文学の軌跡―続・戦後文学の批判と確認』一九六八年六月豊島書房。

紅野敏郎・栗坪良樹・保昌正夫・小野寺凡『展望　戦後雑誌』一九七七年六月河出書房新社。

安田武・有山大五編『新批評・近代日本文学の構造6　近代戦争文学』一九八一年一二月国書刊行会。

浦田義和『占領と文学』二〇〇七年二月法政大学出版局。

西田　勝『近代日本の戦争と文学』二〇〇七年五月法政大学出版局。

＊　＊　＊

饗庭孝男編『島尾敏雄研究』一九七六年一一月冬樹社。

日本文学研究資料刊行会編『日本文学研究資料叢書　野間宏・島尾敏雄』一九八三年九月有精堂出版。

助川徳是編『鑑賞日本現代文学29島尾敏雄・庄野潤三』一九八三年一〇月角川書店。

かたりべ叢書25『島尾敏雄』一九八九年四月宮本企画。

島尾ミホ・志村有弘編『島尾敏雄事典』二〇〇〇年七月勉誠出版。

髙阪　薫・西尾宣明編『南島へ南島から―島尾敏雄研究―』二〇〇五年四月和泉書院。

島尾伸三・志村有弘編『検証　島尾敏雄の世界』二〇一〇年五月勉誠出版。

＊　＊　＊

森川達也『島尾敏雄論』一九六五年一〇月審美社。一九七二年四月増補再版。

松岡俊吉『島尾敏雄の原質』一九七三年三月讃文社。増補版『島尾敏雄論』一九七七年一〇月泰流社。

岡田　啓『島尾敏雄』一九七三年九月国文社。増補版『島尾敏雄　還相の文学』一九九〇年三月国文社。

吉本隆明『吉本隆明全著作集9作家論Ⅲ・島尾敏雄』一九七五年一二月勁草書房。増補改訂版『島尾敏雄』一九九〇年一一月筑摩書房。

奥野健男『島尾敏雄』一九七七年一二月泰流社。

岩谷征捷『島尾敏雄論』一九八二年八月近代文藝社。

佐藤順次郎『島尾敏雄』一九八三年六月沖積舎。

中山正道『島尾敏雄論　他』一九八九年一二月近代文藝社。

對馬勝淑『島尾敏雄論―日常的非日常の文学―』一九九〇年五月海風社。

岡本恵徳『「ヤポネシア論」の輪郭―島尾敏雄のまなざし―』一九九〇年一一月沖縄タイムス社。

堀部茂樹『島尾敏雄論』一九九二年三月白地社。

岩谷征捷『島尾敏雄私記』一九九二年九月近代文藝社。

小林崇利『島尾敏雄の文学―表現者の生―』一九九四年二月近代文藝社。

久井稔子『島尾敏雄・ミホの世界―ワルシャワ・奄美・鹿児島』一九九四年三月高城書房出版。

寺内邦夫『島尾紀―島尾敏雄文学の一背景―』二〇〇七年一一月和泉書院。

田中眞人『島尾敏雄論　皆既日蝕の憂愁』二〇一一年六月プラージュ社。

岩谷征捷『島尾敏雄』二〇一二年七月鳥影社。

安達原達晴『分裂を生きる―島尾敏雄の戦争小説』二〇二三年五月翰林書房。

＊　＊　＊

清岡卓行『手の変幻』一九六六年六月美術出版社。

饗庭孝男『遡行と予見』一九七〇年九月審美社。

武田友寿『宗教と文学の接点』一九七〇年一〇月中央出版社。

開高　健『紙の中の戦争』一九七二年三月文藝春秋社。一九九六年八月岩波同時代ライブラリー。

粟津則雄『解体と表現―現代文学論』一九七二年六月筑摩書房。

武田友寿『救魂の文学』一九七四年六月講談社。

清水　徹『読書のユートピア』一九七七年六月中央公論社。

玉置邦雄『現代日本文芸の成立と展開―キリスト教受容を中心として―』一九七七年一〇月桜風社。

磯貝英夫『戦前・戦後の作家と作品』一九八〇年八月明治書院。

上野千鶴子・小倉千加子・富岡多恵子『男流文学論』一九九二年一月筑摩書房。

本村敏雄『作家論集　秧鶏の旅　ソルジェニツィン・保田與重郎・島尾敏雄・他』一九九四年一一月ゆまに書房。

遠丸　立『死者よ語れ―戦争と文学』一九九五年七月武蔵野書房。

佐藤泰正『佐藤泰正著作集９　近代文学遠近Ⅱ』一九九八年一二月翰林書房。

川村湊／成田龍一／上野千鶴子／奥泉光／イ・ヨンスク／井上ひさし／高橋源一郎

『戦争はどのように語られてきたか』一九九九年八月朝日新聞社。増補版『戦争文学を読む』二〇〇八年八月朝日文庫。

丸山哲史『帝国の亡霊――日本文学の精神地図』二〇〇四年一一月青土社。

今福龍太『群島―世界論』二〇〇八年一一月岩波書店。再刊版『群島―世界論：パルティータⅡ』二〇一七年六月水声社。

彦坂　諦『文学をとおして戦争と人間を考える』二〇一四年一〇月れんが書房新社。

川村　湊『川村湊自撰集第三巻　現代文学編』二〇一五年七月作品社。

＊　＊　＊

益田善雄『帰らざる特攻艇―爆装モーターボートの知られざる戦闘記録』一九五六年六月鱒書房。新訂版一九八七年一〇月霞出版社。

阿川弘之『私のなかの海軍予備学生』一九七一年二月昭和出版。

蝦名賢造『海軍予備学生』一九七七年四月図書出版社。

震洋会編・荒井志朗監修『写真集人間兵器震洋特別攻撃隊上下巻』一九九〇年五月国書刊行会。

木俣滋郎『日本特攻艇戦史―震洋・四式肉薄攻撃艇の開発と戦歴』一九九八年八月光人社。二〇一四年一一月潮書房光人社ＮＦ文庫。

北井利治著『遺された者の暦―魚雷艇学生たちの生と死』二〇〇二年三月元就出版社。

第五十六震洋隊隊員有志・木村禮子編・上田恵之助監修『海軍水上特攻隊震洋―三浦市松輪にあった第五十六震洋隊岩館部隊の記録』二〇〇四年五月元就出版社。

林えいだい『黒潮の夏　最後の震洋特攻』二〇〇九年四月光人社。『最後の震洋特攻―黒潮の夏過酷な青春』と改題して二〇一六年一月潮書房光人社NF文庫。

馬場明子『誰も知らない特攻　島尾敏雄の「震洋」体験』二〇一九年九月未知谷。

＊　＊　＊

保阪正康『「特攻」と日本人』二〇〇五年七月講談社現代新書。

「特攻　最後の証言」制作委員会『特攻　最後の証言』二〇一三年一一月文春文庫。

栗原俊雄著『特攻―戦争と日本人』二〇一五年八月中公新書。

鴻上尚史『不死身の特攻兵　軍神はなぜ上官に反抗したか』二〇一七年一一月講談社現代新書。

吉田　裕『日本軍兵士―アジア・太平洋戦争の現実』二〇一七年一二月中公新書。

一ノ瀬俊也『特攻隊員の現実』二〇二〇年一月講談社現代新書。

＊　＊　＊

安田　武『戦争体験　一九七〇年への遺書』一九六三年七月未来社。復刻版一九九四年四月朝文社。

作田啓一『恥の文化再考』一九六七年九月筑摩書房。

安田　武『人間の再建　戦中派・その罪責と矜持』一九六九年一〇月筑摩書房。

家永三郎『戦争責任』一九八五年七月岩波書店。

森岡清美『決死の世代と遺書』一九九一年一二月新地書房。補訂版一九九三年八月吉川弘文館。

森岡清美『若き特攻隊員と太平洋戦争　その手記と群像』一九九五年五月吉川弘文館。

高橋哲哉『国家と犠牲』二〇〇五年八月日本放送出版協会。

大貫恵美子『学徒兵の精神誌　「与えられた死」と「生」の探求』二〇〇六年二月岩波書店。

福間良明『「反戦」のメディア史―戦後日本における世論と輿論の拮抗―』二〇〇六年五月世界思想社。

福間良明『越境する近代3・殉国と反逆―「特攻」の語りの戦後史』二〇〇七年七月青弓社。

福間良明『「戦争体験」の戦後史―世代・教養・イデオロギー』二〇〇九年三月中公新書。

成田龍一『「戦争経験」の戦後史―語られた体験／証言／記憶』二〇一〇年二月岩波書店。

堀切和雅『なぜ友は死に　俺は生きたのか―戦中派たちが歩んだ戦後』二〇一〇年七月新潮社。

丸山真男『超国家主義の論理と心理』二〇一五年二月岩波文庫。

笠原十九司『増補南京事件論争史―日本人は史実をどう認識してきたか』二〇一八年一二月平凡社。

＊　＊　＊

大江健三郎『沖縄ノート』一九七〇年九月岩波新書。

曾野綾子『ある神話の風景』一九九二年六月ＰＨＰ文庫。新版『沖縄戦・渡嘉敷島「集団自決」の真実―日本軍の住民自決命令はなかった！』二〇〇六年五月ワック株式会社。

謝花直美『証言沖縄「集団自決」――慶良間諸島で何が起きたか――』二〇〇八年二月岩波新書。

岩波書店編『記録・沖縄「集団自決」裁判』二〇一二年二月岩波書店。

大倉忠夫『奄美・喜界島の沖縄戦――沖縄特攻作戦と米軍捕虜斬首事件』二〇二一年一一月高文

研。

＊　＊　＊

ユルゲン・モルトマン／高尾利数訳『希望の神学―キリスト教的終末論の基礎づけと帰結の研究』一九六八年四月新教出版社。

カール・ラーナー・田渕文男編『日常と超越―人間の道とその源―』一九七四年一一月南窓社。

ドロテー・ゼレ／堀光男訳『内面への旅―宗教的経験について』一九八三年七月新教出版社。

エーリッヒ・フロム／鈴木晶訳『愛するということ』一九九一年三月紀伊國屋書店。

ドロテー・ゼレ／三鼓秋子訳『神を考える―現代神学入門』一九九六年一月新教出版社。

ユルゲン・モルトマン／蓮見幸恵訳『終わりの中に、始まりが―希望の終末論』二〇〇五年三月新教出版社。

教皇ベネディクト十六世／カトリック中央協議会訳『回勅　神は愛』二〇〇六年七月カトリック中央協議会。

C・S・ルイス／佐柳文男訳『C・S・ルイス宗教著作集2　四つの愛』二〇一一年五月新教出版社。

越前喜六編『愛―すべてに勝るもの―』二〇一五年一二月教友社。

武田なほみ『人を生かす神の知恵―祈りとともに歩む人生の四季―』二〇一六年八月オリエンス宗教研究所。

山本芳久・若松英輔共著『キリスト教講義』二〇一八年一二月文藝春秋社。

【紀要・雑誌等掲載論文】

◎右記単行本に収録している論文は除外している。
◎発行月の早い順に記している。

西尾宣明「島尾敏雄「戦記」の発想契機と主題」:『日本文藝研究』34巻2号一九八二年六月。

西尾宣明「島尾敏雄・初期作品論—その形成方法確立期—」:『日本文藝研究』35巻4号一九八三年一二月。

西尾宣明「島尾敏雄「戦記」小説一考—三部作の展開—」:『日本文藝研究』42巻4号一九九一年一月。

石田忠彦「にげる・とぶ・とどまる—島尾敏雄論」:『敍説Ⅲ 特集島尾敏雄』一九九一年一月。

花田俊典「昨日は今日に続かず—島尾敏雄の時間」『敍説Ⅲ 特集島尾敏雄』一九九一年一月。

石田忠彦「島尾敏雄論—特攻三部作の二つの時間」:『国語国文薩摩路』35号一九九一年三月。

西尾宣明「島尾敏雄の作品に於ける宗教性の問題—昭和30年代の作品解釈への視座—」:『プール学院大学研究紀要』32号一九九二年一二月。

西尾宣明「島尾敏雄文芸・その習作期の考察—『幼年記』・《光耀》の意義—」:『プル学院大学研究紀要』33号一九九三年一二月。

山中秀樹「島尾敏雄における敗戦と復員」:法政大学『日本文学誌要』52号一九九五年七月。

西尾宣明「島尾敏雄『摩天楼』の表現空間—創作方法の小説化、あるいは上昇・下降の論理—」:『プール学院大学研究紀要』36号一九九六年一二月。

石田忠彦「鳥瞰する島尾敏雄―初期作品を中心に」‥『敍説XⅣ』一九九七年一月。
高阪　薫「『はまべのうた』論―島尾作品における位置と役割―」‥『甲南大学紀要』103号一九九七年三月。
鈴木直子「島尾敏雄のヤポネシア構想―他者について語ること―」‥『国語と国文学』74巻8号一九九七年八月。
西尾宣明「島尾敏雄の「戦記」小説研究の基本的問題―『出孤島記』考―」‥『プール学院大学研究紀要』37号一九九七年一二月。
高阪　薫「島尾文学にみる「ヤポネシア」の萌芽と形成」‥『ユリイカ　特集島尾敏雄』一九九八年八月。
増田　静「島尾敏雄初期作品研究―〈夢の方法〉の発見」‥『琉球アジア社会文化研究』1号一九九八年一〇月。
志村有弘「島尾敏雄の戦争文学」‥『芸術至上主義文芸』25号一九九九年一一月。
高阪　薫「島尾文学と奄美・加計呂麻島―「出孤島記」にみるヤポネシア的発想―」‥（『甲南大学紀要』128号二〇〇三年三月。
佐藤　泉「島尾敏雄・元特攻隊長の戦争小説」‥『前夜』5号二〇〇五年秋期号。
佐藤　泉「夢のリアリズム―島尾敏雄と脱植民地化の文体―」‥『文学』二〇〇五年6号一一月・一二月合併号。
柴田哲谷「島尾敏雄と戦争―自己矮小化を超えて―」‥『愛知学泉大学・短期大学紀要』47号二

〇一二年。

中尾　務「島尾敏雄、富士正晴一九四七―一九五〇」：『脈』84号二〇一五年五月。

田口麻奈「初期『ＬＵＮＡ』と中桐雅夫」：『日本近代文学』97号二〇一七年一一月。

岩谷泰之「島尾敏雄「出発は遂に訪れず」論」：大正大学『国文学試論』27号二〇一八年三月。

西尾宣明「『光耀』とはなにか―島尾敏雄・庄野潤三と戦後の同人雑誌、そして「VIKING」「タクラマカン」のことなど―」：『敍説Ⅲ17』二〇二〇年一月。
※拙論発表後に次の関連論文が発表されている。
多田蔵人「島尾敏雄『出孤島記』論（近代文学における自筆資料）」：『国語と国文学』97巻5号二〇二〇年五月。
林　欣彤「虚構の方略、戦場のシュルレアリズム：島尾敏雄『徳之島航海記』『出孤島記』論」：『九大日文』37号二〇二一年三月。
野口夏美「島尾敏雄「出発は遂に訪れず」における〈生と死〉」：『緑岡詞林』45号二〇二一年五月。
林　欣彤「島尾敏雄「震洋隊幻想」における戦争犯罪へのアプローチ」：『九大日文』38号二〇二一年一〇月。

戦争小説の収録文庫（発行年月は初版一刷の発行日）

講談社文庫『その夏の今は・夢の中での日常』一九七二（昭和四十七）年五月十五日。

「出孤島記」

「出発は遂に訪れず」

「その夏の今は」

潮文庫『島へ——自選短編集』一九七二（昭和四十七）年六月二十日。

「孤島夢」

「島の果て」

「アスファルトと蜘蛛の子ら」

「ロング・ロング・アゴウ」

旺文社文庫『出発は遂に訪れず』一九七三（昭和四十八）年六月一日。

「島の果て」

「徳之島航海記」

「アスファルトと蜘蛛の子ら」

「ロング・ロング・アゴウ」

「出発は遂に訪れず」

「その夏の今は」

新潮文庫『出発は遂に訪れず』一九七三（昭和四十八）年九月三十日。

「島の果て」

「廃址」

「出発は遂に訪れず」

角川文庫『夢の中での日常』一九七三（昭和四十八）年十月十五日。

「孤島夢」

「アスファルトと蜘蛛の子ら」

中公文庫『日を繋けて』一九七六（昭和五十一）年三月十日。

「その夏の今は」

新潮文庫『出孤島記』一九七六（昭和五十一）年八月三十日。

「出孤島記」

「朝影」

「夜の匂い」

集英社文庫『島の果て』一九七八（昭和五十三）年八月三十日。

「島の果て」

「徳之島航海記」

「夜の匂い」

「アスファルトと蜘蛛の子ら」

「廃址」

「出孤島記」

「出発は遂に訪れず」

「その夏の今は」

集英社文庫『夢の中での日常』一九七九（昭和五十四）年五月二十五日。

「孤島夢」

講談社文芸文庫『その夏の今は／夢の中での日常』一九八八（昭和六十三）年八月十日。

「出孤島記」

「出発は遂に訪れず」

「その夏の今は」

「孤島夢」

新潮文庫『魚雷艇学生』一九八九（平成元）年七月二十五日。

『魚雷艇学生』

講談社文芸文庫『はまべのうた／ロング・ロング・アゴウ』一九九二（平成四）年一月十日。

「はまべのうた」

「島の果て」

「徳之島航海記」

「アスファルトと蜘蛛の子ら」

「ロング・ロング・アゴウ」

中公文庫『妻への祈り——島尾敏雄作品集』二〇一六（平成二十八）年十一月二十五日。

「はまべのうた」

「出孤島記」

「出発は遂に訪れず」

「廃址」

集英社文庫新版『島の果て』二〇一七（平成二十九）年七月二十五日。
※一九七八年発行の旧版と同一作品を収録。

初出一覧

第一章から第四章の初出は次の通り。なお論旨に関わらない範囲で雑誌掲載文に補足や削除等修正を加えている。第五章「除外作品の概要」及び「生涯の歩み」は書き下ろしている。

「はまべのうた」に託されたもの——愛と生の証しとしての遺書
……『群系』第49号。二〇二三（令和五）年前期号三月二十五日群系の会発行。

「島の果て」の新たな視界を索めて
……『群系』第39号。二〇一七（平成二十九）年後期号十二月十日群系の会発行。

「孤島夢」試論――夢の方法を促したものを読み解く試み
……『群系』第50号。二〇二三（令和五）年後期号九月十五日群系の会発行。

「徳之島航海記」の謎を読む――隠された反軍的思念を探る試み
……『群系』第40号。二〇一八（平成三十）年前期号五月三十一日群系の会発行。

「アスファルトと蜘蛛の子ら」が語ること――〈人と人とが殺し合う〉場に「私」が見たもの
……『群系』第41号。二〇一八（平成三十）年後期号十二月十五日群系の会発行。

「ロング・ロング・アゴウ」に見る新進作家としての一面――〈ロマン〉への傾斜
※原題――「新進作家島尾敏雄の一面――〈尿意〉と〈ロマン〉」
……『季刊文科』第78号。二〇一九（令和元）年七月十五日鳥影社発行。

「出孤島記」を読む――「私」の倫理意識の位相を中心に
……『群系』第42号。二〇一九（令和元）年前期号六月三十日群系の会発行。

「廃址」を読む――再生の道を拓く旅
……『群系』第46号。二〇二一（令和三）年前期号七月二十日群系の会発行。

「出発は遂に訪れず」を読む――〈意志の結果として〉生へ踏み出すドラマ
……『群系』第43号。二〇一九（令和元）年後期号十二月二十日群系の会発行。
「その夏の今は」を読む――信仰者の眼が見つめた特攻部隊隊長の敗戦
……『群系』第44号。二〇二〇（令和二）年前期号六月三十日群系の会発行。
『死の棘』と戦争小説の関係を読む――関係を生きることの本質的な意味の発見
※原題――『死の棘』と「出発は遂に訪れず」及び「その夏の今は」の関係を読む
――関係を生きることの本質的な意味の発見
……『群系』第48号。二〇二二（令和四）年前期号六月三十日群系の会発行。
『魚雷艇学生』を読む――〈もう一人の私〉を封殺する〈成長〉の記録
……『群系』第45号。二〇二〇（令和二）年後期号十二月二十五日群系の会発行。
『震洋発進』を読む――晩年の自己探求の核にあるもの
……『群系』第47号。二〇二一（令和三）年後期号十二月二十日群系の会発行。

あとがき

晩年の島尾さんは、強さを装わずに弱い自分を見つめ続ける生き方が大切であることを述べるようになりました。十七年にわたって書き継がれた連作長篇小説『死の棘』は、運命的に結ばれた精神を病んだ妻と共に生きようと決心する夫を描いて終わります。そのあと、軍隊嫌いであった青年が内面から特攻隊隊長に変わっていく姿を描いた『魚雷艇学生』と、他の特攻隊隊長の悲惨な運命を記録した『震洋発進』を遺して急逝しました。両作には強さを装う術（すべ）を身につけること、理不尽な行為を正当化する傲慢さを養うことが必須とされる軍隊組織の暴力性が見つめられています。過去の自分を見つめる島尾さんの眼は、個人や時代を越えて根深く続いている、私たちの社会の在り方と、そこに生きる個人の生き方の問題を照らし出しているように思います。

病妻小説、戦争小説を読み解く試みを通して、私の心に深く刻まれたことが二つあります。一つは、自分の弱さを隠すために強さを装わないこと、自分の弱さを逃げずに見続けることの大切さです。弱い自分を他の人の眼に晒すことは、謙虚さや正直さ、誠実さに支えられていると思います。初めは勇気が必要ですが、それはいつか真の強さに変わるでしょう。このことは「はじめに」の第2節で触れましたので、ここではもう一つのことについて書きます。それは一つめのことにも関わることですが、無私を志向する生き方です。

自分を罪人として捉える発想に私たち日本人は馴染めません。原罪というキリスト教の人間理解の根本的な観念に身近に触れる機会を持たない大多数の日本人は、罪と赦（ゆる）しが神と人間との関係の中ではなく、人間関係の中で問われるために、自身の内部のエゴイズム（我欲・我執）を日常的に見据える意識が育ちにくいように思います。エゴイズムは日本でも近代小説の重要な主題ですが、自身の体験を素材にして、生涯にわたって小説を通して問い続けた作家は島尾さんだけではないでしょうか。書くことを通して不可知の内部の闇を見つめる島尾さんの姿勢は、晩年になるほど強まっています。島尾さんは自分の信仰についてあまり語っていませんが、キリスト者として誠実に生きることを自らに課して生活していたように思います。息子の伸三さんは家族について多くのエッセイを書いています。その中で受洗後の島尾さんとミホ夫人、伸三さんと妹マヤさんの家族の生活がミホ夫人を絶対視して営まれていたことを語っています。ある場合には、ミホ夫人の言うことに絶対反対しない父への鋭い批判を語っています。その実情を知るわけではありませんが、私は次のように解釈しています。死の棘体験を経た島尾さんは、エゴイズムを消し去ることができないこと、精神を病むほどに自分を愛した妻を裏切った夫として、その結果生じた家庭崩壊が原因となったかもしれない言語障害を発症した娘の父親として、妻と娘を癒すために生きようとして、あとの三十年間を日々エゴイズムを抑えながら生きることを自分に課したのではないでしょうか。常に妻の意思を推し測り、妻の意思に沿うように後半生を生きたように思います。頭では理解できますが、日々実行して生きることは通常の生活人にはたいへん難しい生き方でしょう。

奄美を離れるまでの二十年間、公務員（図書館館長）の仕事を終え、深夜原稿用紙に向かいながら、過去の自分を振り返り、エゴイズムの根を断つことができない自分を見つめ続けることが、現在をよく生きるための方法になっていたように思います。奄美移住後に交互に書かれる戦争小説「出発は遂に訪れず」「その夏の今は」と病妻小説『死の棘』の推移には、内部の闇を見つめる眼差しが深くなっていることが読み取れます。自身を見つめる眼の深まりは他者の理解を深め、他者との関係も見直されていくのでしょう。隊長と部下や村民の関係、夫と妻の関係の描き方に変化が表れています。

敗戦と同時に、部下や村民は生身の姿を隊長の前に現します。肩書きが効力を失い、秩序が崩れていく現実を前にして、生き残るために何をすべきかを自問した隊長は、部下と私闘を辞さない決心をしますが、やがて全員が生きて帰ることを考えるようになります。しかし、身についた特権意識を拭い取ることは容易ではありません。そのことに気づいた隊長は深い自責の念に打たれます。しかし特権意識は根深く潜み、〈強さを装う〉隊長から抜け出すことはできなかったのです。未完の遺稿「（復員）国破れて」においてその隊長像を見つめようとしていたように思います。また、『死の棘』では、夫は妻に繰り返し許しを請い、過去を忘れることを願いますが、妻は履がえった水は元に戻らないと突っぱねます。許さないなら共に死ぬしかないと妻を責めていた夫は、やがて古い過去を記憶の隅に追いやるために、新しい過去作りを考えるようになります。それは妻に献身することを何よりも優先する夫の姿です。しかし我執は至る所で出てきます。それでも少しずつ妻に変化が見え始めます。

隊長と夫が遭遇した事態は現代の私たちにも身近な事態だと思います。人はどこまで我執を離れて他者のために生きることができるのか、という隊長や夫が問われた問いに、私たちはそれぞれに答えを出さねばならないのですが、共通していることは人間としての在り方が問われていることです。言い換えると、どのような関係であれ、結ばれた関係をどのようなものと考えるかということです。利害得失を越えて人間的、人格的なつながりの端緒として、人との関わりを考えていけるか、という問題です。それはよく生きるために人はどうあるべきか、という問いかけにつながっていると思います。島尾さんの小説は、関係の中で生きる私たちの生き方や在り方を振り返る糧を、時代を越えて与えてくれるように思います。

私の文章の中に〈語り手は〉という表現が出てくることに奇異な感じを抱いた方もいると思います。作者と語り手を切り離して読み解くことを心がけてきましたので、少し説明しておきます。島尾さんは自身の体験を素材にして小説を書いてきました。そのため小説に書かれていることは事実そのもので、主人公を島尾さんと同一視して読まれ勝ちです。作者の体験を素材にして、作者が主人公になっているとみなされるいわゆる〝私小説〟は、重層的な「私」によって成り立っていることに注意しなければなりません。日記を利用したり、記憶を呼び起こしたりして再構成された小説は、フイックション（創作）であることを前提として読まなければなりません。物語の進行役である語り手と作者がどこで重なるのかを見極めることは難しい判断が要求されます。特に語り手と主人公が同一人物であり、語り手の「私」が過去の「私」を主人公とした出来事を回想して語る形式の場合は、読者は語り手の「私」を作者と同一人物と受け取りがちです。しかし、語り手と作者が同一人物である保証はないのです。語り手の「私」は、作者が創作意図を鮮明にするために創られた人物である可能性があります。少なくとも素材になった過去の作者と、思い出している現在の作者とは同一ではないのです。作者は語り手「私」を通して、過去の自分である主人公の「私」をいかようにでも語ることができるのです。ですから、作者と語り手を切り離して、まず語り手が語っていることの意味を見出すことが最初の作業になります。次に語り手と作者の関係を考えることが、見出した意味から作品の意図を探る作業になります。現在は作品の自律性という観点から、作品と作者を切り離して読むことが重視されています。読者の自由な読みを保証する点で大きな意義があります。その意義を認めつつ、さらに作家の生き方や在り方に踏み込むためには、作者と語り手の関係、さらには作者と主人公の関係までを視野に入れて読むことが必要になります。「作品」を「テク（キ）スト」と言い換え、「作者の死」が言われて久しいのですが、本文の不確定性は「作品」という言葉にも含まれており、すぐれた「作品」は自ずから「作者」への興味を引き出し、その生き方や在り方への関心へと読者を導くように思います。

二〇一三年七月発行の『群系』第三十一号に「「病院記」の一側面――〈私〉の変容のドラマとして」を掲載して以来、年二回病妻小説、南島小説、戦争小説の読みの試みを書き継ぎ、今年二〇二三年九月発行の『群系』第五十号に「「孤島夢」試論――夢の方法を促したものを読み解く試み」を書いて、十二年前の闘病後に第二の卒業論文として取り組んだ課題に区切りをつけることができ、感慨新たなものがあります。

二〇一一年三月の大腸の腫瘍摘出手術のあと、五年生存率四十数パーセントの確率に賭けて、学部の卒業論文では島尾敏雄の青年期までしか扱えなかったので、第二の卒業論文を書くつもりで病妻小説に取り組みました。二〇一五年十一月に同じステージⅣの腫瘍が胃に見つかり三分の二を切除しましたが、予後を乗り越えて病妻小説について書き終えることができ、古稀の記念として二〇一七年六月『島尾敏雄の文学世界――病妻小説・南島小説を読む』（龍書房）を出版しました。その後二〇一九年に二度目の大腸、翌年に腎臓と続けて腫瘍の切除手術を受け、さらに膵管の拡張が見つかり、以後二ヶ月毎に膵臓と腎臓の検査を続けながら、日々今を大切に過ごすことを念じて戦争小説に取り組んできました。六年前には実現は難しいだろうと思っていた十二作品について書き終えることができたことは望外の喜びです。拙い読みの試みですが、孤高の位置に据え置かれている島尾敏雄の文学への導きの役割を少しでも果たせることを願い、また来年迎える喜寿の記念も兼ねて、御縁を頂いた方々に贈りたいと思い、「続」として本にまとめることにしました。自己満足とも言えるものをお贈りする身勝手さへの御寛恕をお願いするばかりです。

望外の喜びを味わうことができたのは、折々に頂く音信や声音を通して励まされてきたからです。失礼を省みず、お名前を記して感謝の気持を述べさせて頂きます。

島尾文学の読みの可能性を切り開いてこられた岩谷征捷氏は、『群系』が出るごとに毎回核心を押さえた短評を届けてくださり、御恵贈の著書や個人文芸誌『花』を通して、読むことの奥の深さとともに、書くことは生きることであることを学んで来ました。島尾研究の大きな道標である西尾宣明氏も励ましを交えた感想を毎回寄せてくださり、「島尾敏雄研究参考文献目録・追補」や新しい論文を通して、島尾敏雄研究の現在を教えて頂きました。キリスト教文学研究者の大田正紀氏は折々所属教会の会誌や会報所載の漱石論や歌人論、多種の随筆を送ってくださり、またプロテスタント教会の横断的な活動や重慶大爆撃の問題についても蒙を啓いて頂きました。詩人で戦後の占領期文学の研究者である浦田義和氏は論文や同人誌を通して、日本浪漫派や島尾文学の未開拓の分野と共に福岡・佐賀の文学活動について教えて頂きました、島尾敏雄顕彰会代表で詩人の潤井(仲川)文子氏は『南海日日新聞』の「文芸游歩」欄で何度も拙論を詳しく紹介してくださいました。なんの繋がりもない私を励ましてくださった先生方の温かな御厚情に、心より感謝とともにお礼を申し上げます。

読書指導の推進者である学友ありもとひでふみ君は、作品ごとにブッククラブ・メソッドによって私とは異なる読み解きを行い、また聖書の典拠を示してキリスト教との関わりを指摘して多くの示唆を与えてくれました。不思議な御縁を結ばせて頂いた故菅原悦子さんは、田園調布雙葉学園の卒業生を中心とした近代文学研究会を四十年近く毎月のように自宅で続けられました。「三十五周年記念誌」三冊には愛に充ちた豊かな日々が記録されており、文学を愛好する者の理想的な姿を教えられました。定年退職後沖縄に移住し、十年以上辺野古湾埋め立て反対闘争を続けている須々田顕一君、すずかけ句会の指導と句誌『青岬』の編集を続けている伊藤修文君、田園調布雙葉学園時代からの畏友である両君からは、自分の為すべきことを決めて倦むことなく続けることの大切さを教えられてきました。闘病しながら介護と地域活動を続けている諸岡三佳さんは、折りにふれて幅広い読書から今の社会の問題を汲み取るに適切な作者について知らせてくださり、今の読書動向に疎い私には貴重な情報源となっています。保育・幼児教育の現場にいる坂野玉穣さんと桑原優子さんは、年ごとに課題や難しさと共に尊い命の生長を支える仕事の喜びを書き綴ってくださり、弱い命が成長していくためには、支える者の誠実で謙虚な心と命を慈しむ愛が大切であることを思い返す機会となっています。皆様の真摯な生き方、謙虚な在り方を思うことで自分を振り返り、歩みを進めることできました。本当にありがとうございました。

『群系』編集代表の永野悟氏は長く透析を続け、何度も手術を乗り越えながら全身全霊を賭して『群系』を推進して来られました。編集委員の荻野央氏、間島康子氏、草原克芳氏は他誌にも詩や小説、エッセイを発表されながら編集業務に携わって来られました。皆様の献身に感謝するばかりです。また龍書房の山本要氏と渡辺京子さんには本になるまで細部にわたってお世話を頂きました。ありがとうございました。

右に挙げた方々以外にもいろいろな方から心温まるお言葉を頂いてまいりました。その一つひとつが挫けそうになる私を支える力となっています。皆様に心より感謝申し上げます。

本書を、日々哀歓を共にして来た掛け替えのない同行者である、妻節子に捧げます。

二〇二三年十月十五日

著者略歴

石井洋詩（いしい　ひろし）

1947年福岡県戸畑市（現北九州市戸畑区）に生まれる。県立戸畑高校を卒業後1967年早稲田大学教育学部国語国文学科に入学する。大学院文学研究科修士課程を修了後、田園調布雙葉中学高校に十年、福岡雙葉中学高校に二十五年奉職し、2011年に退職する。2013年より同人雑誌『群系』に参加し現在に至る。
著書『島尾敏雄の文学世界―病妻小説・南島小説を読む』（龍書房）。

続　島尾敏雄の文学世界
――戦争小説を読む
三、三〇〇円（本体三〇〇〇円）

二〇二三年一一月二〇日　初版発行

著　者　石井洋詩
発行者　川畑　弘
発行所　龍　書　房
東京都新宿区山吹町三五二
（〇三）六二八〇―七三五五

印刷　㈱アドヴァンス
製本　栄光